FOLIO POLICIER

Parker Bilal

La Cité des chacals

Traduit de l'anglais
par Gérard de Chergé

Gallimard

Titre original :
CITY OF JACKALS

Parker Bilal est le pseudonyme de Jamal Mahjoub, auteur anglo-soudanais de six romans non policiers traduits aux Éditions Actes Sud. Il reconnaît volontiers que son diplôme en géologie de l'Université de Sheffield était une erreur d'aiguillage. Après avoir vécu au Caire, au Soudan, à Londres (où il est né), au Danemark et à Barcelone, il est maintenant établi à Amsterdam.

Anubis est heureux de l’œuvre de ses mains
et le cœur du Seigneur du Pavillon Divin
se réjouit quand il contemple ce dieu bon,
Maître de ceux qui ont été et
Souverain de ceux qui sont à venir.

Textes des sarcophages n° 197

Prologue

Elle ouvre les yeux et se rend compte que le cauchemar n'est pas terminé. Il demeure bien réel. Il lui faut un moment pour reconnaître le visage penché sur elle. Son frère n'est plus le jeune garçon qu'elle a toujours connu ; il semble avoir vieilli de toute une vie.

« Jonas !

— Chut. » D'un geste brusque, il la fait taire. Elle perçoit sa peur.

La pièce est sombre, exiguë et étouffante, une odeur d'huile et de poussière épaissit l'air. Elle entend ce qui ressemble aux bruits d'une rue animée. On est en plein jour, mais il est difficile d'y voir. Les détails lui reviennent peu à peu, fragments déchiquetés qui volettent autour d'elle comme des phalènes. Leur rêve si près de se réaliser. Ça l'afflige de penser à ça maintenant, à tout ce qui leur était promis et qui est désormais perdu. De nouveau, les larmes enflent dans sa poitrine ; elle s'efforce de respirer, inhale désespérément l'air brûlant du local hermétiquement clos.

« Où sommes-nous ? » répète-t-elle, encore et encore, incapable de dépasser cette simple question.

Jonas s'accroupit près d'elle et lui passe un bras

autour des épaules. Ils sont affalés sur le sol dur, dos au mur.

« Écoute-moi, dit-il. Nous n'avons pas beaucoup de temps.

— Pourquoi ils nous retiennent ici ? »

Elle ne peut se résoudre à le regarder. Elle sait qu'il n'a pas de réponses, que, malgré tout son courage, il est aussi effrayé qu'elle. Beatrice se sent à bout de forces, trop fatiguée même pour tenir debout. Elle a l'impression d'avoir passé toute sa vie à fuir.

« Pas question que je retourne là-bas », dit Jonas. Beatrice se remet à sangloter sans bruit. « Pas question, répète-t-il. Tu sais ce qui arriverait.

— Qu'est-ce qu'on peut faire, alors ?

— Nous devons nous échapper d'ici.

— Mais comment ? »

Il n'y a pas d'issue. Pas de fenêtres et une seule porte. Beatrice entend le son d'un téléviseur, quelque part au-dessus d'eux – une publicité pour un quelconque goûter. Un jingle bébête, enfantin, qui paraît venir d'un autre monde.

Ils avaient failli y arriver. Et puis, subitement, tout avait dérapé.

« Pourquoi ont-ils fait ça ? » Lui revient l'image de Jonas penché sur elle. La peur. Le sang sur son T-shirt. « Je ne comprends pas », pleure-t-elle.

Un doigt sur les lèvres, son frère lui impose silence. Il a l'oreille collée contre la porte. Beatrice se rapproche et ils restent immobiles. Dehors, une voiture ralentit et s'arrête. Une portière s'ouvre, se referme. Des voix chuchotent. Elle ne peut détacher son regard de Jonas.

Il représente tout ce qu'elle a, tout ce qu'elle a jamais eu, aussi loin qu'elle se souvienne.

Ce n'est pas la première fois qu'ils affrontent ensemble un danger. Elle se rappelle encore le jour où les soldats sont venus, quand ils étaient enfants. Ce jour où leur mère les a emmenés à la lisière du village en leur disant de courir sans se retourner. Déjà, d'épais panaches de fumée noire s'élevaient des huttes. Un oncle se précipitait vers eux, ses vêtements en feu. Elle avait vu un soldat s'avancer et l'abattre de sang-froid. Comme un chien. De leur cachette, ils avaient regardé un groupe d'hommes en uniforme traîner leur mère à l'écart. Ils s'esclaffaient, hilares. Jonas avait voulu rebrousser chemin pour lui porter secours, mais Beatrice savait que ce serait leur perte. Alors ils s'étaient détournés et avaient fui. Et aujourd'hui, après toutes ces épreuves, toutes ces années, ils fuyaient de nouveau.

Tout avait si bien marché, pourtant, au début. Ça lui faisait mal de penser que son rêve était brisé.

Beatrice se rappelle avoir sombré dans le sommeil. Une drogue versée dans la boisson qu'on leur avait donnée. Ensuite, elle s'était réveillée en plein cauchemar. Elle avait cru qu'elle allait mourir, mais Jonas l'avait sauvée, les avait sauvés tous les deux. Il bataillait ferme. Elle l'observait, trop terrifiée pour bouger. Il était fort et rapide. Dès son enfance, il avait appris à se battre dans les rues.

Toujours est-il qu'il les avait sortis de cet enfer. Et voilà qu'ils couraient sur la route, dans la nuit, au beau milieu de la circulation. Elle était paniquée. Les klaxons résonnaient, les automobilistes se penchaient par la fenêtre pour hurler des imprécations.

Heureusement, les voitures ne roulaient pas vite. Des hommes criaient des insultes, la traitaient de tous les noms. Beatrice était consciente d'avoir perdu la plus grande partie de ses vêtements. C'était difficile de courir, ses jambes semblaient engourdies. Ils avaient marché des heures durant, se cantonnant aux petites rues, à l'écart des lumières. Jonas lui avait dit qu'il connaissait un endroit où on s'occuperait d'eux. Lorsqu'ils étaient arrivés en vue du carrefour, elle avait compris de quoi il parlait. Le campement. Là, sur la place éclairée, elle avait vu des gens qui les aideraient. Elle en aurait pleuré.

Ils avaient failli atteindre leur but. Mais soudain une voiture, surgie de nulle part, leur avait coupé la route, renversant Jonas. Il s'était blessé en tombant, il saignait. Il avait tenté de se relever. Deux hommes avaient bondi du véhicule et l'avaient empoigné. Ils l'avaient bourré de coups de pied et balancé dans le coffre. Puis ils s'en étaient pris à elle.

Beatrice avait hurlé et appelé à l'aide. Une femme observait la scène de son balcon, mais elle s'était détournée et avait disparu à l'intérieur. Les hommes avaient attaché les mains de Beatrice et l'avaient jetée sur la banquette arrière. Elle entendait Jonas pleurer de rage dans le coffre.

Elle écoute à la porte, tend l'oreille pour saisir leurs voix. Au loin, le bruit d'un muezzin appelant les fidèles à la prière, la clameur paresseuse des avertisseurs, le grondement de la circulation. Ils sont dans un sous-sol, à l'évidence, mais pourquoi les retient-on ici ? De nouveau, le désespoir l'envahit. Jonas lui pose une main sur l'épaule et indique, en haut du mur, une petite trappe métallique.

« C’est la seule issue.

— Mais nous ne savons pas ce qu’il y a de l’autre côté.

— Ce sera toujours mieux que de mourir dans ce trou. »

Beatrice secoue la tête. « C’est impossible. On ne pourra jamais l’atteindre.

— Si tu grimpes sur mes épaules, c’est faisable.

— Et toi, comment tu monteras ? »

Jonas ne répond pas. Il pose ses mains à plat contre le mur et elle se hisse sur ses épaules. Ce n’est pas aisé : elle est affaiblie par l’épreuve, par le manque de nourriture, par la peur. Les voix se rapprochent. Deux hommes. Un troisième derrière eux. Quelqu’un secoue le cadenas et Beatrice pousse un cri perçant. Bref silence. L’un d’eux cogne la porte avec un objet lourd, des rires fusent.

« Tu y es ? » demande Jonas d’une voix pressante.

Ils entendent le grincement du métal qu’on tire, très lentement, le long du montant de la porte.

« Je ne peux pas l’atteindre, dit-elle.

— Mais si, tu peux. »

Elle étire son corps au maximum mais ne touche la trappe que du bout des doigts. Le verrou est ancien et rouillé. Elle se démène pour le tirer.

« Je n’y arrive pas.

— Si, il le faut. C’est notre seule chance. »

Elle le sent qui tremble sous son poids ; il ne pourra plus la soutenir très longtemps. Avec un grognement, elle fait une nouvelle tentative, ignorant la douleur de ses doigts. Finalement, usant de toute la force qui lui reste, elle y parvient. Le verrou se décoince brusquement et le panneau métallique s’ouvre. Elle se cramponne au bord et se hisse jusqu'à avoir les yeux au niveau de la trappe.

« Qu'est-ce que tu vois ?

— Une pièce. Très sombre, mais je sens le vent. Je crois qu'on peut sortir.

— Alors vas-y.

— Non », gémit Beatrice. Elle se sent faiblir et commence à glisser, manquant tomber. « Je ne te quitte pas.

— Il faut que tu sortes. Je n'ai plus la force de te porter. »

Finalement, elle se lance vers le haut, agrippée au bord, et se faufile dans l'étroit espace. Elle roule sur le ventre, tend la main vers son frère.

« À toi, maintenant. »

La porte s'ouvre à la volée, heurtant le mur avec fracas. Deux hommes apparaissent sur le seuil. L'un d'eux tient une hache. Il y en a un autre derrière eux, plus âgé.

« Jonas ! hurle-t-elle.

— Allez ! répond-il sur le même ton. Va-t'en ! »

Elle se met à ramper à tâtons dans le boyau. Tout autour d'elle, le noir. Devant elle, un souffle d'air. Il y a une sortie. Il lui suffit de croire qu'elle la trouvera.

1

Makana avait mal partout, comme s'il couvait une grippe. Il n'avait pas bien dormi. En fait, il avait passé la plus grande partie de la nuit assis dans le large fauteuil en bois, sur le pont supérieur, à guetter les premières lueurs du jour dans le ciel.

On était en décembre. Dans un peu plus d'une semaine, ce serait la fin de l'année, mais cet hiver-ci lui semblait plus rigoureux que les précédents, ce qui l'amenait à se demander s'il ne commençait pas à se faire vieux. Peut-être les effets de l'âge se faisaient-ils sentir ? L'*awama*, cette péniche qui lui tenait lieu de chez-soi, lui paraissait aussi sordide et humide qu'une épave engloutie. De fins lambeaux de brume matinale planaient à la surface de l'eau. Un pêcheur, en équilibre à la proue de son petit bateau, s'escrimait à démêler ses filets. Makana resserra la couverture autour de ses épaules. Le radiateur électrique, à ses pieds, dégageait à peu près autant de chaleur qu'une bougie. L'air froid soufflait en rafales cinglantes qui s'engouffraient dans le moindre interstice de la structure bancale – volets, plaques de toiture et encadrements de portes. C'est la dernière année, se promit-il.

Déménager devenait urgent. Trouver un logement en terrain sec, entouré de murs dignes de ce nom. Il ne pouvait pas continuer ainsi.

Il songea à allumer une cigarette, mais la précédente avait déclenché une quinte de toux si violente qu'il en était resté pantelant, la respiration sifflante, tel un vieillard à la dernière extrémité. Près de son fauteuil, la pile de livres qui lui permettait de meubler ses crises d'insomnie, de plus en plus fréquentes ces derniers temps, servait également de support à son paquet de Cleopatra et à son briquet. Tendant la main pour prendre malgré tout une cigarette, il s'aperçut que le sommet de la pile était occupé par un volume sur la médecine de l'Égypte ancienne. Curieux, songea-t-il, qu'on puisse trouver du réconfort dans des connaissances totalement dépourvues d'utilité pratique. Tout en fumant, il ne quitta pas des yeux le voyant orangé de l'interrupteur du radiateur, avec l'espoir de voir l'appareil dispenser quelque chaleur. Bientôt, le soleil émergerait du brouillard et la journée se réchaufferait. Il pourrait alors appeler Aziza pour qu'elle lui prépare du thé. Le vent faisait bruire les journaux qui colmataient les fentes autour des fenêtres.

La veille au soir, il était allé aux Jardins de Verdi, un respectable restaurant italien de Zamalek dont l'intérieur plutôt lugubre était hérissé de fausses colonnes néoclassiques agrémentées de lierre en plastique. L'effet était complété par un certain nombre de peintures à l'huile aux cadres ouvragés qui représentaient des paysages de Rome : le Colisée, la place d'Espagne – une touche d'élégance d'une époque révolue. Le reste de l'espace mural était parsemé de reproductions bon marché dans des encadrements de mauvais goût : coucher de soleil sur le pont des Soupirs, la tour de Pise, le genre de décor qu'on s'attendrait à trouver chez un cousin travaillant dans le tourisme. Les Jardins de Verdi appartenaient à la famille Hafiz depuis trois générations. Le propriétaire actuel en était Hossam Hafiz, petit-fils du Hafiz d'origine qui, bien des années auparavant, au cours d'un voyage en Italie, avait décidé qu'il existait un lien sacré entre la cuisine italienne et son pays natal. L'incarnation de cette alliance était le compositeur Giuseppe Verdi – qui, à en croire la rumeur, avait été chargé par le khédive d'écrire son *Aïda* pour l'inauguration de l'opéra du Caire en 1871. L'anecdote était entrée dans la légende et, comme tant d'autres fables sur l'Égypte, laissait une large part au doute.

Au temps de leur splendeur, les Jardins de Verdi avaient été un endroit sélect, fréquenté par les stars de cinéma et leurs maîtresses. Aujourd'hui, le restaurant paraissait un tantinet démodé et négligé. Dans un pays comme celui-ci, tellement friand de sa cuisine traditionnelle, les clients étaient peu portés à goûter des mets étrangers. L'attrait des Jardins de Verdi résidait dans leur prestigieuse réputation, un style qui rappelait une autre ère, quand les aspects les plus raffinés de la culture européenne étaient appréciés en Égypte.

À en juger par l'allure des dîneurs, la veille au soir, ce n'était pas seulement l'endroit qui se faisait vieux. La fidèle clientèle commençait, elle aussi, à trahir son âge. Les jeunes allaient voir ailleurs. Les riches, eux, préféraient dépenser leur argent dans des lieux nouveaux : les grandioses restaurants en plein air, le long du Nil, qui vous donnaient l'impression de pénétrer dans un film. Ils prenaient modèle sur la Côte d'Azur ou sur Los Angeles, au choix. Les temps avaient changé, laissant M. et Mme Hafiz à la tête d'un établissement trop sombre où des couples âgés dégustaient de bon appétit des pâtes à la crème qui ne mettaient pas en danger leurs dentiers.

Malgré tout, les Hafiz se débrouillaient. Leur plus grand souci était de maintenir un certain niveau de qualité et de sauvegarder les apparences. Du moins, tel avait été le cas jusqu'à la disparition de leur fils Mourad. Ils étaient sans nouvelles de lui depuis presque trois semaines, mais c'est seulement quand il avait manqué la petite fête organisée pour l'anniversaire de sa mère qu'ils avaient commencé à s'inquiéter. Ils s'étaient livrés à la routine habituelle en pareil cas : ils l'avaient appelé à maintes reprises sur son portable, étaient allés visiter sa chambre à l'université, avaient questionné ses amis. Après ça, il ne leur restait plus qu'à faire le tour des hôpitaux, et finalement ils s'étaient résignés à effectuer la démarche qu'ils avaient espéré éviter : aller au commissariat, ce qui leur avait valu des interrogatoires en série avec une panoplie de policiers différents, un vaste échantillonnage de formulaires à remplir – pour, au bout du compte, n'obtenir rigoureusement aucun résultat. Leur avocat, Munir Abaza, les incita alors à engager un enquêteur indépendant pour rechercher leur fils, et c'est là que Makana entra en scène. Abaza était un collègue d'Amir Medani, vieil ami de Makana, et ainsi va la vie.

M. et Mme Hafiz, la petite cinquantaine, offraient l'aspect fatigué, un peu rassis, d'un couple marqué par des années de bonne chère et, présentement, par l'anxiété au sujet de leur fils unique. Ils semblaient curieusement surannés, comme s'ils cherchaient à se conformer aux usages d'une autre époque – bustes en marbre ou livres reliés en cuir. Était également présente à la réunion leur fille Sahar, d'une vingtaine d'années. Elle écouta attentivement tout ce qui se disait mais intervint peu. Makana eut le sentiment qu'elle n'approuvait pas l'enquêteur choisi par ses parents, ou alors qu'elle cachait quelque chose, ou encore qu'elle avait une dent contre son frère. Quoi qu'il en soit, elle garda la bouche close et la tête baissée quasiment tout le temps. Elle avait tendance à éviter le regard de Makana lorsque celui-ci se tournait dans sa direction.

Ils étaient assis à une large table ronde en acajou, au centre de la salle à manger d'ordinaire réservée aux grandes réceptions. M. Hafiz fut quasiment le seul à parler. Il était petit de stature et bien en chair, avec un saupoudrage de farine dans ses cheveux épais, les mains jointes devant lui et la tête inclinée.

« Mourad est têtu. Quand il a une idée dans le crâne, il ne la lâche pas.

— Il tient ça de toi », déclara Mme Hafiz. Puis, s'adressant à Makana : « Ils se ressemblent, le père et le fils, peut-être trop. Ils se disputent souvent, et parfois avec véhémence. Mais quand c'est fini, c'est oublié.

— Il n'y a pas de rancune, nous ne laissons jamais pourrir les choses. La vie continue. »

Makana lança un coup d'œil à la fille pour voir si elle avait un commentaire à ajouter. Si c'était le cas, elle le garda pour elle.

« Mourad est à l'université.
— Ain Shams. Études d'ingénieur.
— Approuvez-vous ce choix ? » s'enquit Makana.
Hossam Hafiz sourit.
« De nos jours, l'opinion des parents n'a guère d'importance. Avec ou sans mon approbation, il aurait fait ce qu'il voulait. Et je le comprends. J'étais comme lui dans ma jeunesse, mais j'avais des responsabilités. Les jeunes d'aujourd'hui ignorent le sens de ce mot.
— Baba… », protesta Sahar.
D'un geste, il lui intima de se taire avant de poursuivre : « Mon père attendait de moi que je reprenne le restaurant après lui. C'est la raison d'être d'une entreprise familiale, la génération suivante reprend le flambeau.
— Mais ça, Mourad ne le voulait pas ?
— Il avait ses idées à lui. Je me suis dit : très bien, qu'il suive ses rêves. Qu'il fasse des études d'ingénieur. Un jour, peut-être qu'il se réveillera et reviendra s'occuper de l'affaire.
— Mais apparemment, ça ne s'est pas passé ainsi ?
— Non, pas du tout. » M. Hafiz secoua la tête. « Il prend ses études très à cœur. »
Mme Hafiz décida de ne pas rester silencieuse plus longtemps.
« Nous le voyons très peu, alors même qu'il vit ici, dans cette ville. Les autres mères voient leurs fils plus souvent que moi. Ils viennent prendre les repas à la maison. Certains vivent même chez leurs parents. Pas Mourad. Il voulait avoir une chambre à la cité universitaire, être indépendant. Indépendant de quoi ? Je voudrais bien le savoir. Qu'est-ce que nous avons fait pour lui donner l'impression qu'il n'était pas libre ?

— *Yallah*, Medihah, ne t'emporte pas ainsi. » Hossam Hafiz posa une main sur celle de son épouse. « Comme vous pouvez le constater, monsieur Makana, nous sommes assez chavirés par toute cette histoire. Nous n'avons aucune idée de l'endroit où il peut être, et nous craignons le pire.

— Baba… », implora de nouveau la fille. Et son père, de nouveau, leva une main pour l'interrompre.

« Ça va, nous devons être préparés. » Il se retourna vers Makana. « Pensez-vous pouvoir le retrouver ?

— Ça dépend. Comprenez bien que, si votre fils a disparu de son plein gré, il y a de fortes chances pour qu'il reste introuvable. Pourrait-il avoir quitté le pays ?

— Je ne crois pas qu'il ait de passeport. » M. Hafiz regarda sa femme, sourcils froncés, mais elle gardait les yeux fixés sur la table.

« Il n'est jamais allé à l'étranger, intervint Sahar, s'adressant à Makana pour la première fois. Il en a toujours rêvé mais ne l'a jamais fait.

— C'est un garçon de vingt-deux ans. Il ne connaît pas le monde. » Mme Hafiz tendit une photo sur laquelle Mourad souriait à l'objectif avec le regard clair du jeune homme qui n'a rien à redouter.

M. Hafiz agrippa la main de Makana. « Retrouvez-le, supplia-t-il. Peu m'importe ce que ça coûtera. Je vous en prie, retrouvez-le. »

Un rayon de soleil progressait lentement sur les lattes du plancher. Makana détacha ses doigts de la couverture, essayant d'imaginer pour quelle raison un jeune homme n'ayant aucun ennui disparaîtrait subitement. Ce n'était pas une question à laquelle il répondrait en restant assis là, mais peut-être était-ce une motivation suffisante pour tenter de démarrer la journée. Des pas se firent entendre dans l'escalier qui menait au pont supérieur. Makana aurait reconnu le pas d'Aziza n'importe où, et déjà il sentit son moral remonter. Au fil des années, il avait découvert chez la fille de sa logeuse une âme sœur. Peut-être n'était-ce pas si étrange, étant donné l'absence de sa propre fille. Il avait regardé Aziza grandir. Aujourd'hui âgée de dix-sept ans, elle était vive et drôle. Il s'apprêtait à lui demander du thé quand, voyant son expression, il comprit que ce jour-là, pour une raison encore inconnue, le thé devrait attendre.

2

Aziza le précéda le long de la rive, du pas sûr d'une enfant qui a passé toute sa vie à parcourir de haut en bas la berge boueuse. Makana suivait plus prudemment. Il se sentait raide, courbatu, et il aurait bien aimé avoir le temps de prendre au moins un verre de thé, mais il faisait confiance à Aziza : si elle disait qu'on avait besoin de lui de toute urgence, pas la peine d'atermoyer.

« Comment ça marche, à l'école ? demanda-t-il, en partie pour la faire ralentir.

— L'école ? » Elle se tourna vers lui. « J'envisage d'arrêter l'an prochain.

— Pourquoi ? Je croyais que ça te plaisait.

— Quel est l'intérêt de passer des années à apprendre des trucs inutiles alors que je pourrais gagner de l'argent ? »

Il décela la note de sarcasme dans sa voix.

« Tu es intelligente, tu ne devrais pas gâcher tes chances.

— Allez donc dire ça aux oiseaux. »

On aurait cru entendre sa mère. Oum Ali était d'un pragmatisme à toute épreuve ; pour elle, il était clair comme de l'eau de roche qu'envoyer une fille à l'école ne pouvait mener nulle part. Elle-même s'était retrouvée mariée avant l'âge de seize ans, et mère de famille peu de temps après.

« Tu peux faire mieux de ta vie que de vendre des légumes sur le marché.

— Et qui va me payer ? Vous ? »

Avant d'avoir eu le loisir de trouver une réponse, Makana avisa un gros attroupement un peu plus loin. Une file régulière de curieux descendait vers la berge, venant de la route. La rive était plus creuse à cet endroit, et le terrain dégagé ; seuls les débris d'un mur effondré barraient le chemin. Çà et là, des piles de briques cassées et des pneus en caoutchouc émergeaient des herbes hautes. D'autres badauds, postés au bord de la route, observaient la scène en attendant qu'un moyen de transport se matérialise. Par bonheur, il était encore tôt, ce qui limitait le nombre de spectateurs.

Makana fut impressionné par l'autorité que déployait Aziza. Vêtue d'une informe robe déchirée qui lui battait les chevilles, elle n'avait pas encore tout à fait perdu son côté garçon manqué. Rapide, agile, elle avait grandi ici et considérait la rive du fleuve comme son domaine privé.

« Dégagez le passage ! Allons, laissez passer le *mualim.* »

La foule s'écarta, révélant un bateau de pêche échoué dans l'eau peu profonde. Makana se demanda s'il s'agissait de celui qu'il avait vu de sa fenêtre quelques minutes plus tôt. Le pêcheur, un petit homme aux jambes arquées, avait le menton hérissé de poils gris. Le bateau paraissait vieux, sa coque en bois usée par le frottement répété des cordes. Un filet effrangé en nylon orange et bleu formait un tas au fond de l'embarcation. Au-dessus trônait un sac. L'homme regarda approcher Makana de l'œil sceptique de celui qui a vu suffisamment de miracles dans sa vie pour reconnaître des ennuis quand il en voit.

« Qui est-ce ? demanda-t-il.

— Qu'est-ce que ça peut vous faire ? C'est un expert. Il travaille avec la police. »

Aziza le remit à sa place avec une telle aisance que Makana en fut presque désolé, comme s'il y avait lieu de s'excuser. Mais il se retrouva poussé plus près par les gens qui se pressaient derrière lui.

« Faites-lui de la place ! Reculez ! » Aziza sauta à l'avant du bateau et entreprit de lancer des ordres avec l'aplomb d'un amiral chevronné. Le sac, de la taille d'un ballon de football, roula sur le côté. Il était en lambeaux et complètement trempé.

« C'est vous qui l'avez trouvé ? s'enquit Makana. Où était-il ?

— Dans l'eau, là-bas, je l'ai remonté avec mon filet. Il devait être logé sur une branche d'arbre, sous la surface.

— Vous avez vu ce qu'il y a dedans ? »

Le pêcheur soutint son regard et, sans un mot, indiqua le sac d'un coup de menton. Makana se pencha pour le soulever et fut surpris par son poids. Avec précaution, il écarta les bords. Cela eut pour effet de déclencher une secousse à l'intérieur. Il eut un mouvement de recul instinctif, ce qui provoqua un gloussement railleur du pêcheur et des rires dans la foule. Makana tint le sac ouvert, y risqua un coup d'œil et vit une grouillante masse grise.

« Vous êtes sûr de ce que vous faites ? » dit le petit homme en secouant la tête d'un air agacé.

Makana plongea la main dans le sac et fut récompensé par une violente décharge électrique qui parcourut tout son bras. Il lâcha prise et recula.

« Tu parles d'un expert ! » maugréa le pêcheur.

Makana lui lança un regard las et reporta son attention sur le contenu du sac. Malgré ses doigts légèrement engourdis, il parvint à attraper la chose qui l'avait piqué et à la sortir à l'air libre. La foule reflua lorsque le poisson-chat tomba par terre. Avec un grognement, le pêcheur s'avança, le prit par les flancs et le balança à l'eau. Un murmure d'approbation parcourut l'assistance. Makana se remit à scruter l'intérieur du sac. Chassant les mouches qui avaient jailli autour de lui, il hasarda un autre coup d'œil, le petit homme lorgnant par-dessus son épaule.

« C'est encore plus noir que le diable en personne.

— Aziza, dit Makana, cours à l'*awama* chercher mon téléphone, veux-tu ? »

La jeune fille sauta à terre et fila à toute allure. Les curieux tournèrent la tête pour la suivre des yeux. C'était beaucoup plus distrayant que de regarder passer les voitures.

« Vous allez maintenant devoir remonter sur la route, leur ordonna Makana. Avant l'arrivée de la police. Vous, ne bougez pas d'ici, ajouta-t-il à l'adresse du pêcheur, qui avait commencé à s'esquiver en entendant le mot "police". Ils voudront vous parler. »

Le temps qu'Okasha arrive, une demi-heure plus tard, la plus grande partie de la foule s'était dispersée. Ne restaient plus que quelques jeunes garçons qui n'avaient rien de mieux à faire que d'observer la scène en s'appuyant les uns sur les autres. Dans son uniforme noir en laine et accompagné de dizaines d'agents, Okasha, avec sa large carrure, fit une entrée impressionnante. On s'écarta pour lui céder le passage. Tournant la tête, Makana aperçut une silhouette familière.

« Ça m'a paru une bonne idée de la faire venir, déclara l'inspecteur. Si j'ai bien compris, il s'agit d'une affaire pour elle. »

Makana regarda le Dr Siham descendre la pente avec précaution, suivie de deux assistants qui traînaient une grande cantine en métal gris contenant son matériel. La patronne du service forensique avait une réputation suffisamment redoutable pour que les policiers qui la connaissaient se redressent en sa présence et s'appliquent à effectuer leur tâche correctement. Là où Okasha était obligé de hurler pour que ses hommes se tiennent bien, elle obtenait ce résultat sans élever la voix, parfois même sans avoir besoin de dire un mot. Les badauds alignés le long de la route semblèrent percevoir son autorité, eux aussi, car ils reculèrent. L'un des jeunes hommes se permit un commentaire effronté et se vit aussitôt réduit au silence par ses amis.

« Où est-elle ? » s'enquit Okasha.

Makana indiqua le sac, toujours posé sur le filet de pêche. L'inspecteur s'avança et jura en voyant l'eau lécher ses boots. Makana, chaussé de sandales en plastique, n'avait pas remarqué qu'il avait les pieds mouillés.

« Mieux vaut ne pas y toucher avant que la légiste nous ait rejoints.

— Tout à fait mon avis », marmonna Makana.

Ils patientèrent, le temps que le Dr Siham se prépare, enfile des gants et mette un masque facial. Elle lança un regard en coin à Makana.

« C'est à vous, je parie, que nous devons d'être ici de si bon matin ?

— Le fleuve est très particulier à cette heure de la journée. J'ai pensé que le spectacle vous plairait. »

Sans mot dire, elle tourna les talons, s'approcha du bateau et se pencha par-dessus le bord.

« Vous avez jeté un coup d'œil ? »

Makana haussa les sourcils. Venant d'elle, la remarque était presque futile. Elle ne s'imaginait quand même pas qu'il avait cru le pêcheur sur parole avant d'appeler la police ? Elle entreprit d'éplucher consciencieusement les couches de toile qui enveloppaient la trouvaille. « Pourrions-nous avoir quelque chose pour nous abriter de ces yeux curieux ? » Aussitôt, ses assistants déplièrent une grande bâche qu'ils tinrent en l'air pour empêcher les badauds de voir ce qui se passait. Le bourdonnement des mouches enfla furieusement lorsque le sac céda, révélant la tête. Celle-ci était posée bien droite, en équilibre sur le filet de pêche. La peau était noircie et striée de gris. Un nuage de mouches se précipita avec frénésie. Autour de la mâchoire, la chair avait commencé à se détacher.

« Elle a été grignotée par quelque chose.

— Il y avait un poisson-chat dans le sac.

— Raison de plus pour ne pas manger de poisson dans cette ville. »

Okasha et Makana échangèrent un regard mais demeurèrent cois. Ils observèrent le Dr Siham nettoyer avec soin les débris externes et les recueillir dans des sachets à échantillons avant de se préparer à mettre la tête dans un conteneur stérilisé pour la transporter jusqu'à son laboratoire.

« Depuis quand est-il mort, vous en avez une idée ? s'enquit Makana.

— Bien sûr. Et dès qu'il sera au labo, je serai en mesure de vous dire ce qu'il a mangé pour le dîner et quel était son morceau de musique préféré. » Elle lança à Makana un regard dédaigneux, comme pour lui signifier qu'elle s'attendait à mieux de sa part. « Je peux dire une seule chose, mais vous l'aurez certainement remarquée par vous-même.

— De quoi parlez-vous ? demanda Okasha.

— De ce qui a fait comprendre à votre ami que le mort est de sexe masculin. » Le Dr Siham indiqua l'étrange motif de lignes tracées sur le front de la victime. « Il s'agit d'un de ses compatriotes. »

3

Après le départ de la pathologiste, Okasha donna l'ordre que des bateaux draguent le fleuve avec des chaînes, en amont et en aval du site, dans l'espoir de retrouver le reste du corps. Le pêcheur, malgré ses objections, fut emmené pour interrogatoire. « J'ai du travail, moi, une famille à nourrir », protesta-t-il tandis qu'on l'embarquait. Laissant les policiers à leurs occupations, Okasha et Makana rebroussèrent chemin vers l'*awama*, où Aziza servit promptement le thé qu'elle avait préparé à leur intention. Okasha regarda autour de lui.

« Il ne fait pas trop froid, la nuit ?

— Il fait froid tout le temps. Et ça empire chaque année.

— C'est parce que vous n'avez pas une bonne épouse qui s'occupe de vous, dit Okasha en chassant une poussière sur les étoiles en laiton de son épaulette. Je ne pense pas que je pourrais vivre comme vous, tout seul comme ça. Je deviendrais fou si je n'avais pas une famille qui m'attendait chez moi. » Makana le considéra sans rien dire. Okasha lui rendit son regard. « Eh bien quoi ? Je ne suis pas censé dire ce qui est ?

Qui d'autre vous le dira ? Vous devez tourner la page, aller de l'avant.

— Si vous me suggérez de rencontrer une autre amie de votre femme, vous savez comment ça s'est terminé la dernière fois.

— Inutile de me le rappeler. J'en suis encore à présenter des excuses de votre part. »

Cette expérience avait été l'une des plus embarrassantes pour les deux hommes, qui se connaissaient depuis de nombreuses années. Une idée de son épouse, affirmait Okasha. Une soirée effroyable. Ils étaient allés au cinéma Galaxy à El-Manial. Le film était un mélodrame d'un ennui mortel où les personnages passaient leur temps à s'invectiver et à casser des objets. Makana en détesta chaque minute, tandis que sa compagne d'un soir trouvait le spectacle adorable. Que dire ? L'âge d'or du cinéma égyptien gisait, éploré, dans son caveau. Pour finir, Makana avait quitté la salle en catimini pour fumer une cigarette et n'était jamais revenu.

« Tout ce que je dis, reprit Okasha, c'est que vous devriez sortir. Juste ouvrir une fenêtre, pour voir ! »

Comme il se tournait vers l'escalier, Makana le retint.

« Que va-t-il arriver ?

— À notre ami repêché dans le fleuve ? Allez savoir… Nous verrons ce que la brave doctoresse nous dégote mais, sans cadavre ni identification, nous ne pouvons pas faire grand-chose.

— Parce qu'il vient du Soudan du Sud, c'est ça ?

— Rien ne nous le prouve pour l'instant, soupira Okasha. Mais oui, si c'est le cas, je ne vois pas la police très empressée d'aller au fond des choses.

— Un problème de moins, en somme ?

— C'est vous qui l'avez dit, pas moi. » L'inspecteur scruta Makana. « Vous n'en faites pas une affaire personnelle, au moins ? Allons, même s'il vient du Soudan du Sud, vous êtes en guerre, non ? Le Nord et le Sud ?

— Il faut bien que quelqu'un s'y intéresse.

— Ne vous faites pas trop d'illusions. En ce moment, les Soudanais ne sont pas franchement populaires dans cette ville. »

Okasha parlait des manifestants qui occupaient un *maïdan* de Mohandessin depuis la fin septembre. La place, un parc de la taille d'un timbre-poste, était située en face de la mosquée Mustapha Mahmoud – et, de manière plus significative, à deux rues du Haut-Commissariat des Nations unies pour les réfugiés. Ces gens étaient essentiellement des Soudanais du Sud qui réclamaient à l'Égypte le statut de demandeur d'asile, lequel leur permettrait d'avoir accès à des services publics tels que les écoles ou les hôpitaux. Cela signifierait pour eux la fin d'une existence nébuleuse où, du fait qu'ils n'étaient pas reconnus officiellement comme réfugiés en raison d'un accord d'ouverture des frontières, ils n'avaient pas droit aux aides sociales. On pouvait affirmer sans risque que les Soudanais en général, à l'heure actuelle, jouissaient d'une impopularité aiguë auprès de leurs frères de la Vallée du Nil, qui les accusaient de tous les maux – de la dégénérescence morale et l'ivrognerie à la prostitution et au crime, en passant par le fait de représenter une menace pour la sécurité nationale. Le président ne leur avait pas pardonné l'implication du Soudan dans la tentative d'assassinat perpétrée contre lui à

Addis-Abeba dix ans auparavant. Makana reçut cinq sur cinq le message d'Okasha : personne n'allait se préoccuper outre mesure d'un cadavre, ni même d'une simple tête, qu'on venait de repêcher dans le fleuve.

« Tout ce que je vous demande, c'est de me tenir au courant s'il y a du nouveau.

— D'accord, acquiesça Okasha sans grande conviction. Mais vous n'avez pas d'autres soucis plus importants ? »

Makana avait bel et bien une affaire à régler par ailleurs. Il traversa le fleuve en taxi pour se rendre à l'université Ain Shams. Le bâtiment principal était un ancien palais du khédive Ismaël, amoureusement calqué sur Versailles. Il émanait de l'étang ornemental asséché et de la fontaine tarie un air de décrépitude et d'abandon. Le vice-président des Affaires éducatives et estudiantines avait accepté de le rencontrer, ce qui était déjà un succès. Le rendez-vous avait été organisé par Munir Abaza, l'avocat de la famille Hafiz. Makana se retrouva assis à une table, face à un homme négligé dont la chemise, constellée de taches de nourriture, ressemblait au menu de la semaine précédente. Il donnait l'impression d'avoir des choses plus urgentes à faire que de discuter d'étudiants portés disparus.

« Nos étudiants sont soumis à une grosse pression, voyez-vous », déclara-t-il en se curant le nez, croyant que Makana ne le regardait pas. « La plupart d'entre eux ne viennent pas ici par amour des études mais parce qu'ils pensent que ça les aidera à obtenir un meilleur emploi. Ils veulent faire plaisir à leurs parents, impressionner les filles. Par-dessus tout, ils ne veulent pas grandir. Ils veulent retarder le plus possible leur entrée dans la vraie vie.

— Que pouvez-vous me dire sur Mourad ?

— Je ne prétends pas connaître personnellement tous les étudiants, bien sûr. Je me suis entretenu avec ses parents. Je comprends leur inquiétude. » Il examina quelque chose sur le bout de son doigt avant de l'essuyer sous le plateau du bureau. « Il ne serait pas le premier à s'égarer. Il y a beaucoup de pression sur les jeunes d'aujourd'hui. Dans certains cas, l'avenir de leurs parents dépend d'eux. Naturellement, nombreux sont ceux qui ne parviennent pas à faire face. Ils se découragent, ne savent plus où ils en sont.

— Suggérez-vous que c'est le cas de Mourad ?

— Pas explicitement, non. Enfin, n'allez pas courir raconter tout ça aux Hafiz. J'essaie simplement de vous montrer que ces situations sont parfois compliquées.

— Arrive-t-il souvent qu'un étudiant laisse tomber les cours sans prévenir et disparaisse ?

— Souvent, peut-être pas, mais ça arrive. » Le vice-président hocha la tête d'un air pénétré. « Les temps sont durs. Nous avons trop d'inscriptions, les cours sont surchargés et un étudiant n'a aucune garantie de trouver un emploi à la sortie de l'université. » Il se renversa en arrière dans son fauteuil et esquissa un geste vague. « Et puis il y a les tentations…

— C'est-à-dire ?

— Les filles, l'alcool, la drogue. Beaucoup de nos jeunes se trouvent confrontés à un monde nouveau qui ne leur est pas familier.

— Pensez-vous que Mourad ait eu de mauvaises fréquentations, qu'on l'ait détourné du droit chemin ?

— Là, vous surinterprétez mes paroles. »

Le vice-président paraissait content de lui, sans raison apparente.

« Ses parents sont inquiets, c'est la raison de ma présence ici.

— La période des examens approche. Les étudiants sont stressés à cette époque de l'année. Sans parler du froid hivernal. » Il frissonna et ébaucha un sourire, révélant une rangée de dents jaunies, irrégulières. « Inch'Allah, il retournera dans sa famille sain et sauf, une fois qu'il se sera bien amusé. » Il posa ses mains à plat sur la table. L'entretien était terminé.

Un gardien vêtu d'une blouse de labo minable, grêlée de brûlures de cigarette, escorta Makana en traînant les pieds jusqu'à la résidence universitaire. Distrait par les étudiantes qui les croisaient d'un pas pressé, il avait du mal à garder les yeux sur les marches de l'escalier. Il ne se montra guère loquace et, quand ils arrivèrent enfin à la chambre de Mourad, dans un bâtiment moderne en béton qui avait autant de charme qu'un mausolée, il émit un grognement et se tint en retrait, les mains dans les poches, le regard rivé au plafond.

Mourad partageait une chambre avec un autre étudiant. Pas grand-chose à voir. Il y avait deux lits, un de chaque côté de l'étroit espace. Chaque occupant disposait d'un bureau et d'une penderie. Jeans et T-shirts étaient entassés, sans ordre apparent, sur les différents rayonnages. Makana, conscient du fait que le gardien restait là pour le tenir à l'œil, erra nonchalamment dans la pièce.

« Il n'est pas ici », observa l'homme pour se rendre utile, comme si Makana espérait trouver Mourad caché sous le lit. Une carte du monde était scotchée au mur, au-dessus du bureau encombré de classeurs et de manuels empilés. Quand il ouvrit l'un des tiroirs, le gardien toussota, toujours sur le seuil. Une étagère, au-dessus du lit, contenait une poignée de romans. Makana lut les noms de García Márquez et Sonallah Ibrahim. Il y avait des brochures, un mélange de formulaires administratifs de l'université, divers tracts – concerts, manifestation de soutien à la Palestine, une autre pour un mouvement nommé Kifaya[1]. Sur la table de chevet trônait un réveil à l'ancienne avec double cloche et un cadran à l'effigie de Dingo. Sur le mur, une affiche noir et blanc de Malcolm X voisinait avec un poème en anglais de Langston Hughes : « Seigneur, je l'ai attendu, le Train de la Liberté ! »

Le mur d'en face était nu à part un calendrier montrant une vue nocturne de la Kaaba, à La Mecque, éclairée par des lumières d'un vert criard. Une unique photographie ornait la pièce : un jeune homme en robe blanche de pèlerin, le menton agrémenté d'une barbe clairsemée, le regard distant. Ce devait être le colocataire de Mourad. Portrait d'une personne pieuse, songea Makana.

« Vous avez une idée de l'endroit où je pourrais trouver le garçon qui partage la chambre ? »

Le gardien haussa les épaules. Pour ce qu'il s'en souciait, il aurait aussi bien pu être sur une autre planète. Makana jeta un dernier regard circulaire. Accrochée à une patère au dos de la porte, une casquette de

1. « Mouvement égyptien pour le changement », hostile au gouvernement de Hosni Moubarak. *(N.d.T.)*

style américain, rouge avec un écusson sur le devant marqué *Westies.*

« Je voudrais lui parler, au colocataire.

— Abdelhadi Wahab », dit l'homme en suivant d'un index noueux le nom scotché sur le mur. « Vous le verrez peut-être à la cafétéria. »

Réponse peu encourageante. Profitant de ce qu'il se tournait vers la porte, Makana se pencha pour décoller la photo du mur et la glisser dans sa poche revolver. Le gardien descendit l'escalier, les mains dans les poches de sa blouse élimée, affichant une assurance de propriétaire et un petit sourire supérieur. Cet endroit lui appartenait, avec ses allées et ses fontaines dignes d'un palais. À ses yeux, les étudiants ne faisaient que passer.

La cafétéria, quoique presque déserte, était bruyante et caverneuse. Un groupe d'étudiants, tout au fond, sautait en l'air en poussant des cris aigus.

« Les examens approchent, dit le gardien. Tout le monde révise.

— Est-il ici, le compagnon de chambre de Mourad ?

— Pour moi, vus d'ici, ils se ressemblent tous. » Une note d'irritation perçait dans sa voix. « Je crois l'avoir vu avec ce groupe. »

D'un geste indifférent, il indiqua le bout de la salle. Visiblement, il ne s'intéressait plus à la cause de Makana et commençait à se dire que le pourboire auquel il aurait droit, quel qu'il fût, ne serait pas une compensation suffisante pour son précieux temps. Il exhuma de sa poche une cigarette à demi fumée et demanda du feu ; Makana tendit son briquet, observant le visage en lame de couteau penché sur la flamme. L'homme avait les mouvements d'yeux vifs, furtifs, d'un chien qui s'attend à être agressé à tout moment. Son assurance de façade était un rôle qu'il endossait, à l'instar de la blouse crasseuse.

« Vous devez entendre beaucoup de choses, dans votre métier.

— Je me mêle de mes affaires. » Le gardien se redressa, la fumée suintant de ses narines comme une bouffée de désespoir. En gage de sincérité, il plaqua une main sur sa poitrine. « Sur mon honneur, je fais mon boulot. Vous voyez le nombre d'étudiants qu'il y a ici ? Bien sûr, il y a des problèmes. On ne peut pas accueillir autant de personnes sans qu'il y ait des problèmes. » Son regard se posa sur Makana. « Vous êtes là à poser des questions sur *un* étudiant. Qui peut se souvenir d'un visage sur un millier ? »

Qui, en effet ? L'homme s'éloigna d'un pas sautillant et Makana aborda le groupe de jeunes gens.

« Comment est la cantine ? »

Ils s'esclaffèrent. « Un sujet à éviter », répondit l'un des garçons en se balançant sur les pieds arrière de sa chaise. Un gars qui aimait vivre dangereusement. Cela réussit à attirer l'attention des filles, qui attendaient sans nul doute qu'il s'étale par terre. En attendant, elles tripotaient leurs foulards et considéraient Makana avec méfiance.

« Mourad Hafiz, vous savez où je pourrais le trouver ?

— Pourquoi, sa mère s'inquiète encore pour lui ? »

Les rires qui suivirent semblaient gênés et donnèrent à Makana l'occasion de réévaluer le groupe.

« Vous ne l'avez pas vu, donc ?

— C'est quoi, cet accent ? » Le garçon savourait son

moment de notoriété. « Encore un Soudanais ? C'est tout ce que ses parents ont pu s'offrir ? »

L'une des filles lui murmura un avertissement, mais le jeune homme n'allait pas rater une telle occasion.

« On devrait vous faire payer pour entrer en Égypte. On verrait, à ce moment-là, combien d'entre vous restent dans le coin. Non mais c'est vrai, on paie des impôts pour faire marcher ce pays, et ces gens-là s'imaginent qu'ils peuvent venir se servir chez nous !

— Ah bon, vous payez des impôts ? Voilà qui est intéressant. »

L'autre chercha laborieusement une réplique. « Je ne parle pas personnellement, je suis étudiant. Je parle d'une façon générale. Les Égyptiens en général. »

Les autres riaient, à présent. La chaise se renversa avec fracas, ce qui rendit la situation du jeune garçon encore plus embarrassante. Il quitta la cafétéria, entraînant deux de ses copains dans son sillage. Des deux filles qui restaient, l'une était pâle, menue, avec de l'acné et un foulard noir bon marché qui lui couvrait les cheveux ; l'autre avait le teint plus foncé et un regard plus direct.

« Vous étudiez avec Mourad ? Vous êtes de ses amies ?

— Il n'a pas beaucoup d'amis », répondit la seconde. Elle parlait d'un ton ferme, sûre de son fait. Sa compagne observait.

« Et pourquoi donc ?

— Parce qu'il est différent. »

Elle serrait contre sa poitrine, à la manière d'un bouclier, un classeur bleu décoré de chiots et de pop stars. Ses yeux dérivèrent en direction du gardien qui fumait près de la porte. Parler à des étrangers n'était peut-être pas une chose à faire à la légère.

« Il laisse tomber les études, ajouta-t-elle.

— Il l'a dit ?

— Il n'y croit plus.

— À quoi ?

— À ça. » Elle engloba d'un geste l'établissement dans lequel ils se trouvaient, comme si c'était évident. « L'instruction. L'avenir. Tout. »

Sa compagne lui donna un petit coup de coude, comme pour la mettre en garde.

« Je peux vous offrir quelque chose ? » proposa Makana en faisant un signe de tête vers le comptoir. « Une boisson, un sandwich ? »

Le visage de la seconde fille s'éclaira, mais son sourire s'évanouit quand elle vit son amie, plus conformiste, faire mine de s'en aller.

« Nous devons retourner à la bibliothèque. Nous travaillons, vous savez.

— J'aimerais juste en apprendre davantage.

— En quoi Mourad vous intéresse-t-il, au juste ?

— Ses parents se font du souci pour lui. Ils m'ont chargé de le retrouver.

— Nous ignorons où il est.

— Mais vous savez peut-être d'autres choses.

— Quoi, par exemple ? » Elle plissa les paupières, flairant un piège.

« Parlez-moi de ce que vous étudiez. Le génie civil, c'est ça ?

— Ce n'est pas ce que vous croyez. Il s'agit de planification urbaine, de fractures sociales, de notre façon d'utiliser les murs pour séparer les riches des pauvres. » Elle parlait rapidement, persuadée que cela n'intéressait pas vraiment son interlocuteur.

« Pourquoi Mourad s'est-il lancé dans ces études, à votre avis ? »

C'était une question inattendue. La fille en demeura coite. Elle semblait sidérée que quelqu'un puisse avoir envie d'entendre son opinion.

« Il veut changer le monde.

— De quelle manière ?

— Qui sait ? Mourad est un grand rêveur. »

Peut-être était-ce dû au cadre ou au ton de la conversation, mais quelque chose avait fait remonter à la surface des souvenirs du bref séjour de Makana à l'université, bien loin de là et bien des années auparavant. Il avait abandonné après un an d'histoire et de politique, convaincu qu'il était impossible d'apprendre quoi que ce soit d'utile dans un tel environnement. Il s'était inscrit uniquement pour faire plaisir à son père, mais en vérité le cœur n'y était pas. Dans les immenses auditoriums surchauffés et bourrés à craquer, les professeurs, tels des somnambules, débitaient des cours déjà récités mille fois, tandis que les étudiants à demi inconscients, vautrés sur leurs bancs, griffonnaient des notes auxquelles ils ne comprenaient rien. Il ne s'agissait pas d'élargir son esprit ni de changer le monde, mais simplement de perpétuer un mythe auquel son père, n'ayant jamais pu bénéficier lui-même d'une formation universitaire, avait adhéré. Un professeur ardemment convaincu que les diplômes étaient la clef de la prospérité.

« Que pouvez-vous me dire de son compagnon de chambre ? »

Les deux filles levèrent les yeux au ciel.

« Il doit être à la bibliothèque en train de bûcher ou de faire de la lèche aux profs. »

Makana leur montra la photo qu'il avait subtilisée dans la chambre. « C'est bien lui ? » La question déclencha des gloussements. « Vous l'avez vu récemment ? »

Elles secouèrent la tête tout en se préparant à partir. Makana parvint à leur remettre sa carte, ce qui était toujours ça de gagné.

« Vous m'avez bien aidé. J'aimerais vous parler encore de Mourad, si vous êtes d'accord. Peut-être pourriez-vous m'appeler ? » Hors de question de leur demander leurs numéros de portable.

Le gardien s'était approché furtivement, arborant toujours son expression de chien battu. Makana lui proposa une cigarette, ce qui parut le rasséréner. Ils se rendirent à la bibliothèque pour chercher le colocataire, sans succès. Tandis qu'ils ressortaient, l'homme observa avec philosophie : « Pas mal comme vie, hein ? Ils traînent là à papoter et ils ont un job pépère qui les attend à la sortie. De quoi se demander ce qu'ils ont de si spécial, non ? »

Faute de réponse appropriée, Makana lui glissa un billet dans la main. Il n'espérait pas que l'autre s'en satisfasse, mais bon… Il y a des gens qui ne sont jamais contents.

4

En repartant, Makana s'arrêta au secrétariat du vice-président afin de voir s'ils avaient une adresse pour le camarade de chambre de Mourad à Mohandessin. Par chance, ce fut le cas. La tante d'Abdelhadi était sa plus proche parente. Y voyant un bon augure, Makana prit aussitôt un taxi pour se rendre chez elle. Tandis qu'ils roulaient sur la large avenue Sharia al-Dowal al-Arabiya, son attention fut attirée par le *maïdan* devant la mosquée Mustapha Mahmoud. En temps normal, c'était un modeste carré d'herbes folles délimité par une clôture à hauteur de cheville. À présent, la place était couverte d'abris de fortune, de tentes, de bâches bleues et rouges drapées sur des cordes tendues entre les réverbères. Des cartons transformés en huttes, en cloisons, en toits pour de précaires auvents.

« Ça va mal se terminer », marmonna le chauffeur, un jeune homme emmitouflé jusqu'aux yeux dans un foulard brun.

Ce n'était pas la première fois que Makana voyait le campement. Celui-ci existait depuis des mois, mais il ne cessait de s'agrandir. Un îlot de personnes déplacées au milieu d'un fleuve à six voies de véhicules en mouvement.

« Ils pensent peut-être qu'ils n'ont pas le choix.

— Et alors ? Ils sont dans notre pays en tant qu'invités, non ? Les Cairotes ont suffisamment à faire avec leurs propres problèmes. »

Argument imparable. Une atmosphère de désespoir planait sur le camp sordide. Terminus de la ligne ? Non, plutôt un château moyenâgeux assiégé. Ces gens tentaient de pénétrer dans le monde visible et de devenir des individus de chair, dotés de droits. Ce vœu ne serait pas exaucé de bonne grâce. Makana tendit le cou pour regarder par la lunette arrière. Alors qu'ils contournaient le rond-point, il aperçut fugacement un poulet aux couleurs vives monté sur roulettes. Des lettres jaunes et rouges, style B.D., formaient le nom « Westies ». Il eut tout juste le temps de lire une adresse, proche du club de chasse, avant que le panneau d'affichage ne soit dérobé à sa vue.

Lui revint alors l'image de la tête en décomposition, gorgée d'eau, au fond du sac. Démembrer un corps exigeait beaucoup d'efforts. Ce n'était pas une tâche aisée. Cartilages, os, muscles, tendons… Pourquoi se donner tant de mal ? Vu la situation actuelle, on aurait pu balancer le cadavre au milieu de la place Tahrir sans que personne ne lève le petit doigt pour enquêter.

La tante d'Abdelhadi habitait au cinquième étage d'un banal immeuble jaune de Sharia Ramiz. Ayant jeté un coup d'œil à l'ascenseur, Makana décida de monter à pied. Il appuya sur la sonnette et l'entendit tinter au loin, mais personne ne vint ouvrir. Dans un autre appartement, Oum Kalsoum bêlait à plein régime. Le bruit se répercuta dans la cage d'escalier tandis qu'il redescendait. Il resta dans l'entrée à explorer la rue des deux côtés, se demandant ce qu'il faisait là.

Le cabinet d'Amir Medani donnait l'impression d'avoir été récemment mis à sac. La chose n'avait rien d'inhabituel, mais il était difficile d'imaginer qu'on puisse se livrer à une activité professionnelle au milieu d'un tel capharnaüm. Et pourtant, l'avocat parvenait à diriger un service juridique extrêmement efficace. Les récompenses internationales disséminées dans la pièce – qui servaient à maintenir des piles de dossiers ou à caler des étagères – témoignaient de son succès en tant que défenseur des droits de l'homme. Amir Medani, pour sa part, faisait penser à une créature nocturne peu accoutumée à la lumière du jour. Ses yeux clignaient derrière les verres ronds de ses lunettes quand il les leva de son bureau.

« J'ai le cœur fragile. Mes médecins interdisent qu'on me tombe dessus sans prévenir.

— Je pensais que tu attendrais ma visite. »

Amir Medani jeta son stylo. « Des mois que je suis sans nouvelles de toi, et tout à coup tu surgis du néant !

— N'as-tu pas donné mon nom à Munir Abaza ?

— Ah ! oui, désolé pour ça. Il cherchait un enquêteur fiable pour un de ses clients qui avait un problème. Il ne t'a pas causé d'ennuis, j'espère ?

— Pas encore.

— Tant mieux. Tu sais, c'est une relation utile, il a le bras long. Il évolue dans les hautes sphères, parmi les puissants.

— Pourquoi tes craintes, alors ?

— Parce qu'il n'est loyal qu'envers une seule et unique personne : lui-même. Mais si tu t'en fais un allié, tu auras tout à y gagner. »

L'avocat se carra dans son fauteuil et récupéra le cigare à demi fumé qui traînait dans un cendrier. Il l'examina quelques instants avant d'actionner un luxueux briquet en argent. À un peu plus de soixante ans, Amir Medani avait un style élégamment suranné – comme les costumes de bonne coupe qu'il portait toujours, fruit d'une autre époque, antérieure à son exil. En ce temps-là, les deux hommes ne se connaissaient pas encore. Contrairement à Makana, l'avocat avait été politiquement actif, organisant des meetings et des réunions secrètes. Accusé de fomenter un coup d'État, il n'avait eu d'autre choix que de quitter le Soudan pour éviter la corde.

« Il est trop tôt pour déjeuner, tu crois ? demanda-t-il en consultant sa montre. Quand je te regarde, j'ai l'impression de n'avoir rien mangé depuis une semaine. » Sans attendre la réponse, il se leva et précéda son ami vers la sortie, ralentissant juste le temps d'informer son personnel : « Nous allons déjeuner, annonça-t-il en agitant la main. Ne me dérangez qu'en cas d'urgence nationale. » Les trois femmes échangèrent des regards chargés d'appréhension.

« J'aime bien les laisser seules de temps à autre. Elles ont besoin d'apprendre à réfléchir par elles-mêmes. Le système éducatif égyptien n'encourage pas cette tendance. »

Ils descendirent l'escalier et sortirent dans la rue. Amir Medani marchait en tête selon une trajectoire sinueuse, traversant la chaussée sans prêter la moindre attention aux voitures, semant la pagaille sur son passage. Makana le suivit dans une rue transversale jusqu'à un restaurant retiré, coincé entre une parfumerie et une boutique de téléphones mobiles, qu'on n'avait aucune chance de trouver si on ne savait pas qu'il était là – ce qui expliquait qu'il fût presque désert. Derrière des cloisons en treillage de bois, l'intérieur se présentait comme une enclave de calme bien cachée. Un serveur se détacha des ombres pour les accueillir discrètement avant de les conduire à une table du fond.

« Ils ont du très bon poisson, arrivage de la mer Rouge tous les matins. »

Makana songea à son expérience matinale mais décida de ne pas faire d'histoires. Qui savait de quoi se nourrissaient habituellement les poissons ? Et la référence à la mer Rouge semblait prometteuse. Il approuva la suggestion d'un signe de tête. En quelques secondes, un verre de jus de grenade se matérialisa devant Amir Medani.

« C'est bon pour la tension artérielle, paraît-il, et comme je n'ai pas de souci de ce côté-là je continue à boire ce breuvage quotidiennement. » Makana le regarda vider le verre cul sec. « Ils veulent me décerner une nouvelle récompense. Je suis devenu un symbole de la lutte pour les droits de l'homme au Moyen-Orient. Bizarre de se considérer comme une icône, j'ai l'impression d'être l'otage d'une cause perdue. Quoi qu'il en soit, ils veulent que j'aille à La Haye pour recevoir ce trophée – et naturellement, le gouvernement fait tout pour empêcher ça. Ces gens-là nous prennent tous pour des imbéciles, mais ils savent que nous ne pouvons pas y faire grand-chose. Et avec le problème actuel des réfugiés, ils nous mènent la vie dure.

— J'ai vu le campement.

— Ne t'en approche pas trop. Un de ces jours, ils vont l'évacuer, et ce ne sera pas beau à voir. » Le serveur apporta un plateau de hors-d'œuvre. Amir Medani continua de parler pendant qu'on posait les petites assiettes sur la table. « C'est pervers. Pour punir le gouvernement de Khartoum, les Égyptiens s'en prennent à ceux qui ont fui les persécutions au Soudan. Les réfugiés prennent des coups des deux côtés. L'opinion publique a déjà pris parti contre les manifestants. La fraternité entre nations, c'est parfait tant que nous restons à notre place.

— Ce n'est pas une question à laquelle j'ai beaucoup réfléchi.

— Parce que tu aimes à te croire au-dessus de tout ça. Un de ces jours, tu vas te rendre compte en te réveillant que tout est politique.

— Ça ressemble à un discours que j'ai déjà entendu.

— Eh bien, tu vas encore y avoir droit. Toi et moi, nous survivons parce que nous avons la chance de gagner plus ou moins notre croûte, mais beaucoup n'arrivent pas à s'en sortir, surtout ceux qui ont une famille.

— Une tête coupée a échoué sur la rive du fleuve, ce matin. » Makana décrivit la scène à son ami. « Il n'y a guère d'éléments pour démarrer. Il est même difficile de déterminer s'il s'agit d'un homme ou d'une femme, mais les marques rituelles tendent à prouver qu'il s'agit d'un Soudanais du Sud.

— Pourquoi se donner la peine de séparer la tête du corps ?

— Pour en disposer plus facilement. Si le meurtrier ne veut pas attirer l'attention sur lui, ou simplement pour des raisons pratiques, il est plus aisé de se débarrasser de morceaux que d'un cadavre encombrant.

— On dirait que tu as étudié la question.

— Ce n'est pas tous les jours qu'une tête atterrit sur le pas de ma porte.

— Il y a une certaine ironie là-dedans, tu ne trouves pas ?

— En quel sens ?

— Eh bien, notre pays a connu la guerre civile, Nord contre Sud, pendant presque cinquante ans – depuis l'indépendance. Et maintenant, voilà que nous nous préoccupons les uns des autres.

— Je n'ai jamais été en guerre contre personne.

— Cet incident n'interfère pas avec ton enquête pour Munir Abaza, je présume ?

— Pas pour l'instant, non. Et si je ne m'y intéresse pas, qui le fera ?

— Bien vu. Mangeons. »

Le poisson était grillé à la perfection. Les réticences de Makana se dissipèrent.

Une conversation avec Amir Medani ne versait jamais dans la légèreté. Celle-ci s'orienta inévitablement sur la crise au Darfour. Les estimations du nombre de victimes allaient de deux cent mille à près d'un million.

« En Amérique, où ils s'y connaissent en massacres, les gens donnent des millions de dollars. À Hollywood, des acteurs prêtent leur nom à la cause. On parle de génocide. » Il roula des yeux effarés. « Bien peu auraient été capables de situer le Darfour sur une carte il y a encore un an – et aujourd'hui, subitement, ils veulent tous le sauver. “Hors d'Irak, tous au Darfour!” est le slogan du moment.

— Nous ne sommes pas suffisamment importants pour justifier une invasion.

— Voilà, exactement.» Medani s'essuya la bouche avec une serviette en papier. «Tu sais qu'ils essaient d'inculper notre président? Ils veulent le faire juger pour crimes de guerre.

— C'est pour ça qu'ils t'ont invité à La Haye?

— Cette idée m'a traversé l'esprit. Il n'y aurait jamais de procès, évidemment, même s'ils parvenaient à l'arrêter.» Avec un soupir, Amir Medani sortit de sa poche son cigare entamé, qu'il ralluma d'un air songeur. «Il faut croire que je vieillis. Je ne pense pas qu'il existe encore des gens qui croient à la loi. Comme pour tout le reste, il s'agit simplement de sauvegarder les apparences. Je ne peux pas refuser la récompense, mais j'ai bel et bien le sentiment d'être utilisé.

— J'ai du mal à imaginer candidat plus improbable.

— En attendant, les réfugiés qui font ce sit-in sur la place sont pris au piège entre deux gouvernements qui se fichent de leur sort. L'ONU a dix-sept mille cas en souffrance. Ce n'est même pas son job. Techniquement, la responsabilité incombe au gouvernement.» Amir Medani exhalait la fumée comme un moteur dégageant de la vapeur.

«Où me conseillerais-tu d'aller si je voulais en apprendre davantage sur les Sudistes?

— Dans l'une de leurs églises. À ta place, j'essaierais Notre-Dame Joséphine à Arba Wa Nus.

— Je ne sais même pas où c'est.

— La réponse est dans le nom : quatre kilomètres et demi – à partir de la route de Suez, précisément.

Le quartier était connu naguère sous le nom d'Ezbet al-Haggana, mais ne t'attends pas à un accueil chaleureux. » Le sourire d'Amir Medani était celui d'un homme qui aime les secrets. « Toi et moi, à leurs yeux, nous sommes l'ennemi. »

5

Le soleil était sur le point de se coucher lorsque Makana descendit d'un taxi à proximité du club de chasse. Westies n'était pas difficile à localiser : un immense panneau publicitaire passablement défraîchi, couvrant au moins quatre étages, grimpait sur le côté du bâtiment qui faisait face à la rue. Au moins dix années de poussière, de pluie et de soleil avaient laissé des traces de leur passage. « Poulet cuit au barbecue avec notre sauce spéciale goûteuse », proclamait fièrement l'affiche. Le logo du restaurant, peint en lettres jaunes et rouges, était accompagné de l'image que Makana avait repérée sur la casquette accrochée dans la chambre de Mourad : un poulet chaussé de patins à roulettes, brandissant une boîte qui contenait sans nul doute l'un de ses congénères moins chanceux, à présent rôti et arrosé de sauce spéciale. *Westies… miam!* Maintenant qu'il voyait la pub, Makana se rappelait avoir consommé un jour l'un de leurs produits. L'atelier de réparation de voitures d'Ali Shibaker n'était pas loin de là. Ils livraient les plats non pas en patins à roulettes mais au moyen de scooters ou de petits vans.

L'intérieur était triste comme seul peut l'être un endroit qui s'efforce de paraître gai. Les couleurs avaient pâli. On aurait dit un concept qui avait fait son temps, une franchise qui avait perdu sa raison d'être. Au-dessus du comptoir, des enseignes rétroéclairées béaient comme des bouches édentées là où des néons avaient expiré. À l'autre bout, un jeune homme mollement appuyé sur la caisse irradiait toute la joie de vivre d'un condamné attendant sa grâce. Un large passe-plat, derrière lui, offrait une vue imprenable sur la cuisine d'où provenaient des bruits de dispute.

« Comment peut-on en avoir une ? » demanda Makana en indiquant la casquette que portait le jeune homme.

Celui-ci se redressa et leva une main vers sa tête. Il avait l'air incertain, comme si la question recelait un piège qui lui échappait.

« Il faut travailler ici », répondit-il en faisant la moue, comme si cette idée était d'une absurdité patente.

Une porte battante s'ouvrit à la volée et une femme d'une vingtaine d'années, petite et solidement bâtie, sortit en trombe de la cuisine, sans cesser d'invectiver quelqu'un derrière elle. Le langage des fast-foods semblait requérir une certaine dose d'anglais ou d'américain. En ce qui concernait Makana, ils auraient aussi bien pu parler mandarin.

« C'est la patronne ? s'enquit-il.

— Ruby, acquiesça l'autre. Vous ne voulez rien commander ?

— Laissez-moi réfléchir. »

Makana fit un signe de tête en direction de la femme. À contrecœur, le jeune homme quitta son poste pour aller la chercher. Au cas où il y aurait eu un doute, le prénom « Ruby » était écrit en anglais sur le badge épinglé de travers sur sa poitrine.

« Pourrais-je vous parler quelques minutes ? demanda Makana.

— Il y a un problème ? dit-elle en fronçant les sourcils, immédiatement sur la défensive.

— Vous êtes la seule à diriger cet établissement ?

— Non, nous sommes deux. Mais nous avons des créneaux horaires différents. »

Elle remonta ses lunettes sur son nez. Elle n'était pas bien grande, ce qui accentuait sa corpulence. Avec le genre de nourriture qu'on servait là, le poids s'en ressentait. L'odeur écœurante commençait déjà à donner la nausée à Makana. La jeune femme indiqua une table recouverte de formica, à mi-chemin de la salle.

« Ruby, c'est votre vrai nom ? dit Makana en indiquant le badge en plastique jaune.

— Écoutez, si vous venez à cause des non-Égyptiens qui travaillent chez nous… » Elle baissa la voix. « Tout a été réglé.

— Je suis heureux de l'apprendre.

— Je ne peux donc pas vous payer, si c'est pour ça que vous êtes venu.

— Il ne s'agit pas de cela.

— Alors je ne comprends pas. »

Des visages curieux, agglutinés dans l'ouverture du large passe-plat, les espionnaient sans vergogne. La présence de Makana suscitait une appréhension qui avait manifestement pris le pas sur les difficultés qu'ils rencontraient en cuisine. Il sortit de sa poche la photo que lui avait donnée Mme Hafiz et la posa sur la table.

« Est-ce que vous le connaissez ? »

Le regard de Ruby ne fit qu'effleurer la photo avant de revenir se fixer sur Makana.

« Il a des ennuis ?

— Cela fait plus de deux semaines qu'il a disparu. Ses parents sont sans nouvelles de lui et ils s'inquiètent. »

Elle reporta son attention sur le portrait et, cette fois, s'y attarda.

« Il travaillait ici, en effet. Officiellement, je suppose que c'est toujours le cas, mais ça fait un moment qu'il ne s'est pas pointé.

— N'est-ce pas inhabituel ? »

Ruby haussa les épaules. « Nos employés trouvent d'autres jobs. Personne ne travaille dans un fast-food à moins d'y être obligé. »

Sous la carapace endurcie, Makana détecta une certaine anxiété.

« Pouvez-vous me dire précisément depuis combien de temps il n'est pas venu ?

— Deux semaines, à peu près. Difficile de vous répondre sans consulter le registre.

— Vous pouvez le faire ? »

Elle hésita, comme si elle n'était pas encore très sûre de lui faire confiance.

« J'en ai pour une minute. »

Elle disparut par les portes battantes de la cuisine. On entendit d'autres voix, puis le silence. Makana regarda autour de lui. Une mince jeune fille au teint foncé lavait le sol avec un balai à franges, poussant un seau métallique à roulettes entre les tables. Il vit tout de suite qu'elle était originaire du Sud. Le dos cassé par la fatigue, elle ne leva pas la tête une seule fois.

« Ça fait moins de deux semaines, annonça Ruby à son retour, brandissant une feuille de présence.

— Pouvez-vous me dire la date précise ?

— Bien sûr. » Elle parcourut de l'index la feuille du haut en bas. « C'était le 13 décembre, ce qui fait donc… » Elle compta sur ses doigts.

« Neuf jours.

— C'est ça.

— Ça fait longtemps qu'il travaille ici ?

— Environ six mois, je dirais. Depuis l'été.

— Que pouvez-vous me dire sur lui ?

— Sur Mourad ? » Elle porta une main à ses cheveux, un peu gênée. « Un grand bosseur. Pour le taquiner, je lui disais que s'il s'en donnait les moyens, il aurait bientôt mon job. Il est du genre à pouvoir accomplir n'importe quoi s'il le décide.

— Voulait-il votre poste ?

— C'est justement ça. Le cœur n'y était pas.

— Savez-vous pour quelle raison il travaillait ici ?

— Pourquoi travaille-t-on dans un fast-food ? répondit-elle en roulant les yeux. Il avait besoin d'argent.

— Savez-vous que ses parents possèdent un restaurant ?

— Je savais qu'il avait de l'expérience, ce qui est rarissime dans un endroit comme ici, mais il n'en parlait pas.

— Le job ne requiert pas de talents culinaires ?

— Tout est automatisé. C'est comme de travailler dans un garage. Un singe savant pourrait le faire. Ce serait d'ailleurs plus facile de diriger un singe que cette bande d'incapables.

— Mourad a-t-il jamais évoqué un départ ?

— Non, pas vraiment. Mais maintenant que j'y pense, il a déjà disparu deux fois.

— Comment ça, disparu ?

— J'entends par là qu'il ne s'est pas présenté au boulot. Aucune explication, il a juste dit qu'il avait quitté la ville pendant deux jours. Sans préciser pourquoi.

— Vous ne l'avez pas questionné ?

— C'était son affaire. Bien sûr, je lui ai remonté les bretelles, mais c'était un gars travailleur, consciencieux. Vous lui demandiez quelque chose, ce n'était pas la peine de le lui dire deux fois, contrairement à d'autres que je pourrais nommer. »

Elle jeta un coup d'œil vers le passe-plat, où apparaissaient par moments des visages qui les observaient à la dérobée avant de disparaître. Apparemment, ce n'était pas le coup de feu. Derrière lui, Makana entendait le claquement mouillé de la serpillière et le crissement du seau qui se rapprochait.

« Donc, vous avez dû être surprise quand il a cessé de venir ?

— Ma foi, comme je l'ai dit, ça va et ça vient.

— Et c'est tout ? J'ai le sentiment que vous le connaissiez mieux que les autres.

— On bavardait. » Elle eut un haussement d'épaules vaguement embarrassé. « Il a des ennuis ?

— Je n'en sais rien, répondit Makana. À ce stade, c'est impossible à dire.

— Mais il doit bien y avoir une indication. Les gens ne disparaissent pas comme ça…

— Si vous me permettez cette question, comment avez-vous atterri ici ? »

Ruby lui adressa un long regard. « Mon père a fait

une attaque, il ne peut plus travailler. Il a besoin de soins constants, alors ma mère doit s'occuper de lui. J'ai quatre frères et sœurs plus jeunes dont trois sont encore à l'école. Le plus grand est à l'université. Il faut bien subvenir à leurs besoins. J'ai pris le premier emploi que j'ai pu trouver.

— Et maintenant, vous êtes la patronne.

— Je ne grimperai pas plus haut, à moins de gagner un million de dollars, de pouvoir racheter l'affaire et commencer à édifier mon propre empire. Pour l'instant, il n'y a guère de chances que ça m'arrive, alors je reste là et je passe mes nerfs sur ces nullards. »

Du coin de l'œil, elle vit s'ouvrir les portes battantes et bondit aussitôt sur ses pieds. Le nouveau venu avait une expression féroce sur son visage rond. Il portait une chemise bleue et une cravate à clip rouge. Sa fine moustache ajoutait à sa physionomie une curieuse touche de vanité. Il balaya d'un geste les tentatives d'explication de Ruby.

« Je m'en moque. Nous essayons de diriger une affaire, là. Toute requête doit être adressée par écrit à notre siège social. Vous le savez, non ?

— Monsieur Khalil ? » Elle lui fit signe qu'ils avaient intérêt à s'éloigner un peu et Makana la regarda discuter à voix basse. Il n'aurait su dire ce qu'elle racontait, mais ses arguments semblèrent porter. M. Khalil lissa sa cravate ornée du logo de poulet, puis il tourna les talons et s'en alla. Les portes de la cuisine battirent derrière lui.

« Que lui avez-vous dit ?

— Que vous étiez un inspecteur du gouvernement et que, s'il ne me laissait pas gérer ça à ma manière, nous risquions la fermeture.

— Et il a accepté cette explication ?

— C'est un homme, soupira Ruby. Il aime à penser qu'il est le patron, mais il sait bien qu'il ne pourrait jamais s'en sortir sans moi. »

6

Makana décida de regagner l'*awama* à pied, ce qui lui prit quasiment une heure. Il n'était pas pressé et cela lui donna le loisir de réfléchir. Jusqu'à présent, il avait appris que Mourad avait préféré prendre un emploi dans un fast-food plutôt que d'aider ses parents au restaurant familial. D'après eux, il avait disparu trois semaines plus tôt mais, pendant douze jours, il avait été suffisamment bien portant pour aller travailler chez Westies, alors même qu'il n'avait pas donné signe de vie à ses parents. Rien d'inhabituel là-dedans. Pour un jeune homme en quête d'indépendance, le désir de prendre ses distances avec sa famille était tout naturel. Neuf jours auparavant, quelque chose était venu changer la donne, mais quoi au juste ? Personne n'avait vu Mourad. Qu'il se soit volatilisé à l'approche des examens semestriels donnait à penser que, s'il avait disparu de son plein gré – et pour le moment, rien n'indiquait le contraire –, cela signifiait tout bonnement que ça ne l'intéressait plus de devenir ingénieur, qu'il voyait son avenir ailleurs. Même les jeunes idéalistes qui rêvent de changer le monde sont parfois sujets au doute.

Makana s'arrêta pour contempler le Nil en fumant une cigarette. À cette heure de la journée, lorsque le soleil déclinait et que les ombres émergeaient pour engloutir la ville, celle-ci offrait son visage le plus énigmatique. De l'autre côté du fleuve, des néons s'animaient en clignotant, jetant sur le monde leur canevas tape-à-l'œil. Des voitures traversaient lentement le pont, telles de vaporeuses pensées glissant dans l'oubli.

Mourad avait-il fait un genre de dépression nerveuse ? Il ne serait pas le premier étudiant dans ce cas. Avait-il abandonné ses études pour partir sous d'autres cieux, en quête d'une meilleure vie ? Si oui, où ? Poussé par la curiosité, Makana dépassa l'*awama* pour aller jusqu'à l'endroit où le pêcheur avait fait sa macabre prise. La berge était boueuse, lacérée par les badauds qui l'avaient piétinée le matin même. Un bout de plastique déchiré flottait au vent ; d'autres débris gisaient çà et là, abandonnés par les policiers dans leur hâte de quitter les lieux. Il se promit de passer un coup de fil à Okasha pour s'assurer qu'ils n'avaient pas mené la vie dure au pêcheur. La police ressentait parfois le besoin d'écraser quelqu'un, histoire de bien montrer qui commandait.

En grimpant l'escalier donnant accès au pont supérieur, Makana se rappela la lassitude qu'il avait éprouvée ce matin-là. À présent, il était fatigué mais optimiste. À mi-hauteur, il entendit quelqu'un tousser et, parvenu sur le pont, il s'aperçut que Sami Barakat avait squatté son antre. Le journaliste était recroquevillé sur le divan, une couverture autour des épaules, ses cheveux indisciplinés et son visage éclairés par la lueur de son ordinateur portable.

Ses lunettes brillèrent quand il leva la tête. « Aziza m'a laissé entrer, j'ai pensé que tu ne t'en formaliserais pas.

— M'as-tu déjà vu te refuser quoi que ce soit ?

— Je n'y avais jamais réfléchi, mais tu as raison. Les amis sont faits pour ça.

— Je ne me plains pas, mais que pense ta femme de ta décision de t'installer chez moi ?

— Aaah ! fit Sami avec un geste qu'on ne pouvait décrire autrement que comme un moulinet philosophique.

— Je ne suis pas sûr de saisir l'idée. Ne me dis pas que tu traverses encore une de tes phases ?

— Je ne sais pas. » Sami ôta ses lunettes et se frotta les yeux. « C'est à croire que je ne suis pas assez bien tel que je suis. Elle veut faire de moi quelqu'un d'autre.

— Peut-être voit-elle chez toi quelque chose qui nous échappe ?

— C'est toujours possible. »

Sami posa l'ordinateur de côté et se redressa avec difficulté. Makana se dirigea vers le coin où trônait un petit réchaud à kérosène et se mit à préparer du café.

Au fil des années, il avait progressivement pris ses quartiers sur le pont supérieur. L'*awama* était tout simplement trop grande pour lui. Le pont inférieur, humide, était désormais converti en réserve. En haut, il avait l'essentiel : ses livres, ses dossiers et les piles de journaux qui constituaient ses archives. Il y avait une salle de bains et des toilettes à l'étage en dessous, et une cuisine qu'il utilisait rarement. En haut, il avait l'impression de respirer. Il n'était jamais parvenu à dormir en bas ; c'était confiné, trop près de l'eau, ça le rendait claustrophobe. En haut, sans aller jusqu'à dire qu'il volait, au moins il flottait encore, c'était déjà ça.

« Tu n'as jamais eu le sentiment que tu n'étais pas en harmonie ? Jamais eu de doutes ? » interrogea Sami.

Makana réfléchit. Son expérience de la vie conjugale remontait à longtemps. Plus de quatorze ans avaient passé depuis la mort de Muna, et pas un seul jour ne s'était écoulé depuis lors sans qu'il pense à elle. Il versa des cuillerées de café dans le petit pot en cuivre.

« Jamais. »

Il actionna le levier plusieurs fois et frotta une allumette. La flamme bleutée vacilla sur les bords du brûleur. Il mit le café à chauffer et alluma une cigarette.

« Si tu veux mon avis, tu serais fou de quitter Rania, dit-il en soufflant l'allumette.

— Je pensais que tu te montrerais compréhensif.

— Tu ne me remercierais pas de te mentir.

— Ça, je n'en suis pas sûr.

— Je ne sais pas ce qui te turlupine, mais en tout cas ce n'est pas sa faute.

— Tu en as parlé avec elle ? demanda Sami, alarmé.

— On se connaît depuis combien de temps, toi et moi ?

— Ce n'est pas la première fois que tu me vois dans cet état, c'est ce que tu veux dire ?

— Alors, qu'est-ce que c'est ? s'enquit Makana. Ce qui te tracasse ?

— Oh, les trucs habituels. » Sami s'allongea en soupirant, les mains derrière la tête, et regarda le plafond. Un homme contemplant son avenir et n'y voyant que des problèmes. « Ce pays. La mouise dans laquelle nous sommes. » Comme toujours avec Sami, il n'était pas possible de séparer sa vie privée de l'état du monde. « Je suis intimement convaincu que les gens ont le droit de savoir ce qui est fait en leur nom. Or, plus je regarde autour de moi, plus cela devient impossible. Nous vivons un mensonge. Nos politiciens n'ont qu'une seule préoccupation : se remplir les poches. Le président et ses amis vivent sur une autre planète, souriant aux caméras pendant qu'ils bradent tout ce sur quoi ils peuvent mettre la main. » Il leva la tête pour vérifier que Makana écoutait toujours. « Sais-tu que nous vendons nos réserves de gaz naturel à Israël pour une fraction de leur valeur marchande ? Que se passera-t-il quand il ne restera plus rien ? Que ferons-nous alors ? Et pourquoi agissons-nous de la sorte ? Pour des raisons politiques ? Pour préserver la stabilité dans la région ? Non, parce que quelqu'un y a vu le moyen de réaliser un rapide bénéfice et de nous baiser par la même occasion. Tu sais ce qui est stupéfiant ? Si j'écris un article là-dessus, je risque la prison pour trahison parce que c'est considéré comme un problème de sécurité nationale. Marrant, hein ?

— Tu ne devrais pas être ici. Tu devrais prendre des vacances.

— Où veux-tu que j'aille ? Existe-t-il un endroit où je pourrais cesser de penser à tout ça ? Une drogue, peut-être ? C'est peut-être ça, la solution. Rania est ma femme et je l'aime, mais nous avons des visions de l'avenir radicalement différentes. Elle est optimiste, tu imagines ? »

Makana sentait bien où cela menait mais, avant qu'il ait pu dire un mot, le café se mit à bouillir. Il le laissa déborder du pot avant de baisser le feu puis de l'augmenter à nouveau. Trois fois, c'était la règle.

Il ajouta du sucre, remua et versa le breuvage dans deux petites tasses.

« Mais assez parlé de mes préoccupations, déclara Sami, rasséréné par le café. Aziza m'a dit que vous aviez eu de l'animation dans le coin, ce matin. »

Makana lui raconta ce qui s'était passé.

« Seulement une tête ? Aucune trace du reste ?

— La police a dragué cette partie du fleuve sans rien trouver d'autre.

— Ben voyons, j'imagine qu'ils se sont drôlement décarcassés. Un de moins qui causera du souci. »

En d'autres temps, une tête émergeant de l'eau aurait été considérée comme un présage, un signe du mécontentement des dieux. Aujourd'hui c'était un désagrément, un incident qui les détournait de la tâche consistant à débarrasser la ville d'intrus indésirables. Makana aurait été bien incapable de dire pourquoi il y voyait quelque chose de personnel. Il ne pouvait pas l'expliquer. Peut-être était-ce simplement un moyen d'évacuer la tristesse. Le sentiment que, dans d'autres circonstances, c'était son cadavre à lui qui aurait pu échouer sur la rive. Et puis il y avait le souvenir du soir où sa femme et sa fille, des années plus tôt, avaient coulé à pic dans ce même fleuve. Était-ce pour lui une façon tordue de boucler la boucle ?

Pourquoi était-il si difficile de laisser le passé derrière soi ? Le Nord et le Sud étaient liés par une histoire de discrimination. Les Soudanais du Sud portaient le souvenir d'avoir jadis été esclaves ; ceux du Nord traînaient le fardeau de leurs ancêtres esclavagistes. Makana avait eu peu de rapports avec les Sudistes ici, en Égypte. Culturellement et socialement ils étaient différents, enchaînés les uns aux autres par une histoire commune, par les frontières que le destin leur avait assignées. Il en voyait parfois dans les rues, vendeurs sur le marché ou simples passants, mais lui et eux n'évoluaient pas dans les mêmes cercles. Il y avait presque un manquement, de sa part, dont il aurait dû avoir honte.

La sonnerie de son portable interrompit le cours de ses pensées. C'était Sahar Hafiz, la sœur de Mourad.

« J'espérais que nous pourrions parler, dit-elle.

— Serait-il possible de se rencontrer ? proposa-t-il, pensant qu'elle se montrerait peut-être plus diserte en l'absence de ses parents.

— Oui, ce serait préférable. Demain, c'est possible ? »

Ils se donnèrent rendez-vous dans une librairie branchée de Zamalek, à deux pas des Jardins de Verdi. La communication terminée, Makana s'aperçut que Sami le dévisageait.

« Mystérieux rendez-vous avec une femme ? Voilà qui est nouveau.

— Comment sais-tu qu'il s'agissait d'une femme ?

— Ta voix change quand tu t'adresses à une représentante du beau sexe. »

Première nouvelle pour Makana. Il soupçonna Sami d'aller à la pêche aux infos, mais se sentit néanmoins obligé de lui parler de Mourad Hafiz.

« Quoi de mystérieux là-dedans ? Ce garçon a simplement décidé que les études étaient une perte de temps. Tu ne peux pas le lui reprocher. Au contraire, félicite-le de s'être ressaisi. Souhaite-lui bonne chance. »

Sami semblait en proie à des bouffées délirantes.

Cela avait sans doute un rapport avec la crise de son couple, subodora Makana.

« C'est un rêveur, apparemment. Il veut sauver le monde.

— Par quel moyen ?

— Je ne sais pas trop. » Makana alluma une cigarette, sentit la brûlure rassurante du tabac dans sa gorge.

« Rania a un cousin qui est chercheur à Ain Shams, dans le domaine de l'urbanisme. Ça pourrait peut-être t'aider de lui parler. »

Pendant que Sami cherchait un moyen de contacter ledit cousin sans passer par Rania, Makana donna un coup de fil à Sindbad, qui parut heureux de l'entendre, comme toujours après une longue période sans nouvelles. Il ne travaillait pas à proprement parler pour Makana, mais il existait entre eux un arrangement tacite : lorsque Makana avait besoin de ses services, Sindbad se rendait disponible. Et en échange… Makana faisait de son mieux pour le dédommager de sa peine, même si l'argent n'était manifestement pas le seul facteur qui poussait Sindbad à lui servir de chauffeur. Dès qu'il reconnut la voix de Makana, il entreprit de lui décrire la morne réalité de la vie ordinaire d'un chauffeur de taxi.

« Une semaine entière, *ya bash-muhandis*, à véhiculer des Américains, et pas simplement au musée ou à Gizeh. Oh ! non, jusqu'à Sakkarah, Dahchour et même Memphis. En vérité, ils nous mettent la honte, ces étrangers. Ils en savent plus que nous sur notre pays, je vous le jure ! Nous avons visité des pyramides dont je n'avais jamais entendu parler. En plus, ils m'ont payé exactement le montant convenu, sans marchander à la dernière minute pour essayer d'obtenir une ristourne.

— Ça fait plaisir d'entendre qu'il y a encore des gens honnêtes de par le monde. »

Ils se mirent d'accord sur le lieu et l'heure. Après avoir raccroché, Makana se tourna vers Sami qui lui tendait son portable. Le cousin de Rania connaissait effectivement Mourad Hafiz et était disposé à en parler.

« Nous avons organisé un atelier pour eux, il y a trois mois. Je me souviens de lui. Un garçon intelligent mais qui manquait de vision, comme beaucoup de jeunes d'aujourd'hui.

— J'essaie de me faire une idée de sa personnalité, des choses qui l'intéressent.

— Les mêmes choses qui intéressent tous les gosses de cet âge, du moins ceux qui ont un minimum d'intelligence. Il juge le monde injuste. La répartition des richesses. C'était l'objet principal de notre groupe de travail : la décrépitude urbaine, les diverses communautés qui vivent éparpillées aux quatre coins de la ville. Il était très choqué, je crois, de se rendre compte à quel point la situation est difficile pour certains.

— Vous parlez des quartiers pauvres, c'est ça ?

— Des réfugiés. Les Soudanais, principalement, mais aussi les Érythréens, les Éthiopiens, les Africains en général. Eux, ils ont droit au pire.

— Cela devait se passer après le début du sit-in devant la mosquée de Mohandessin ?

— À peu près à ce moment-là, oui. »

Makana remercia son interlocuteur avant de raccrocher, puis se tourna vers Sami pour lui rendre son téléphone. Le journaliste était occupé à vider le contenu d'un sac à dos.

« Ça ne te dérange pas, au moins ?

— Pourquoi voudrais-tu que ça me dérange ? » Makana indiqua le sac. « On dirait que tu envisages de rester un moment.

— Ma foi, jusqu'à ce que les choses se tassent. Va savoir combien de temps ça peut prendre…

— Va savoir », dit Makana en écho.

Sami sourit jusqu'aux oreilles. « De toute façon, les amis sont faits pour ça, hein ? Si tu commandais quelque chose pour le dîner pendant que je prends une douche ? »

7

L'église Notre-Dame Joséphine était protégée par un mur de parpaings gris. Des coulées de ciment semblables à des larmes pétrifiées, miracle quotidien, suintaient de fissures çà et là. On apercevait juste le haut du toit qui dépassait : des plaques de tôle ondulée rouillée, découpées et courbées de manière à former une flèche rudimentaire. L'édifice improvisé disait quelque chose du dévouement et de l'humilité des membres de la congrégation, comme si leur foi avait été mise en forme à partir des rebuts de la ville. La porte de la cour intérieure, faite du même matériau, résonna comme un tambour lorsque Makana frappa. Un visage s'encadra dans un petit guichet pratiqué dans le métal, à hauteur de taille.

« Oui ? »

Makana se pencha pour s'adresser à la voix : « Je voudrais parler à un prêtre ou à un responsable. »

L'homme le considéra d'un œil méfiant. « Qu'est-ce que vous voulez ?

— Je ne vais pas en discuter dehors. Allez chercher quelqu'un, je vous prie.

— Vous n'avez rien à faire ici.

— C'est vous, le prêtre chargé de cette église ?

— Non, mais c'est moi qui vous le dis. »

L'attitude de l'homme avait quelque chose de dur, d'inébranlable, qui allait au-delà de la simple suspicion. Ni les menaces ni l'argent ne lui feraient ouvrir la porte.

« Écoutez, je ne cherche pas les ennuis. Laissez-moi juste parler au responsable.

— Cornelius ! Faites entrer ce monsieur, je vous prie. »

Makana attendit, le temps que le portier exhume un trousseau de clefs pour déverrouiller le cadenas et fasse ensuite coulisser la lourde chaîne. La tâche ne lui était pas facilitée par le fait que son bras gauche se terminait par un moignon d'aspect rebutant.

La porte pivota sur ses gonds, dévoilant un homme corpulent en soutane blanche. Une silhouette ronde et courtaude, les mains croisées derrière le dos, se tenait à côté d'un palmier solitaire planté au milieu de la cour dénudée. L'arbre dépassait à peine l'homme, pourtant de petite taille. Celui-ci déclara s'appeler père Saturnius.

« Toute personne qui vient ici dans un esprit de paix est la bienvenue. » Le sourire du prêtre révéla un large interstice entre ses deux dents de devant proéminentes.

La cour intérieure était dominée par l'église, structure toute simple faite de parpaings gris comme le mur de clôture. Une grande croix en bois se dressait au-dessus du toit voûté. Sur un côté, la cour était bordée d'une rangée de petites pièces que reliait entre elles une galerie basse soutenue par des poteaux peints en vert. Une guirlande d'ampoules multicolores entourait une crèche en bois, de fabrication artisanale, destinée à marquer l'approche de la Nativité. Le père Saturnius, tête penchée, écouta Makana lui exposer l'objet de sa visite. Lorsque celui-ci déclara qu'Amir Medani lui avait recommandé de venir voir l'église, le prêtre se montra plus cordial.

« Amir est un grand ami. Il nous a représentés plusieurs fois au tribunal, offrant toujours ses services gratuitement. Un homme généreux, plein de noblesse. »

Tout en montrant le chemin, Saturnius indiquait les différents bâtiments et leur utilisation. Makana, semblait-il, avait droit à la visite complète.

« Une salle de classe pour enseigner aux plus jeunes. Une cantine nous permet de fournir des repas aux personnes dans le besoin. Nos ressources sont limitées, mais les gens ont du mal à subsister. Nous faisons tout notre possible. »

Le mur était décoré de peintures naïves figurant des scènes de la Bible : Moïse dans le désert, accompagné d'un buisson ardent ; l'exode d'Égypte ; les Tables de la Loi descendant des cieux sur des ailes emplumées ; Jésus entrant à Jérusalem ; Noé embarquant des animaux à bord de son arche, deux par deux. Le style des œuvres parut vaguement familier à Makana. Arrivé au bout de la fresque, il trouva la réponse qu'il cherchait : le nom « Fantômas » était griffonné tout en bas. Le père Saturnius fut ravi d'apprendre que son visiteur connaissait également l'artiste.

« Il travaille avec un de mes amis, expliqua Makana.

— C'est l'un de nos soutiens les plus dévoués. Il est venu nous proposer ses services. Il dirige des ateliers pour les enfants. C'est merveilleux de partager ainsi les dons reçus de Dieu.

— Sans aucun doute. »

Ils se trouvaient à présent devant une fresque consacrée à Joséphine Bakhita, qui avait donné son nom à l'église.

« Dans ce cas précis, j'ai été particulièrement heureux du résultat. »

Le panneau était une illustration de la vie de la sainte. Née au Darfour au XIXe siècle, elle fut battue et scarifiée par des marchands d'esclaves qui l'avaient capturée. Le salut se présenta sous la forme d'une famille italienne à laquelle, par bonheur, elle fut vendue. Quand la révolte islamiste du Mahdi balaya le Soudan, dans les années 1880, ses maîtres décidèrent de l'emmener avec eux en Italie pour assurer sa sécurité.

« Là-bas, elle était vénérée. Elle a déclaré un jour que si jamais elle rencontrait ceux qui l'avaient enlevée et réduite en esclavage, elle les remercierait à genoux, car c'était grâce à eux qu'elle avait découvert le Christ. » Le prêtre rondouillard irradiait littéralement. « Il ne saurait y avoir de meilleur exemple des valeurs que nous essayons de transmettre à nos jeunes. »

Deux pièces étaient réservées à un petit dispensaire et à un cabinet de consultation. Des gens alignés sur un banc attendaient, plusieurs avec des enfants. Une mince femme blanche aux cheveux blonds coupés court apparut sur le seuil. Elle portait une blouse de labo et un stéthoscope autour du cou.

« Et voici notre médecin. » Un grand sourire fendit le large visage du père Saturnius. Il présenta la femme comme étant une praticienne américaine, Liz Corbis. « Hélas, elle est avec nous pour trop peu de temps. »

Makana lui aurait donné dans les quarante-cinq ans, mais elle avait quelque chose d'ingénu et semblait gênée d'être le centre de l'attention. Elle examina Makana, croyant qu'il ne la voyait pas.

« Mlle Corbis et son frère, le révérend Preston, nous ont été d'un grand secours en cette période difficile, expliqua le prêtre. Nous ne recevons aucune aide du gouvernement de notre pays ni de celui-ci. Nous dépendons de la miséricorde divine et de la générosité de quelques étrangers. Cela fait combien d'années que vous revenez parmi nous, docteur Corbis ?

— Oh, c'est notre cinquième année.

— Tous les ans, nous bénéficions de leur assistance durant quelques courtes semaines. Nous allons vous laisser recevoir vos patients, docteur. »

Sur un bref au revoir, la femme se retira dans son cabinet. Makana n'avait toujours pas abordé le motif de sa visite, mais cela pouvait attendre. Gagner la confiance du prêtre était sa priorité.

« Voulez-vous que je vous dise ce qui est le plus dur ? C'est de prêcher aux jeunes, de leur expliquer qu'ils ne doivent pas répondre à la haine par la haine. »

Le bureau du père Saturnius se trouvait tout au bout. Ici aussi, à l'extérieur, un banc était à la disposition des visiteurs – en l'occurrence, un jeune homme. La pièce était chichement meublée. Une simple table faisait office de bureau. Un placard bas, bancal, à la peinture écaillée, était calé par un bloc de bois brut. Derrière la table était accroché un crucifix présentant une statuette en argile du Christ en croix, ensanglanté. De l'autre côté, des coupures de journaux et des photographies étaient fixées à un tableau d'affichage. Le père Saturnius installa son corps massif sur la chaise grinçante.

« Comment convaincre une génération qui, depuis l'enfance, n'a connu que la guerre et l'exclusion, de ne pas répondre à la violence par la violence ? C'est une question qui me taraude chaque jour. Le jeune homme assis dehors a un problème de drogue. C'est courant parmi les jeunes. Ils sniffent de la colle, de l'essence, tout ce qui leur tombe sous la main. Et moi, tout ce que j'ai à leur offrir, ce sont les enseignements du Christ, la conviction que nous devons apprendre à tendre l'autre joue.

— À vous entendre, vous avez du pain sur la planche. »

Le père Saturnius leva les mains d'un air résigné. « J'aimerais pouvoir dire que je crois que ça marche… À présent, je vous en prie, dites-moi ce qui vous amène. »

Makana décrivit les restes humains que le pêcheur avait retirés du fleuve la veille au matin. Le prêtre poussa un gros soupir.

« Tragique histoire, mais en quoi êtes-vous concerné ?

— Je ne le suis pas… Enfin, pas vraiment. »

Le prêtre haussa les sourcils. « Vous faites ça juste pour combattre l'injustice ?

– Je ne le dirais pas en ces termes. Des gens viennent me demander de l'aide, et parfois je peux leur être utile. En échange, ils me versent des honoraires pour mes services. Ce n'est pas un métier lucratif, mais c'est ce que je fais le mieux.

– Pardonnez-moi si je suis indiscret, mais n'avez-vous pas travaillé précédemment dans les services de sécurité ?

— J'étais policier avant de venir en Égypte. J'ai eu des démêlés avec le régime, ce qui explique comment je me suis retrouvé ici.

— Votre situation n'est donc pas si différente de la nôtre. » Un sourire malicieux passa sur le visage du prêtre. « Pardonnez-moi d'être si inquisiteur, mais je ne saisis toujours pas très bien. Sauf erreur de ma part, personne n'a demandé votre assistance dans ce cas précis.

— C'est exact. »

Le père Saturnius croisa les mains sur le bureau et demeura silencieux un moment.

« Je crois comprendre, dit-il enfin.

— Je ne suis pas sûr de très bien comprendre moi-même, mon père.

— Vous êtes ici parce que vous avez le sentiment qu'une injustice a été commise. Pas par vous, bien sûr, mais par vos concitoyens du Nord. » Il leva les mains presque en un geste de prière. « Croyez-vous vraiment pouvoir réparer, à vous seul, des siècles d'oppression nordiste ? »

Makana jeta un coup d'œil par la fenêtre, sur sa gauche. « J'ai grandi dans un pays qui était très différent de ce qu'il est aujourd'hui. Il y avait alors la conviction que si seulement nous pouvions surmonter nos différences, dépasser les notions de race, de religion ou de tribu, nous pourrions devenir une véritable nation.

— À l'évidence, nous n'avons pas réussi le test, qu'en pensez-vous ?

— Peut-être, mais cela ne signifie pas pour autant que l'idée était absurde.

— Monsieur Makana, ne prenez pas mes paroles

en mauvaise part, je vous en prie. Je comprends ce que vous dites, mais il n'y a rien que vous puissiez faire.» Le prêtre sourit. «Suivez mon conseil et oubliez ce fâcheux incident. Menez votre vie. Laissez-nous le soin de guérir les nôtres.

— Avec tout le respect que je vous dois, mon père, il ne s'agit pas de vous ni de moi. Un crime a été commis. Quelqu'un a assassiné ce jeune homme et démembré son cadavre pour tenter de couvrir son forfait. Si le meurtre a été motivé par des raisons raciales, les tueurs risquent de frapper à nouveau.

— Nous sommes capables de veiller sur les nôtres.

— Vous pouvez y croire si vous voulez, mais moi je vous dis que vous êtes seuls. La police ne va pas se pencher sur l'affaire. Personne ne viendra vous offrir son aide. Vous n'avez que moi.»

Le père Saturnius observa un long silence, puis changea de position sur sa chaise.

«Dites-moi, monsieur Makana, connaissez-vous un peu les saints chrétiens ? Non ? Peu importe. L'apôtre Jude est pour nous le saint patron des causes désespérées. Il me semble que vous êtes un peu son équivalent moderne.

— Je ne suis pas venu chercher une récompense, mon père, qu'elle soit spirituelle ou autre. Je suis venu parce que je crois pouvoir être utile. Peut-être me suis-je trompé.»

Makana fit mine de se lever. D'un geste, le prêtre l'arrêta.

«J'ai sans doute ma part de culpabilité, dit-il en exhalant un gros soupir. Je voudrais pouvoir laisser la guerre derrière moi, mais je n'y arrive pas. Moi aussi, j'ai perdu de la famille. Moi aussi, j'ai été victime des préjugés des Nordistes et je ne suis guère optimiste sur la perspective d'une coexistence permanente.

— La guerre est terminée, mon père. Le Nord et le Sud sont en paix.

— Et je souhaite que cela dure, mais il reste bien peu de confiance entre nous. Trop d'accords ont été foulés aux pieds.

— Si nous ne pouvons pas nous rassembler sur une question aussi grave que celle-ci, alors les extrémistes religieux auront gagné la partie. Qu'en dit-elle, votre foi ?

— Noël est presque là. Une période de fête. C'est une saison propice à la générosité. » Le père Saturnius se permit un sourire. « Je crois que vous êtes un homme droit, monsieur Makana, et que vous avez le cœur bien placé. J'apprécie votre geste et je puis vous assurer que vous pouvez compter sur mon soutien et sur l'aide de nos bénévoles. Pour ce qui est du reste de la congrégation, je leur demanderai de coopérer mais je ne vous promets pas qu'ils accepteront. La méfiance est profondément enracinée. Un Nordiste qui vient nous proposer son assistance sera l'objet d'une certaine suspicion, j'en ai peur.

— Je comprends. »

Les deux hommes se levèrent et se dirigèrent vers la porte.

« Vous êtes persuasif, monsieur Makana. Je suis suffisamment âgé pour reconnaître que je me suis laissé temporairement aveugler par mes préjugés.

— L'assassin de ce jeune garçon a pu obéir à ces préjugés même que vous évoquez.

— Un crime haineux ? Oui, bien sûr, c'est possible, acquiesça le père Saturnius. J'aimerais pouvoir dire que cette idée me choque, mais les années que j'ai passées ici m'ont endurci face à la cruauté dont l'homme est capable. Il va sans dire que vous pouvez compter sur mon aide sans restriction.

— Merci, mon père.

— Avez-vous une idée de l'identité de la victime ?

— Il n'y a guère d'indices, malheureusement. Son visage est très altéré, l'eau et les poissons ayant fait leur travail, et le reste du corps n'a pas été retrouvé. En ce moment même, la tête est entre les mains du médecin légiste pour subir des analyses. »

Makana décrivit les lignes gravées sur le front de l'homme, les traçant du doigt sur la surface du bureau. Le prêtre acquiesça avant même qu'il ait terminé.

« Mundari. C'est un motif très particulier et cela pourrait nous aider, car c'est une communauté relativement réduite comparée aux autres.

— Il est possible que cet homme, quel qu'il soit, ait été mêlé à des activités criminelles. Le fait qu'il ait été démembré donne à penser que ses assassins sont des gens très dangereux.

— C'est la tragédie d'une génération. Les plus jeunes se sentent seuls, rejetés. Nous nous efforçons de leur donner un sentiment d'appartenance. Ils ont grandi sans père, dans des camps de réfugiés. Ils cherchent des leaders, et parfois les garçons plus âgés les conduisent sur de mauvais chemins. Il y a des limites, hélas, à ce que notre Église peut accomplir. »

Makana lui remit une carte indiquant son numéro de téléphone.

« Appelez-moi si vous entendez parler de quoi que ce soit. Si insignifiant que ça puisse paraître, c'est souvent utile. »

Tandis qu'ils repartaient le long de la galerie, le père Saturnius indiqua le bâtiment qui occupait le centre de la cour.

« Cette église est un roc auquel nous devons nous accrocher. Les nôtres sont en danger depuis des siècles. Nous avons perdu notre terre, nos familles. Beaucoup rêvent de foyers qui n'existent plus. Ils rêvent de se bâtir une nouvelle vie à l'étranger. En vérité, la plupart d'entre eux doivent accepter le fait que c'est ici qu'il leur faut bâtir un foyer. Attention ! »

Makana dut faire un écart pour éviter la collision avec une jeune fille qui sortait de la cuisine, portant une large bassine en plastique remplie d'assiettes en émail brillant. Une croix en argent était pendue à son cou.

« Désolée, mon père, chantonna-t-elle en les contournant.

— Regardez où vous allez, Estrella, la réprimanda le prêtre avant de se tourner vers Makana. On prépare un repas spécial pour les fêtes de Noël. Tout le monde est un peu surexcité, bien sûr.

— Je crois saisir votre position, mon père », dit Makana tandis qu'ils poursuivaient leur chemin.

Le prêtre l'observa de ses yeux pénétrants.

« Peut-être que oui, peut-être que non. Prenez Cornelius, par exemple. Son hostilité se comprend aisément. » Devant eux, le portier, perché sur un tabouret bancal, fixait sur Makana un regard malveillant. « Dans son enfance, il a été pris à voler une mangue sur le marché de Khartoum. Le juge a ordonné qu'on lui coupe la main, comme le prescrit la loi islamique – et ce en dépit du fait que Cornelius n'était pas musulman. À ses yeux, vous représenterez toujours le Nord, l'esclavagiste arabe, les fanatiques qui l'ont rendu manchot.

— Peut-être que nous devrions tous apprendre à nous faire mutuellement confiance.

— Je suis on ne peut plus d'accord. » Le père Saturnius indiqua les arbustes et les buissons d'aloe vera plantés dans des barils de pétrole coupés en deux, répartis le long du mur. « Les voisins n'apprécient pas notre présence ici. Cet endroit était un bout de terrain vague désolé quand nous sommes arrivés. N'empêche, ils appellent la police en affirmant que nous vendons de la drogue, que c'est un repaire de jeu et de prostitution. Ils viennent, nous discutons, ils s'en vont. Il suffit d'une étincelle et, un jour, tout partira en flammes… »

Les deux hommes se serrèrent la main et Cornelius se leva à contrecœur pour ouvrir la porte à Makana, qui avait l'impression d'être observé. En jetant un coup d'œil vers la rangée de bâtiments, il aperçut la jeune fille sur le seuil de la cuisine et se rappela où il l'avait déjà vue.

8

Dehors, Makana trouva Sindbad en pleine discussion avec deux hommes patibulaires, vêtus de blousons en similicuir, qui se tenaient à côté d'une vieille Mazda couleur banane pourrie. L'objet de la querelle n'était pas clair. Sindbad se trouvait nez à nez avec le plus costaud des deux. L'autre, un peu en retrait, observait distraitement la scène en fumant une cigarette.

« Il y a une loi qui interdit de se garer ici ? » Sindbad s'avança, son front cognant presque celui de son adversaire, qui fut contraint de reculer. Malgré sa corpulence, Sindbad était léger sur ses pieds, souvenir de ses années sur le ring, avant qu'il ne devienne chauffeur pour gagner sa vie. « S'il y a une loi, montrez-la-moi. C'est tout ce que je vous demande.

— Un de ces jours, quelqu'un va vous enseigner les bonnes manières.

— Dans ce cas, vous ferez bien d'amener votre mère pour vous donner un coup de main. »

Makana prit Sindbad par le bras et le conduisit à l'écart. Le colosse s'en formalisa.

« Qu'est-ce que vous faites, *ya basha* ? Je peux les envoyer au tapis tous les deux.

— Je n'en doute pas un instant. Je pense simplement que ce n'est pas une bonne idée. »

Il poussa Sindbad vers le taxi Datsun noir et blanc cabossé et tourna les talons pour faire face aux deux hommes. Toute leur personne était estampillée *Dakhliya* et ils appartenaient clairement à l'une des nombreuses branches des services de sécurité.

« Qu'est-ce qui se passe ?

— Il est un peu irascible, votre ami, dit le deuxième type en se détachant de la Mazda. Nous ne faisons que notre job. »

Physiquement, les deux individus étaient opposés. L'un grand, celui-ci petit, avec une peau de lézard et une fine moustache. L'autre avait une oreille tordue.

« Et de quel job s'agit-il ?

— À votre avis ? répliqua le moustachu. Et d'abord, en quoi ça vous regarde ?

— Cet homme m'attendait. Nous n'enfreignons aucune loi. La voiture est parfaitement bien là où elle est. Donc, si vous avez une plainte officielle, j'aimerais l'entendre.

— Je n'ai pas à vous répondre. C'est moi qui pose les questions. Qu'est-ce que vous faisiez dans cette église ?

— Encore une fois, nous n'enfreignons aucune loi. Donc, à moins que vous n'ayez une preuve du contraire, j'estime que ce n'est pas votre affaire.

— Et si on commençait par ça : refus de coopérer avec des officiers de l'État ?

— Vous êtes de la police ?

— En effet. » Avec un rictus satisfait, Moustache

dégaina une carte crasseuse attestant qu'il était le sergent Hakim, de la préfecture de Gizeh. « Et voici mon collègue Karim », dit-il en désignant Oreille Tordue.

« Vous êtes loin de chez vous.

— Je pourrais en dire autant de vous, rétorqua Hakim. Alors, qu'est-ce que vous faites ici ?

— Visite amicale. Et de votre côté ? »

Hakim grimaça un sourire. « Vous êtes un marrant. Quel genre de visite amicale ? Vous n'êtes pas chrétien, si ?

— Il n'y a aucune loi qui interdise d'être chrétien dans ce pays. Pas encore, du moins.

— Vous avez vos papiers ? »

Makana montra sa carte d'identité en piteux état. Hakim la scruta un moment, puis la tendit à son collègue qui s'était approché d'un pas élastique.

« Makana. Drôle de nom. Ça me dit quelque chose…, murmura Karim en tapotant la carte contre sa paume avant de la rendre d'une chiquenaude.

— Partez, maintenant. Et la prochaine fois, tenez en laisse votre King Kong, là-bas. »

Makana regarda les deux policiers regagner leur voiture et se demanda en quoi l'église pouvait bien les intéresser. Rare de voir une telle conscience professionnelle, de nos jours, d'autant que ces deux-là ne lui paraissaient pas franchement du genre scrupuleux.

La circulation ne fit que le retarder davantage, si bien que Makana arriva à la librairie Diwan vingt minutes après l'heure fixée pour son rendez-vous avec la sœur de Mourad. Ne voyant pas Sahar dans le coin café, il supposa qu'elle avait renoncé et se disposa à partir. Il décida néanmoins de flâner un peu dans la librairie, où il trouva la jeune fille occupée à parcourir les derniers romans parus – dont les titres, pour la plupart, ne disaient rien à Makana.

« Mourad et moi, nous venons souvent ici ensemble. Il est plus attiré par les ouvrages documentaires – biographies d'hommes politiques, histoire, livres sur les guerres. J'essaie toujours de le convaincre de lire des romans, mais pour lui c'est une perte de temps. Je suppose que c'est normal de la part d'un ingénieur.

— Il se considère donc comme un ingénieur ? »

Cela semblait contredire l'image que Makana commençait à se former de Mourad : un rêveur qui manquait de vision précise et qui avait peut-être abandonné l'université juste avant les examens de fin de semestre.

« Question intéressante. Parfois, je me dis qu'il est moins réaliste que moi. Ce qui compte pour lui, je crois, c'est le fait qu'il y ait énormément de choses à apprendre. »

Ils rebroussèrent chemin vers le café, où deux dames bien habillées, sortant apparemment de chez le coiffeur, se renseignaient sur ce qu'était exactement un café latte. Le serveur, un jeune homme au sourire nerveux, transpirait sous la pression. Sahar commanda un cappuccino et Makana l'imita, ne fût-ce que pour simplifier les choses.

« J'espérais que vous pourriez me dire que votre enquête progresse, dit-elle. Mes parents sont vraiment inquiets. Ils n'en parlent pas, mais ils croient qu'il lui est arrivé quelque chose d'affreux.

— Et vous, quelle est votre opinion ?

— Je ne sais que penser, à vrai dire. » Elle regarda

fixement la table. « L'idée de le perdre est trop insupportable. » Ses yeux se levèrent pour plonger dans ceux de Makana. « Je ne le crois pas capable de partir comme ça, sans un mot.

— S'il a disparu de son plein gré, il est possible qu'il ait eu une raison, peut-être la peur de quelqu'un ou de quelque chose. A-t-il mentionné des craintes de ce genre ?

— Jamais, dit Sahar en secouant la tête.

— Saviez-vous qu'il travaillait dans un fast-food ?

— Non. Pourquoi ferait-il une chose pareille ? » Elle fronça les sourcils. « Quel genre de fast-food ? »

Makana lui raconta ce qu'il savait. Sahar fut d'abord interloquée, puis sa surprise céda la place à la colère.

« Il devait pourtant savoir que les parents en seraient terriblement blessés. Ils ont tout fait pour l'aider, et il sait bien que nous ne sommes pas riches. Le restaurant ne rapporte pas autant que nous nous plaisons à le croire. » Elle essuya avec une serviette en papier ses yeux brillants de larmes. « Comment a-t-il pu faire ça ? Pourquoi ne pas venir travailler avec nous ?

— Peut-être qu'il ne voulait pas être un fardeau. Il pensait pouvoir gagner de l'argent de son côté. Est-ce si étrange ?

— Nous sommes une petite famille très soudée, monsieur Makana. Il sait ce que représente le restaurant pour nos parents, surtout pour mon père.

— Alors, mettons que c'était sa façon de se libérer ? »

Sahar le dévisagea. « En prenant un emploi uniquement pour les contrarier, vous voulez dire ?

— Pas nécessairement. Il est jeune, il a besoin de trouver sa voie. Ce job lui procurait l'occasion de prouver qu'il était capable d'agir par lui-même. Ça le rendait moins dépendant financièrement de vos parents, d'autant qu'ils n'ont pas beaucoup d'argent.

— Mais pourquoi garder le secret ?

— Sans doute pour ne pas leur faire de peine.

— Sur ce point, je pense que vous avez raison. »

Sahar contempla la serviette pliée dans ses mains. « Il était conscient des sacrifices qu'ils faisaient pour payer ses études.

— Avait-il du mal à accepter cette situation ?

— Je l'ignore. Par contre, je sais qu'il a failli refuser d'aller à l'université. Mes parents ont dû insister. Ils voulaient offrir à leur fils ce à quoi eux-mêmes n'avaient pas eu droit.

— Et vous ?

— Moi ? »

La question prit Sahar au dépourvu. Elle se permit un demi-sourire, crispé et embarrassé.

« Vous semblez supporter plus que votre part du fardeau, dit Makana.

— Qu'entendez-vous par là ?

— Pendant que Mourad se prépare une carrière, vous restez à la maison – à la cuisine, littéralement – pour aider vos parents. Cela ne vous laisse pas beaucoup de temps pour vivre votre vie.

— Je n'y pense pas vraiment. »

Le café arriva et elle le remua, dessinant des motifs dans la couche de lait qui moussait en surface. Makana examina la tasse posée devant lui, songeant que les temps avaient bien changé si aujourd'hui un café ressemblait à ça. Il tendit la main vers le sucrier, tel un noyé se cramponnant à une branche.

« J'ai toujours été plus attachée au restaurant que mon frère, poursuivit Sahar. Pour ma part, j'apporterais certains changements.

— Pour le moderniser, vous voulez dire ? » Une douche de sucre en poudre sembla apaiser les ardeurs du lait effervescent.

« Nous avons besoin d'attirer une clientèle jeune. Mes parents ne sont pas de cet avis. Pour eux, leur rôle est de perpétuer une tradition, ce qui signifie servir exactement les mêmes plats que du temps de mon grand-père. Moi, je pense que nous devons évoluer avec notre époque.

— Et quelle est la position de Mourad sur ce point ? »

Le lait ayant fini par se calmer, Makana se hasarda à boire une gorgée. Sous le vernis mousseux, le café était aqueux et sans goût. Une cigarette aurait pu améliorer les choses, mais il subodora que le lieu ne s'y prêtait pas.

— Oh… » Sahar porta une main à son front pour mieux réfléchir. « Il s'est toujours considéré comme un peu à part. Vous savez ce que c'est : le garçon de la famille… » Elle s'interrompit, à croire qu'elle lisait dans les pensées de Makana et qu'elle percevait la note de rancœur dans sa propre voix. Tournant son regard vers la rue, elle tenta de rectifier le tir. « Je veux dire qu'il s'est toujours considéré comme différent, comme s'il avait un objectif important dans la vie.

— Qu'entendez-vous par là ?

— Quand il était gamin, il avait toujours des idées folles. Il fuguait et nous devions tous partir à sa recherche. Dès lors qu'il a décidé de faire quelque chose, pas question qu'il y renonce. Il ne s'arrêtera pas avant d'avoir atteint son but. C'est pour ça que mon père et lui se disputent si souvent.

— À quel sujet ?

— Les pères et les fils se disputent toujours pour les mêmes choses, répondit-elle avec un haussement d'épaules. Les différentes façons de faire… rien de bien grave.

— Et la politique ? S'y intéresse-t-il ?

— Pas vraiment. Il trouve que la situation est désespérée. » Elle but une rapide gorgée de café. « Tout est un immense gâchis. L'économie. Il dit que la démocratie est une farce, que nous n'avons même plus de pays.

— Qu'entend-il par là ?

— Que l'Égypte a été prise en otage par ceux qui détiennent le pouvoir. Il dit que nous n'avons plus de valeurs. Nous ne croyons qu'à l'argent et à la débrouille.

— Un authentique idéaliste, semble-t-il.

— Je n'ai jamais pris ses grands discours trop au sérieux. Beaucoup de belles paroles. Il n'a jamais rien réalisé de concret. Simples chimères. Aujourd'hui, il fait des études d'ingénieur. Avant, c'était l'agriculture. Il voulait vaincre la famine, trouver un moyen de produire suffisamment pour nourrir le monde entier. Un jour, l'Afrique nourrira le monde, disait-il souvent. Moi, je lui riais au nez. »

Du point de vue de Makana, il ne fallait pas sous-estimer les idéalistes – pas plus que les fanatiques. Il avait déjà sorti son paquet de Cleopatra quand le serveur, avec les gestes exagérés d'un mime professionnel, lui indiqua l'écriteau placardé au mur derrière lui. Le jeune homme affichait encore le sourire crispé d'un idiot qui aurait reçu un coup de sabot sur la tête, mais il s'était quelque peu déridé. Les deux dames comparaient l'arôme de leurs cafés respectifs, leurs tasses maintenant ornées de traces de rouge à lèvres.

« Ses centres d'intérêt changeaient tout le temps. Adolescent, il voulait s'enfuir pour rejoindre les combattants palestiniens. Il se mettait dans tous ses états et se lançait dans de longues tirades à l'intention de qui voulait bien l'écouter.

— Et cet Abdelhadi avec qui il partageait une chambre ?

— Un drôle d'individu. Il volait des choses. Mourad a demandé à changer de chambre, sans résultat. Je crois que ce garçon est très pieux. Mourad déteste les gens qui prennent leur religion trop au sérieux.

— Vous dites qu'il volait des choses. De quel genre ?

— Des livres, des stylos… Mourad l'a même surpris un jour à essayer ses vêtements, gloussa Sahar.

— Et les filles ?

— Non, il n'a jamais eu de temps à leur consacrer.

— Vous voulez dire qu'il ne s'intéresse pas à elles ?

— Oh ! non, n'allez pas croire… » Elle se tut, embarrassée. « Mourad aime bien les filles. C'est seulement que la plupart des garçons, à l'université, ne pensent qu'à ça ; il trouvait ce comportement assez superficiel.

— Désirez-vous autre chose ? » intervint le serveur, radieux, en prenant la tasse à laquelle Makana avait à peine touché. Makana le congédia d'un regard.

« Continuez, je vous en prie.

— Donc, dans l'esprit de Mourad, la politique était sans issue. Les gens passent leur vie à rêver de gagner de l'argent. Ils ne pensent pas à changer leur environnement. Il disait que nous sommes entassés les uns sur les autres comme des poulets dans une cage. L'urbanisme lui donnerait l'occasion de rendre cette ville plus agréable à habiter. » Cette idée la fit sourire. « Nous avons besoin d'air pour respirer.

— Si c'est tellement important à ses yeux, pourquoi disparaître maintenant, juste avant ses examens ?

— Je ne sais pas. C'est bien ce qui m'inquiète. »

Sahar lui donna les noms de deux jeunes gens qui accepteraient sans doute de lui parler.

« Il ne se fait pas facilement des amis. Ceux qu'il a lui ressemblent, ils sont du genre réservé.

— À quoi dépense-t-il son argent ?

— Il n'est pas vraiment dépensier. Il ne s'intéresse pas à la mode, aux vêtements. Par contre, il s'est acheté un ordinateur. J'en ai été surprise.

— C'est donc inhabituel ?

— Eh bien, c'était un PowerBook Apple. Comme vous le savez, ils coûtent très cher. » Makana aurait pu hasarder un chiffre, mais il ne souhaitait pas s'appesantir sur ce point. « En tout cas, il ne voulait pas que ça se sache. Je peux le comprendre. Nos parents n'auraient pas approuvé qu'on débourse autant d'argent pour ça.

— Où est-il maintenant, cet ordinateur ?

— Je l'ignore. Dans sa chambre, normalement. »

Makana s'adossa à son siège, évitant le regard de Sahar. Celle-ci semblait attendre de lui quelque chose qu'il ne pouvait pas lui offrir. Des réponses, alors que tout ce qu'il avait, c'était d'autres questions.

« Mes parents ne sont plus tout jeunes, monsieur

Makana. Cette histoire a des répercussions sur leur santé.

— Si Mourad avait voulu disparaître, où serait-il allé ? Y a-t-il un endroit qu'il aime particulièrement ? Un endroit où vous alliez dans votre enfance ?

— Je ne vois pas, non. Et pourquoi se sauverait-il sans nous prévenir ?

— Les gens fuient pour toutes sortes de raisons. Peut-être avait-il simplement besoin de prendre du recul.

— J'ai peur pour lui, déclara Sahar en se levant. J'espérais tellement pouvoir dire à mes parents que vous avanciez dans votre enquête…

— Bientôt. Ces choses-là prennent du temps. »

Il resta à sa place un long moment après qu'elle fut partie. Remarquant que le serveur, à l'autre bout de la salle, lui souriait toujours, il décida qu'il en avait assez de cet endroit.

9

Un jeune homme pouvait avoir mille raisons de disparaître pendant plusieurs semaines. L'imminence des examens avait pu stresser Mourad au point de le pousser à fuir, à se perdre dans l'anonymat d'un territoire non familier. Il avait pu tomber amoureux au point d'en perdre la tête et de se cacher dans un coin retiré du monde, sans égard pour l'angoisse qu'il causait à sa famille. Pour un garçon de son âge, les soucis étaient une chose dont on n'avait pas à se préoccuper dans l'immédiat ; ils viendraient bien assez tôt, et à ce moment-là ils arriveraient en cascade – ses parents en étaient la preuve vivante. Dans une certaine mesure, Makana n'avait aucune raison de s'en faire pour Mourad : il existait suffisamment d'hypothèses rassurantes pour expliquer son absence. Selon toute vraisemblance, le jeune homme réapparaîtrait, indemne et pas plus mal qu'avant, tourmenté peut-être par une conscience coupable mais secrètement heureux d'avoir eu le courage de suivre ses rêves. Tout au fond de son esprit, cependant, Makana percevait comme une ombre dans ce tableau, une lacune dans cette version, une sensation qui ne voulait pas se transformer en véritable inquiétude mais n'en demeurait pas moins une appréhension. En attendant que la chose se précise, il décida qu'il pouvait aussi bien creuser l'affaire que le destin avait déposée sur le pas de sa porte. La tête coupée le perturbait d'une manière qu'il ne s'expliquait pas tout à fait. Cela avait un rapport avec son passé, avec des problèmes non résolus qui rôdaient à la lisière de sa conscience. Ça le rendait mal à l'aise.

Il trouva le Dr Siham enterrée dans le sous-sol rébarbatif de l'institut de pathologie, absorbée dans ses pensées au point qu'elle entendit à peine la lourde porte s'ouvrir et se refermer avec un sifflement de boudins en caoutchouc. Elle leva légèrement la tête, puis se pencha sur la tâche qui l'occupait. Le Dr Siham était la chef du service forensique et la principale pathologiste de l'institut. Elle n'était pas la directrice car, naturellement, ce poste se devait d'être occupé par un homme, mais elle était indubitablement la meilleure. L'institut était affilié à l'Autorité de médecine légale, qui dépendait elle-même du ministère de la Justice. Ce statut périphérique signifiait, en fait, que le Dr Siham pouvait choisir à sa guise les cas dont elle s'occupait. Elle devait mener de front son travail et ses activités d'enseignement, ce qui lui convenait à la perfection. Cela signifiait aussi qu'elle n'avait pas de représentants du ministère qui surveillaient ses moindres gestes comme des soupirants maladroits.

Le revers de la médaille, c'était que le service recevait très peu de crédits et devait, pour l'essentiel, se débrouiller avec les moyens du bord. Le seul fait qu'il puisse fonctionner était dû, pour une large part, à l'ingéniosité du Dr Siham. On économisait sur l'éclairage, sur l'électricité en général, sur les réservoirs de stockage et les bocaux à échantillons, sur les produits chimiques utilisés en analyse – ce qui limitait le nombre de tests qu'ils pouvaient effectuer. Cette situation trouvait son expression parfaite dans le sous-sol sombre et humide, qui était une glacière en hiver et une étuve en été. Makana, visiteur régulier depuis des années, n'avait jamais vraiment compris comment on pouvait passer tant d'heures sous terre, dans l'obscurité, en compagnie de défunts de fraîche date. L'odeur du lieu ne vous quittait pas pendant des jours et revenait en légers hoquets, comme une trop forte dose d'ail. Quant au Dr Siham, sa réputation de professionnelle inflexible et hyperpragmatique la précédait où qu'elle aille. Les hommes tendaient à être intimidés par une femme qui non seulement répliquait vertement, mais avait invariablement raison quand elle le faisait. Elle avait un physique frappant, même à la lumière blanche et crue des néons. Grande et austère, large d'épaules, les traits finement ciselés, elle s'habillait sans recherche, s'efforçant activement de paraître plus quelconque et plus âgée qu'elle ne l'était. D'ailleurs, son âge réel demeurait un mystère. Makana, qui lui donnait dans les quarante-cinq ans, la jugeait encore séduisante.

Son bureau était un coin obscur dissimulé par un écran d'étagères bourrées à craquer de bocaux à l'ancienne, de volumineux cylindres en verre dans lesquels des fœtus mal formés et divers organes humains baignaient dans des fluides jaunâtres, comme une œuvre insolite dédiée à notre prise ô combien fragile sur la vie. La pièce proprement dite était encombrée d'éléments hétéroclites : squelettes mis au rancart, classeurs gris inesthétiques, placards évoquant des siècles d'obscures recherches. Des instruments obsolètes étaient disposés en rangs sur les meubles, telles des bornes sur la route de l'éternité.

Le plus souvent, on trouvait la légiste dans la salle d'examen, perchée sur un haut tabouret près du comptoir qui occupait le mur du fond, parcourant des rapports dans un silence froid. Makana avait curieusement réussi à rester dans ses bonnes grâces au fil des ans. Les bons jours, il arrivait presque à imaginer qu'il existait entre eux une forme de respect mutuel.

« Je me demandais quand vous alliez débarquer », déclara-t-elle en écrasant sa cigarette et en descendant de son tabouret.

Fumer en ce lieu était strictement interdit, mais la consigne était rarement respectée – surtout par le Dr Siham, et personne n'avait encore trouvé le courage d'essayer de la lui faire appliquer. Plongeant les mains dans les poches de sa blouse blanche, elle pencha la tête vers la table d'autopsie la plus proche d'eux.

« Je songe à le baptiser Yorick, à moins que Hussein ne soit plus approprié. Pourquoi se référer à Shakespeare quand notre propre culture se plaît à vénérer les têtes tombées ?

— Quelqu'un d'autre s'est-il intéressé à lui ?

— Vous êtes dans les parages depuis suffisamment longtemps pour savoir que, dans la police, personne ne court après les problèmes à résoudre. Par ici, la médecine légale est purement accessoire. Quelques pistaches sur le gâteau. On commence par trouver le coupable, on le tabasse jusqu'à ce qu'il passe aux aveux, et ensuite – seulement ensuite – on se dit qu'on pourrait peut-être avoir besoin d'éléments pour étoffer le rapport. »

Elle semblait d'humeur combative ce matin-là. Makana alluma une cigarette et demeura en retrait, jugeant plus prudent de lui laisser de l'espace. D'un geste brusque, elle ôta le drap qui recouvrait une cuvette en inox assez profonde. Le crâne cabossé, grisâtre, avait un aspect encore plus désolé dans ce décor. On aurait dit les restes d'un rituel barbare. Dûment nettoyé, il lui manquait maintenant des bouts de tissus que la pathologiste avait prélevés pour des tests, et la peau rabattue comme un masque révélait la structure osseuse.

« Je n'ai effectué qu'un examen préliminaire, quelques échantillons de tissus, etc. Une tête détachée du corps pose des défis bien particuliers. D'un côté, on n'a pas grand-chose sur quoi travailler ; de l'autre, ça oblige à focaliser son attention. »

Un léger bourdonnement emplissait la pièce. Makana étudia les orbites vides qui semblaient braquées sur lui tandis que le Dr Siham contournait l'objet de son examen.

« Je me suis prise d'affection pour lui, ce qui signifie que j'aimerais beaucoup découvrir pourquoi on lui a fait subir un tel sort. » Elle adressa un long regard à Makana. « Bon, que puis-je vous raconter sur lui ? Pour commencer, il est jeune – pas plus de seize ou dix-sept ans –, presque un enfant, en vérité. Il a d'excellentes dents, ce qui tend à montrer qu'il avait un bon régime alimentaire jusqu'à récemment, mais on note des débuts de caries. Je ne pense pas qu'il soit allé chez le dentiste de toute sa vie, mais il y aurait été contraint d'ici peu s'il avait continué ainsi. » Elle jeta un coup d'œil à Makana par-dessus son épaule. « Vous savez ce qui cloche dans les études de dentisterie forensique ? La plupart d'entre elles ont été faites dans des pays comme la Suède au cours des années 1960. Là-bas, tout le monde a un dossier dentaire et l'homogénéité sociale est élevée. Dans le monde réel, personne n'a les moyens d'aller chez le dentiste et il n'existe pas de dossiers.

— Autrement dit, vous ne pouvez pas l'identifier d'après ses dents. » Makana se pencha sur la cuvette. « Une idée de la manière dont la tête a été séparée du corps ?

— J'y viens », répliqua le Dr Siham d'un ton cassant. Makana se redressa vivement. Elle croisa son regard et se radoucit. « Si vous ne me laissez pas aller à mon rythme, j'oublierai quelque chose.

— Excusez-moi. Faites comme si je n'étais pas là. »

Makana se recula. Elle l'observa un moment avant de reprendre la parole.

« J'ai trouvé des fragments de coton.

— Du coton ?

— Du coton à mailles lâches, pour être précise. » D'une spatule en bois, elle indiqua le coin de la bouche. « Le genre de matière dont on fait les pansements.

— Il était donc à l'hôpital ? »

Elle lui lança ce qui ressemblait à un regard excédé. Makana décida de rester coi.

« Des frottements au coin de la bouche indiquent qu'il a été bâillonné, au moins pendant un certain temps.

— Il ne s'agit donc pas d'un accident ? »

Le Dr Siham fit un signe de dénégation. « Le trauma

à la tête correspond à un coup violent administré ici, à la base du cou, avec un instrument aiguisé et suffisamment lourd pour transpercer la moelle épinière.

— Il était vivant quand on l'a décapité ?

— Non seulement il était vivant, mais les dégâts à la base du cou donnent à penser qu'on a utilisé une petite hachette et que plusieurs coups ont été nécessaires. Le tueur n'était pas un expert. Il a taillé dans le vif jusqu'à ce que ça cède. »

Makana considéra le crâne avec un respect renouvelé, et aussi une certaine répulsion. Ce garçon avait été exécuté avec une extrême brutalité.

« C'est pour cette raison qu'on l'a bâillonné ?

— Ça, je vous laisse le soin de le déterminer. »

La pathologiste sourit. C'était une réaction inattendue, qui le prit par surprise. De sa part, cela semblait positivement frivole. Il fallut quelques instants à Makana pour se concentrer à nouveau sur ce qu'elle disait.

« Le tissu cutané présente une dégradation cellulaire post mortem correspondant à une longue immersion.

— Combien de temps ?

— Une semaine, peut-être un peu plus.

— Et ces blessures, là ? s'enquit Makana, indiquant de profondes entailles sur le côté du cou et à l'oreille.

« Oui, c'est intéressant que vous les ayez remarquées. » Elle se pencha pour les examiner de plus près. « Au début, j'ai pensé qu'elles avaient pu être provoquées par une hélice de bateau, par exemple, ou un objet de ce type. Cela paraissait l'explication la plus plausible pour la décollation. » Le Dr Siham se redressa et regarda Makana. « Mais elles n'ont pas été faites par une pièce de machinerie.

— Quoi, alors ?

— D'abord, elles sont trop profondes et étroites, trop fines. Ces entailles ont été causées par une série de pointes aiguisées qui ont entraîné des lacérations.

— Des hameçons, vous voulez dire ?

— Ce genre-là, mais non. D'après les marques, je miserais plutôt sur des griffes.

— Des griffes ? fit écho Makana. C'est un animal qui aurait fait ça ?

— Peut-être un chien. J'ai prélevé des échantillons de tissus, mais après une immersion prolongée, il paraît peu probable que nous obtenions une analyse plus précise. »

Makana sortit ses Cleopatra. D'une simple tête, la pathologiste avait extrait bien plus d'informations qu'il ne l'aurait cru possible. Il frotta une allumette et inhala profondément la fumée, remplaçant une agression chimique par une autre.

« Mais pourquoi le décapiter ? »

Il réfléchissait tout haut, suivant des yeux le Dr Siham qui prenait ses cigarettes sur le comptoir et en allumait une. Il était impossible de ne pas fumer dans cette pièce. Les murs suintaient d'humidité et l'air était imprégné d'une suffocante combinaison d'odeurs plus ou moins âcres : désinfectant, formaldéhyde, émanations putrides de chair en décomposition. Par comparaison, l'arôme du tabac semblait pur et sain.

« Un rituel quelconque ? suggéra-t-elle en examinant l'extrémité de sa cigarette.

— Existe-t-il des rituels qui comportent la décapitation ?

— Je crois que les Incas et les Mayas s'y adonnaient. Au Nigeria, aussi, il y a des tribus qui pratiquent des sacrifices au cours desquels on coupe la tête de la victime.

— Vous pensez que c'est le cas ici ?

— J'ai pris la liberté de consulter le professeur Asfour, qui dirige le département d'anthropologie sociale et qui est un ami.

— Je vois. »

Ce commentaire lui valut un regard inquisiteur du Dr Siham avant qu'elle ne reporte son attention sur la tête posée sur la table d'autopsie.

« D'après le professeur Asfour, les marques sur le front indiquent que notre jeune garçon appartient à l'ethnie des Mundari. À sa connaissance, les sacrifices humains et la décapitation ne font pas partie de leurs traditions.

— Il s'agirait donc d'autre chose. Une sorte de vengeance tribale ?

— Vous aimeriez peut-être en discuter directement avec lui ? »

Makana acquiesça. Plus il en apprenait sur le destin funeste de la victime, plus il ressentait de façon aiguë sa souffrance. Il y avait quelque part des parents, une famille qui n'avaient probablement aucune idée de ce qui était arrivé à leur garçon. L'affaire commençait à prendre un tour personnel.

Avec un haussement d'épaules, le Dr Siham écrasa son mégot. « Comme je vous l'ai dit, nous en saurons davantage quand le labo enverra son rapport. »

10

Durant le trajet de retour, Makana, quoique perdu dans ses pensées, eut vaguement conscience que Sindbad brûlait de partager sa connaissance des traditions de l'Égypte ancienne, nouvellement acquise grâce à ses clients.

« Saviez-vous qu'ils étaient capables d'enlever le cerveau sans même ouvrir le crâne ? Voulez-vous que je vous explique comment ils faisaient ? »

Le colosse agitait une main tout en manœuvrant la Datsun de manière à éviter une carriole tirée par un âne qui avait subitement décidé de s'immobiliser au milieu de la chaussée. Les voitures klaxonnaient et contournaient l'animal, lequel demeurait en place, refusant obstinément de bouger malgré le fouet à nœuds qui lacérait sa croupe déjà à vif. Cette protestation, dirigée non pas tant contre son maître cruel que contre la folie de la vie moderne, avait quelque chose de noble et de désespéré.

« Ils passaient par le nez. Vous imaginez ? » Le visage de Sindbad était l'image même de la stupéfaction. « Ils savaient énormément de choses. Je le jure, les docteurs qui soignent ma pauvre mère pourraient en prendre de la graine ! »

Makana refusa de se prêter au jeu. L'expérience lui avait enseigné qu'il était dangereux d'encourager Sindbad à parler en conduisant – surtout quand il abordait le sujet de la santé de sa mère, un puits d'anecdotes sans fond.

« Et puis il y a les artistes. Vous avez entendu parler de cet Amen-je-ne-sais-quoi ? Il s'est débarrassé des prêtres et s'est proclamé dieu. » Sindbad souriait jusqu'aux oreilles. « Nous, on devrait faire la même chose.

— Nous débarrasser des prêtres ?

— Non, de tous ces imams qui n'arrêtent pas de nous dire comment on doit vivre sa vie. » Il brandit un doigt, l'air solennel. « En fait, ça m'a fait prendre conscience que les choses ne changent jamais dans ce pays. »

Émerveillé de constater qu'un petit philosophe sommeillait en chaque individu, Makana sortit son portable et appela Ali Shibaker, qui ne répondit pas. Il demanda alors à Sindbad de faire un détour par son atelier. Ali était un vieil ami, un artiste peintre qui tenait un garage pour arrondir ses fins de mois[1]. Cette fois, néanmoins, ce n'étaient ni ses dons artistiques ni ses talents de mécanicien qui intéressaient Makana. La nuit était déjà tombée lorsqu'ils atteignirent Sharia al-Sudan. L'escalier chichement éclairé semblait pris d'assaut par une famille de chats qui s'éparpilla comme de la fumée à son approche, détalant dans un tourbillon de fourrure. Makana en eut la chair de

1. Voir *Le Caire, toile de fond*, Éditions du Seuil, 2018.

poule. Pure superstition, il le savait, mais les chats avaient quelque chose de surnaturel. Il n'aimait pas les déranger, ni les offenser en aucune manière.

Quand il appuya sur la sonnette, celle-ci bredouilla un gazouillis haut perché qui finit par s'éteindre. La porte lui fut ouverte par une jeune femme qu'il n'avait encore jamais vue, appartenant à la longue procession d'« assistants » en constante évolution qu'Ali recueillait. L'artiste était dans son atelier, en train de travailler sur une gravure. Il balança ses outils en voyant Makana et le conduisit dans son bureau, à l'autre bout de l'appartement. De la fenêtre donnant sur la rue, on pouvait voir en bas le petit garage où ses gars s'activaient encore malgré l'heure tardive. Il cria pour réclamer du café, s'assit lourdement derrière sa table et alluma une cigarette.

« Tu n'as toujours pas renoncé à cette antique Datsun ? »

Ali avait tenté de persuader Makana d'investir dans un nouveau véhicule pour Sindbad. Le dernier qu'il leur avait proposé était une énorme voiture américaine aux allures de navire.

« Je crois que Sindbad envisage de se faire enterrer dans son taxi. Ou alors, de construire une pyramide et de l'exposer au sommet. »

Makana expliqua qu'il aurait souhaité parler à Fantômas, le jeune artiste qui partageait l'atelier avec Ali.

« Tu n'as pas de chance, il s'est embarqué dans ce sit-in insensé. Qu'est-ce qu'ils espèrent obtenir, au nom d'Allah ? Je te le demande. » Il traversa vivement la pièce et entreprit de passer en revue une pile de toiles appuyées contre le mur. « Je lui répète de consacrer plus de temps à la peinture. Un artiste ne peut pas se laisser distraire par la politique. Il a beau être doué, le talent ne suffit pas. »

Pendant qu'Ali continuait de grommeler, Makana étudia les peintures à l'huile. Elles lui rappelèrent la fresque qu'il avait vue à l'église. Toutes semblaient gorgées de colère et de frustration, sentiments qu'il n'aurait pas associés à Fantômas, un garçon facile à vivre. Il se demanda pourquoi il n'avait pas remarqué ça chez lui. Peut-être n'avait-il tout bonnement pas voulu voir le désarroi, les silhouettes fantomatiques, les visages disloqués en suspension dans le néant. Baignées de couleurs sombres, à base de noir et de bleu, ces toiles avaient quelque chose de menaçant. Elles parlaient de douleur et de deuil. Réaliser des œuvres aussi accomplies à partir du chaos de la vie quotidienne paraissait extraordinaire.

En repartant par Sharia al-Dowal al-Arabiya, Makana songea aux peintures de l'église et se souvint de la jeune fille qui l'avait observé du seuil de la cuisine. C'était elle, sans l'ombre d'un doute, qu'il avait vue passer la serpillière au Westies. Elle se prénommait Estrella, mais qui était-elle ? Existait-il un lien entre elle et Mourad ?

Le campement semblait encore plus délabré que précédemment. Des couvertures acryliques colorées et des bouts de tissu étaient tendus sur des cordes à linge entre les lampadaires. Des morceaux de carton, pliés en forme de cloisons et d'abris, étaient attachés par de la ficelle en nylon bleu. L'ensemble offrait un aspect aléatoire et improvisé. Les occupants erraient dans une sorte d'hébétude. Certains étaient groupés, assis en rond ; d'autres patiemment allongés, comme s'ils attendaient qu'une solution se présente. Des objets incongrus – valises, téléviseurs grand écran – étaient empilés çà et là. Quelque part, on entendait une radio ; ailleurs, quelqu'un pinçait délicatement les cordes d'un luth fabriqué avec une boîte de conserve et des bouts de fil électrique. Une aura de désespoir planait sur les lieux, comme si une indicible catastrophe avait frappé, laissant en plan tous ces gens sur leur îlot de ciment au cœur de la ville qui ne les voyait même plus.

Dans la forêt d'hommes et de femmes au teint foncé, Makana repéra la silhouette menue de la doctoresse américaine qu'il avait rencontrée à l'église. Sous sa blouse blanche, Liz Corbis portait un pantalon uni et des souliers plats.

« Votre tâche est sans fin, docteur. » Elle se tourna vers lui, le regard vide, momentanément déconcertée. « Le père Saturnius nous a présentés, lui rappela-t-il gentiment.

— Ah ! oui, bien sûr. Monsieur… ?

— Makana. »

Elle s'interrompit pour donner des indications à deux jeunes garçons, le visage luisant de sueur, qui déchargeaient des cartons de bouteilles d'eau d'un pick-up surchargé.

« En réalité, je n'ai pas grand-chose à faire. Ça marche tout seul et Preston s'occupe du reste.

— Preston ?

— Mon frère. »

Elle indiqua un homme vêtu d'une chemise et d'un pantalon noirs. Le blanc de son col romain luisait dans la demi-lumière. Les mains sur les hanches, il s'adressait à un groupe d'hommes qui parlaient avec gravité.

« Vous apportez une aide précieuse, j'en suis sûr, et vous devez être grandement appréciés. »

Liz Corbis prit le temps d'observer Makana. Comme elle levait une main pour recoiffer ses cheveux ébouriffés par le vent, il décela de l'incertitude dans ses yeux. Normal, sans doute, chez une fervente chrétienne qui se retrouve dans un pays étranger, environnée de musulmans. Elle voyait en lui ce qu'elle voyait dans presque tout ce qui l'entourait : une menace potentielle. Cela expliquait ses affinités avec l'église d'Arba Wa Nus : les Soudanais du Sud, en tant que chrétiens, faisaient des hôtes plus accueillants, sans parler de leur reconnaissance pour la charité dont ils bénéficiaient.

« Vous devez bien connaître ce pays, depuis le temps, avança-t-il pour la mettre à l'aise.

— C'est difficile à croire, mais il y a dix ans j'aurais eu du mal à situer le Soudan sur une carte. Aujourd'hui, je distingue les Dinka des Nuer. Je parle même quelques mots de leurs dialectes.

— C'est un progrès, dit-il, trouvant le moyen de sourire.

— Oui, je suppose qu'on peut le dire. Et qu'est-ce qui vous amène ici ?

— Je cherche des renseignements sur un jeune homme qui a disparu. »

En prononçant ces mots, Makana mesura l'ironie de la situation. Quel jeune homme recherchait-il ? Mourad Hafiz ou la victime anonyme dont la tête reposait sur la table d'autopsie ?

« Corrigez-moi si je me trompe, mais vous êtes du Nord, n'est-ce pas ?

— En effet.

— Et musulman ? Ne le prenez pas mal, c'est juste que nous ne voyons pas beaucoup de Nordistes par ici.

— Je comprends.

— Cet homme vous embête, docteur ? »

Le nouveau venu était un jeune garçon au visage mince et dur, sillonné de cicatrices croisées. Il portait l'uniforme de sa génération, un jean trop grand qui menaçait de lui tomber aux chevilles. En sus, un gilet kaki et un haut de survêtement orné de bandes rouges, vertes et or sur les bras. Autour de son cou, une poignée de colliers et de chaînes, des amulettes en cuir destinées à éloigner le mal. Dans son sillage, une petite bande de gars vêtus de manière similaire. Le Dr Corbis prit l'intrusion avec sérénité.

« Non, Aljuka, ce monsieur ne m'ennuie pas du tout. » Son sourire était un mélange d'agacement et d'amusement.

« Policier ? Espion ? dit l'autre avec mépris en reluquant Makana des pieds à la tête. Qu'est-ce que vous voulez ?

— Vous vous trompez, dit Makana en parcourant la foule du regard.

— Un frère de Khartoum. » Il affichait un sourire moqueur, aussi fin qu'une lame de rasoir. « Vous n'avez rien à faire ici.

— C'est vous qui dirigez les opérations ? » demanda Makana en indiquant le désordre environnant.

Aljuka ignora la question. « Ne croyez pas que vous

êtes en sécurité ici. Khartoum tue les nôtres, brûle nos villages, assassine nos femmes et nos enfants. »

Derrière lui, ses compagnons se raidirent, pressés d'en découdre avec Makana. Ils serrèrent les poings et crachèrent par terre. Une main levée les tint à distance, non sans mal.

« Dans ce cas, battez-vous avec Khartoum, pas avec moi.

— Mon frère ! » De la foule surgit une silhouette bondissante, hérissée de dreadlocks. Fantômas était plus âgé qu'Aljuka et plus solidement bâti. Il faut croire que l'âge commandait le respect, ou peut-être l'artiste jouissait-il d'une bonne réputation auprès des jeunes gens.

« Tu connais ce type ?

— Il est des nôtres », déclara Fantômas en donnant une tape sur l'épaule de Makana.

Aljuka fronça les sourcils. « Qu'est-ce que tu racontes ? Il est des leurs.

— Ce coup-là, tu as tort. Il est des nôtres. »

Fantômas faisait montre d'une calme assurance. Déjà, la tension du groupe se dissipait.

Aljuka secoua la tête et brandit un doigt sous le nez de Makana. « Je vous ai à l'œil. » Sur ces mots, il tourna les talons et s'éloigna à grands pas, suivi de ses gars. Ils se taillèrent un chemin à travers le campement, les gens s'écartant pour les laisser passer.

« Bonté divine, dit Liz Corbis d'une voix un peu haletante. Il est du genre… fougueux.

— Aljuka est un orphelin de guerre, expliqua Fantômas tandis qu'ils regardaient la bande se fondre dans la foule. Il a perdu sa famille pendant les attaques du gouvernement dans les monts Nuba, dans les années 1990. Depuis, il a transité d'un camp à l'autre.

— Moi qui croyais commencer à comprendre votre pays, je m'aperçois qu'il n'en est rien. » Liz Corbis sourit. « Où est-il allé chercher ce nom, au fait ?

— C'est une carte à jouer. Vous savez, un personnage avec un drôle de chapeau, qui peut remplacer n'importe quelle carte ?

— Un joker, vous voulez dire ? s'étonna le Dr Corbis, secouant la tête devant une idée aussi extravagante.

— Lui et ses gars sont toujours à mijoter des trucs, des bons plans pour gagner de l'argent, fit valoir Fantômas. Les gens le respectent parce qu'il est très généreux. Il aide ceux qui sont dans le besoin.

— Une sorte de Robin des Bois, en somme ? » observa le médecin.

Fantômas, à qui ce nom ne disait rien, fronça les sourcils d'un air perplexe. Liz Corbis balaya d'un geste son propre commentaire et prit congé, déclarant avoir du travail.

« En fait, c'est toi que je venais voir, dit Makana en se tournant vers Fantômas. Qu'est-ce que tu fais là ?

— J'essaie de me rendre utile dans cette pagaille insensée. » Ils contemplèrent le tableau qui s'offrait à eux. « C'est une période difficile. Les réfugiés souffrent, avec toutes ces clôtures de dossiers…

— C'est-à-dire ?

— Si l'ONU rejette votre demande d'asile politique, alors le dossier est définitivement clos. Vous n'avez aucune chance d'être autorisé à rester légalement, ce qui rend votre position encore plus intenable. Mieux vaut être dans une zone grise que d'être identifié comme indésirable. C'est pourquoi beaucoup préfèrent n'avoir aucun contact avec les autorités.

— Pourquoi leur refuse-t-on l'asile ? Je veux dire, ils sont bien là à cause de la guerre et des persécutions, non ?

— Bien sûr, mais allez donc le prouver. » Fantômas repoussa en arrière ses dreadlocks. « Votre cas est différent, vous êtes un ancien policier. Vous avez été arrêté et emprisonné. »

Makana avait bien conscience de la nature précaire de sa présence en Égypte. Il n'avait pas de personnes à charge mais gagnait sa vie tant bien que mal. Il savait que sa situation, à bien des égards, pouvait changer en un clin d'œil. Il s'était trouvé plus d'une fois dans le collimateur des services de sécurité et la menace d'une expulsion était toujours présente.

« La plupart des gens arrivent ici sans le moindre document. C'est leur première erreur. Pour obtenir l'asile politique, il faut avoir un statut de réfugié. Ils ont été trahis par leur propre gouvernement. Ils ne font confiance à personne, pas même à l'ONU. Ils ont entendu des tas d'autres personnes raconter comment elles avaient été refoulées, alors ils s'inventent un passé. Et naturellement, pendant l'entretien, tout l'édifice s'écroule.

— Que se passe-t-il quand ils sont déboutés ?

— Ils doivent tout reprendre de zéro. Deux ans d'attente en plus. »

Ils observèrent le campement en silence. Au bout d'un moment, Fantômas demanda :

« Vous savez comment ils appellent cet endroit ? La Cité des chacals.

— D'où vient ce nom ?

— Traditionnellement, le chacal habitait dans les cimetières, et ce lieu est une sorte de cimetière. »

Le plus étonnant n'était pas le sit-in en lui-même, mais le fait que cette protestation n'ait pas éclaté plus tôt. Makana se tourna vers Fantômas.

« J'ai vu certaines de tes œuvres l'autre jour, à l'église de Joséphine Bakhita.

— Qu'est-ce qui vous a conduit là-bas ? » s'enquit Fantômas en se frottant le menton. Makana lui parla alors de la tête coupée. « D'après les premières constatations de la légiste, la victime était un jeune Soudanais du Sud. Un Mundari, pour être précis.

— Un Mundari ? Il n'y en a pas beaucoup dans le coin.

— Tu souris, dit Makana. Je sais ce que tu penses.

— La culpabilité du Nordiste. On ne peut pas réparer des siècles d'injustice. Vous le savez, quand même ?

— C'est ce qu'on n'arrête pas de me dire.

— Vous ne pouvez pas effacer tout ça. Les types comme Aljuka vous haïront toujours.

— J'ai une question à te poser : qu'est-ce qui te pousse à peindre telle chose plutôt que telle autre ?

— Je n'en sais rien. » Fantômas haussa les épaules. « Sur le moment, vous êtes saisi, vous sentez que c'est pour vous. Quelque chose dans ce genre-là.

— Eh bien, c'est peut-être ce qui m'arrive, dit Makana.

— Quelqu'un vous a chargé d'enquêter sur cette affaire ?

— Il y a toujours des exceptions.

— Vous êtes un type réglo, Makana. Un peu bizarre parfois, peut-être, ajouta-t-il en riant. Bon, dites-moi comment je peux vous aider.

— Je voudrais parler à une personne qui travaille à l'église, et un peu de piston serait le bienvenu.

— Vous avez besoin de moi pour vous donner une certaine crédibilité, c'est ça ?

— Disons que j'ai le sentiment de ne pas être très populaire là-bas, en ce moment.

— Vous êtes nubien, de toute façon, pas arabe. Donc, vous êtes pratiquement l'un des nôtres.

— Depuis quand est-ce redevenu tribal ?

— Ça n'a jamais cessé de l'être. Vous ne faisiez pas attention, c'est tout.

— Que sais-tu sur ces deux-là ? »

De la tête, Makana indiqua Liz Corbis qui fendait la foule, s'arrêtant pour parler à l'un ou l'autre, offrant des conseils ou distribuant des médicaments puisés dans une malle transportée par un jeune homme qui marchait derrière elle. Son frère venait de la rejoindre.

« Que vous dire ? Ce sont des missionnaires. Il y a apparemment en Amérique plein de braves gens qui sont disposés à verser de l'argent pour nous aider. Les Corbis viennent ici deux fois par an. Ils s'occupent d'un dispensaire à l'église et ils ont créé un programme pour permettre à des jeunes d'aller vivre en Amérique.

— Nous avons tous besoin de croire en quelque chose. »

Alors que Makana regagnait la Datsun, son téléphone se mit à vibrer. C'était Okasha.

« Montez dans cette épave que vous appelez une voiture et prenez l'autoroute Le Caire-Ismaïlia. Juste avant la ville de 10-Ramadan, vous tournerez à droite.

— Que suis-je censé chercher ?

— Vous le saurez quand vous le verrez. »

11

L'incendie était visible de la route, à une certaine distance à l'est. Ils ratèrent le tournant de la curieusement nommée route de Genève et durent rebrousser chemin pour se retrouver sur une étroite bande de tarmac qui traversait un terrain dégagé. Une lueur d'un orange agressif transperçait l'horizon ténébreux, bordé de lumières rouges et bleues qui tournoyaient nerveusement. Un barrage avait été dressé pour contrôler la circulation et Makana se pencha à sa fenêtre pour parler au premier agent de police qu'ils croisèrent.

« L'inspecteur Okasha ? »

On les guida d'un policier à l'autre, jusqu'au moment où ils atteignirent les pompiers toujours occupés à asperger des gouttes de mousse blanche qui, de temps à autre, libéraient une brûlante flamme bleue. Des tourbillons de fumée noire s'élevaient du châssis carbonisé de ce qui semblait avoir été un camion-citerne.

Leur progression fut ralentie par une succession d'hommes en uniforme, des soldats en armes qui scrutèrent l'intérieur de la Datsun avant de les laisser passer. Un agent criait dans un talkie-walkie, apparemment sans aucun effet. Des ambulanciers attendaient près de leur véhicule qu'on leur donne des consignes. Personne ne semblait avoir besoin de soins médicaux urgents ; les victimes avaient dépassé ce stade. Ils repérèrent finalement Okasha, un peu à l'écart, entouré d'un groupe d'agents. L'accident avait manifestement attiré sur les lieux diverses forces de police. Quand il aperçut Makana, l'inspecteur lui fit signe d'attendre sur le côté et ne tarda pas à le rejoindre.

« Vous êtes assez loin de votre territoire habituel, non ? »

Sans un mot, Okasha lui intima de le suivre. Makana avait dans la bouche un goût de roussi, mélange de métal et de cendres. Le sable était recouvert d'une croûte dure qui crissait sous ses pieds comme des débris de verre. Le camion-citerne était à moitié couché sur le flanc, affaissé sur sa carcasse, les pneus fondus dans le sable, épave noircie. Le chauffeur, ou ce qu'il en restait, semblait tout petit derrière le volant, comme si la chaleur avait ratatiné son corps, le réduisant à une icône en bois calcinée, à une poupée taillée dans du charbon et grillée à point. Il ne présentait qu'une ressemblance lointaine, bizarroïde, avec un être humain. Des volutes de fumée s'échappaient des épaules recroquevillées. Okasha indiqua, sur le sol, les traces incurvées qui partaient du bord de la chaussée.

« Il a été pris au piège quand le véhicule a basculé après avoir quitté la route. Il était jeune, une quinzaine d'années. Il conduisait trop vite, à n'en pas douter, et très probablement sans permis. Il n'avait pas la moindre chance de s'en tirer. Il a été brûlé vif. »

La bouche du chauffeur était grand ouverte sur un interminable cri que nul n'entendrait jamais. L'odeur vaguement douceâtre qui flottait dans l'air était celle de la viande rôtie. Horrible façon de mourir. Okasha se dirigeait déjà vers le second véhicule, une fourgonnette Mitsubishi arrêtée à une trentaine de mètres. Elle n'avait pas de marques distinctives. L'avant était complètement enfoncé. Trois pompiers s'efforçaient de dégager ce qu'il restait de l'occupant dans la cabine broyée.

« Elle n'a pas pris feu ? »

Okasha secoua la tête. « Elle est si légère qu'elle a dû rebondir sous le choc et rouler plus loin, mais les passagers ont été salement amochés.

— Qu'est-ce que l'armée fait ici ?

— Brigade antiterroriste. Le camion-citerne était presque plein. L'explosion a été si violente que les gens ont cru qu'il s'agissait d'une bombe.

— Ils sont donc arrivés les premiers sur les lieux ?

— Exact. » Faisant signe à Makana d'approcher, Okasha s'accroupit et montra l'intérieur de l'habitacle. « Nous n'avons pas encore identifié le chauffeur, mais nous pensons qu'il y avait un deuxième homme dans la camionnette. Il y a du sang sur le tableau de bord et sur la portière.

— Où est-il allé ? »

Makana regarda des deux côtés de la route, suivant des yeux les traces laissées dans le sable, essayant de se figurer comment l'accident s'était produit.

« On n'en sait rien. Il a peut-être subi une commotion. »

C'était plausible. Une blessure à la tête pouvait

provoquer un état confusionnel. « La fourgonnette venait du Caire. Et le camion-citerne ?

— De la direction opposée. Il y a une raffinerie à dix kilomètres d'ici. »

Sur la chaussée, les voies de circulation étaient séparées par un large espace et une barrière de sécurité en béton, mais à cet endroit l'autoroute se réduisait à une mince bande de tarmac qui s'étirait dans les deux sens.

« Donc, vous avez un accident de la route. Très intéressant, mais je ne vois pas en quoi cela me concerne – ni vous non plus, d'ailleurs. »

Okasha pencha la tête de côté et ils contournèrent la fourgonnette par l'arrière. Le hayon s'était ouvert sous le choc. Le plancher du véhicule était jonché de petites bouteilles et de paquets. Un long coffre métallique, qui avait la taille et la forme d'un cercueil, était calé contre la cabine du chauffeur. L'intérieur était garni d'une espèce de protection en mousse. Des pictogrammes de danger étaient imprimés au pochoir sur les côtés.

« La camionnette est enregistrée au nom de Shaddad Pharmacies, une société de fournitures médicales du Caire. Ils distribuent des produits pharmaceutiques dans toute la ville.

— À quoi sert le coffre ?

— À entreposer les articles précieux ou dangereux. Il était fermé à clef. Nous l'avons ouvert pour vérifier qu'il n'y avait pas de risque, et voilà ce que nous avons trouvé. »

Okasha se dirigea vers le côté du véhicule. Un corps de petite taille gisait par terre – la peau foncée, les pieds nus, vêtu d'un pantalon en loques et d'une chemise déchirée. Un adolescent.

« Pour une victime d'accident de la route, il semble étonnamment intact.

— Le coffre l'a protégé dans une certaine mesure. Selon moi, il était déjà mort quand on l'a enfermé dedans. Nous devrons attendre le Dr Siham pour savoir à quoi il a succombé.

— Pourquoi m'avez-vous appelé ? »

Okasha eut un grand sourire. « Je suis peut-être impulsif, mais ne dirait-on pas qu'il vient du Soudan du Sud ?

— C'est possible.

— Plus que possible, oui. Vous voulez mon avis ? Je crois que vous avez mis quelque chose en branle avec votre tête repêchée dans le fleuve.

— Attention, vous avez presque l'air concerné.

— Vous connaissez la musique. Si je signale cette affaire, le major va me dire de m'occuper de choses sérieuses.

— Donc, vous me la refilez ?

— J'ignore de quoi il retourne, mais nous savons tous les deux qu'il y a du louche là-dessous. Seulement voilà, j'ai les mains liées. Les ressources sont limitées. On nous demande de réduire les dépenses de tous côtés. Ça m'énerve, mais vous savez ce que c'est : aujourd'hui, le travail de police relève davantage de la politique. » Okasha jeta un coup d'œil par-dessus son épaule pour s'assurer que personne n'écoutait. « Je peux vous donner toute l'aide qu'il vous faudra, et le plein accès aux rapports d'autopsie. » Il nota l'expression de Makana. « Je sais, ce n'est pas beaucoup mais, croyez-moi, cette affaire va être oubliée au plus vite.

— Où l'emmenaient-ils ? » s'interrogea Makana, le regard perdu dans la nuit. Il aperçut au loin ce qui ressemblait à un morceau de charbon ardent, avec une traînée de fumée et de minuscules lumières indiquant la présence de hautes cheminées.

« C'est une sorte de complexe industriel, dit Okasha. Une aciérie, je crois. »

Makana prit son paquet de cigarettes. L'inspecteur, impatient de lui confier l'affaire, indiqua la route en développant son point de vue : « D'après moi, le garçon a perdu le contrôle du camion. Peut-être qu'il s'est endormi. Certains de ces gosses conduisent pendant des heures sans la moindre pause. À l'instant où son camion quitte la route, il parvient à tourner le volant, ce qui fait verser le véhicule. Il heurte la fourgonnette au passage, pas de plein fouet mais suffisamment fort quand même pour l'envoyer dans le décor, l'autre étant plus léger. Le camion-citerne prend feu instantanément. Une étincelle suffit. Ces produits-là exhalent suffisamment de vapeurs pour provoquer une explosion. C'est pour ça que les entreprises engagent des gamins ; ils sont trop jeunes pour avoir peur. »

Makana remonta la route sur une certaine distance, cherchant des traces de pneus. Okasha suivit le mouvement. Quelque chose ne collait pas.

« Qu'est-ce qu'il y a ? demanda l'inspecteur.

— D'après la disposition des deux véhicules, ça pourrait presque être l'inverse.

— Comment ça ?

— Et si le chauffeur de la camionnette avait perdu le contrôle et s'était retrouvé sur la trajectoire du camion ? »

Okasha haussa les épaules. Makana retourna auprès de la carcasse de la fourgonnette.

« Ce que je ne comprends pas, c'est le garçon à l'arrière… Que faisait-il dans ce coffre ?

— Ils l'emmenaient quelque part.

— S'il était déjà mort, comme vous l'affirmez, où pouvaient-ils bien l'emmener ? »

Okasha releva la tête et suivit le regard de Makana, fixé au loin.

12

Le siège social de Shaddad Pharmacies se trouvait sur Sharia Shihab à Mohandessin. Okasha suggéra à Makana de s'y rendre avec lui. Ils iraient plus vite dans une voiture de police, sirène et gyrophare activés. Vu l'heure tardive, Makana donna congé à Sindbad pour le restant de la soirée. Ils se téléphoneraient dans la matinée. Comme promis, le trajet jusqu'à la ville fut rapide, le chauffeur de la police utilisant le gyrophare et le klaxon avec délectation. Contraindre les autres véhicules à se ranger en toute hâte pouvait aisément devenir addictif. La route s'ouvrit devant eux de la même manière que les eaux de la mer Rouge s'étaient séparées pour Moïse. Enfin… une mer apathique, réticente. Quoiqu'il fût presque minuit, la ville était encore bien réveillée.

« Vous êtes sûr de vouloir que je vous accompagne ? »

D'un geste péremptoire, Okasha écarta la question : « Ne me dites pas que vous avez mieux à faire. »

Deux jeunes garçons assassinés ne constituaient certes pas une épidémie, mais Makana se demanda si Okasha n'y voyait pas le début d'une tendance. Tout ce que ces victimes avaient en commun, c'était d'être de sexe masculin et originaires du Soudan du Sud. En outre, dans les deux cas, on s'était donné la peine de déplacer les cadavres. Méthode différente à chaque fois. Peut-être le tueur affectionnait-il la variété.

Malgré l'heure tardive, ils trouvèrent Omar Shaddad encore au travail. Le rez-de-chaussée de l'immeuble moderne en voie d'effritement était occupé par une rangée de magasins. D'un côté de l'entrée, des boutiques tape-à-l'œil vendaient des chaussures et des chemises disposées sur des socles en miroir. L'autre côté de la porte principale était dévolu à une vaste pharmacie ouverte toute la nuit, brillamment éclairée, où le personnel courait dans tous les sens pour servir de longues files de clients. La maladie était un business lucratif.

Shaddad les accueillit sur le seuil de son bureau du premier étage. Grand et bien en chair, âgé d'une quarantaine d'années, il avait un ventre rebondi, de longs cheveux ondulés – passablement négligés – et des lunettes à la monture tordue. L'un des boutons de sa chemise froissée était défait. Une cigarette pendait dans sa main.

« Désolé de vous déranger à cette heure, s'excusa Okasha, déployant ses meilleures manières. J'ai jugé préférable de ne pas perdre de temps.

— Aucun problème, je comprends tout à fait. Entrez, je vous en prie. »

Shaddad paraissait fatigué, les yeux rougis. Il s'effaça pour les laisser entrer dans une pièce sombre, éclairée uniquement par une lampe de bureau. Des cartons étaient entassés le long des murs, ainsi que des piles de brochures et de revues médicales. Okasha fut distrait par son téléphone.

« Nous craignions de ne pas vous trouver debout, dit Makana.

— Oh, j'ai tendance à ne pas dormir plus de quatre heures par nuit. D'ordinaire, je travaille jusqu'à deux heures du matin. »

Omar Shaddad jeta un coup d'œil sur sa montre avant d'écraser sa cigarette dans un cendrier débordant de mégots. D'un geste, il les invita à s'asseoir.

« Veuillez m'expliquer de quoi il s'agit. Si j'ai bien compris, il y a eu un accident. »

Okasha referma le clapet de son portable avec un claquement décisif.

« Une fourgonnette appartenant à votre société a été impliquée dans une collision sur la route d'Ismaïlia, près de 10-Ramadan.

— Il y a des blessés ? » s'enquit Shaddad en regardant alternativement ses visiteurs d'un air perplexe.

Okasha ignora la question. « Pouvez-vous nous dire ce que votre camionnette faisait sur cette route ?

— Aucune idée, répondit Omar Shaddad en levant les mains vers le ciel. Mais je peux me renseigner.

— Elle est enregistrée au nom de votre société, mais nous n'avons pu identifier aucun des deux passagers.

— Le chauffeur devait bien avoir ses papiers sur lui.

— On n'a rien trouvé sur le corps. Il y avait peut-être un deuxième homme à bord, mais il semble avoir disparu.

— Disparu ? Ça n'a pas de sens ! » Shaddad s'interrompit net et regarda Makana, qui avait gardé le silence jusque-là. « Que se passe-t-il, au juste ? »

Makana jeta un coup d'œil à Okasha, qui hocha

la tête en signe d'assentiment. « À l'arrière, il y a un grand coffre métallique rivé au plancher.

— Oui, tous nos véhicules en ont un. Nous devons parfois transporter des articles ou du matériel coûteux, or les chauffeurs font des arrêts fréquents lorsqu'ils effectuent des livraisons. Il est donc indispensable d'avoir un compartiment spécial pour les marchandises de valeur.

— Dans ce cas précis, le coffre contenait un corps.

— Un quoi ?

— Un jeune garçon d'environ seize ans. Il était mort. »

Shaddad ôta ses lunettes et se frotta les yeux.

« Comment cela est-il possible ?

— C'est pour cette raison que nous sommes venus directement ici, monsieur Shaddad, intervint Okasha. Il serait bon, vous en conviendrez, d'éclaircir au plus vite ce mystère.

— Vous voulez dire que ces gens trafiquaient je ne sais quoi d'illégal dans ma camionnette ? » Le regard de Shaddad allait de l'un à l'autre, désemparé.

« Vous tenez un registre de tous les déplacements, je suppose ? demanda Okasha.

— Naturellement. Tout est transparent, je peux vous le certifier. » Shaddad tendait déjà la main vers le téléphone. « Nous contrôlons scrupuleusement tous nos véhicules. C'est obligatoire. » Il composa un numéro et extirpa un paquet de cigarettes de sa veste posée en tas sur une chaise. « Comment est-ce arrivé, exactement ? »

Pendant qu'Okasha racontait l'explosion causée par le camion-citerne, Makana prit le temps d'examiner la pièce. L'un des murs était couvert d'étagères remplies de livres, de gros volumes reliés en cuir qui semblaient être des traités de médecine. Des diplômes encadrés étaient accrochés derrière le bureau, décernés par la faculté de médecine d'Ain Shams et par divers établissements étrangers – l'université de Fribourg, en Allemagne, et celle de Buffalo, New York. À n'en pas douter, Omar Shaddad était un professionnel hautement qualifié. Plusieurs photos le montraient en compagnie d'hommes distingués, appartenant au monde des affaires et de la haute finance. Makana repéra au moins un ministre du gouvernement actuel. Shaddad tapotait nerveusement le combiné du téléphone avec ses doigts.

« Vous avez bien dit qu'il y avait deux hommes dans notre fourgonnette ?

— C'est ce que nous pensons, en effet », confirma Okasha.

Shaddad raccrocha. « Ça ne répond pas. Peut-être qu'il dort. » Il se tassa dans son fauteuil, le front soucieux. « Tout cela est insensé. Vous êtes absolument certains qu'il s'agit d'un de nos véhicules ? »

Okasha ouvrit son calepin, dans lequel il avait noté le numéro d'immatriculation et le signalement. Shaddad se redressa et se mit à pianoter sur l'ordinateur qui occupait un côté de son bureau.

« Oui, c'est bien l'un des nôtres. » Omar Shaddad avait les yeux rivés sur l'écran. La lumière éclairait son visage d'une lueur bleutée.

« Est-il précisé à quel chauffeur était attribuée cette camionnette ? s'enquit Makana.

— Malheureusement non, nous ne sommes pas organisés à ce point-là. Ces détails sont réglés au jour le jour.

— Mais alors, comment faites-vous pour suivre les déplacements de vos véhicules ?

— Une seule personne détient ces informations, répondit Shaddad en éteignant l'écran. Abou Gomaa. C'est le gardien du parc de voitures.

— Et où peut-on le trouver, cet Abou Gomaa ? demanda Okasha.

— C'est lui que j'essayais d'appeler à l'instant. » Shaddad consulta sa montre avec ostentation. « À cette heure-ci, il doit dormir. Je veux dire, il est un peu sourd. C'est un homme assez âgé.

— Dans ce cas, nous pouvons lui épargner une visite au poste de police en l'interrogeant maintenant, qu'en pensez-vous ? »

Shaddad lança un regard en coin à Okasha et se leva.

« Vous avez raison. » Une odeur de transpiration le suivit lorsqu'il passa près de Makana. « Descendons le voir tout de suite. »

Ils prirent l'escalier situé après le hall d'entrée et descendirent au premier sous-sol. Les marches continuaient vers le niveau inférieur, disparaissant dans le noir. Une porte métallique disjointe leur donna accès au parking souterrain. Des néons blancs brillaient tout au bout, les aveuglant et projetant des ombres dans l'espace caverneux. La lumière aqueuse perçait tout juste les ténèbres. Au-delà des néons, une rampe d'accès grimpait vers la rue. Des deux côtés, l'obscurité s'épaississait au point d'en être impénétrable. Plusieurs voitures, certaines manifestement abandonnées, étaient alignées le long du mur. Deux d'entre elles étaient recouvertes de bâches poussiéreuses qui donnaient au garage l'apparence d'un tombeau oublié. Quelque part, des chiens aboyaient.

Shaddad appela à plusieurs reprises, jusqu'au moment où un homme dépenaillé, d'environ soixante-dix ans, émergea de derrière un mur en traînant les pieds et en se frottant les yeux.

« Abou Gomaa, où étiez-vous ? Vous dormiez ?

— Non, je regardais la télévision. »

D'un geste vague, il indiqua la direction d'où il venait, comme s'il s'attendait à voir l'appareil venir confirmer ses dires. Une lueur blanche tremblotante provenait d'un coin délimité par des rangées de parpaings.

« Ces messieurs sont de la police, déclara Shaddad. Ils ont des questions à vous poser.

— Des questions ? De quel genre ? »

Il se tourna vers ses deux chiens pour leur intimer sèchement de se taire, et ils se couchèrent en gémissant. Leur odeur imprégnait le parking. Abou Gomaa n'était pas rasé et il lui manquait plusieurs dents. Il portait une djellaba bleue presque aussi décatie que lui. Okasha l'entraîna dans une flaque de lumière jaunâtre et lui brandit sous le nez le carnet où figurait le numéro de la fourgonnette.

« Vous connaissez ce véhicule ? »

Abou Gomaa accorda à peine un regard à la page. « Évidemment, je les connais tous. » Ses yeux chassieux dérivèrent en direction de Shaddad. « C'est mon job.

— Vous connaissez par cœur tous les numéros ? s'enquit Makana.

— J'ai pas de problèmes de mémoire, rétorqua Abou Gomaa d'un ton irrité.

— Vous êtes capable de dire où ils sont, tous, quel que soit le moment ? »

Le vieil homme le dévisagea, les yeux plissés. « Je sais qui les conduit et quand ils doivent rentrer.

— Où est celui-ci, alors ? »

Avec réticence, Gomaa daigna jeter un coup d'œil sur le papier que brandissait Okasha.

« C'est facile. Il est ici.

— Où ça, ici ? dit Okasha en regardant autour de lui.

— Je vais vous montrer. »

Le vieux gardien se redressa et les trois hommes le suivirent jusqu'à un alignement de véhicules. Ils passèrent cinq minutes à chercher, mais le numéro n'y était pas.

« Je ne le vois pas, grogna Okasha, mécontent. Réfléchissez. Vous confondez peut-être avec un autre. »

Abou Gomaa prit la mouche. « Vous croyez que je me souviens pas ?

— C'est une perte de temps, décréta Okasha en se tournant vers Shaddad. Vous voulez me faire croire que vous n'avez pas de système plus sûr pour recenser vos camionnettes, avec tous les précieux instruments et médicaments que vous transportez ? »

L'air peiné, Shaddad entraîna Okasha et Makana un peu à l'écart et expliqua à voix basse : « Abou Gomaa était encore enfant quand il a débuté ici, du temps de mon grand-père. Il fait quasiment partie de la famille. Sans lui, nous serions perdus.

— De mon point de vue, c'est plutôt avec lui que vous êtes perdus, maugréa Okasha. Vous avez quelque chose à dire ? ajouta-t-il en s'adressant à Makana.

— Nous devrions peut-être procéder plus lentement. » Il retourna auprès du gardien. « Combien de véhicules avez-vous ?

— Combien ? » Le vieil homme contempla ses pieds. « Huit, d'habitude, mais il y en a un qui a l'embrayage cassé. Le garage attend une pièce de rechange.

— D'accord, il en reste donc sept. Combien en avez-vous ici ? »

Abou Gomaa se promena de long en large dans le sous-sol obscur, comptant sur ses doigts. Okasha, qui égrenait des jurons à mi-voix, finit par perdre patience.

« Tout ça ne sert à rien. » D'un claquement sec, il referma son calepin. « La camionnette n'est pas ici. Et vous savez pourquoi ? Parce que sa carcasse carbonisée est sur la route de 10-Ramadan.

— Tout le monde peut se tromper, plaida Gomaa en faisant appel à l'indulgence de Makana.

— Vous rappelez-vous quand vous avez vu pour la dernière fois le véhicule dont nous parlons ? »

Devant l'expression confuse du vieil homme, Makana comprit que c'était sans espoir.

« Ce n'est pas grave, Abou Gomaa, intervint Shaddad. Nous allons régler ce problème. Retournez à votre télévision. » Tandis que le gardien s'éloignait d'un pas traînant, son employeur murmura : « Toutes mes excuses. Il est parfait pour les petites choses du quotidien. Vous savez, il ne se passe jamais rien d'extraordinaire ici. Les chauffeurs vont et viennent. Il les connaît tous et réciproquement. »

Makana indiqua la rampe de sortie. « Est-ce que quelqu'un pourrait s'introduire ici, venant de la rue ? »

Shaddad eut un bref haussement d'épaules. « Entre Abou Gomaa et ses chiens, il n'irait pas loin. »

Comme en réponse, les deux chiens se remirent à aboyer et à hurler. Ils étaient attachés à de longues chaînes enroulées autour d'un pilier cerné d'os épars. Au bout d'un moment, fatigués de donner de la voix, ils s'assirent et recommencèrent à ronger.

« Et les clefs ? demanda Makana. Qui les a ? »

Shaddad se tourna de nouveau vers Abou Gomaa, qui fixait le plafond.

« Je garde toutes les clefs en lieu sûr, dit-il en bombant fièrement le torse.

— Montrez-nous ça. »

Gomaa les précéda jusqu'à une porte aménagée dans le mur du fond. Son attitude donnait à penser qu'il était vexé du traitement qu'on lui infligeait. Makana sentit que, sous ses dehors inoffensifs, le vieil homme cachait quelque chose de beaucoup plus sombre. Utilisant une clef accrochée à son cou, le gardien déverrouilla la porte. Celle-ci pivota en grinçant sur ses gonds, révélant une cellule ténébreuse. Le plancher était jonché de cartons écrasés, les murs parsemés de clous et de trous là où des étagères avaient jadis été installées. Il n'y avait pas suffisamment de place pour quatre, si bien que Shaddad et Okasha restèrent sur le seuil. Une unique ampoule pendait du plafond. À la faible lumière, Makana distingua une trappe en haut du mur.

« C'est le bas de la cage d'ascenseur. Ils n'ont jamais terminé les travaux. »

Chaque immeuble du Caire semblait avoir sa propre histoire à raconter. Le local était encombré de tout un fatras : mobilier de bureau cassé, cageots en plastique couverts de poussière, vitrines fêlées. Des rebuts qu'on avait décidé d'entreposer là plutôt que de s'en débarrasser.

« D'où vient tout ce bric-à-brac ? » Shaddad donnait l'impression de mettre les pieds dans cette pièce pour la première fois de sa vie.

« C'est comme ça depuis des années, répondit Abou Gomaa en haussant les épaules. Les gens déposent des trucs ici et ne viennent jamais les récupérer. »

Une armoire à pharmacie en métal blanc, ornée d'un croissant rouge délavé, était fixée au mur près de la porte. Le vieil homme la déverrouilla, révélant une rangée de crochets auxquels étaient vraisemblablement pendues des clefs, puis il s'écarta, tel un prestidigitateur qui vient d'exécuter son dernier tour. Shaddad se pencha et fit courir ses doigts le long des clefs. Certaines portaient des étiquettes, d'autres des bouts de carton brun, d'autres encore n'avaient rien pour les identifier.

« Qu'est-ce que c'est que ça ? demanda-t-il, interloqué.

— On se croirait dans un musée, commenta Okasha.

— Plusieurs de ces clefs sont celles de véhicules que nous n'utilisons plus, dit Shaddad en les examinant de plus près. Celle que nous cherchons n'est pas ici. » Il se tourna vers le gardien. « Écoutez, une de nos fourgonnettes a été impliquée dans un accident et nous devons savoir qui a pris la clef. »

Abou Gomaa regarda alternativement son patron et les deux autres sans rien dire.

« Vous rappelez-vous qui s'est servi en dernier de ce véhicule ? » interrogea Makana.

Le gardien, les yeux baissés, racla le sol avec ses pieds.

« Abou Gomaa, s'il vous plaît, il s'agit d'une affaire grave.

— *Ya, sidi,* je vous en prie, j'ai honte de l'admettre, je ne suis plus jeune. Votre père, qu'Allah ait pitié de son âme, a toujours été bon avec moi.

— D'accord, d'accord, marmonna Shaddad, exaspéré. Nous n'avançons pas d'un pouce, là, mais soyez sûr que j'irai au fond de cette histoire.

— Je l'espère, dit Okasha.

— Je vais m'y mettre sur-le-champ. Dès qu'il fera jour, je passerai quelques coups de fil. Ne vous inquiétez pas, inspecteur, nous aurons rapidement le fin mot de l'affaire.

— Il nous faudra une liste complète de vos chauffeurs. » Abou Gomaa avait battu en retraite et se fondait silencieusement dans les ombres. « Et aussi le nom de tout employé qui ne se présentera pas au travail. Dès que nous aurons une photo exploitable du garçon retrouvé dans le coffre, mes hommes rendront visite à votre société.

— Nous coopérerons par tous les moyens possibles, bredouilla Shaddad. Nous avons une réputation à défendre.

— Au moins, dit Okasha, ça représente quelque chose pour vous. »

En sortant du parking, Makana jeta un coup d'œil à Abou Gomaa. Le vieil homme le regardait avec une expression qui ressemblait fort à du mépris.

13

La lune presque pleine gîtait dans le ciel froid et limpide lorsque Makana descendit l'étroit sentier menant à l'*awama*. Il n'avait pas besoin de lumière pour trouver son chemin ni pour grimper l'escalier du pont supérieur. Dormir était une idée séduisante, mais il savait qu'elle en resterait au stade virtuel. Son esprit était préoccupé. L'image du jeune garçon gisant au bord de la route ne le quittait pas. Les événements semblaient conspirer pour le ramener dans le passé, dans un monde qu'il avait quitté bien des années auparavant. Il s'assit dans le grand fauteuil en bois, une couverture autour des épaules, et s'installa confortablement.

Juste devant lui, la table qui faisait la largeur de la pièce constituait son bureau, d'une solidité rassurante, telle une ancre à laquelle se raccrocher. Il lui arrivait rarement de s'y asseoir pour méditer sur son destin, mais le bureau servait à supporter une quantité industrielle de documents, de sorte qu'il semblait toujours à deux doigts de s'effondrer sous le poids des livres et des papiers que Makana balançait dessus. À une extrémité trônait une pile de feuilles vierges qu'il achetait bon marché à un imprimeur proche de chez lui. C'était du simple papier brouillon, mais il y en avait à profusion et Makana l'utilisait quand il éprouvait le besoin de démêler les fils d'une affaire. Il traçait des lignes, un peu comme un général préparant une bataille. Le résultat faisait souvent penser aux délires d'un esprit dérangé, signe que le but de l'exercice était peut-être plus thérapeutique que professionnellement éclairant. Des bouts de ces papiers étaient scotchés au mur, au-dessus de la table, avec un assortiment de coupures de presse, de photos, de diagrammes, de fragments de cartes routières. Au total, cela formait un tableau kaléidoscopique de sa vie au cours de la décennie écoulée et même davantage.

De temps en temps, son regard tombait sur l'un des objets, faisant ressurgir le passé. Une peinture sur papyrus, cadeau d'un vieux faussaire, représentait la Salle du Jugement où le cœur du roi défunt était mis en balance avec une plume d'autruche. Anubis, le dieu à tête de chacal, présidait à la pesée. Plus loin, une photographie de Daud Bulatt, un homme très dangereux dont Makana espérait bien ne plus jamais croiser la route[1].

D'autres choses encore : un plan des rues de Siwa voisinait avec une grande carte de l'Égypte, du Désert occidental et du Nil qui suivait son cours vers le sud, serpentant à travers le continent et le passé de Makana.

Chaque fois qu'un visage de son ancienne vie faisait surface au Caire, il était surpris de constater qu'on le reconnaissait encore, qu'il n'avait pas été

1. Voir *Les écailles d'or*, Éditions du Seuil, 2015.

tout bonnement relégué dans l'oubli. Les gens étaient invariablement déçus, consternés de la façon dont il avait coupé tout lien avec son pays natal. Et il n'avait jamais de réponse satisfaisante à leur offrir. Théoriquement, il était en Égypte parce que c'était trop dangereux pour lui de retourner au Soudan. Il avait toujours des ennemis dans les couloirs du Jihaz, les services de sécurité et de renseignements de Khartoum. Mais ce n'était pas l'unique raison. Il ne croyait plus qu'il existât un seul endroit où il puisse se sentir complètement chez lui ; dans ces conditions, ce pays-ci n'était pas plus mauvais qu'un autre.

Au milieu du mur, une photo froissée, pâlie, montrait une femme et une petite fille de presque trois ans à l'époque. Son épouse Muna et sa fille Nasra. Ce n'était pas par hasard qu'elle était placée ici, juste au centre : il lui semblait en effet que c'était là que tout commençait et que c'était là, aussi, que tout revenait.

Tandis qu'il fumait en contemplant le fleuve, Makana se força à concentrer ses pensées sur le cadavre du garçon qu'il avait vu dans la soirée, à côté du coffre en métal. Qui était-il, comment était-il mort, et pourquoi ? L'autopsie établirait à coup sûr qu'il n'était déjà plus en vie au moment de l'accident. Mais que faisait-il à l'intérieur de ce coffre ? Quel était le mobile du meurtre ? Certainement pas l'argent. Quand on voulait toucher une grosse rançon, on kidnappait une riche actrice, le fils ou l'épouse d'un homme d'affaires, mais pas un jeune Soudanais du Sud qui, à en juger par ses vêtements, n'avait pas un sou vaillant. Donc, quel était le mobile ? Sexuel ? D'ordinaire, c'étaient les femmes qui se prostituaient, mais il arrivait que des hommes empruntent cette voie. Alors quoi, une dispute qui aurait mal tourné ? Un accident ? On avait transporté le corps hors de la ville afin de s'en débarrasser. Ce n'était pas difficile : trouver un endroit et creuser un trou dans le sable. Le corps disparaîtrait à jamais, ou au moins jusqu'à ce que quelqu'un ait la riche idée de construire une nouvelle usine à cet emplacement.

La nuit passa avec lenteur. Les pensées de Makana allaient à la dérive, comme souvent durant ces heures mélancoliques où il repensait à l'époque où il avait une famille et un foyer. Où il était entier. Quand la voiture dans laquelle ils fuyaient avait plongé du haut du pont, Muna et Nasra avaient péri. Makana, lui, avait eu la vie sauve et il ne se l'était jamais vraiment pardonné. Ainsi, le seul mystère de son existence était condamné à rester non résolu, car il n'aurait jamais la possibilité de tourner la page – plus maintenant, après toutes ces années. Il ne les avait pas revues après leur mort, n'avait pas eu l'occasion de les enterrer, et cela rendait leur absence d'autant plus difficile à accepter.

Au fil des années, des rumeurs persistantes avaient couru, laissant entendre que sa fille aurait survécu. Ces rumeurs lui avaient été insupportables. Une forme de torture sans fin. À un certain moment, il avait même envisagé de courir le risque de retourner à Khartoum pour en avoir le cœur net, initiative qui aurait presque certainement conduit à son arrestation et peut-être à sa mort. Il avait toujours des ennemis là-bas, il était bien placé pour le savoir. Néanmoins, l'emprisonnement, la torture, la mort… tout cela lui semblait un prix modique à payer pour obtenir la paix de l'esprit et connaître le destin de sa fille. Ses recherches n'avaient abouti à rien. Malgré les années écoulées, il n'avait jamais pu renoncer complètement à l'idée qu'elle était peut-être encore en vie, qu'il existait encore un espoir de la retrouver un jour.

Avant de sombrer enfin, avec gratitude, dans un bref mais profond sommeil, il entendit au loin le grésillement des haut-parleurs tandis que les muezzins appelaient les fidèles à la prière.

Les bureaux de Munir Abaza se trouvaient à Dokki, dans un large building moderne offrant une vue sur l'hôtel Sheraton dans toute sa splendeur. En tournant la tête à gauche, on voyait l'une des sections les plus résidentielles de la rive du fleuve – avec, pour compléter le tableau, deux membres du club d'aviron à bord d'un étroit skiff. Le cabinet de Munir Abaza, qui comptait quelques clients fortunés, bourdonnait comme une ruche. Des gens vêtus avec recherche s'affairaient dans le nuage ouaté des sonneries de téléphone et le bourdonnement asthmatique des photocopieuses. Les murs étaient éclaboussés d'images colorées : récifs de corail de la mer Rouge, derricks dans le désert, villages de vacances où se prélassaient des touristes heureux. Pour un cabinet d'avocats comme celui-ci, représenter une petite famille de restaurateurs – si bonne que fût la nourriture – paraissait un choix improbable.

« Pardonnez-moi cette question, mais comment les Hafiz sont-ils devenus vos clients ? Ils ne semblent pas cadrer avec le décor, dit Makana en faisant un geste circulaire.

— Vous avez raison. J'ai rendu service à quelqu'un. »

Abaza bougeait avec la raideur d'un homme ayant une seule envie : aller voir ailleurs au plus vite. Âgé d'environ cinquante ans, il portait des vêtements luxueux, une chemise bleu clair et une cravate assortie, maintenue en place par une pince en or, et il semblait avoir macéré dans une eau de toilette coûteuse. Makana se retrouva dans une salle de conférences vitrée qui offrait une vue spectaculaire. Les chaises ne manquaient pas autour de la lourde table ovale qui occupait toute la longueur de la pièce, mais il ne fut pas invité à s'asseoir. Abaza resta debout, bras croisés, à contempler le Nil.

« Ma fille est amie avec Sahar Hafiz. Elles sont allées à l'école ensemble. Elle m'a raconté que le frère de Sahar avait disparu et m'a supplié d'aider la famille. Qu'est-ce que je pouvais faire ? »

Makana n'était pas sûr de le croire. Même cette histoire de lien entre les deux filles semblait tirée par les cheveux. Comparés à Abaza, M. et Mme Hafiz donnaient l'impression d'avoir vécu dans une caverne.

« Vous faites de l'aviron ? s'enquit l'avocat.

— Pardon ? »

Abaza indiqua le fleuve. Il observait les rameurs avec l'œil aiguisé d'un professionnel. À n'en pas douter, il se maintenait en forme en manœuvrant un bateau du haut en bas du Nil pendant des heures.

« Je trouve rarement le temps d'en faire en ce moment, répondit Makana avec calme.

— C'est un superbe moyen de se détendre, de s'aérer l'esprit. Nous autres Égyptiens, nous considérons le sport comme une activité qu'on pratique quand on est enfant, après quoi on ne pense plus qu'à manger. Ce pays a besoin de devenir plus mince, plus fort, plus confiant dans ses capacités.

— Le manque d'assurance des Égyptiens ne m'a pas tellement frappé.

— Vous prenez notre orgueil national pour de l'assurance, ce qu'il n'est pas. Nous sommes un pays qui doute, c'est pourquoi nous ne cessons d'invoquer les mânes de Nasser, comme s'il était la solution à tous nos problèmes. Nous nous en prenons aux autres, tels que vos compatriotes qui campent sur la place.» Il braqua son regard sur Makana. «Les considérez-vous seulement comme des compatriotes ? Vous êtes si différents, le Nord et le Sud. Physiquement, racialement, culturellement.

— Un peu de diversité n'est pas une mauvaise chose, si ?

— Un peu, sans doute, mais si je ne m'abuse, le Soudan a connu la guerre civile pendant presque un demi-siècle.

— Aujourd'hui, nous sommes en paix. La guerre est terminée.

— Et pourtant, vous restez ici.» Abaza sourit. «C'est un signe, non ?

— C'est pour me dire ça que vous m'avez fait venir ?

— Je voulais rencontrer l'homme que j'ai recommandé aux Hafiz.

— Il est un peu tard, vous ne pensez pas ?»

L'avocat enfouit ses mains dans ses poches et marcha lentement le long de la baie vitrée, sans cesser d'admirer la vue.

«Votre ami Amir Medani est un confrère. Nous n'avons pas les mêmes opinions politiques, mais il existe entre nous un respect professionnel. Il croit qu'il faut œuvrer à rendre le monde meilleur, et moi…» Il écarta les bras. «Bref, nous avons des priorités différentes. Pas vraiment surprenant. Quoi qu'il en soit, j'ai des détectives à qui je m'adresse pour ce type de travail mais, dans ce cas particulier, j'ai senti qu'il me fallait un autre genre d'homme.

— Un peu plus bas de gamme ? »

Abaza sourit. « Vous êtes direct, ça me plaît. Quand on recommande quelqu'un, on doit toujours prendre en considération les besoins et les moyens du client.

— Vous connaissez bien la famille Hafiz ?

— Pas si bien que ça, pour être honnête. Dans mon enfance, ma tante m'emmenait dîner dans leur restaurant. À l'époque, le patron était le grand-père de Mourad.

— Ils sont venus vous demander de l'aide ?

— Comme je vous l'ai dit, c'est passé par ma fille.

— Connaissez-vous le jeune Hafiz ?

— Mourad ? Non. J'ai rencontré plusieurs fois sa sœur, par le biais de ma fille, mais c'est tout.

— Que pouvez-vous me dire sur elle ?

— Sahar ? Ma foi, elle est intelligente. Ambitieuse, aussi, mais sans aucune perspective d'avenir tant qu'elle restera accrochée à ses parents et à leur restaurant. Son meilleur espoir est de rencontrer un homme qui fera un bon mari. »

Appréciation pas franchement charitable, mais Munir Abaza avait clairement des choses plus importantes en tête. De son point de vue, la disparition de Mourad avait une explication toute simple.

« Il a dû faire la connaissance d'une jeune femme et il prend du bon temps avec elle. Qui ne rêve d'avoir de nouveau vingt ans ? » Il eut un rire contraint, peu naturel.

« Ça ne vous paraît donc pas bizarre qu'il n'ait pas contacté sa famille ?

— S'il est un tant soit peu comme moi, il fera tout pour l'éviter. » Abaza s'esclaffa. Il avait le rire d'un homme dénué de tout sens de l'humour.

« N'empêche, je dois le retrouver.

— C'est pour ça que les Hafiz vous ont engagé. » L'avocat tapa sur la table du plat de la main. L'entretien était terminé. « Écoutez, considérez ce job comme une opportunité. Si vous jouez bien vos cartes, ça pourrait vous rapporter gros. Les Hafiz ont beaucoup de vieux clients, des gens qui ont de l'argent et des problèmes. Et je suis toujours à l'affût de bons détectives. Cette affaire pourrait se révéler très avantageuse pour vous. »

Les manières suaves d'Abaza avaient quelque chose de reptilien. Le genre de personne que rien de déplaisant ou de nauséabond ne pouvait atteindre.

En attendant l'ascenseur, Makana se surprit à observer une affiche, probablement une campagne publicitaire pour un autre des clients d'Abaza. La photo montrait une vue des pyramides de Gizeh, avec un bâtiment carré au premier plan. La juxtaposition des deux images était destinée à suggérer un lien. *L'institut Hesira,* disait la légende. *Le point de rencontre entre la technologie moderne et la sagesse de l'Égypte ancienne.* Une colonne de hiéroglyphes ornait un côté de l'affiche, surmontée d'un cartouche contenant un personnage muni d'un bâton. Le médecin en personne, vraisemblablement. Hesira. Un exemple de plus de l'exploitation du monde antique à des fins lucratives, songea Makana en entrant dans la cabine.

Sahar avait promis de le mettre en relation avec deux amis de Mourad. Espèce rare, s'il avait bien compris. Fadihah et Ihab l'attendaient dans un café en bordure du Nil, à proximité du Jardin des Poissons. Tous deux portaient la tenue estudiantine type, jean et sweat-shirt. Serrés l'un contre l'autre, ils murmuraient en fumant lorsque Makana s'approcha.

« On ne sait pas dans quelle mesure on peut vous aider », déclara le garçon avant même que Makana ait pris une chaise.

Il avait beaucoup de mal à se tenir tranquille et fumait nerveusement, son genou animé d'un mouvement de piston. Makana fit signe au serveur et se commanda un café, les deux autres ayant décliné son offre.

« Si vous me parliez un peu de vous, pour commencer ?

— Il n'y a pas grand-chose à raconter, répondit Fadihah en lançant un regard en coin à son compagnon. Nous faisons les mêmes études que Mourad. Nous avons fait sa connaissance en première année.

— Vous partagez donc son goût pour… comment dit-on, l'aménagement urbain ?

— Quelque chose comme ça, dit le garçon avec un ricanement sarcastique.

— Nous nous sommes découvert des intérêts communs, enchaîna la fille.

— Par exemple ?

— La politique. La manière dont les spéculateurs mènent cette ville dans le mur.

— Des imbéciles qui pensent uniquement à se remplir les poches, ajouta Ihab.

— Quelle était l'opinion de Mourad sur ce point ? s'enquit Makana.

— Il estimait que ça devait changer. » Les yeux du garçon s'étrécirent. C'était un sujet qui lui tenait trop à cœur pour qu'il ait envie d'ironiser.

« Il se voyait donc comme une sorte de rebelle ?

— À quoi ça sert, ces questions ? demanda la fille en se tordant les mains. Sahar nous a dit que vous tentiez de retrouver Mourad.

— C'est exact, mais pour y parvenir j'ai besoin de le comprendre, de connaître son mode de réflexion, de savoir ce qui est important pour lui. » Voyant les deux jeunes gens échanger un regard, il s'enquit : « Quel est le problème ?

— Rien, répondit Ihab en haussant les épaules. On ne sait pas trop quoi penser, à votre sujet. Enfin… on ne sait rien de vous.

— Je n'ai rien de commun avec les services de sécurité, si c'est ce qui vous tracasse. » Makana les dévisagea à tour de rôle. « Sa famille m'a chargé de mener une enquête. Sahar vous l'a dit, non ?

— Bien sûr, c'est pour ça que nous sommes là, parce qu'elle nous a demandé de coopérer, déclara Ihab. Ça ne veut pas dire pour autant qu'on vous fait confiance. »

Le silence se fit à l'approche du serveur qui apportait le café. Makana alluma une Cleopatra.

« Il s'agit d'une enquête privée. Je ne suis pas tenu de communiquer à la police le résultat de mes recherches. Mon seul souci est d'aider la famille à retrouver Mourad. Quoi qu'il ait pu manigancer, quoi que vous maniganciez, ça ne me concerne pas.

— Allons bon, pourquoi dites-vous ça ? » Ihab se

rongeait les ongles. « Qu'est-ce qui vous fait croire que nous manigançons quelque chose ?

— Je n'ai pas dit que c'était le cas, répliqua Makana en soutenant son regard. Qu'en pensez-vous ?

— Vous nous prenez pour des abrutis ou quoi ? Nous savons ce que vous recherchez. »

Fadihah tendit une main pour refréner les ardeurs de son compagnon, mais il la repoussa sans ménagement et regarda le fleuve en tirant furieusement sur sa cigarette. Makana s'adressa à la fille.

« Quoi que je découvre, ça restera entre nous. Les parents de Mourad veulent revoir leur fils, c'est tout. Vous pouvez le comprendre, non ?

— Donc, vous ne collaborez pas avec la police ?

— Avec personne. »

Ces garanties ne semblaient pas suffisantes pour apaiser leurs craintes. Makana remua son café. Il n'était pas pressé, il ne voulait pas les bousculer. Qu'ils s'habituent à lui.

« Quand avez-vous vu Mourad pour la dernière fois ?

— Il y a deux semaines, à peu près, dit Fadihah en secouant la cendre de sa cigarette par terre.

— Non, plutôt trois, rectifia Ihab.

— Peu importe.

— Et c'était à l'université ? »

Elle acquiesça d'un signe de tête, mais Ihab la contredit aussitôt.

« Non, c'était au fast-food où il bossait.

— Westies ?

— Vous connaissez ?

— Je sais que Mourad y a travaillé quelque temps

et qu'il n'y est pas retourné depuis une dizaine de jours.»

Fadihah et Ihab échangèrent un coup d'œil.

«Est-ce que Mourad a laissé tomber l'université? Ce serait ça, l'explication?

— Qu'est-ce que ça peut faire, même si c'est le cas? À quoi servent les études, de toute façon? Vous ne trouverez pas d'emploi à moins que votre père n'ait des relations dans un ministère quelconque.» Ihab s'interrompit pour allumer une autre cigarette. «Le chômage des étudiants diplômés tourne autour de quatre-vingts pour cent. Ce qui compte, ce n'est pas ce que vous savez mais qui vous connaissez.»

On aurait dit un discours appris par cœur, mais la colère du garçon était sincère. La plupart de leurs amis, devina Makana, partageaient cette opinion. Ceux qui ne la partageaient pas n'étaient pas leurs amis.

«Mourad a eu le courage de reconnaître que c'était une perte de temps, dit Fadihah.

— Pas devant son père», observa Makana.

Ihab revint à la charge. «Son père se fait des illusions s'il s'imagine que Mourad reprendra un jour le restaurant.

— Que lui reprochez-vous, à ce restaurant?

Vous rigolez? C'est une voie de garage. Vous croyez qu'il devrait passer sa vie à servir des pâtes à la population vieillissante d'une élite décadente?

— Que devrait-il faire, selon vous?

— Mourad veut changer le monde, intervint Fadihah, qui s'enhardissait. Comme nous autres.

— Et de quelle manière?

— En en faisant un endroit où tous pourront vivre mieux.

— Justice, égalité, ce genre de choses ? »

La fille hocha vigoureusement la tête, mais Ihab lâcha un rire sardonique. « La révolution ! Tuons-les tous, ceux qui ont tout empoisonné ! » Il se pencha par-dessus la table, survolté et impressionnant. « Il n'existe pas de révolution sans violence. »

Tout en ajoutant du sucre dans son épais café noir, Makana se demanda s'il n'avait pas sous-estimé la gravité de la situation de Mourad. Ces deux jeunes gens formaient un curieux couple. Sous l'attitude crâneuse de Ihab, il détectait un fils de la classe moyenne, bien élevé, qui cherchait la bagarre. Mourad avait-il autant d'arrogance ? Ce n'était pas l'image que Makana s'en était formée jusque-là, mais les impressions pouvaient se révéler trompeuses. Le ressentiment de Fadihah se manifestait sous la forme d'un petit rictus dédaigneux. Elle portait des vêtements amples qui camouflaient sa féminité, lui donnant une silhouette informe. Ses cheveux, qui lui tombaient au-dessous des épaules, manquaient d'éclat.

« Partons », dit-elle en tripotant nerveusement ses manches.

Ihab se pencha pour écraser son mégot.

« Vous ne trouverez pas Mourad, dit-il. Sauf s'il le veut bien.

— Savez-vous où il est ?

— C'est un grand garçon. S'il a envie de prendre contact avec ses parents, il sait où les joindre. Il n'a pas besoin de vous.

— Mourad avait un nouvel ordinateur. Savez-vous ce qu'il est devenu ?

— Demandez à l'imbécile qui partage sa chambre.
— Abdelhadi ? »

La fille s'était levée. Ihab l'imita.

« Une dernière question. Mourad avait-il une aventure… avec une fille, j'entends ? »

Ihab adressa à Makana le même sourire de travers.

« C'est ça qui inquiète son vieux ? Dites-lui de dormir tranquille, Mourad ne serait pas assez stupide pour la présenter à sa famille.

— Elle s'appelle Estrella, c'est bien ça ? Savez-vous où je peux la trouver ? »

Mais ils étaient déjà partis. Ihab, propulsé de l'avant par son énergie nerveuse, se dégagea brusquement de l'étreinte de Fadihah et fonça vers les marches de pierre qui menaient à la rue, au-dessus. Sa compagne le suivit au petit trot. Ihab courait en zigzag, renversant sur son passage des chaises et même une table. Le serveur les invectiva, mais trop tard, ils étaient presque hors de vue.

« Les jeunes d'aujourd'hui sont fous », maugréa-t-il d'une voix forte en allant tout remettre en place.

Makana, pris de pitié, lui laissa un généreux pourboire sous le cendrier. Arrivé en haut de l'escalier, il trouva Sindbad qui l'attendait au volant de la Datsun, de l'autre côté de la rue.

« Vous les avez vus ?
— Le garçon et la fille ? Oui, *ya basha.*
— Et vous seriez capable de les reconnaître ?
— Aussi facilement que ma propre mère. »

Ce que Makana jugea suffisant.

14

Le frêle jeune homme qui émergea de la mosquée de l'université, à l'issue des prières de l'après-midi, était indubitablement celui de la photo que Makana avait empruntée sur le mur de la chambre de Mourad.

« Abdelhadi ? »

Le garçon sursauta en s'entendant appeler par son nom. Faisant volte-face, il vit Makana et, juste derrière lui, la silhouette assez imposante de Sindbad. L'espace d'un instant, il donna l'impression d'hésiter à prendre la fuite. Il se borna finalement à reculer d'un pas, après quoi il resta cloué sur place. Makana brandit la photographie.

« C'est bien vous ?

— Est-ce que j'ai des ennuis ?

— Ça dépendra de votre coopération. »

C'était pour Makana un constant sujet d'étonnement de voir que les gens partaient toujours du principe qu'ils étaient les innocentes victimes d'un malentendu.

« Je n'ai rien fait. Je suis juste venu ici pour la prière. Pouvez-vous me dire de quoi il s'agit ?

— C'est au sujet de votre colocataire, Mourad

Hafiz. Vous avez quelque chose qui lui appartient, je crois.

— Quoi donc ?»

Ils commençaient à attirer l'attention, ce qui mettait Abdelhadi mal à l'aise. Les gens ralentissaient le pas et murmuraient en passant près d'eux.

« Si nous montions dans votre chambre, histoire de voir ce qu'il en est ?»

Jetant un regard furtif à Sindbad, Abdelhadi tourna les talons et les précéda jusqu'à la résidence universitaire. On entendait de la musique au premier étage. Des étudiants allaient et venaient en un défilé ininterrompu. L'un portait une encombrante radiocassette dont le cordon traînait par terre, un autre tenait une saucière remplie d'une espèce de substance noirâtre. Des têtes se tournèrent sur leur passage.

« Qu'est-ce que tu as trafiqué, encore ?» lança un jeune homme appuyé contre le mur.

La question provoqua un chœur de rires et de sifflets. La porte étant coincée, Abdelhadi s'escrima sur la serrure ; dans sa panique, il donna un coup d'épaule dans le panneau et faillit s'étaler quand celui-ci s'ouvrit à la volée.

Makana le suivit dans la pièce tandis que Sindbad restait sur le seuil, tenant à distance les curieux. Des étudiants faisaient mine de s'arrêter mais accéléraient le pas quand ils croisaient le regard noir du chauffeur. Abdelhadi parlait avec nervosité tout en s'affairant.

« Il n'y a pas de problème, vous savez. Nous sommes amis, Mourad et moi. Il m'a dit que j'étais libre de le lui emprunter quand il n'était pas là.»

Il chercha parmi ses clefs et finit par en trouver une

qui ouvrait le minable cadenas de la cantine en métal rangée sous son lit.

« Sa disparition ne vous a pas trop inquiété ?

— Pas vraiment, non. Il a des horaires assez fantaisistes. Il lui arrive souvent de se volatiliser pendant plusieurs jours sans explication.

— Pour aller où ?

— Je n'en sais rien. Il n'en parle pas.

— Vous êtes amis, disiez-vous ?

— Eh bien, vous savez ce que c'est. Nous avons chacun nos cercles, mais évidemment le fait de partager la même chambre nous rapproche.

— C'est ce que je vois, en effet. »

Abdelhadi plongea les mains dans la cantine et fourragea sous un tas de vêtements en désordre pour en exhumer un ordinateur plat.

« Je n'aime pas prendre de risques. Il y a des étudiants, dans ce couloir, qui sont… malhonnêtes.

— Je comprends. Ça ne vous ennuie pas que je l'emporte, au moins ?

— Pour vous aider à le retrouver, c'est ça ?

— Je l'espère. »

Après avoir évalué la situation, Abdelhadi tendit l'ordinateur à Makana, qui le soupesa dans sa main.

« Vous n'étiez pas si proches, en réalité, n'est-ce pas ? »

Le frêle jeune homme se passa une main sur l'occiput.

« La vérité, c'est qu'il se moquait de moi. Ses amis aussi. Pour eux, j'étais un sujet d'amusement.

— À cause de vos croyances ?

— À cause de ce que je suis. Je prends ma foi au

sérieux, tandis qu'eux… ils mènent une existence frivole. C'est tout ce que je peux dire.

— Eh bien, vous m'avez été d'une grande aide. »

Abdelhadi hésita. « Je voudrais préciser que ce n'est pas moi qui ai enregistré ces photos. Elles étaient déjà dans l'ordinateur.

— Des photos ?

— De femmes, vous savez ? »

Il se tenait au milieu de la chambre, l'air embarrassé, les yeux errant à droite et à gauche. Un oiseau cherchant désespérément un moyen de sortir de sa cage.

« Je saurai m'en souvenir », dit Makana.

Sami était seul dans les bureaux de Bab al-Luq. Makana savait par expérience que les journalistes n'étaient pas portés sur les horaires de travail normaux, en pleine journée. Sans doute était-il encore trop tôt pour la plupart d'entre eux. Le soleil filtrait entre les immeubles avoisinants, embrasant en douceur les vitres sales. Le Masry Info Media Collective – MIMIC, comme ils l'appelaient – se composait d'individus aux opinions similaires, affiliés selon des règles souples, qui partageaient des équipements de base en échange d'un loyer minime. Néanmoins, les occupants changeaient souvent et on ne pouvait jamais vraiment savoir qui on allait rencontrer sur place. Les exceptions à cette règle étaient Sami et sa femme Rania, les parrains officieux du projet.

Le visage familier, surmonté de cheveux laineux, se pencha sur le côté de l'écran d'ordinateur. Sami Barakat n'avait pas l'air au mieux de sa forme.

« Alors, dit Makana, où as-tu dormi la nuit dernière ? »

Sami ôta ses lunettes et jeta autour de lui un regard myope.

« Ici, en fait.

— Tu n'as pas un peu passé l'âge de ce genre de fantaisie ?

— Je comprendrais cette remarque venant d'un autre que toi, qui vis sur une péniche délabrée et possèdes moins de biens terrestres qu'un ermite dans une grotte.

— Cela signifie, je présume, que Rania et toi n'avez pas encore réglé votre différend.

— Ah ! non, effectivement.

— Je t'ai apporté quelque chose. »

Makana posa l'ordinateur de Mourad sur la table et expliqua d'où il venait. Le journaliste émit un sifflement.

« Dis donc, c'est un bel engin. Il a dû lui coûter un paquet.

— Ah bon ? »

Sami lança à Makana un regard désespéré. « Un PowerBook Apple. Ces appareils ne sont pas donnés. »

Ce qui posait la question de savoir où Mourad avait trouvé l'argent.

« Il avait un job dans un fast-food, près du club de chasse.

— Il faudrait faire griller beaucoup de hamburgers avant de pouvoir se payer ça. »

Sami caressa avec tendresse le couvercle bien lisse. Makana délogea les dossiers et les documents empilés sur une chaise afin de s'y asseoir.

« Peut-être avait-il d'autres sources de revenus.

— Comment as-tu mis la main sur cet ordinateur, au fait ?

— Son compagnon de chambre. » Du pied, Makana attira à lui une corbeille à papiers en métal et sortit son paquet de cigarettes. « Je ne sais pas trop quel usage en faisait Mourad mais tu risques de trouver des éléments intéressants. Tout ce qui date de… moins de dix jours, mettons, ne présente pas d'intérêt. Peux-tu remonter jusque-là ?

— Bien sûr, du moment qu'il n'y a pas de problème d'accès. Notre ami ne t'aurait pas fourni un mot de passe, par hasard ? »

Makana se figea, une allumette enflammée à la main. « C'est important ?

— Un de ces jours, tu vas t'apercevoir en te réveillant que tu vis au vingt et unième siècle, et crois-moi, ce sera pour toi un terrible choc.

— Je te crois sur parole.

— Une idée de ce qu'il faut chercher ?

— Ça peut être n'importe quoi : réunions politiques, activisme sous une forme ou sous une autre… » Makana leva les mains en un geste d'ignorance.

« Bon, n'importe quoi d'inhabituel. Faisons déjà une tentative. » Sami leva le couvercle et frappa quelques touches. Il ne lui fallut pas longtemps pour renoncer. « L'accès est protégé par un mot de passe. Je ne veux pas risquer de verrouiller l'appareil. Je demanderai à Ubay de se pencher là-dessus. » Il écarta l'ordinateur et prit un crayon qu'il fit tourner entre ses doigts. « J'ai vu au J.T. qu'on parlait encore de ton ami Mek Nimr. »

Makana sentit les poils de sa nuque se hérisser. « À quel sujet ?

— Il s'est rendu récemment à Washington. Apparemment, c'est une étoile montante, il est chef d'une nouvelle unité d'espionnage, une force contre-insurrectionnelle, quelque chose dans ce goût-là.

— Pourquoi Washington ?

— Les Américains sont probablement intéressés par son carnet d'adresses. Pendant une décennie, Khartoum a été une sorte de Club Med des suspects de terrorisme. »

Ce fut un choc pour Makana : l'homme qui avait tenté autrefois de le tuer était devenu depuis lors encore plus puissant. À une certaine époque, Mek Nimr avait été son adjudant[1]. Ils avaient été amis, plus ou moins. Collègues, en tout cas. Mek Nimr n'avait pas suffisamment brillé à l'école de police pour devenir inspecteur comme Makana. Il était resté en uniforme – jusqu'au changement de régime en 1989. À partir de ce moment-là, il avait grimpé rapidement les échelons et ne semblait pas près de s'arrêter.

« Cette info a dû m'échapper.

— Eh bien, tu ferais mieux d'être vigilant, dit Sami en agitant un doigt en guise d'avertissement. Avec toutes ces "extraditions extraordinaires" qui ont cours actuellement, ils pourraient bien décider de t'échanger contre certains de nos islamistes. Tu te retrouverais en route pour ta terre natale avec une cagoule sur la tête. »

C'était là une perspective nouvelle. « Ils doivent avoir des choses plus importantes à faire.

1. Voir *Les écailles d'or*.

— Ne sous-estime jamais les services de sécurité. Ils trouveront toujours une bonne raison de te rendre la vie infernale. Tu n'as qu'à regarder où nous en sommes. » Sami se balança sur les pieds arrière de sa chaise, les mains jointes derrière la tête. « En février, le président a annoncé des élections ouvertes à tous les partis – le problème étant qu'il lui fallait organiser un référendum pour modifier la constitution. Les seuls à avoir gobé ce bobard ont été les Américains, ceux à qui il était précisément destiné. »

Les manifestations avaient été réprimées par la brigade antiémeute et par les partisans de Moubarak – les *bultagia*, des gangs de voyous rémunérés. Bien entendu, la nouvelle ne fut pas relayée par les médias officiels, mais d'autres sources d'information émergeaient.

« Les médias se diversifient. Il n'est plus possible de laisser systématiquement les citoyens dans l'ignorance. Les choses ont changé. »

Sami prit une Cleopatra dans le paquet de Makana. Le soleil avait disparu et les ombres gagnaient la longue pièce.

« Les gens se sont rassemblés. Un spectacle étonnant. Pour la première fois, les communistes et les islamistes étaient unis. Les jeunes générations commencent à comprendre qu'il s'agit de changer le système, pas seulement d'améliorer leur sort personnel. »

Makana pensa à Fadihah et Ihab, les amis de Mourad. Ils semblaient œuvrer dans le sens d'un renouvellement, mais quelle forme celui-ci prenait-il exactement ? L'État était une énorme et lourde machine. Manipuler les élections n'était pas plus bête qu'autre chose. Personne, dans les hautes sphères, ne voulait de changement, la situation actuelle leur profitait trop. Quant au monde extérieur… il se satisfaisait apparemment très bien du statu quo, lui aussi. Quand les résultats des élections étaient tombés et que le président avait gagné comme prévu – quoique par un score de seulement quatre-vingt-huit pour cent –, tout le monde l'avait applaudi, y compris les Américains, confirmant ce que chacun savait déjà dans la région, c'est-à-dire que les leaders occidentaux étaient une bande de flagorneurs hypocrites qui ne demandaient pas mieux que de regarder souffrir le peuple sous une dictature répressive tout en louant les bienfaits de la démocratie.

« Entre les copains du président qui dirigent le pays comme si c'était leur club privé et les salafistes qui veulent nous ramener au Moyen Âge, nous nous débattons pour rester à flot. Le plus sidérant, c'est que, malgré toutes les preuves du contraire, il y en a encore qui croient que, si on lui donnait une vraie chance, la démocratie pourrait fonctionner.

— Avoue-le, dit Makana. Sous cette couche de cynisme, il y a un optimiste qui essaie d'émerger.

— Écoute, ça va te surprendre, toi qui persistes à croire que nous vivons toujours à l'âge de pierre… » Sami tapota l'écran devant lui. « Il y a quarante ans, les gens ne savaient pas lire. Ça a changé. Dans toute la région, le taux d'illettrisme a chuté, passant de soixante-quinze à trente pour cent. Le monde a été mis sens dessus dessous. Il n'est plus si facile d'embobiner les citoyens.

— Il y a une différence entre savoir ce qui ne va pas et avoir les moyens d'y remédier.

— Nous savons ce qui serait nécessaire. L'ennui,

c'est que nous ne comprenons pas le prix qu'il faudra payer pour l'obtenir.

— Il ne peut pas y avoir de révolution sans violence ? dit Makana, se rappelant les paroles d'Ihab.

— Et dire que j'ai parfois l'impression que tu ne comprends pas un mot de ce que je raconte !

— J'ai bavardé avec deux amis de Mourad. » Makana fit tomber la cendre de sa cigarette dans la corbeille en métal. « Je ne suis pas sûr de savoir à quoi ils croient. » Il se leva pour partir, mais marqua un arrêt à la porte. « Je n'ai pas besoin de te dire que si jamais tu as besoin d'un toit... »

Sami sourit de toutes ses dents. « Ce que tu me dis, en fait, c'est qu'il vaudrait mieux que j'arrange les choses avec Rania.

— Je suis heureux que nous nous comprenions.

— On a parfois besoin de quelqu'un pour nous dire ce qu'il faut faire, même si on le sait déjà. »

Makana laissa son ami à ses réflexions. Sindbad attendait près de la vieille Datsun, juste devant l'immeuble. Sur le point de piocher dans un grand pot de *koshari*, il leva les yeux d'un air coupable en voyant Makana.

« Je ne savais pas pour combien de temps vous en auriez, dit-il en indiquant un autre pot, plus petit, sur le tableau de bord.

— C'est délicat de votre part, dit Makana, mais j'ai pensé que nous pourrions goûter autre chose. »

Sindbad regarda d'un air navré le tas fumant de lentilles et de pâtes sur ses genoux.

« Quelle est votre idée ? » renifla-t-il.

15

Westies se préparait au rythme d'un début de soirée. Déjà des voitures approchaient, klaxonnant pour attirer l'attention. Plus qu'un fast-food, le restaurant semblait être un lieu de rendez-vous pour les jeunes. Appuyés à leurs véhicules, sous les ombres profondes des banians, ils avaient des conversations importantes sur on ne savait quel sujet. Sur le seuil, Makana faillit être aplati par un homme bedonnant qui sortait, ployant sous une pile de sacs en papier et de boîtes en carton qui l'empêchaient de voir où il allait. Tous ses paquets dégageaient la même odeur tiède, douceâtre.

« Beaucoup de monde, ce soir ? »

Ruby, occupée à cocher des numéros sur un formulaire, parut heureuse de cette occasion de faire une pause. Elle accueillit Makana d'un sourire et jeta un coup d'œil vers le comptoir où ses employés s'affairaient, courant dans des directions différentes. Elle semblait parfaitement maîtriser ce qui, aux yeux de Makana, ressemblait à un chaos organisé.

« Oh, ce n'est rien. Le coup de feu ne commencera pas avant encore deux heures. » Makana nota mentalement de ne pas venir en fin de soirée. « Vous avez retrouvé Mourad ?

— Pas encore, malheureusement. C'est en partie pour ça que je viens vous voir.

— Bien sûr. »

Soit Ruby était excitée de participer à une enquête, soit elle se préoccupait sincèrement du sort de Mourad.

« Lors de ma dernière visite, j'ai vu une fille qui passait la serpillière là-bas. » Makana indiqua l'endroit et Ruby tourna la tête pour regarder. « Petite et menue, peut-être originaire du Soudan du Sud. Je crois qu'elle se prénomme Estrella. »

Ruby fit signe à Makana de la suivre à l'autre bout de la salle. Sindbad examinait le menu avec la concentration d'un homme portant un intérêt renouvelé à son instruction. L'un des serveurs accourut pour poser une question à Ruby, mais elle le congédia d'un ton sec et conduisit Makana à une table d'angle.

« Écoutez, je connais Estrella, mais je préférerais que ça reste entre nous.

— Elle travaille ici illégalement, vous voulez dire ?

— Quand ils nous affirment que leurs papiers sont en cours de régularisation, on leur accorde le bénéfice du doute.

— Les propriétaires n'y voient pas d'inconvénient ?

— Vous plaisantez ? Ils encouragent carrément ce genre de choses. Ça leur permet de les payer moins. Comme Estrella ne fait pas officiellement partie du personnel, je vous serais reconnaissante de garder ça pour vous.

— Pas de problème, mais je souhaiterais lui parler. Est-elle là ce soir ?

— Non. » Ruby pencha la tête de côté. « Vous savez, si les gens viennent travailler ici, c'est uniquement parce qu'ils n'ont rien dégoté de mieux. Tôt ou tard, ils finissent tous par trouver.

— Quand l'avez-vous vue pour la dernière fois, alors ?

— Avant-hier, le jour où vous êtes passé.

— Elle n'est pas revenue depuis ?

— Je n'ai même pas son numéro de téléphone.

— C'est inhabituel, non ?

— Encore une fois, le personnel change sans arrêt. Je ne sais jamais qui je vais voir quand j'arrive. Pourquoi cet intérêt pour Estrella ?

— Je l'ai rencontrée ailleurs, dans une église. »

Ruby fronça les sourcils. « Là, vous faites davantage penser à un visionnaire soufi qu'à un détective privé. »

Elle n'avait peut-être pas tort, concéda Makana. N'était-ce pas ainsi qu'on procédait le plus souvent, en tâtonnant dans le noir ?

« Je croyais que vous vous intéressiez à elle parce qu'elle était proche de Mourad, reprit Ruby.

— Ils étaient très liés ?

— C'était plutôt bizarre, mais qui peut expliquer pourquoi un gars est attiré par telle fille et pas par telle autre, hein ? En tout cas, je n'ai jamais compris pourquoi il traînait toujours autour d'elle, lui parlant à voix basse quand il croyait que personne ne regardait. »

Ruby semblait déçue. Peut-être avait-elle espéré qu'une idylle pourrait naître entre Mourad et elle ? Voilà qui expliquerait sa préoccupation pour le jeune homme.

— Vous voulez dire qu'il existait entre eux une sorte de lien sentimental ?

— Quoi d'autre ? Enfin bon, il était discret sur le sujet. Peut-être que ça l'embarrassait. »

Elle regarda Makana droit dans les yeux pour s'assurer qu'il la suivait bien.

« À cause de la couleur de peau d'Estrella, c'est ça ?

— Et aussi le fait qu'elle est chrétienne.

— Cela posait donc un problème ?

— Certains la mettaient en boîte. Vous savez, les habituels bruits de jungle, ce genre de persiflage… » Ruby leva les yeux au ciel. « Les gars qui travaillent ici sont à peine plus évolués que des singes, pour formuler les choses de la façon la plus bienveillante possible.

— Comment prenait-elle ces moqueries ?

— Bof, elle est coriace. Et elle avait ses défenseurs.

— Mourad ?

— Mourad. » Ruby s'absorba dans la contemplation de ses mains. « La plupart des gens se taisaient. Si j'étais présente, je disais aux grandes gueules de la boucler, mais ça ne servait à rien – ils attendaient juste que je m'éloigne. Mourad volait toujours au secours d'Estrella. Il était sincèrement outré par ces comportements et faisait la morale aux ricaneurs, disant qu'ils étaient une honte pour leur pays. » Elle gloussa à ce souvenir. « Il pouvait être très véhément.

— Jusqu'à quel point cette histoire était-elle sérieuse ?

— Oh, je ne suis même pas certaine qu'il y ait eu entre eux une véritable histoire. » Elle hésita. « En tout cas, j'avais l'impression qu'elle représentait quelque chose pour lui.

— Quoi, plus précisément ?

— Je ne sais pas trop.» Ruby marqua une pause. «Il avait un gros faible pour l'Afrique, il en parlait souvent. Ça l'agaçait que nous autres, en Égypte, on se considère comme différents, supérieurs, alors que nous sommes sur le même continent. Pour lui, nous devions oublier le Moyen-Orient et songer plutôt à faire la grandeur de l'Afrique. Vous savez qu'il avait commencé par étudier l'agriculture?

— Avant de s'orienter vers des études d'ingénieur.

— Exactement. Il m'a raconté qu'il ambitionnait autrefois de remonter le Nil et de construire des fermes immenses afin de nourrir le continent.»

Mourad l'idéaliste, Mourad le rêveur? Était-il attiré par Estrella à cause de ce qu'elle représentait plutôt que de ce qu'elle était? Cela avait-il un lien avec sa disparition? Ses rêves s'étaient-ils fracassés contre le mur de la dure réalité?

«D'une manière générale, Mourad s'intéressait-il beaucoup aux filles?

— Pas vraiment, répondit Ruby d'un ton catégorique. Il est séduisant, des tas de filles l'aiment bien, mais il fait partie de ces garçons qui n'ont pas conscience de l'effet qu'ils produisent.

— Il discutait avec vous?

— Quelquefois. Le soir, s'il travaillait tard, on bavardait après la fermeture.

— Lui arrivait-il de discuter de politique?

— Ça ne l'intéressait pas. Selon lui, elle était corrompue. Il fallait changer les choses de l'intérieur, à la base. Je ne saurais dire ce qu'il entendait par là.» Elle haussa les épaules. «Mais bon, les gens croient ce qu'ils ont envie de croire.» Elle souriait pour elle-même, à présent. «Il était drôle, dans sa façon de parler. Il disait que nous sommes tous prisonniers de ce monde. Et de cette ville. Nous partons du principe qu'on ne peut rien y changer. » Ruby ouvrit de grands yeux en gloussant. « Dingue. Personne ne s'exprime de cette manière. » Elle lança un regard autour d'elle, comme pour se rappeler son environnement. « Personne. »

Sindbad avait décidé de donner sa chance à la révolution du fast-food. Des brassées de sacs en papier encombraient la banquette arrière, remplissant la voiture d'une pénétrante odeur sucrée.

« Rentrez donc chez vous donner à manger à vos enfants, lui dit Makana. Je vais partir de mon côté. »

Sindbad protesta, mais Makana insista, et c'est avec soulagement qu'il vit la Datsun s'éloigner en pétaradant. Il tourna les talons et trouva un autre taxi en moins de temps qu'il n'en fallait pour lever la main.

C'était un risque, bien sûr, de traverser ainsi toute la ville en voiture sans avoir de rendez-vous et à une heure si tardive, mais une certaine témérité s'était invitée dans le processus. Son instinct lui disait que le Dr Siham travaillerait tard. Il ne fut pas déçu : un rai de lumière, à l'extrémité du long couloir souterrain, lui apprit qu'il avait vu juste. Cependant, lorsqu'il poussa les portes battantes, le labo était désert. Il ne put déceler qu'une légère odeur de parfum mélangée aux effluves du formaldéhyde et des détachants liquides. Quand avait-il commencé à remarquer le parfum qu'elle portait ?

Le bureau n'étant pas éclairé, Makana supposa qu'il était vide. La partie centrale du labo était dévolue à six grandes tables de dissection en métal qui se faisaient face par rangées de trois. Elles étaient à présent inoccupées et méticuleusement nettoyées, récurées à fond en prévision du lendemain. Les bocaux en verre contenant des organes humains plongés dans des fluides jaunâtres semblaient plus sinistres que d'habitude. Dans l'un, un fœtus complet flottait à la verticale ; dans un autre, un cerveau humain ; ailleurs encore, une rate ou une paire de poumons noircis. À l'origine, le laboratoire était destiné à l'enseignement ; des graphiques punaisés aux murs et un long tableau noir contribuaient à l'atmosphère scolaire.

Au bout de quelques instants, il s'aperçut qu'il y avait bel et bien quelqu'un. Une silhouette assise dans l'obscurité : le Dr Siham. Elle avait le visage enfoui dans ses mains. Makana, hésitant sur la conduite à adopter, s'immobilisa un moment avant de toquer doucement au chambranle de la porte. Surprise, la pathologiste se redressa brusquement. L'espace d'une seconde, il perçut dans ses yeux comme un profond désespoir. Elle se ressaisit aussitôt.

« Désolé de débarquer sans prévenir… », commença-t-il, mais elle était déjà debout et passait devant lui, laissant dans son sillage une émanation de parfum plus odorante.

« Les excuses ne comptent que si elles sont sincères.

— Pourquoi douteriez-vous de ma sincérité ? »

Il la regarda s'affairer dans le labo, rassembler ses affaires, se préparer à partir.

« Vous êtes ici en quête d'informations », lança-t-elle par-dessus son épaule.

Makana sortit ses cigarettes et songea à lui en offrir une, mais le Dr Siham était parée également de ce côté-là. Elle extirpa de sa blouse un paquet doré de

Benson & Hedges. Makana gratta une allumette et la tendit vers elle comme une offrande de paix. À son léger étonnement, elle ne se déroba pas.

« Vous voudriez savoir si j'ai fait des progrès avec votre tête coupée et s'il existe un lien avec les victimes de l'accident. » Elle rejeta une brève bouffée de fumée et le regarda bien en face. « Vous n'avez pas à vous excuser de chercher des réponses. »

Désemparé, Makana indiqua d'un geste le bureau obscur. « Je ne voulais pas vous déranger…

— Votre ami l'inspecteur a appelé pour me demander de me montrer accommodante. Il veut que je vous tienne au courant de manière informelle. Félicitations, vous prenez du galon.

— C'est un arrangement temporaire.

— Mais vous travaillez pour la police, à présent. » Le Dr Siham haussa un sourcil en accent circonflexe. « Cela ne compromet-il pas votre indépendance ?

— Je n'ai pas de comptes à rendre à Okasha.

— Quoi qu'il en soit, officiellement vous n'avez aucun droit d'être ici. Je serais tout à fait fondée à appeler la sécurité pour vous faire reconduire à la porte.

— Mais vous ne le ferez pas. »

Elle secoua la tête. « Je veux être très claire : mon intérêt pour cette affaire est motivé par l'injustice. La police ne va pas beaucoup se remuer pour découvrir qui a assassiné ces jeunes gens.

— Nous sommes d'accord sur ce point.

— C'est pour cette raison, je suppose, qu'Okasha vous met à contribution.

— Okasha est un policier, en fin de compte. Il sait

qu'il n'aura aucun appui pour une enquête comme celle-là.

— Et vous, quelle est votre motivation ? Croyez-vous que l'arrestation des meurtriers de ces garçons compensera des siècles d'esclavage et de mauvais traitements généralisés ? »

Makana soupira. Sur le mur, derrière la légiste, se trouvait une affiche du musée égyptien : une scène extraite d'une fresque murale découverte dans l'un des tombeaux de la vallée des Rois. On y voyait Anubis, le dieu à tête de chacal, penché sur un cadavre, se livrant au processus d'embaumement.

« Je ne suis pas sûr qu'on doive surinterpréter mes mobiles. Dans l'immédiat, ce qui m'intéresse, c'est de savoir s'il y a un lien entre le meurtre brutal et la décapitation d'un jeune homme à deux pas de chez moi et le corps retrouvé à l'arrière de la camionnette.

— Très bien. »

Le Dr Siham écrasa son mégot dans le grand cendrier en aluminium et s'éloigna dans les ombres, au fond de la salle d'autopsie, où se trouvaient les casiers réfrigérés. Avec un bourdonnement aigu, un seul et unique néon produisit une lumière tremblotante. Il clignota deux fois avant de s'allumer pour de bon. Les autres demeurèrent éteints. La pathologiste ouvrit une porte en acier cabossée dont la poignée pendait de guingois. Le compartiment carrelé abritait une seule civière, qu'elle tira à demi. Makana s'approcha tandis qu'elle rabattait le drap blanc.

« Bon, nous avons deux cadavres de jeunes garçons découverts à quelques jours d'intervalle. Coïncidence ? Peut-être pas. Les estimations du nombre de Soudanais du Sud vivant au Caire varient mais pourraient aisément se chiffrer en dizaines – voire en centaines – de milliers. Deux morts en deux jours, cela n'a donc rien d'extraordinaire.

— C'est la manière dont ils sont morts qui me préoccupe.

— Nous sommes d'accord», dit-elle avec un sourire fugace.

Il ne put s'empêcher de penser qu'elle avait l'esprit ailleurs. En ce bref instant où il l'avait aperçue, seule dans son bureau, elle lui avait donné l'impression de pleurer.

« Commençons par le plus récent, le garçon qui s'est retrouvé dans le coffre de la camionnette.

— Était-il déjà mort au moment de l'accident ?

— Il semble bien. D'après la température du corps, on peut situer le décès entre vingt et trente heures avant la collision. La rigidité cadavérique s'était déjà dissipée mais la décomposition des organes internes avait à peine commencé. »

La victime semblait planer entre eux à la manière d'un ami absent. Makana observa le visage du jeune homme, se demandant qui il était et ce qu'avait pu être sa vie pour le conduire à une telle fin.

« Il n'a pas été tué dans l'accident, dites-vous. Mais alors, de quoi est-il mort ?

— D'une crise cardiaque. » Le Dr Siham dévisagea Makana, à l'affût d'une réaction, mais il garda le silence. « J'attends encore les résultats de certains tests mais, d'après mon examen préliminaire, je suis sûre de mon diagnostic.

— N'était-il pas un peu jeune pour ça ? »

La mort donnait au garçon un teint grisâtre, malgré sa peau foncée. L'un des yeux était à demi fermé, la bouche relâchée. Il donnait l'impression d'avoir été, de son vivant, fort et sûr de lui. À présent, il n'était plus qu'un cadavre anonyme dans un caveau réfrigéré. Pas de vie future, pas de deuxième chance. Aucun signe non plus d'Anubis.

« Malformation congénitale. Une faiblesse cardiaque dont il n'avait probablement même pas conscience. » Elle fit claquer ses doigts. « Un jour, ça se déclenche et c'est fini.

— C'est rare, ce genre de cas ?

— Rare, oui, mais pas exceptionnel.

— Il est donc mort subitement, à un moment inopportun, et quelqu'un a décidé de s'en débarrasser en le conduisant en plein désert, mais le destin s'en est mêlé et il y a eu un accident.

— Affaire résolue. Nous pouvons maintenant reprendre le cours de nos vies ? » Elle l'observa longuement, puis émit un soupir. « Non, en fait, je ne le pense pas.

— Avez-vous trouvé des signes d'activité sexuelle ?

— Pas de contusions ni de muqueuses déchirées indiquant un viol. Aucune trace de fluides indiquant une activité sexuelle – pas de sperme, par exemple, mais il est encore possible qu'on l'ait enlevé.

— Par quel moyen ?

— Le corps était propre, entièrement nettoyé avec une solution antiseptique à base d'iode. Pourquoi se donner tant de mal ? Telle est la question. »

À l'époque actuelle, un cadavre récuré avec soin constituait une nouveauté.

« Je suppose que tout dépend de l'endroit où il se trouvait quand son cœur a lâché. »

Makana alluma une autre cigarette. L'odeur d'iode

et de divers produits chimiques qui émanait du corps s'insinuait dans ses narines, dans ses pores, pénétrait sa peau. La senteur de parfum qu'il avait décelée un peu plus tôt n'était plus qu'un vague souvenir.

« Que pouvez-vous me dire d'autre sur lui ? »

Le Dr Siham esquissa un haussement d'épaules.

« Jeune, encore adolescent. La structure osseuse n'est pas pleinement développée. Les marques sur son front indiquent que c'était un Dinka, plus précisément de la région de Bor.

— Je suis impressionné. Vous en êtes certaine ?

— Je vous ai parlé de mon ami le professeur Asfour ?

— L'anthropologue.

— Vous aimeriez peut-être lui parler directement ? On ne sait jamais, ça pourrait être utile. »

Makana opina du chef.

« Bien, dit-elle, je vais vous arranger une rencontre avec lui. Demain, ça vous irait ?

— Parfait. »

Il y avait chez elle une brusquerie, ce soir-là, qui donnait à penser qu'elle avait d'autres préoccupations. Elle ramena le drap sur le visage du mort avant de remettre le chariot en place. Elle dut s'y reprendre à plusieurs fois pour que le pêne de la porte s'enclenche correctement. Makana la suivit dans la grande salle.

« Ça ne tient toujours pas debout, dit-il. S'il est mort de cause naturelle, pourquoi se donner la peine de toiletter le corps et de l'emmener à l'extérieur de la ville ?

— Peut-être est-il mort dans un endroit gênant, avança le Dr Siham en allumant une autre cigarette. Ils n'avaient aucun plan. Le garçon meurt. Ils le nettoient pour faire disparaître les preuves et puis ils décident de se débarrasser du cadavre.

— Cette défaillance cardiaque aurait-elle pu être engendrée par de mauvais traitements, voire même par un choc psychologique ? Est-ce que les tests le montreraient ?

— Possible.

— Donc, il pourrait s'agir d'une crise cardiaque provoquée ?

— Possible, s'il était soumis à un stress.

— Le corps ne portait aucune trace de torture, de sévices quelconques ? »

La légiste secoua la tête. « Rien. Mais il n'était pas nécessaire que la cause soit d'ordre physique. La peur aurait eu le même effet.

— Il aurait pu être effrayé à en mourir ?

— N'importe qui peut mourir de frayeur. Il faut juste que la situation s'y prête. »

Elle sourit, mais il n'aurait su dire exactement ce qui l'amusait. La légiste avait un côté étrange, détaché, et il s'étonna de ne l'avoir encore jamais remarqué. Par le passé, Makana s'était interrogé sur l'âge qu'elle pouvait avoir. Elle s'habillait comme une femme plus mûre. Une précaution, à n'en pas douter. Dans un environnement où dominaient les officiers de police et les avocats, étant souvent exposée aux regards, elle était certainement obligée d'atténuer sa féminité, ce qui expliquait les pantalons larges, les vestes longues, les blouses de labo et le terne foulard qu'elle portait quand elle se déplaçait sur les lieux d'un crime. Elle le tenait à présent entre ses mains, retardant l'instant où elle s'en coifferait de nouveau. Elle ne semblait pas trop gênée de se montrer à Makana tête nue. Qu'est-ce que cela signifiait, au juste ?

« Ne croyez pas que j'essaie de vous apprendre votre métier, mais si j'étais vous... » Elle s'affairait dans le labo, mettant un peu d'ordre avant de partir. « ... je chercherais à savoir comment il s'est retrouvé dans cette camionnette. D'où venaient ces gens, où allaient-ils et pourquoi ? » Elle hésita, leva les yeux vers lui. « Mais vous vous penchez déjà là-dessus, pas vrai ?

— Entre autres choses. Peut-on établir un lien quelconque entre les deux décès ?

— Il y a un gouffre entre une décapitation et une crise cardiaque, vous ne croyez pas ?

— Bien sûr, mais peut-être que dans le second cas ils n'ont simplement pas eu le temps d'aller jusqu'au bout. Peut-être le garçon est-il mort avant qu'ils aient pu commencer. »

Elle fronça les sourcils. « Vous voulez parler d'un rituel de sorcellerie, quelque chose dans ce genre-là ?

— Je réfléchissais tout haut. »

Avant qu'elle ait pu répondre, la porte donnant sur le couloir s'ouvrit en grinçant et un homme costaud apparut, une torche électriquc à la main.

« Ah ! c'est vous, *ya doctora.* » Il reluqua Makana comme pour tenter d'évaluer ce qu'il complotait. « J'allais fermer à clef.

— C'est bon, Ahmed, nous partions justement. »

Avec un instinct de propriétaire et une bonne dose de curiosité mal placée, le veilleur de nuit resta sur le seuil à attendre que la pathologiste ait fini de rassembler ses affaires. Lorsqu'elle sortit du labo avec Makana, il leur emboîta le pas, ses chaussures éraflées raclant le sol du long couloir. Maintenant qu'ils n'étaient plus seuls, une certaine raideur s'était insinuée dans leur conversation.

« Je vous procurerai des photos des victimes, cela pourra vous aider dans votre enquête.

— Oui, je vous remercie. »

Lorsque le Dr Siham se fut éloignée au volant de sa voiture, le veilleur de nuit commenta : « C'est une femme bien. »

Makana, perdu dans ses pensées, songeait vaguement qu'il allait devoir trouver un taxi pour rentrer chez lui. L'air était étrangement chaud et le ciel, chargé de gros nuages aux contours adoucis par la lumière des lampadaires halogènes. Au loin, les bruits de la circulation nocturne – klaxons, ronflements, soupirs sur l'arche élevée d'un pont routier – évoquaient le grondement incessant d'une mer intérieure. Makana perçut chez le veilleur de nuit un bon vieux colporteur de ragots en quête de public.

« Elle travaille trop, entre ses cours et son emploi au laboratoire.

— Qu'est-il arrivé à son mari ?

— Il est tombé malade et il est mort. Un truc dans ce goût-là. C'est une femme encore séduisante. Elle devrait se remarier, avoir des enfants. »

Makana avait du mal à imaginer la chose, mais il eut un murmure d'assentiment pour confirmer sa place dans la grande fraternité des hommes, aux quatre coins du globe, dont l'intérêt commun était de voir toutes les femmes maintenues à l'abri dans l'institution du mariage.

« Ça m'étonne qu'elle ait travaillé ce soir, reprit l'autre. Je croyais qu'elle sortait avec son collègue.

— Le professeur Asfour ?

— Celui-là même. »

Le gardien se faisait apparemment un devoir de raccompagner Makana jusqu'à la grille d'entrée. La perspective d'une longue nuit solitaire l'incitait probablement au bavardage. Makana fut tenté d'accélérer le pas, mais la curiosité l'emporta.

« Peut-être a-t-elle trouvé un possible prétendant en la personne de ce professeur Asfour ?

— Ça ne me regarde pas, mais si vous voulez mon avis, il n'est pas son type. »

Makana ne put s'empêcher de se demander quel pouvait être le type d'homme du Dr Siham. Il aurait dû poser la question à Ahmed, qui semblait tout savoir sur elle, mais il ne voulait pas l'encourager ni paraître trop intéressé. Cette histoire avec le professeur Asfour expliquait-elle sa tristesse de tout à l'heure, quand il l'avait vue seule ? À la grille, Makana remercia le veilleur pour son aide et s'éclipsa avant de se trouver entraîné dans de longues palabres.

16

Lorsque Makana ouvrit les yeux, la pluie tambourinait légèrement sur le toit. Elle avait été là toute la nuit, réalisa-t-il, pianotant doucement au fil de ses pensées. Peut-être était-ce la conséquence de sa visite à la morgue, tard la veille au soir. L'image du garçon mort qu'on avait extrait de la carcasse tordue était restée logée dans son esprit. Qu'il paraissait jeune, étendu sur cette civière ! Guère plus qu'un enfant. Et si paisible… Makana était incapable d'effacer le terrible sentiment que lui avait inspiré cette vision.

Il sortit du lit pour observer la surface du fleuve, devenue en l'espace d'une nuit un puzzle confus de lumières et de motifs géométriques. La ville semblait exhaler un profond soupir de soulagement quand il pleuvait, comme si c'était – encore aujourd'hui – une bénédiction du ciel, alors qu'en réalité cela provoquait toutes sortes de catastrophes. Les pneus usés, lisses comme de la soie, n'adhéraient pas très bien aux routes mouillées. Les essuie-glaces, ayant depuis longtemps oublié à quoi ils servaient, couinaient de protestation en balayant de long en large les pare-brise éraflés. Les canalisations se révélaient être bouchées depuis des lustres, les nids-de-poule se désagrégeaient en puits sans fond. Les routes s'affaissaient sans laisser de trace, et partout on voyait les gens faire des bonds pour éviter les chaussures boueuses et les pantalons trempés.

Aziza grimpa l'escalier en courant, portant les journaux du matin sur sa tête, riant d'excitation, redevenue une enfant. Ses pieds nus ne craignaient pas la gadoue.

« J'adore quand il pleut ! s'exclama-t-elle, aux anges. On dirait que le monde entier est en vacances ! »

Makana lui prit les journaux et les parcourut rapidement pendant qu'elle préparait du thé sur le petit réchaud. Il était parfaitement capable de faire le thé lui-même, mais Aziza considérait que cette tâche faisait partie des devoirs qui lui incombaient en tant qu'assistante officieuse, et il eût été cruel de lui refuser ce plaisir.

Les journaux gouvernementaux regorgeaient de déclarations louangeuses du leader américain. Le président Bush était cité à longueur de pages sur le thème de la liberté dans le monde. L'Égypte était qualifiée de « grande et fière nation » qui éclairait le chemin vers la paix au Moyen-Orient et qui montrait la voie de la démocratie dans la région. C'était là un courageux plaidoyer en faveur du président Moubarak, leur allié le plus loyal – à part Israël – dans cette partie du monde.

« Comment devient-on médecin ? s'enquit Aziza en surveillant la bouilloire.

— Médecin ?

— *Ya mualim*, c'est bien ce que j'ai dit.

— Excuse-moi, mais j'ai un peu de mal à suivre tes

projets. Ne m'as-tu pas dit que tu songeais à arrêter l'école ?

— Ça, c'est ma mère qui parle. Elle pense que l'instruction n'est pas pour les filles.

— Mais d'où vient cette idée de devenir médecin ?

— Eh bien, vous vous rappelez la dame qui est venue l'autre jour, celle qui a emporté la tête ? »

Makana posa le journal qu'il essayait de lire.

« Oui, et alors ?

— Vous n'avez pas vu comment tout le monde la regardait ? » demanda Aziza, l'air mélancolique.

Makana la considéra. Pourquoi pas, après tout ? Pourquoi ne deviendrait-elle pas médecin ? Elle en était probablement capable.

« Il te faudra étudier. Pendant beaucoup d'années.

— Ça ne me fait pas peur. Est-ce que je devrai payer ?

— Non. »

Mieux valait, se dit-il, lui épargner la vérité pour l'instant. Théoriquement, l'instruction était gratuite, mais la pléthore d'étudiants impliquait qu'on était condamné à assister à des conférences inutiles dans d'immenses amphithéâtres bondés. À moins d'avoir les moyens de s'offrir des cours privés, on n'avait aucune chance d'obtenir des résultats suffisants pour décrocher son diplôme. Néanmoins, c'était là un objectif qui dénotait chez Aziza de l'initiative et de l'ambition. Makana n'y trouvait certainement rien à redire. Bien entendu, la mère de la petite n'apprécierait pas qu'il encourage de telles idées. Elle considérait déjà Makana comme une mauvaise influence. Sur l'insistance d'Oum Ali, une antique cloche de navire en cuivre avait récemment été installée sur le pont inférieur de l'*awama*. Dans l'esprit d'Oum Ali, il n'était pas convenable qu'une jeune fille fasse irruption sans prévenir dans le logement d'un homme. Non que le préavis donné par la cloche fût très utile à Makana : Aziza grimpait si vite l'escalier qu'à peine avait-il eu le temps d'enregistrer le tintement qu'elle se tenait déjà devant lui.

« Tu es aussi intelligente que les autres, Aziza. Si tu t'appliques, je ne vois pas pourquoi tu ne réussirais pas.

— Ma mère ne me laissera jamais aller à l'université.

— Pourquoi donc ? Tu pourras t'occuper d'elle, plus tard. Elle n'aura pas besoin de travailler au jardin quand elle sera vieille.

— Elle est déjà vieille. » Aziza sourit jusqu'aux oreilles. « Mais elle me tuerait si elle m'entendait dire ça.

— Dans ce cas, nous ne lui répéterons pas. »

Aziza apporta le thé, toujours vibrante d'excitation. Il ne put s'empêcher de penser qu'elle avait seulement deux ans de moins que Nasra n'en aurait aujourd'hui.

« Elle était tellement cool, reprit-elle avec enthousiasme. On voyait bien que tous les hommes *l'écoutaient.* »

Était-ce donc une chose si inhabituelle ? Makana dut s'avouer qu'elle marquait un point. Le Dr Siham commandait le respect non pas parce qu'elle était plus intelligente que les autres personnes présentes – même si c'était souvent le cas –, mais parce que c'était une dure à cuire. Il fallait être particulièrement stupide pour lui tenir tête : Makana en avait été témoin deux ou trois fois et ce n'était pas beau à voir. Personne ne l'approchait. La police se composait d'un troupeau d'hommes âgés aux idées archaïques. Non que les attitudes arriérées fussent encore prédominantes, mais ces hommes n'avaient pas évolué suffisamment pour les dépasser. Si le Dr Siham parvenait à les tenir tous à distance, c'était parce qu'elle ne baissait jamais la garde. Aux yeux de Makana, elle était – ou avait été jusqu'à récemment – assez terrifiante à sa manière. Pourquoi l'image qu'il avait de la pathologiste commençait-elle à changer ? Il n'aurait su l'expliquer.

Se levant, il écarta du pied une saucière posée sur le sol afin de recueillir les gouttes qui passaient à travers le toit. En deux endroits, des années de soleil et de pluie en alternance avaient déformé et attaqué le bois mince. Il aurait fallu une réparation digne de ce nom, une nouvelle couche de papier goudronné, mais cela n'arriverait pas à moins qu'il n'en prenne l'initiative et paie lui-même la facture.

Makana regagna son fauteuil et se remit à éplucher les journaux, à l'affût de ce qu'il cherchait : une référence quelconque à Mek Nimr. L'allusion de Sami à son vieil ennemi avait planté un croc dans sa chair. C'était un sujet auquel, d'ordinaire, il essayait de ne pas penser, mais maintenant il voulait en avoir le cœur net. Finalement, dans *al-Dustour* – journal récemment reparu –, il tomba sur un article concernant la controverse qui entourait les liens du Soudan avec l'Iran : « Le chef du Service de renseignement et de contre-insurrection de Khartoum, une organisation opaque, s'est rendu à Téhéran pour des entretiens qui, à en croire les rumeurs, concerneraient une assistance militaire iranienne en vue de combattre les forces rebelles au Darfour.» Il était là, Mek Nimr, ombre se déplaçant à travers le monde. Makana ne pouvait se défaire du sentiment que leurs destins étaient inextricablement liés, maintenant et à jamais. Cela ne prendrait fin que lorsqu'ils se retrouveraient face à face. Dépit, soulagement, Makana ne savait pas trop ce qu'il ressentait. Il plia le journal et le laissa choir au pied de son fauteuil.

Dans la Datsun qui l'emmenait à Arba Wa Nus, Makana appela Okasha pour savoir si on avait trouvé des indices dans la camionnette accidentée. La réponse fut décevante : rien n'avait permis d'identifier le chauffeur ni son hypothétique passager.

Sindbad navigua dans les rues inondées avec autant de précautions qu'un homme roulant sur des œufs, comme s'il redoutait qu'un trou ne s'ouvre dans le sol et n'aspire sa précieuse voiture dans une tombe aquatique. L'état des routes empira à mesure qu'ils avançaient. Ce quartier de la ville semblait avoir reçu plus que sa juste part de la pluie torrentielle de la nuit. Ou alors, peut-être les égouts étaient-ils inadéquats, voire carrément inexistants. Des enfants sautaient avec allégresse dans les flaques, grisés par la pureté de l'air qui ne durerait manifestement pas.

« Aucune trace de nos amis de la sécurité, aujourd'hui ?

— Ces deux-là ? dit Sindbad avec un ricanement dédaigneux. Par ce temps, ils n'osent probablement pas mettre le nez dehors. »

Cornelius, le gardien, était trop occupé à essayer d'écoper un lagon d'eau, devant les portes de l'église, pour prêter grande attention à Makana. Quand celui-ci lui demanda où était le père Saturnius, il désigna l'intérieur d'un hochement de tête maussade.

« Estrella ? répéta le prêtre en clignant des paupières. Pourquoi vous intéressez-vous à elle ? »

Il s'interrompit pour réprimander un jeune homme accroupi à l'autre bout de son bureau. Une mare d'eau s'étirait, languide, dans un coin de la pièce, là où la pluie s'était infiltrée par un trou dans la toiture. Le sol était inégal et un groupe de personnes aidait à éponger, avec plus d'enthousiasme que nécessaire.

« Attention au plâtre ! Ô doux Jésus, nous allons tout devoir repeindre. C'est un Noël qui restera dans les annales. »

Comme Makana s'écartait, son attention fut attirée par le grand tableau d'affichage sur lequel un certain nombre de photos étaient fixées avec des punaises et du ruban adhésif. L'une d'elles était tombée, sans doute à cause de l'humidité, et il s'accroupit pour la repêcher dans la flaque où elle flottait. Tout en la secouant, il examina un autre cliché montrant un jeune homme arborant un large sourire aux dents écartées et une casquette de style américain ornée du logo *Buffalo Bills.* Le sourire de quelqu'un dont les prières ont été exaucées.

« Je suis désolé, dit le prêtre, je crains que votre visite ne tombe à un mauvais moment.

— Je vous en prie, ne vous excusez pas.

— Vous m'interrogiez au sujet d'Estrella.

— Je crois que c'est son prénom. Je l'ai vue la dernière fois que je suis venu. Il semble qu'elle connaisse Mourad, le garçon que je recherche. »

Le père Saturnius, occupé à superviser les travaux de réparation, avait l'esprit ailleurs. Dans le coin le plus éloigné, au claquement des serpillières sur le sol en béton succédait le bruit de l'eau qu'on essorait dans un seau.

« Vous dites qu'elle le connaît ? Je me demande bien comment.

— À côté de ses activités ici, je crois qu'elle travaille dans un fast-food en ville.

— S'il s'agit de la même personne, je sais qu'elle donne souvent un coup de main à la cuisine. » Le prêtre gratta sa tête ronde. « J'avoue que je ne l'ai pas vue aujourd'hui. Je vais me renseigner. Accordez-moi deux minutes. »

Il disparut par une porte, soulevant le bas de sa soutane pour enjamber une mare menaçante. Les deux hommes accroupis qui s'efforçaient d'éponger le sol regardèrent Makana d'un œil soupçonneux. Le père Saturnius ne tarda pas à revenir, annonçant que personne n'avait encore vu Estrella mais qu'on le préviendrait sans faute quand elle se présenterait.

« Je vous serais reconnaissant de m'avertir dès que vous aurez du nouveau. Puis-je vous demander… » Makana lui tendit le cliché qu'il avait récupéré dans l'eau. « J'ai remarqué ces photos lors de ma dernière visite.

— Oh ! oui, bien sûr. Ce sont nos diplômés, comme j'aime à les appeler.

— Diplômés, en quel sens ?

— Ils nous ont quittés pour un monde meilleur. » Le père Saturnius leva une large main. « C'est un peu impertinent de ma part, je sais. Tous ont rejoint les États-Unis, où ils mènent une nouvelle vie. » Il parcourut du regard le mur de visages, oubliant l'inondation. « C'est un bien petit nombre, certes, une minuscule fraction de ceux qui en auraient besoin, mais cela signifie tellement pour notre congrégation. En voyant ces photos, ils savent qu'il y a peut-être de l'espoir pour eux, un jour, ou alors pour leurs enfants. »

Makana reporta son attention sur le tableau d'affichage. Il y en avait une trentaine : photos individuelles, portraits en studio, clichés flous pris dans des jardins, des lieux publics, des parcs d'attractions. L'un soufflait les bougies d'un gâteau d'anniversaire, une autre faisait un tour de manège dans une fête foraine, un troisième voguait dans un bateau de conte de fées qui ressemblait à un cygne… Des garçons et des filles. Beaucoup de croix et d'églises à l'arrière-plan. On sauvait leurs âmes pour Dieu. Mauvais procès, peut-être. Quelle importance, de savoir qui les aidait ? Tous les sujets sans exception souriaient, riaient, heureux d'avoir échappé à leur destin d'apatrides.

« Comment est-ce que ça marche, concrètement ? Je veux dire, c'est vous qui organisez tout ?

— Oh, non ! » Le père Saturnius indiqua une banderole colorée épinglée au-dessus du tableau. D'un bleu fluo éclatant, elle annonçait en lettres dorées : *Projet Homehavens.* Le logo représentait un crucifix ailé. La foi aidait-elle à voler ? « Si le sujet vous intéresse, vous devriez en discuter avec le révérend Corbis.

— C'est lui qui dirige les opérations ?

— C'est la principale raison qui les amène ici chaque année, lui et sa sœur : ils conduisent les entretiens. » Le père Saturnius hocha la tête avec gravité. « Ils interrogent des centaines de candidats, en veillant scrupuleusement à sélectionner les plus aptes. Si vous souhaitez en savoir davantage, je peux vous faire rencontrer le révérend.

— Je vous remercie, mon père, mais dans l'immédiat je voudrais surtout parler à Estrella. Comment pourrais-je la joindre, en avez-vous une idée ?

— Malheureusement non. Il m'est impossible de suivre à la trace tous nos bénévoles, qui sont amenés à se déplacer régulièrement. Je vais vous dire : laissez-moi mener ma petite enquête et je vous appellerai quand je saurai quelque chose. » D'un geste ample, il sortit des plis de sa soutane un petit portable. « Merveilleux, n'est-ce pas, de pouvoir communiquer à tout instant ?

— Un vrai miracle, diraient certains. »

Bien qu'il n'eût aucune raison de mettre en doute la parole du père Saturnius, Makana subodorait que le prêtre avait largement de quoi s'occuper avec ses propres soucis. De retour à la voiture, il appela Fantômas et lui parla de la jeune fille qu'il cherchait.

« Vous pensez donc qu'elle est importante ?

— Ça se pourrait.

— Si elle a un lien quelconque avec l'église, Aljuka saura comment la trouver.

— Aljuka ? » Makana se souvenait de l'unique fois où il avait rencontré le flamboyant et impétueux personnage connu sous ce sobriquet : le Joker. « Je ne pense pas qu'il soit emballé à l'idée de me rendre service.

— Il n'est pas aussi méchant qu'il en a l'air, répondit Fantômas en riant. Ne vous inquiétez pas, il le fera pour moi. »

La pluie s'était remise à tomber, ajoutant son propre ingrédient au mélange déjà chaotique. Des silhouettes penchées sous des capots s'efforçaient de ranimer des moteurs récalcitrants. Des passagers glissaient et dérapaient derrière des minibus, les pressant d'avancer. Un homme sautillait sur un pied, sa sandale engloutie par une profonde flaque qu'il avait tenté de traverser. Les piétons marchaient en surveillant leurs pas, comme si la pluie était un avertissement d'en haut. Allah avait peut-être beaucoup de bons côtés mais, un jour de pluie, il se montrait particulièrement impitoyable.

Il leur fallut plus d'une heure pour s'extraire de la circulation et atteindre l'autoroute menant à 10-Ramadan. La sortie de la route de Genève était bloquée par un poids lourd dont la remorque s'était mise en travers de la chaussée, basculant à moitié dans le fossé. Des sacs mouillés glissaient de l'arrière comme autant de tortues plongeant dans le sable avec bonheur. Ils contournèrent prudemment l'obstacle et poursuivirent leur chemin. La pluie n'était plus qu'un crachin, mais le ciel demeurait sombre et couvert. L'unique essuie-glace survivant de la Datsun parcourait le pare-brise en crissant à un tempo discordant.

Le lieu de l'accident ressemblait déjà à un souvenir ancien, suscitant à peine un coup d'œil des nombreux automobilistes qui passaient à toute allure. Les épaves des deux véhicules avaient été déplacées sur le côté. Sindbad resta dans le taxi, moteur au ralenti. Les phares éclairaient la carcasse en accordéon de la fourgonnette. Makana scruta l'intérieur de l'habitacle. Des taches de sang brunâtre constellaient le siège avant. Dans un coin du pare-brise en miettes était fixé un transparent adhésif reprenant un passage du Coran, en grande partie arraché, dont il ne restait que le dernier verset : « C'est vers notre Seigneur que nous retournerons. » Une consolation, certes.

Makana fit le tour du véhicule. À en juger par les dégâts, la camionnette avait fait plusieurs tonneaux. La cabine enfoncée confirmait apparemment l'hypothèse d'une collision frontale avec le camion-citerne. Au total, cela paraissait coller avec la théorie selon laquelle le jeune conducteur du camion se serait endormi au volant. Néanmoins, quelque chose intrigua Makana : sur l'aile gauche, ce qui ressemblait à une éraflure était en réalité un trait de peinture. Avec la pluie et le peu de lumière, la couleur était difficile à déterminer, mais il aurait misé sur du beige ou du jaune. Elle était récente. D'où provenait-elle ? Le camion-citerne était bleu et blanc. Un accrochage antérieur, peut-être ? La pluie tombait plus dru, Makana était trempé et ses vêtements lui collaient à la peau. Revenant sur ses pas, il se pencha à l'intérieur de la Datsun pour allumer une cigarette. Sindbad reconnut l'expression absorbée de son visage.

« Pas grand-chose à voir, hein ? »

Makana n'était pas disposé à en débattre. Résistant à la tentation de remonter en voiture, il se redressa et regarda au loin, les yeux plissés. De gros nuages noirs recouvraient l'horizon plat. La vraie question était celle-ci : que faisaient-ils dans ce coin avec un cadavre caché dans un coffre en métal ? Où allaient-ils ? Comme en réponse à ses interrogations, il aperçut à une certaine distance la lueur vacillante d'un feu qui semblait lui faire signe.

« Roulons encore un peu », dit-il en ouvrant sa portière.

Sindbad se redressa sur son siège, dont l'un des ressorts vibra d'indignation.

« Ne croyez pas que je refuse de m'exécuter, grommela-t-il, mais j'ai promis à ma femme de la conduire chez le docteur.

— Ne me dites pas qu'elle attend encore un enfant ? »

Sindbad fut blessé. « Vous dites ça comme si c'était une malédiction d'être père, alors que c'est bel et bien une bénédiction. »

Ses paroles restèrent en suspens dans l'air. Makana le regarda, surpris par la force de conviction dans la voix du chauffeur. Celui-ci ajouta, d'un ton plus hésitant : « Enfin, à vrai dire, je ne suis pas sûr que "bénédiction" soit le mot juste. Un honneur, peut-être ?

— C'est vous l'expert.

— Écoutez, la vérité, c'est que j'ai rarement droit à une nuit de sommeil complète. J'arrive à peine à entrer dans l'appartement avec tous les jouets, les vêtements et le bazar qui traîne partout. Et ne me lancez pas sur le sujet des factures de livres scolaires et de médecins.

— C'est vous qui l'abordez.

— Un homme porte sa famille sur son dos comme un chameau. »

Il ne semblait y avoir aucune réponse appropriée aux considérations philosophiques de Sindbad. Pendant un moment, on n'entendit pas d'autre son que le léger *tap tap* de la pluie sur le capot et le grondement satisfait du moteur. Puis la crise passa et Sindbad enclencha la première.

« Mille excuses, *ya basha.* Veuillez pardonner mon insolence. Quelle direction ? »

Makana pointa l'index. Ils roulèrent encore cinq minutes, durant desquelles la lueur qu'avait repérée Makana se rapprocha lentement. Elle se trouvait sur le côté, un peu à l'écart. Il n'y avait pas grand-chose d'autre à voir. La route traversait un terrain plat, gris, sablonneux. Par endroits, un embranchement indiquait l'accès à un complexe industriel, à une usine ou à un chantier de construction.

« Arrêtez-vous ici. »

La Datsun fit halte en douceur. À angle droit avec la route, une bande de Tarmac usé découpait dans le sable une piste effritée en direction du sud-est.

« Qu'est-ce que c'est que ça ? »

Sindbad se pencha par-dessus le volant, scrutant l'horizon.

« On dirait un feu, mais il est à l'intérieur d'un bâtiment.

— Allons voir de plus près. »

La route, longue de deux kilomètres, était manifestement très fréquentée par des poids lourds et fort mal entretenue. La Datsun cahota sur des fissures et des nids-de-poule, Sindbad grimaçant chaque fois qu'ils heurtaient un peu trop fort un obstacle. Ils débouchèrent finalement sur une clôture grillagée où une grande pancarte annonçait *Algorabi Industries*. La porte de l'enclos battait au vent. Un homme en salopette kaki, un foulard noué sur le visage pour se protéger de la poussière, s'efforçait laborieusement de la maintenir en place avec des parpaings et une corde en nylon effilochée. Quand la Datsun s'arrêta à sa hauteur, il se redressa et son regard fit deux allers-retours entre la voiture et la route, comme s'il se demandait d'où venaient les visiteurs.

« Il n'y a rien par ici.

— Je crois que nous sommes perdus. Nous voudrions regagner la grand-route.

— Alors vous devez faire demi-tour. »

Makana jeta un coup d'œil dans la direction par laquelle ils étaient arrivés.

« D'accord. Quel est cet endroit, au fait ?

— Vous ne voyez pas la pancarte ? dit l'autre en pointant l'index.

— Si, je me demandais juste quelle est leur activité. »

Sous l'effet d'une bourrasque, la porte échappa aux mains de l'homme et Makana descendit de voiture pour l'aider à la remettre en place, non sans mal.

« C'est quoi, ce feu qu'on voit là-bas ? »

Le gardien répondit d'une voix étouffée par l'extrémité du foulard qu'il coinçait entre ses dents tachées de tabac.

« C'est une fonderie. Ils laissent le four fonctionner vingt-quatre heures sur vingt-quatre. Ça revient trop cher de l'arrêter. »

Le bâtiment n'était rien de plus qu'un gigantesque hangar fermé sur trois côtés, aux murs et aux toits couverts de plaques de tôle ondulée qui se chevauchaient et claquaient au vent. Le temps et la poussière l'avaient rendu de la même couleur que le paysage environnant, presque invisible, monstrueux scarabée aux flancs cuirassés, avec un toit en pente hérissé de hautes cheminées. L'ouverture était assez grande pour réduire à la taille de jouets les camions qui y étaient garés. Tout au fond, au cœur des ombres, on apercevait une éclatante lueur orange vif.

Le gardien tira Makana hors du chemin tandis qu'un semi-remorque approchait à toute allure, projetant des geysers de sable. Avec un coup de klaxon assourdissant, sur deux notes, il passa dans un rugissement, faisant trembler la porte grillagée et recouvrant les deux hommes de poussière. Makana entrevit, attachées au lit de la remorque, de longues barres d'armature en acier dont les extrémités bondissaient comme de souples roseaux.

« C'est ça qu'ils fabriquent ?

— Ouais. Les supports métalliques qu'on utilise dans la construction. »

Ils suivirent des yeux le camion qui rapetissait au loin, puis le gardien tourna les talons et se dirigea vers un conteneur d'expédition qui lui servait de poste de garde.

« Repartez par où vous êtes venu, lança-t-il par-dessus son épaule. Il n'y a rien à voir ici. »

Makana jeta un dernier regard sur la fonderie. Par l'ouverture, il aperçut des gerbes d'étincelles qui voletaient, qui fusaient dans les airs, virevoltant avec grâce avant de s'évanouir dans l'obscurité.

17

Au retour, dans la banlieue du Caire, ils furent pris dans d'interminables bouchons qui ralentirent considérablement leur progression. Sur le tableau de bord, une roue lumineuse multicolore se mit à tourner, annonçant un appel sur le mobile de Sindbad. Celui-ci considéra l'appareil avec répulsion.

« Maintenant, ma vie ne vaut plus la peine d'être vécue. »

Makana lui aurait volontiers offert ses condoléances s'il n'avait eu lui-même des explications à fournir de son côté. En effet, Hossam Hafiz l'appela à cet instant précis pour lui demander si ses recherches avançaient.

« Ces choses-là prennent du temps, monsieur Hafiz. Il s'agit d'un processus difficile à expliquer.

— Je commence à me demander si ça en vaut la peine.

— Je ne saisis pas.

— Eh bien... » Longue pause. Makana entendait des murmures en bruit de fond. Il devina ce qui allait suivre. « Ne le prenez pas mal, mais est-ce que cette enquête ne serait pas un moyen de nous soutirer toujours plus d'argent ?

— Je peux vous assurer, monsieur Hafiz, que j'ai tout intérêt à retrouver Mourad le plus vite possible. J'ai une réputation à préserver.

— Je comprends, pardonnez-moi…, bredouilla Hafiz, déconfit.

— Inutile de vous excuser. Puisque je vous ai au bout du fil, vous permettez que je vous pose une question ? Arrivait-il à Mourad de parler des filles ? Un jeune homme séduisant comme lui… Avait-il quelqu'un dans sa vie ?

— Des filles ? » Hafiz se tut, le temps de consulter sa femme. « Non… non, il n'a jamais abordé ce sujet. » Nouveau silence prolongé. « C'est important ?

— À ce stade, tout peut l'être. C'est juste une piste que j'explore parmi d'autres. Tâchez de ne pas trop vous inquiéter. Je vous contacte dès que j'ai du nouveau. »

En raccrochant, il vit que Sindbad s'évertuait toujours à convaincre sa femme qu'il n'avait aucun moyen de la rejoindre plus vite, à moins que des ailes ne lui poussent subitement. Makana en profita pour passer un autre coup de fil et découvrit que Shaddad répondait lui-même au téléphone.

« Monsieur Shaddad, je suis venu à votre bureau la nuit dernière avec l'inspecteur Okasha. Je voudrais savoir si vous avez réussi à élucider le mystère du chauffeur.

— Vous ne communiquez donc pas, entre collègues ? répondit en riant Omar Shaddad.

— Je vous demande pardon ?

— J'ai déjà transmis l'information à l'inspecteur.

Nous sommes sans nouvelles de l'un de nos chauffeurs. Il est maintenant officiellement porté disparu, donc il est possible qu'il s'agisse de celui que vous recherchez. J'ai expliqué tout ça à vos collègues, mais peu importe. Tenez, j'ai son nom sous la main. Vous avez de quoi écrire ? »

Le chauffeur s'appelait Mustapha Alwan. Il habitait rue Shubra, à côté du métro Ramsès, et ne s'était pas présenté au travail ce matin-là ni la veille.

« Écoutez, monsieur Shaddad, vous avez peut-être le sentiment d'avoir déjà répondu à ces questions, mais nous devons vérifier chaque fait. La mémoire est parfois capricieuse, et la même question peut amener des réponses différentes selon le moment où on la pose.

— Très bien, soupira Shaddad d'un ton résigné. Allez-y, je vous écoute.

— Merci. Je crois savoir que vous possédez une vingtaine de pharmacies en ville. C'est exact ?

— Dix-huit, précisément. Nous en avons ouvert une à Zamalek tout récemment.

— C'est un bon créneau professionnel.

— Ma famille est dans ce business depuis trois générations. » À l'entendre, il avait raconté tout cela un nombre incalculable de fois. « J'ai eu la possibilité de me développer ces dernières années. Travail acharné et efficacité, deux choses dont ce pays aurait bien besoin.

— Vous avez sûrement raison, mais revenons-en à vos chauffeurs. Combien en employez-vous ?

— Ça varie, mais je crois que nous avons sept ou huit permanents et un certain nombre d'intérimaires. Je ne sais pas exactement combien. J'ai un directeur qui s'occupe de ces questions-là. Il y a des périodes où nous avons du mal à assurer la livraison de nos fournitures dans des délais suffisamment rapides. D'un autre côté, ça n'a pas de sens de garder ces gens-là dans notre personnel quand nous n'avons pas de travail pour eux.

— Les responsabilités d'un employeur… Je comprends. Il doit falloir une grande coordination pour assurer l'approvisionnement de toutes les pharmacies.

— Et de nos autres clients. N'oubliez pas que nous fournissons également plusieurs cliniques privées. »

Il y avait chez Shaddad, estima Makana, un côté assez primaire. Cela rendait d'autant plus plausible l'hypothèse qu'un de ses employés ait décidé d'utiliser l'une de ses camionnettes à des fins personnelles.

« Très impressionnant. En gros, combien de livraisons vos chauffeurs doivent-ils effectuer ?

— Au total, nous fournissons quotidiennement entre vingt et trente clients, et environ le double en comptant les commandes ponctuelles. Les cliniques ont tendance à s'adresser à des fournisseurs différents en fonction des prix. Le marché est très concurrentiel.

— Je vous crois sur parole. Nous vous saurions gré de nous donner une liste complète de vos clients.

— Pas de problème, je vais demander à ma secrétaire de vous la faxer. Mais attendez… je ne voudrais pas que vous alliez les importuner.

— Nous essayons d'être discrets », dit Makana.

Ne possédant pas de fax, il indiqua à Shaddad le numéro de l'appareil – peu fiable – qui se trouvait sous le comptoir en verre fêlé du kiosque Komombo, non loin de l'*awama*, en priant intérieurement pour qu'il fût en état de marche.

« Encore une chose, monsieur Shaddad. Avez-vous des relations commerciales avec une société nommée Algorabi Industries ?

— Algorabi ? Ce nom ne me dit rien.

— Ils fabriquent des barres d'armature en acier pour le bâtiment.

— Non, inspecteur, nous n'avons rien à voir avec eux… » Sa voix s'éloigna tandis qu'il parlait à une autre personne dans son bureau. « Je peux le vérifier si vous voulez, mais pourriez-vous d'abord m'expliquer quel est le rapport avec notre affaire ?

— Je cherche à déterminer ce que votre fourgonnette faisait sur cette route.

— Je vous le répète, je ne peux pas vous aider sur ce point. C'est un mystère pour moi. Je peux seulement imaginer que le chauffeur, ce Mustapha Alwan, utilisait le véhicule dans un but personnel.

— Vous voulez dire que cela pourrait expliquer la présence du cadavre dans le coffre ? »

Suivit un long silence ponctué d'un soupir.

« Vous mesurez, j'espère, la position délicate dans laquelle je me trouve. Si l'un de nos chauffeurs est impliqué dans quelque chose d'illégal, alors il est important de bien séparer ses activités à lui de celles de notre société. Vous comprenez, j'espère, ce que je veux dire.

— Je crains que non. Il va falloir que vous me mettiez les points sur les i. Me demandez-vous d'étouffer cette histoire, d'une manière ou d'une autre ?

— Non, bien sûr que non. » Makana entendit le cliquetis nerveux d'un briquet. « Je dis simplement que, selon moi, les deux choses ne doivent pas nécessairement être liées.

— Vous admettez pourtant que la camionnette appartient à votre entreprise.

— Naturellement. Mais enfin pour l'instant, nous ne savons même pas si l'un de nos chauffeurs la conduisait ou si elle a été volée.

— Et vous pensez que cela dégage votre entreprise de toute responsabilité ? »

Encore un profond soupir. « Je m'adresse peut-être à la mauvaise personne. Dans cette affaire, l'inspecteur Okasha est bien l'enquêteur principal ?

— C'est exact.

— Je ne veux causer d'ennuis à personne, entendez-moi bien, mais je dois penser à ma société.

— C'est tout naturel.

— Vous reconnaîtrez qu'il serait injuste que notre réputation ait à souffrir d'agissements qui ne sont pas de notre fait.

— Avec tout le respect que je vous dois, monsieur Shaddad, toute l'histoire pourrait basculer d'un côté ou de l'autre. Si vous en savez plus que nous, c'est le moment de partager vos lumières.

— Je n'ai pas dit que j'en savais plus que vous. Pas du tout. Croyez-moi, je suis tout aussi désireux que vous d'élucider cette affaire, peut-être même encore plus.

— Je n'en doute pas.

— Écoutez, je ne vous cacherai pas que j'ai plein de bons amis au sein du gouvernement, au ministère de l'Intérieur.

— Dans le cas contraire, répliqua Makana, le monde ne serait pas ce qu'il est.

— Qu'est-ce que c'est censé vouloir dire ? » demanda Shaddad d'un ton cassant.

Mais Makana avait déjà raccroché. Il fallut néanmoins incroyablement peu de temps pour que l'incident revienne aux oreilles d'Okasha, lequel appela Makana alors que la Datsun traversait au ralenti le pont routier situé près de la gare principale. En contrebas, Ramsès se tenait au garde-à-vous, son visage de granit indifférent aux vagues de voitures qui déferlaient de tous côtés.

« Vous devriez peut-être me briefer avant de vous lancer dans des initiatives personnelles. » Okasha n'avait pas l'air content.

« Je ne suis pas sûr de savoir de quoi vous parlez.

— Omar Shaddad est un personnage important. Il a une entreprise florissante, ce qui signifie qu'il a des relations.

— De quel genre ?

— Du genre très friqué.

— Et vous ne voulez pas marcher sur les pieds de quelqu'un.

— Ce que je ne veux pas, c'est que vous partiez à l'assaut avec votre manque de tact habituel.

— Vous auriez peut-être dû y songer avant de m'impliquer dans cette enquête.

— Vous n'êtes impliqué dans rien du tout.

— Et qu'est-ce que je fais, alors ?

— Vous coopérez avec nous de façon informelle.

— Rappelez-moi de ne jamais vous demander une lettre de recommandation.

— Ne me faites pas regretter ma décision, c'est tout.

Sindbad le déposa devant les locaux de MIMIC. Makana espérait que Sami avait réussi à tirer quelque chose de l'ordinateur portable de Mourad, mais le journaliste était introuvable.

« Il n'est pas là », lui dit Rania quand elle l'aperçut.

Contrairement à la dernière fois où il était venu, les lieux bourdonnaient d'activité, ce qui rappelait opportunément que le collectif avait été mis sur pied non par Sami – généralement trop pris par ses propres travaux pour avoir du temps à consacrer aux problèmes d'organisation –, mais bien par sa femme. Silhouette menue, énergique, Rania avait changé de coiffure : à présent, ses cheveux noirs ondulés étaient coupés court, dans un style moderne assez audacieux.

« Étrange, dit-elle. Je pensais que tu saurais mieux que moi où il se trouve.

— Il a passé une seule nuit chez moi, Rania. Après ça, je n'ai aucune idée de ce qu'il a fabriqué.

— C'est bon, je sais que vous êtes amis tous les deux. Je n'attendais pas de toi que tu le laisses tomber.

— Si je savais où il était, je te le dirais », assura Makana, à peu près certain que ce n'était pas l'entière vérité.

Elle parut lire dans ses pensées, car elle eut un haussement d'épaules désabusé et se replongea dans son travail.

« Je lui avais confié un ordinateur portable…

— Va voir Ubay. S'il s'agit d'un truc technique, Sami le lui aura refilé. »

Ils furent interrompus : un collaborateur accourut avec un document qu'il fallait regarder de toute urgence et un autre pour signaler à Rania qu'elle avait un appel en attente. À la voir coordonner ce qui ressemblait à une pagaille totale, on se rendait compte, s'il en fallait une preuve, qu'elle était plus que capable de se débrouiller sans l'aide de son mari. Être indépendante de Sami n'était peut-être pas mauvais pour elle, en définitive. Makana savait qu'elle avait eu au début une immense admiration pour lui, qui était le plus expérimenté des deux. Il s'était déjà taillé une réputation de journaliste d'investigation sans concession. Rania, elle, terminait un troisième cycle universitaire en littérature et politique. Comme tout mariage entre deux personnes centrées sur leur carrière, leur relation s'était révélée compliquée. Finalement, le collectif était apparu et ils avaient commencé à travailler ensemble en qualité d'associés, tâchant de faire en sorte que rien ne dépasse. À présent, Sami semblait avoir décidé de faire cavalier seul et, à première vue, Rania apprenait à s'habituer à son absence.

Makana repéra la silhouette dégingandée à l'abondante coiffure afro, réminiscence des années 1970 et de l'époque des Jackson Five. Assis à une table d'angle, Ubay, immobile, fixait un point sur le mur. Il tressaillit en découvrant Makana debout à côté de lui.

« Hé, je ne vous avais pas vu ! » Il se redressa précipitamment, embarrassé d'avoir été surpris à rêvasser. « Vous savez ce que c'est. Parfois, il y a tellement de données à traiter… »

Même si, pour sa part, il n'aurait pas exprimé la chose en ces termes, Makana supposa que, de fait, il connaissait bien ce sentiment.

« J'ai apporté hier un ordinateur à Sami. Il comptait vous demander d'y jeter un coup d'œil.

— Ah ! oui, le PowerBook Apple avec les photos, glousa Ubay. Le mot de passe n'a pas présenté de difficulté.

— Quelles photos ?

— Disons qu'il a des goûts intéressants en matière de femmes.

— Je subodore qu'il s'agit plutôt de son compagnon de chambre. Ne tenez pas compte de ce qui remonte à moins de dix jours.

— Dans ce cas, voilà qui règle la question. Cela dit, il est prudent.

— Qu'est-ce qui vous fait dire ça ?

— Eh bien… malgré la protection du mot de passe et tout le reste, il s'est donné beaucoup de mal pour faire disparaître ses traces, à croire qu'il savait que quelqu'un risquait de venir fouiner. Il a effacé son historique, ses données de navigation, ce genre de choses. »

Makana le laissa poursuivre. Ubay parlait comme si ses propos étaient parfaitement intelligibles ; inutile d'anéantir ses illusions.

« Qu'essayait-il de cacher ?

— Je ne sais pas vraiment, mais j'ai quand même récupéré pas mal de trucs. » Ubay leva la tête en entendant quelqu'un l'appeler de l'autre bout de la pièce. On avait besoin de ses talents. Il se leva. « Désolé, faut que j'y aille, mais parlez-en à Sami, je lui ai tout expliqué en détail.

— Je le voudrais bien, seulement il a disparu.

— Ah ! oui. » Par-dessus son épaule, Ubay lança un coup d'œil en direction de Rania avant de faire signe à Makana d'approcher. « Je peux vous indiquer deux endroits où chercher, mais ne dites à personne que je vous en ai parlé. »

En temps normal, Sami était le genre de buveur qui se laissait simplement entraîner par ses compagnons du moment et qui continuait jusqu'aux petites heures. Il n'avait pas la détermination solennelle de l'alcoolique invétéré. Makana se retrouva néanmoins à arpenter les rues avoisinantes, explorant les petits espaces sombres. Les bars ne s'appelaient plus des bars, puisque le mot avait été banni, laissant la place à des « cafétérias ». Il y avait le Hurraya, le Honololo, le Stella, tous fréquentés plus ou moins régulièrement par Sami, dont le goût pour le sordide était dicté par l'humeur dans laquelle il se trouvait. Makana les inspecta tous, sans succès. Personne n'avait vu le journaliste, ou si quelqu'un l'avait vu, il n'en disait rien. Au Café Riche, le vieux serveur fixa sur Makana le regard intemporel de l'ancien combattant qui a tout vu.

« Il était là. Maintenant, il est parti. » Il parcourut des yeux la longueur et la largeur de la salle, observant les tables pour la plupart désertes, comme pour vérifier son assertion. « Il reviendra. »

C'était la piste la plus prometteuse de la journée. Makana, décidé à passer le temps utilement, marcha un bon quart d'heure avant d'arriver dans une rue étroite bordée d'immeubles bas, asymétriques, près de la station Ramsès. La porte de l'appartement du premier étage lui fut ouverte par un garçonnet en djellaba rayée.

« Ta mère est là ?

— Qui veut le savoir ?

— C'est au sujet de ton père. »

La porte s'ouvrit toute grande, révélant une femme d'une vingtaine d'années portant un bébé sur sa hanche. Elle tira le garçonnet en arrière, hors de son chemin. Elle avait la tête couverte d'un foulard négligemment noué. On aurait pu la considérer comme jolie, nonobstant la dureté de ses yeux mornes qui exprimait clairement la déception amère et irréversible que lui inspirait le monde. Et l'apparition de Makana sur le pas de sa porte ne semblait certes pas de nature à améliorer son opinion.

« Va voir ta sœur ! hurla-t-elle au petit garçon avant de se retourner vers Makana. Qu'est-ce que vous voulez ?

— C'est au sujet de votre mari, Mustapha Alwan. »

Derrière elle, l'enfant ne bougea pas d'un pouce. Il fixait Makana. Il avait le visage bouffi, jaunâtre, et des yeux anormalement grands – deux flaques sombres qui reflétaient à peine la lumière.

« Mais encore ? »

À l'autre bout du couloir, une porte s'ouvrit avec un petit déclic et un visage flétri se glissa dans l'entrebâillement.

« Vous désirez quelque chose ? » glapit la jeune femme en avançant de quelques pas pour s'adresser à l'intruse. Ce fut suffisant pour renvoyer les loups hurler dans les collines. Le panneau se referma aussitôt, accompagné d'un geignement discret. Makana avait reculé pour laisser passer l'épouse de Mustafa Alwan. Par la porte entrouverte de l'appartement, il aperçut un salon récemment rénové. Les murs étaient peints d'un rouge rubis criard qui aurait eu davantage sa place dans certains des bistrots que Makana venait de visiter. Au milieu de la pièce trônait un volumineux canapé blanc, aussi incongru qu'un phoque, dont le dossier et les pieds dorés étaient sculptés dans un style tarabiscoté. Au moins, quelque pauvre artisan local se voyait fournir du travail. À côté d'une table en bois laqué, il y avait un lampadaire avec accessoires en laiton et, pour couronner le tout, un lustre en verre qui évoquait un arbre d'or dans un conte de fées.

La jeune femme reprit sa position défensive sur le seuil. « Qu'est-ce que vous voulez ? répéta-t-elle.

— Cela concerne votre mari. Il n'est pas allé travailler hier ni aujourd'hui.

— Je leur ai dit de revérifier. Bien sûr que si, il travaille.

— Son patron affirme qu'il n'est pas venu.

— Eh bien, il se trompe. Que voulez-vous que je vous dise ? » Elle remonta le bébé sur sa hanche.

« L'un des véhicules de la société a eu un accident. Ils vous en ont parlé ? »

Il n'avait pas terminé sa phrase que la femme secouait déjà la tête.

« Ce n'était pas lui qui conduisait. Je leur ai dit qu'ils perdaient leur temps.

— Ils vous ont emmenée à la morgue pour identifier le corps ?

— Tout juste.

— Et vous êtes sûre que ce n'était pas lui ?

— Vous êtes sourd ou quoi ? Je viens de vous le dire. J'ignore qui c'est, mais ce n'est pas mon Mustapha. Ça vous pose un problème ? »

Elle le reluqua du haut en bas avec dédain. Quelle que fût la marchandise qu'il vendait, elle n'en voulait pas.

« Nullement. » Peut-être Mustapha Alwan avait-il tout bonnement déserté le domicile conjugal. « Où est votre mari, alors ?

— En déplacement, comme toujours. Je me fiche de ce que les autres racontent, si lui me dit qu'il est au travail, c'est qu'il y est.

— Bien sûr. Et quand lui avez-vous parlé pour la dernière fois ?

— Je n'en sais rien. Il n'aime pas que je l'appelle quand il est au boulot. Il est très occupé, figurez-vous. Mais attendez un peu, pourquoi vous me posez toutes ces questions ? J'ai déjà tout raconté à vos collègues.

— Il est très important que nous le retrouvions. Vous pouvez le comprendre, n'est-ce pas ?

— C'est toujours pareil avec lui. Il disparaît pendant plusieurs jours, et puis il revient. Il est ainsi fait. Comme il dit toujours, *al haraka baraka* : les occupations amènent leurs propres bénédictions.

— Ce doit être un moment difficile pour vous, avec la police et tout le reste.

— Vous êtes une bande d'imbéciles. S'il avait été victime d'un accident, on aurait retrouvé son portable. Mustapha ne s'en sépare jamais. »

Difficile de discuter face à une telle force de conviction. On n'avait découvert aucun téléphone sur les lieux, ce qui était bizarre. Seul le passager qui avait – peut-être – été assis à l'avant pourrait expliquer cette anomalie.

« Donc, il ne vous a pas donné de nouvelles ? »

La femme secoua la tête. Le bébé, sur sa hanche, grignotait un biscuit qui barbouillait son visage de chocolat. Le garçonnet était réapparu et fixait Makana. Il devait avoir dans les sept ans, mais il y avait chez lui quelque chose de surnaturel, comme s'il n'était pas vraiment là.

« Comment vous en sortez-vous ? demanda Makana.

— Nous n'avons besoin de rien, répondit-elle en haussant les épaules.

— Arrive-t-il à votre mari de parler de son travail ?

— À moi ? Pourquoi le ferait-il ? » Elle serra plus fort l'enfant contre elle. Pour la première fois, Makana lut de l'incertitude dans ses yeux.

« Donc, il n'a jamais parlé d'un job qu'il ferait à côté, en dehors de ses heures habituelles ? À part conduire la fourgonnette ? Il rapporte parfois à la maison un petit extra, pas vrai ? »

D'un signe de tête, Makana indiqua le salon derrière elle. La femme jeta un coup d'œil par-dessus son épaule.

« Dites donc, qu'est-ce que vous insinuez, là ?

— Je vous demande juste s'il ne faisait pas des commissions pour quelqu'un, en supplément.

— Écoutez, dès l'instant où il franchit cette porte, je ne sais pas où il va ni ce qu'il fait. C'est un autre monde, dehors. Pour ce que j'en sais, il a peut-être une autre famille nombreuse quelque part, mais si c'est le cas il a intérêt à y rester. Vous pourrez lui dire ça de ma part, quand vous le retrouverez. Je préférerais encore lui arracher le cœur. Ne vous en faites pas pour nous, Mustapha reviendra bientôt. »

Tandis que Makana se demandait si elle croyait vraiment à ce qu'elle disait, la porte lui claqua au nez.

Dans un taxi qui calait à chaque carrefour, Makana retraversa le fleuve jusqu'à Mohandessin. Il paya le chauffeur tout penaud, qui avait parcouru les derniers mètres en roue libre dans le noir, et descendit la rampe du parking. Abou Gomaa, le vieux gardien, apparut dans l'ombre, assis sur une chaise déglinguée. Derrière lui, les murs étaient éclairés par l'étrange lueur bleutée d'un téléviseur qui diffusait un vieux film en noir et blanc des années 1950, avec Ahmed Ramzy et Souad

Hosni. L'âge d'or du cinéma égyptien. Dans l'obscurité, le sous-sol était une capsule temporelle : le vieil homme, relique d'une autre ère, environné de débris et de voitures poussiéreuses, rêvant d'une époque où les rues étaient larges, propres, et où le monde moderne semblait tout neuf. En entendant approcher Makana, il leva la tête d'un air ronchon. Les chiens bondirent, retenus par leurs chaînes tendues, aboyant férocement. Ils montraient les crocs, dressés sur leurs pattes de derrière. Sans être particulièrement gros, ils étaient furieux et avaient des canines acérées. Abou Gomaa se leva avec lenteur.

« Qu'est-ce que vous voulez ? » grogna-t-il.

La lumière vaporeuse des lampes au sodium qui filtrait de la rue se mêlait à la lueur tremblotante de l'écran. Quand il reconnut le visiteur, Abou Gomaa se rassit, instable sur ses jambes, et hurla aux chiens de se tenir tranquilles. Il ne semblait pas heureux qu'on vienne troubler sa soirée de rêve.

Makana n'avait que ses cigarettes à offrir, mais le vieux se fit un plaisir de piocher dans le paquet. Il en glissa une derrière son oreille et en alluma une autre sans attendre.

« Les nuits sont longues et froides en cette saison. Un homme a besoin de compagnie. »

Ses yeux gris suivirent Makana qui faisait le tour, jetant un coup d'œil sur le coin où le lit d'Abou Gomaa était poussé contre le mur. Une odeur fétide, animale, saturait l'air.

« Ce sont des chiens de quelle race ?

— Des chiens de combat.

— Vraiment ?

— Une espèce spéciale. Ils sont presque sauvages,

un croisement avec des chacals d'Égypte. » Les prunelles d'Abou Gomaa brillèrent. « Je les dresse moi-même. Ils rapportent un bon prix, si vous êtes intéressé.

— Par les chiens ? Non, merci. Ça fait combien de temps que vous logez ici ? »

Le gardien plissa les paupières d'un air circonspect, comme s'il flairait un piège.

« Je suis venu de Haute-Égypte quand j'étais gamin. Vous connaissez cette région ? Là-bas, tout est sombre. Quand j'ai vu les lumières, ici, je me suis cru au paradis. Au bout d'une semaine, je ne voulais plus repartir.

— Donc, vous vivez ici depuis lors ?

— Vous posez des questions bizarres, pour un inspecteur de police. » Deux filets de fumée bleue s'échappèrent de ses narines. Le vieil homme cacochyme de la fois précédente semblait avoir fait place à un modèle plus alerte, plus rusé.

« Parlez-moi de Mustapha Alwan.

— Que voulez-vous que je vous dise ? »

Des cartons empilés le long du mur faisaient office de penderie. Makana entendit quelque chose trottiner dans le fond. Impossible de savoir quelles créatures ce logement insalubre pouvait attirer.

« Puisque vous êtes chargé de surveiller les véhicules, vous devez connaître les chauffeurs.

— Ils vont et viennent. Ils n'ont pas le temps de causer avec un vieillard.

— À votre avis, que faisait Mustapha sur la route d'Ismaïlia ?

— Qu'est-ce qui prouve que c'était lui dans cette

camionnette, d'abord ? » Le ton de Gomaa s'était durci. « Le corps a été identifié ?

— Apparemment, il y avait deux hommes à l'intérieur. Le chauffeur a été tué, mais l'hypothétique passager a disparu.

— Je ne suis pas au courant. » Son regard errait aux quatre coins du parking, se posant partout sauf sur Makana. « Quelqu'un a très bien pu voler la fourgonnette. Ça arrive.

— Mais alors, où est Alwan ? C'est bien lui qui a signé le registre de sortie, non ?

— Je vais être honnête avec vous. » Les yeux du gardien s'arrêtèrent sur une tache par terre. « Il a un problème.

— De quel ordre ?

— Il boit. Qu'Allah le prenne en pitié. Il boit et ensuite il a des trous de mémoire.

— Pourquoi Shaddad aurait-il engagé un chauffeur pareil ?

— Personne n'est parfait ici-bas. Vous croyez qu'il faudrait refuser à un homme la possibilité de nourrir sa famille sous prétexte qu'il a une faiblesse ? Tout le monde a des faiblesses… même vous, j'imagine.

— Ce n'est pas faux. »

Un miaulement de violons attira l'attention du gardien vers le téléviseur. Makana s'avança pour lui boucher la vue, mais Abou Gomaa se pencha de côté pour voir quand même l'écran.

« J'ai l'impression qu'Alwan se faisait pas mal d'argent à côté, reprit Makana.

— Alors là, je ne suis pas au courant.

— Je ne vous demande pas de le moucharder, je vous demande simplement si ce genre de choses se produit. Par exemple, il a le véhicule à sa disposition et quelqu'un voudrait l'emprunter. » Makana jeta un coup d'œil à la rangée de camionnettes bien garées, puis sourit. « Vous n'allez pas me dire que les chauffeurs ne tentent jamais de gagner un peu d'argent en plus ?

— Je ne dirai pas que ça n'arrive jamais. »

Abou Gomaa examinait le bout de sa cigarette comme s'il s'agissait d'une précieuse antiquité.

« Et vous ne trouvez pas bizarre qu'Alwan ne soit pas venu travailler ?

— Je vous le répète, il boit. Il disparaît quelques jours, puis il revient et tout rentre dans l'ordre.

— Quand a-t-il commencé à boire ?

— Ça fait déjà quelques années. Juste après les soucis avec son fils.

— Quels soucis ?

— Le petit est né avec un problème de santé. Les médecins ont dit qu'on ne pouvait pas le sauver. » Le gardien se rassit droit, renonçant à l'idée de regarder son film. « Nous sommes tous entre les mains du Seigneur. »

18

Les murs du Café Riche s'ornaient de photographies d'écrivains, de journalistes, d'auteurs dramatiques, de romanciers – et surtout de poètes. Hommes et femmes, depuis longtemps disparus, qui avaient consacré leur vie à tenter de capturer la nation avec des mots, de peindre ses rêves et ses aspirations, de donner rime et raison à son âme. Les clichés en noir et blanc voguaient dans l'éclairage tamisé comme s'ils traversaient la mer embrumée du temps. Moins une autre époque qu'un autre monde. Autrefois, ce lieu avait été celui où des intellectuels se retrouvaient pour débattre et planifier leur dissidence. On racontait qu'il existait une porte dérobée qui leur permettait de s'enfuir dans l'éventualité d'une descente de police. Aujourd'hui, le bar accueillait essentiellement des touristes cherchant à communier avec l'esprit d'antan. Une séance de spiritisme aurait pu se révéler plus utile, songea Makana.

Sami était assis, seul, au fond de la salle, courbé sous le poids du regard désapprobateur de ses idoles. Son front reposait sur la nappe et y resta à l'approche de Makana. Au passage, le serveur impassible haussa imperceptiblement ses sourcils blancs broussailleux – infime concession à l'expression d'une opinion.

Lorsque Makana s'assit, reculant bruyamment une chaise, Sami leva la tête.

« Tu as meilleure mine les yeux fermés.

— Ah ! notre intrépide enquêteur. Prends un verre avec moi.

— Je ne sais pas, je te soupçonne d'avoir complètement asséché le bar.

— Absurde ! Le jour où ce bar sera à sec sera celui où je rallierai l'Europe à la nage. » Il claqua des doigts en l'air à plusieurs reprises, sans résultat. Le serveur semblait avoir découvert un coin du comptoir qui nécessitait un polissage en règle. « Alors, qu'est-ce qui t'amène ?

— Je te cherchais.

— Eh bien, *mabrouk,* tu m'as trouvé ! » Sami sourit de toutes ses dents, puis redevint sérieux. « Tu te souviens du bon vieux temps ? On formait une équipe. Quand tu avais besoin d'un renseignement, quel qu'il soit, je te le dégotais. Est-ce que j'ai raison ?

— Je croyais que tu m'aidais encore maintenant.

— Bien sûr, mais c'est différent. » Sami se tourna vers le bar, les yeux plissés, en remontant ses lunettes sur son nez. « Allons bon, où est-il passé ? »

Makana regarda par-dessus son épaule. Le serveur s'était bel et bien volatilisé. Un tour de prestidigitation – ou alors, les rumeurs sur l'existence d'une porte dérobée n'étaient pas dénuées de fondement.

« Écoute, je comprends, toi et Rania vous traversez une période difficile. Dans tout mariage, il y a des hauts et des bas.

— Il ne s'agit pas d'une dispute conjugale. » De

l'index, Sami poignarda la table. « C'est une question de principes. Nous ne désirons plus la même chose. C'est triste, non ?

— Qu'est-ce que tu désires ?

— Que ce pays reprenne ses esprits. Que les gens se réveillent. » Sami tenta laborieusement d'allumer une cigarette, actionnant son briquet sans effet notable. « Je ne peux pas œuvrer à ça si j'essaie d'élever une famille. Et Rania ? Que devient son travail ? Si elle l'abandonne, tu sais à qui elle va le reprocher, hein ? Peut-être pas aujourd'hui, peut-être pas demain, mais un jour.

— Peut-être est-elle assez grande pour prendre cette décision elle-même. Peut-être pense-t-elle que vous êtes tous les deux assez grands.

— Allons donc, j'arrive à peine à gérer ma vie telle qu'elle est ! » Sami porta la bouteille de bière à sa bouche, à la verticale, pour aspirer le fond, sans cesser de surveiller le bar. « Je ne comprends pas où il est parti.

— À propos de travail…

— Ah ! oui. » Sami fit jongler sa cigarette entre ses mains et sa bouche, le temps d'extraire un calepin de sa sacoche. « Je ne sais pas si je te l'ai dit, mais Ubay a eu rapidement raison du mot de passe.

— Il me l'a dit lui-même.

— Ah bon ? » Sami battit des paupières. « C'est lui qui t'a indiqué où me trouver, évidemment.

— Il m'a fait jurer de ne pas révéler ma source.

— C'est un brave gosse. Tellement doué. C'est ça qui me mine. » Il ferma étroitement les paupières. « Il y a tellement de talents en Égypte, et on les laisse péricliter. Imagine un peu ce que pourrait être ce pays. C'est comme ce garçon, là… » Sami tapota le calepin.

« Mourad.

— Je le regarde, ce Mourad, et je ressens sa douleur. Je vois sa manière de penser, ses efforts pour trouver un moyen de sortir de ce gâchis. Tout est là. Chacun rêve dans sa petite niche. »

Makana n'aurait su dire si c'était l'alcool qui parlait ou s'il avait devant lui un homme au bord de la dépression nerveuse. Dans les deux cas, ce n'était pas bon signe. Mais, là encore, peut-être était-ce un symptôme du mal national : la mélancolie ponctuée d'envolées chimériques.

« Alors, dans quoi s'est-il lancé, exactement ?

— Difficile à dire. Son mode de pensée n'est pas conventionnel. Il est suffisamment malin pour tenter d'effacer ses traces, mais pas assez doué pour nous abuser, bien sûr. J'ai pensé aux drogues, mais ce n'est pas le bon mélange : trop d'idéalisme et pas assez d'abstraction loufoque.

— Et en matière de contenu politique ?

— Il ne fomente pas une révolution, si c'est ta question. Ah, enfin ! » Sami agita sa bouteille de Stella vide à l'adresse du serveur rebelle. « Suleiman, s'il vous plaît, nous mourons de soif.

— Vous avez peut-être eu votre compte pour ce soir, répondit le serveur aux cheveux blancs.

— Vous vous inquiétez pour moi ? Qu'Allah vous prenne en pitié ! Apportez-nous deux bières. »

Suleiman demeura aussi impassible que le Sphinx. Sans un mot, il rebroussa chemin vers le bar.

« Bon, où en étais-je ? Ah ! oui, tout ça est très vague, mais il mijote clairement quelque chose. »

Sami semblait redevenu sobre en l'espace de quelques secondes. « Comme je le disais, les drogues ne collent pas avec le profil. Il est sur toutes sortes de sites et de blogs, sous divers pseudos, celui qui revient le plus souvent étant *Che_4Masr.* Pas franchement original, mais une variante sur le nom de la figure révolutionnaire emblématique qui le situe spécifiquement en Égypte. Il a aussi surfé sur 4chan et divers autres sites ou forums de discussion. Apparemment, il se connecte avec d'autres membres d'un groupe. Ils vont dans une pièce où ils peuvent envoyer des messages cryptés. Il y a des dates, des heures, des alias. Il s'agit d'une espèce d'opération, mais je n'arrive pas à en déterminer la nature. » Sami fit pivoter le calepin vers lui à l'approche du serveur apportant leurs bières. « Merci, Amm Suleiman.

— La nuit est longue, déclara le serveur. Demain sera un autre jour, frais comme un abricot.

— Encore un poète frustré, marmonna Sami. Suleiman le Magnifique, on l'appelle. Que demander de plus ? » Il en rcvint à son carnet. « Regarde ça, par exemple : "Nouveau transport prêt – quatorze." » Il releva la tête. « Quatorze quoi, ce n'est pas précisé. Kilos, cartons, sacs ? Un autre messagc parle de la nécessité de changer d'itinéraire, sans spécifier pour quelle destination. Et puis on trouve des références à des gens qui ont de drôles de noms. » Il parcourut la liste. « Celui-ci, par exemple : Lasciac. Va savoir qui c'est !

— Et côté dates ? Peux-tu établir quand ces messages ont été envoyés ?

— En fait, ils n'ont pas été "envoyés" à proprement parler. Ils ne vont pas d'une personne à une autre. Ils sont postés sur un board. Seuls ceux qui y ont accès peuvent les lire. Eux, ils savent vraisemblablement de quoi il retourne.

— Et les messages s'interrompent au moment de la disparition de Mourad ?

— Tu m'as dit qu'il avait disparu vers le treize, c'est ça ? Des messages ont encore été postés les dix jours suivants.

— Par Mourad ?

— Ce n'est pas clair. Tant que nous ne saurons pas quel nom de code correspond à qui, nous n'aurons aucune certitude.

— Peux-tu m'imprimer tous les messages que tu as retrouvés ?

— Déjà fait. » Sami laissa choir une grande enveloppe sur la table. « Quoi d'autre pour ton service ? »

Son sourire se figea en voyant Makana se lever pendant qu'il versait sa bière.

« Alors c'est tout ? Tu as eu ce que tu venais chercher et maintenant tu te tires ? Pas le temps de prêter une oreille compatissante à un ami ?

— Je ne vais pas rester là à te regarder boire jusqu'à ce que tu roules sous la table.

— Personne ne te le demande. »

Le regard affligé du serveur suivit Makana jusqu'à la porte. Un condamné regardant tomber en poussière son dernier espoir de salut.

Dans le taxi qui le ramenait chez lui, Makana était tellement absorbé dans ses pensées que le chauffeur dut lui tapoter le bras.

« *Yallah, ya basha,* on vous appelle. »

Il extirpa le portable de sa poche et entendit une voix qu'il ne reconnut pas tout de suite.

« J'ai touché un mot de cette fille à Aljuka.

— Et ? » De toute évidence, Fantômas se trouvait au milieu d'une foule.

« Disons que vous n'êtes pas sa personne préférée en ce moment.

— C'est bien ce que je pensais.

— Ouais, mais je ne crois pas que ce soit perdu pour autant. Il lui faut seulement un peu de temps. Il finira par se calmer.

— Et si on tentait notre chance sans lui ? Je veux dire, elle doit habiter à proximité de l'église.

— C'est une possibilité. Écoutez, laissons vingt-quatre heures à Aljuka ; s'il n'est pas mieux disposé, je vous y emmènerai moi-même.

— À condition que ça ne te crée pas de problèmes.

— Vous essayez de nous aider, non ? Alors que tous les autres s'en moquent ? Moi, ça me suffit. »

Aux yeux d'Aljuka, Makana incarnait tout ce qui était mauvais dans le monde. Culpabilité par association. Il était un Soudanais du Nord, par conséquent il était *des leurs*. Autrefois, ils traquaient les Sudistes et les vendaient comme esclaves. L'actuel régime de Khartoum était la face moderne de ce même sentiment : ceux qui bombardaient et rasaient des villages, envoyaient des milices faire le sale boulot à leur place, assassiner vieillards et enfants, violer leurs femmes. C'était étrange d'être associé à ceux-là mêmes que Makana avait fuis, mais peut-être compréhensible, compte tenu des circonstances.

« Le frère est loin de chez lui », observa le chauffeur lorsque Makana eut raccroché. Ses yeux ne quittaient pas la route.

« En quelque sorte, opina Makana, subitement las du monde et de ses petits problèmes.

— Ce sont vos compatriotes, pas vrai, tous ces gens qui dorment sur le *maïdan*, près de la mosquée Mustapha Mahmoud ? Il y en a qui disent que les Israéliens tirent les ficelles, mais ils disent ça pour tout, hein ?

— Pourquoi les Israéliens ?

— Pour se donner le beau rôle, vous savez : ceux qui sauvent des chrétiens des maléfices de l'islam. » Le chauffeur jeta un coup d'œil dans le rétroviseur pour voir si Makana le suivait. « Ils leur accordent le statut de réfugiés. Ça nous donne l'air d'être des sauvages.

— Je n'étais pas au courant de ça.

— Oh ! si. Ils veulent tous entrer en Israël. Moi-même, ça ne me dérangerait pas d'y aller – sauf qu'il y a les Israéliens, évidemment. N'empêche, ça ne serait pas une mauvaise vie, hein ?

— Je ne saurais dire.

— Moi non plus, remarquez. En fait, pour être honnête, je ne comprends pas pourquoi on fait toute une histoire avec ça. Comme je le dis toujours, il y a de la place pour tout le monde. »

19

La rencontre avec le professeur Asfour était prévue au palais Manial, sur l'île de Roda. Makana ne savait pas exactement pourquoi. Quand il avait posé la question au Dr Siham, celle-ci s'était bornée à répondre : « Il aime marcher. » Le palais avait été la demeure du prince Mahmoud Ali Tewfik, oncle du roi déposé Farouk, mais il était aujourd'hui ouvert aux visiteurs moyennant un prix modique. À une époque, l'île avait été un paradis botanique envahi d'hévéas, de banians, de cèdres majestueux et de palmiers au port altier. Le prince avait rêvé d'un « jardin aux mille délices », y ajoutant la folie architecturale sous la forme d'un château turc aux airs de fantaisie orientaliste. Les bâtiments offraient un curieux mélange de styles ottoman, syrien et marocain.

« C'est la première fois que vous venez ici ? » demanda le Dr Siham, qui l'attendait devant les grilles. Makana dut avouer que oui. « Il faut absolument que vous voyiez ça. »

Elle était vêtue d'un pantalon et d'une veste longue. Ses cheveux étaient dénoués, ce qui eut pour effet – malencontreux – de le déconcerter. Alors qu'ils déambulaient près d'un bâtiment bas qui s'étirait le long du mur de clôture, elle lui saisit impulsivement le bras et l'entraîna dans une longue salle ombreuse. Des oiseaux entraient et sortaient par les fenêtres munies de barreaux, brassant l'air de leurs petites ailes. Ils se perchaient, hésitants, sur les rebords, comme s'ils n'étaient pas très sûrs de pouvoir s'aventurer en toute sécurité, et on en comprenait aisément la raison. Les meubles, peints en doré, reposaient sur des tapis de la couleur du sang ou du vin – quoiqu'on pût affirmer sans trop s'avancer qu'aucun de ces deux liquides n'avait coulé en ces lieux depuis un bon moment. L'atmosphère poussiéreuse était agitée par une légère brise venue du fleuve qui effleurait les lourdes pendeloques en cristal des lustres, les candélabres ternis, les glands du tapis usé jusqu'à la corde. Peu de lumière pénétrait dans la pièce. Au-dessus d'un plateau rempli d'yeux de verre, une pancarte mal imprimée annonçait que les cent quatre-vingt-deux gazelles dont les têtes ornaient les murs avaient été abattues par le roi en personne ou par des membres de son entourage. Certaines étaient toutes jeunes. L'une d'entre elles avait le regard obstinément fixé sur sa droite, frondeuse jusque dans la mort.

« Enfant, je venais ici avec mon père. Il était chirurgien », déclara-t-elle, ce qui représentait davantage d'informations que Makana n'en avait recueilli sur elle en plusieurs années. « Étonnant spectacle, non ? »

Ce jour-là, le Dr Siham avait quelque chose d'inhabituellement pétillant. Elle semblait rayonner. Peut-être pas si surprenant, raisonna Makana, étant donné la présence de tant d'animaux empaillés. Ou alors, fallait-il y voir un rapport avec l'arrivée imminente du professeur Asfour ? Si jamais on cherchait une définition de la décadence, songea-t-il, cette salle y répondrait assez bien. Une table composée d'une oreille d'éléphant, avec les défenses et les pattes en guise de support. Une minuscule tortue de seulement trente-six jours. Un collier en or, orné de lourds pendants faits de vraies têtes d'oisillons au bec doré à l'or fin. Il y avait une peau de cobra et une chèvre hermaphrodite de l'île de Qumrân qui, à en croire la fiche mal dactylographiée, s'était apparemment fécondée elle-même. Des coupe-papiers en ivoire à tête de crocodile. Un coupe-cigares taillé dans une corne de rhinocéros. Divers animaux momifiés : varans, faucons, aigles, rats, même des caméléons, ainsi que des lions, des phacochères, des ânes sauvages, des scorpions. Des cadeaux offerts par des dignitaires en visite. Des médailles allemandes de rassemblements du Jagdausstellung à Berlin, des couteaux de chasse et des pièges à ressort. Un scarabée incrusté dans une lentille en verre. Des papillons lumineux aux couleurs éclatantes.

Quand ils émergèrent de la pénombre, un homme d'une soixantaine d'années, rond et alerte, arborant un survêtement bleu marine et un sourire radieux, vint à leur rencontre. Les yeux plissés de ravissement, il étreignit les mains du Dr Siham dans les siennes.

« Ah, Jehan, quel bonheur de vous voir ! »

Makana n'avait jamais entendu personne appeler la légiste par son prénom. Le professeur Asfour était originaire de Louxor et se déclara enchanté de rencontrer un citoyen du Soudan, pays qu'il connaissait bien pour y avoir fait des études. Sans doute le professeur, à travers ses lunettes à double foyer, trouvait-il Makana aussi intéressant qu'un spécimen rare.

« Alors, qu'avez-vous pensé de notre curieuse salle des trophées ? »

Ils se promenaient maintenant dans les jardins, empruntant les allées sinueuses, essayant de suivre le rythme rapide du professeur.

« C'est mon exercice quotidien, expliqua-t-il. Mon médecin me dit que je dois perdre dix kilos. Où voyez-vous dix kilos de trop sur moi, je vous le demande ? » Il fit claquer ses mains contre ses flancs en signe d'énergique protestation avant de se remettre en marche. « Nous avons une longue tradition d'extraction des organes internes. Comme vous le savez certainement, les anciens Égyptiens momifiaient non seulement les humains mais aussi une grande variété d'animaux. Ils transformaient la créature vivante en icône, en archétype divin du pouvoir de la vie. »

Suivre le fil des pensées du professeur était déjà, en soi, une tâche astreignante.

« Ces objets bizarroïdes ne se rapportent pas tant à la divinité qu'à la volonté d'affirmer l'autorité du mâle, intervint le Dr Siham dès qu'elle put placer un mot.

— Bien sûr, il s'agit d'une perversion du concept original. La momification était conçue comme une forme d'adoration, le désir de préserver la vie pour l'éternité. En retirant les organes internes, Anubis accomplissait un acte d'amour. »

Si Jehan ne fut pas convaincue par cette affirmation, elle n'en montra rien. Peut-être avait-elle déjà entendu ce discours. Asfour poursuivit : « Ici, d'un autre côté, nous avons un étalage vulgaire de l'arrogance des classes dirigeantes. La gloire dans la vie plutôt que dans la mort. Ce palais nous en apprend beaucoup sur la manière dont ces absolutistes dominent notre histoire. Des hommes qui ne remettaient jamais en cause leur supériorité. En définitive, le prince fut enterré en Suisse. Son mausolée fut démoli, et le marbre utilisé par Gamal Abdel Nasser pour son tombeau personnel. » Le professeur gloussa. « Rien n'a tellement changé. Effacer de l'Histoire l'existence des précédents dirigeants est une sorte de tradition. Les pharaons le faisaient tout le temps.

— Seulement ils ne sont plus momifiés, observa Makana.

— D'aucuns feraient valoir qu'ils le sont déjà mais qu'ils ne le savent pas. » Le professeur Asfour salua son trait d'humour d'un hennissement de cheval. Le Dr Siham eut un sourire figé comme du béton. Tournant à un coin, le professeur ralentit enfin. « Jehan m'a un peu parlé de votre affaire et a aimablement consenti à me laisser examiner les deux corps, même si je considère qu'elle a passablement enfreint le règlement. » Il adressa à la pathologiste un sourire de conspirateur.

« Dans l'intérêt de la science, précisa Jehan en haussant les épaules. Officiellement, je peux faire appel à toute personne susceptible de m'aider à compléter mon rapport.

— Naturellement, et j'en suis honoré », dit le professeur en inclinant le buste.

La conversation menaçait à tout instant de dévier de sa trajectoire.

« Que pouvez-vous nous dire, professeur ? s'enquit Makana.

— Ma foi, je crains qu'il y ait fort peu d'éléments pour établir un lien entre les deux hommes, hormis le fait qu'ils sont manifestement décédés de façon inhabituelle. Ils viennent de deux ethnies différentes. La tête coupée présente sur le front les marques caractéristiques des Mundari, tandis que le jeune garçon était un Dinka de Bor.

— Ces tribus entretiennent-elles des rapports d'hostilité ? »

Le professeur Asfour esquissa un pâle sourire. « Nous nous efforçons, à l'époque actuelle, de ne pas utiliser le mot "tribu", qui évoque des notions impérialistes de supériorité raciale. »

Makana ne jugea pas la précision particulièrement éclairante, mais il estima plus sage de complaire au professeur.

« Les Dinka et les Mundari, alors.

— Ces deux groupes ethniques sont traditionnellement adversaires. Ils occupent le même territoire dans l'État du Jonglei. Les Mundari sont des paysans sédentaires tandis que les Dinka sont des éleveurs de bovins. Cette compétition pour l'utilisation des terres, notamment durant la migration, peut créer des tensions.

— Se pourrait-il que chacune de nos victimes ait été éliminée par l'autre ethnie ?

— C'est possible, bien sûr. Pour les gens mal informés, les problèmes de votre pays se réduisent à une fracture simpliste entre les chrétiens, au Sud, tous unis contre le régime musulman intolérant du Nord. Quatre décennies de guerre civile témoignent de la gravité de ce conflit. Cependant, nous oublions souvent l'existence de profondes scissions au cœur même du Sud.» Le professeur se fit sévère. «Deux mille civils ont péri dans le massacre de Bor en 1991, par exemple, et des centaines de milliers d'autres sont devenus des sans-abri.

— Jugez-vous possible que nous assistions actuellement à un épisode de la guerre entre tribus ?»

Le dernier mot fit tiquer le professeur, mais Makana n'y prêta pas attention. Des gens s'entretuaient. Dans ces conditions, chicaner sur la terminologie était un luxe qu'on ne pouvait pas se permettre.

«C'est concevable. Les individus emportent avec eux leurs traditions et leurs préjugés.

— Le fait qu'ils soient tous ensemble des réfugiés dans un pays étranger ne devrait-il pas les encourager à mettre de côté leurs différences ? intervint le Dr Siham.

— Nous constatons, hélas, qu'il n'en est rien.

— L'un ou l'autre de ces groupes a-t-il une tradition de démembrement rituel ?

— Pas à ma connaissance, non.» Le professeur Asfour marqua une pause. «Écoutez, nous devrions peut-être cesser de les considérer comme représentatifs d'une ethnie particulière. Il vaut mieux les considérer comme des individus, égarés dans une société étrangère qui les méprise. L'élément ethnique n'est sans doute qu'une partie d'un ressentiment plus complexe. Souvent, les jeunes ont une compréhension limitée de leurs propres pratiques et traditions.

— Comment gèrent-ils ce problème ?

— Ils inventent des histoires. Ils improvisent. Remarquez, on pourrait avancer que toutes les traditions sont d'une certaine manière des improvisations, des variations sur ce qui a survécu dans la mémoire collective. Au bout du compte, ils ont grandi ici, dans les taudis de la banlieue du Caire. Ils ne connaissent rien d'autre.

— Mais les anciennes allégeances peuvent quand même s'appliquer ?

— Jusqu'à un certain point, oui, mais elles sont fréquemment adaptées. Quand vous déracinez des membres de ces groupes pour les placer dans un environnement inconnu, hostile, telle cette ville, de nouvelles communautés se forment, pas toujours dans un sens positif.

— Vous parlez de gangs ? »

Le professeur Asfour acquiesça. « Il faut se souvenir que, le plus souvent, ces jeunes gens ont le sentiment de n'avoir aucune attache, aucun endroit à eux. Alors ils tentent de s'approprier ce qu'ils ont. Ils rejettent les valeurs de la société dans laquelle ils se trouvent. Ils inventent leurs propres normes. La clef, c'est l'émancipation. Parfois, cela peut mener au crime. »

Tandis que le professeur et la pathologiste passaient à des sujets de nature plus personnelle, Makana se détourna pour allumer une cigarette.

« Je regrette tellement que vous n'ayez pas pu venir. Le film était excellent. La semaine prochaine, il y a un festival du cinéma au centre culturel français. Voulez-vous que je vous envoie le programme ?

— C'est que… je suis assez occupée en ce moment, comme vous avez pu le voir », dit Jehan.

Si c'était là un prétexte pour se dérober, le professeur le prit avec grâce.

« Je comprends parfaitement. »

De nouveau, il fit une petite courbette, ce qui

semblait approprié au cadre qui les entourait. Puis, se tournant vers Makana, il lui tendit la main. Il devait se sauver.

« Je n'arriverai jamais à maigrir si je ne respecte pas ma routine quotidienne, et alors là je serai prêt pour l'embaumement. » Il hurla de rire et s'éloigna au petit trot dans l'allée, suivi des yeux par les deux autres.

Finalement, Jehan – Makana commençait à penser à elle sous ce nom – suggéra qu'ils se remettent en marche. Des familles affluaient à l'approche de l'heure du déjeuner. Des foules d'enfants, de femmes serrant contre leur poitrine des sacs volumineux contenant suffisamment de provisions pour soutenir une expédition à Xanadu.

« Partons d'ici, dit-elle. Vous avez un peu de temps, n'est-ce pas ? »

Ignorant les chauffeurs de taxi qui leur proposaient en chœur de les emmener où ils le désiraient, ils se dirigèrent tout droit vers le fleuve, affrontant des trottoirs surélevés et des véhicules lancés à toute vitesse avant d'atteindre une baie relativement calme. Le ciel s'était dégagé et un petit vent frisquet balayait la ville, comme pour la nettoyer. Les couronnes des palmiers oscillaient majestueusement au-dessus de leurs têtes tandis que Makana marchait au côté du Dr Siham. Ou de Jehan. Il ne savait plus trop comment s'adresser à elle. L'appeler par son prénom semblait d'une extravagante familiarité. Si elle éprouvait la même incertitude que lui, la légiste n'en donnait aucune indication. Elle était d'humeur détendue, ses cheveux flottant librement au vent.

« Vous avez une cigarette ? »

Il en avait, naturellement, et quelques minutes se

passèrent à allumer et à savourer le goût amer du tabac. Elle écarta la Cleopatra de ses lèvres en faisant la grimace.

« Comment pouvez-vous fumer ça ?

— On s'y habitue.

— Certes, mais pourquoi s'y habituer ? »

Trop tard, Makana s'aperçut qu'elle souriait. Une pathologiste qui avait de l'humour. Qui l'aurait deviné ? Elle tourna les talons et s'éloigna à longues enjambées décidées, sans l'attendre. Il la rattrapa quand elle s'arrêta pour contempler le Nil, accoudée au parapet.

« J'associe toujours le fleuve à des rêves romantiques. Vous trouvez sans doute cela étrange.

— Pourquoi devrais-je trouver cela étrange ?

— Vous ne m'avez pas l'air d'un homme très porté sur les sentiments. »

Makana avait du mal à comprendre où menait cette conversation. Tournant la tête, elle fixa l'eau d'un air morose.

« Personne n'excelle autant que nous dans l'aveuglement. Nous nous considérons toujours comme le centre du monde arabe, mais en réalité nous avons bien peu d'influence. Le Caire procure un terrain de jeux aux Arabes fortunés, produit des films sans intérêt, bien pâles en comparaison de ce que nous réalisions il y a un demi-siècle. Nous nous targuons d'avoir gagné la guerre du Kippour alors que nous avons failli être anéantis. Nous aimons à penser que nous descendons des pharaons mais, s'ils revenaient aujourd'hui, nous regarderions leur mode de vie d'un œil réprobateur. » Elle tourna le dos au fleuve pour faire face à Makana. « Nous évoluons dans un monde nébuleux de nostalgie et d'espoirs inaccessibles.

— Le professeur semble avoir beaucoup d'affection pour vous. »

Elle lui lança un regard acéré. « Nous sommes collègues, rien de plus.

— Loin de moi l'idée d'insinuer autre chose. »

D'une secousse, elle s'écarta du parapet et se remit en marche. Il la suivit, se demandant s'il l'avait offensée. C'était bizarre, il se faisait l'effet d'être redevenu un étudiant. D'où cela venait-il ?

« Il a une grande culture. Malheureusement, il a aussi des idées assez surannées sur la galanterie.

— Encore un rêveur ?

— On pourrait dire ça. Le malheureux est convaincu d'être amoureux de moi.

— Je conçois que cela puisse compliquer la situation. »

Makana se rappela le gardien, à l'université, lui disant que Jehan avait perdu son mari. Le moment semblait mal choisi pour s'immiscer dans sa vie privée.

« C'est un théoricien, reprit-elle. Pour lui, le monde n'est qu'un moyen de tester ses idées.

— Vous êtes donc un sujet d'étude.

— Par moments, il me donne cette impression. » Elle soupira, le vent ébouriffant ses cheveux. « Il s'est persuadé qu'il existait un lien entre nous. Il a perdu sa femme et moi, mon mari. À ses yeux, cela fait de nous des âmes sœurs, comme Isis et Osiris.

— Je croyais qu'il était anthropologue.

— Pour lui, c'est pareil. Toutes les sociétés y

reviennent : la Bible, l'Ancien Testament, la Torah… Tout prend racine ici, dans l'Égypte ancienne.

— Fascinant, cet homme.

— Il a ses qualités, mais il n'est pas pour moi.

— Mais lui n'est pas de cet avis.

— D'où les invitations à dîner, à aller au cinéma. Tout cela devient très compliqué. »

Makana commençait à penser la même chose. Il toussota et lui proposa une autre cigarette. Cette fois elle refusa, ce qui était dommage. La voir fumer pendant que le vent jouait dans ses cheveux le rendait plus léger, comme si la pesanteur était provisoirement annihilée.

« J'ai du mal à souscrire à cette idée d'une guerre entre gangs rivaux, déclara Makana.

— Les méthodes sont différentes.

— Si ça se trouve, nous regardons quelque chose qui n'existe pas.

— Pour vous, le simple fait que les deux victimes soient de jeunes Soudanais du Sud ne signifie pas forcément qu'il y ait un lien entre elles ? »

Ce fut au tour de Makana de soupirer. Quand on posait le problème en ces termes, il n'y avait pas grand-chose en guise de lien. Qu'est-ce qui lui donnait à penser qu'il existait bel et bien un rapport ?

« Donc, dit-elle, nous devons trouver un élément qui relie les deux corps entre eux ». Cela ressemblait à une concession.

« Est-ce possible, d'un point de vue forensique ?

— Nous n'avons toujours pas reçu les résultats de l'analyse chimique des échantillons de tissus. Peut-être que ça donnera quelque chose. »

C'était un bien frêle fétu de paille auquel se raccrocher. Il vit Jehan le regarder en souriant.

« Quoi ?

— Rien. Je me dis simplement que ce n'est même pas votre enquête, officiellement. En l'occurrence, vous ne travaillez pour le compte de personne. Et vous avez d'autres choses à faire, je suppose. Alors pourquoi continuer ?

— Il faut bien que quelqu'un s'en occupe, vous ne pensez pas ?

— D'accord, mais pourquoi vous ? Pourquoi ce besoin d'aider des gens envers lesquels vous n'avez aucune obligation ? Vous devriez peut-être vous poser la question.

— Je ne suis pas sûr que les réponses me plairaient. »

Ils gardèrent le silence, suivant des yeux le vol d'un ibis qui planait dans le ciel comme une feuille de papier journal. Était-ce lui, Makana, le seul facteur commun entre les deux victimes ? Cette pensée ne l'avançait guère. Jehan lui prit délicatement la cigarette des doigts et en tira une bouffée.

« Vous seriez peut-être surpris », dit-elle.

20

Fantômas attendait sous la statue de Simón Bolívar, à un jet de pierre de la place Tahrir. Quoi de plus approprié, pour un artiste révolutionnaire, que le libérateur de l'Amérique latine ? Avec ses dreadlocks, son T-shirt déchiré et son espèce de combinaison barbouillée de taches de peinture, il ressemblait à un oiseau exotique qui se serait arrêté au cours de sa migration annuelle. Des voitures klaxonnaient en guise de salut et des jeunes garçons accrochés aux portes des bus de guingois hurlaient des railleries qui se perdaient dans le sillage de vapeurs toxiques. Fantômas, pour sa part, n'avait pas l'air concerné : appuyé contre le piédestal du *revolucionario*, il affichait l'expression à la fois absente et distante de l'homme vacciné contre tout ce que cette ville avait à lui balancer. La confiance innée du gars préoccupé par l'ampleur du travail à accomplir et le manque de temps pour le réaliser. Lorsque Makana, telle une apparition, émergea de la foule d'inconnus, Fantômas se redressa, jeta son mégot par terre et, sans un mot, se dirigea vers la file compacte de minibus qui faisaient la navette en se frayant un chemin à coups de klaxon. Les chauffeurs criaient une litanie de destinations, proches mais surtout lointaines, tandis que des hordes de passagers impatients se bousculaient pour avoir des places. Le jeune homme guida Makana vers un minibus d'un violet criard, constellé d'inscriptions jaunes dont l'une disait : *Ces roues sont en feu.* Un autre, baptisé *La Gazelle du Tarmac*, présentait le saupoudrage plus banal d'invocations religieuses destinées à s'assurer la protection d'en haut.

« Je sais que vous circulez habituellement dans votre voiture personnelle », dit Fantômas tandis qu'ils se serraient sur la banquette du fond, à côté d'une femme imposante qui demeura aussi immobile qu'un sphinx rebondi. « J'ai pensé que ça vous donnerait un aperçu de ce que vivent les gens ordinaires. »

Le prix du billet. Makana accepta de bon cœur si cela pouvait faire plaisir à son guide.

« Tu connais bien le père Saturnius ? » demanda-t-il tandis que le véhicule démarrait.

Sa voisine dégageait une odeur âcre, mélange de parfum agressif et de transpiration. Il aurait volontiers fumé pour assainir l'atmosphère.

« Je l'ai rencontré quand je suis arrivé dans cette ville sans savoir où aller, sans argent. J'étais jeune et je n'avais rien. Sans lui, je ne sais pas ce que je serais devenu. »

Ils traversaient laborieusement un pont autoroutier, un mètre après l'autre. Ce n'était pas du parfum qui émanait de sa voisine, décida Makana, mais un insecticide de fabrication industrielle qui lui donnait envie de se gratter. Les fenêtres du minibus étaient soit fermées, soit coincées à mi-hauteur.

« Et l'Américain, le révérend Corbis ?

— C'est un drôle d'oiseau. Sa sœur est un ange. Vraiment. Elle a aidé beaucoup de gens, et elle propose ses services gratuitement.

— Ça fait déjà plusieurs années qu'ils viennent au Caire ?

— Oh ! oui. Qu'est-ce que je peux vous dire ? Ils ont une mission. Dieu leur a confié la tâche de nous sauver. »

Fantômas secoua ses cheveux, moins par nécessité que pour affirmer son style. Les dreadlocks étaient animées d'une vie propre – une oasis de palmiers caoutchouteux. Regarder le jeune homme revenait à essayer de se faire une idée d'un mirage.

Le receveur, penché à la porte, débita à toute vitesse une liste de destinations à une foule indifférente, à un angle d'Héliopolis. Pas de preneurs.

« À croire que ça les tuerait de dire non merci », grommela-t-il. Pour se consoler, il caressa la poignée de billets qu'il serrait dans sa main. « Les mêmes visages tous les jours, jamais un salut. »

Fantômas enchaîna : « Aider les autres est la justification de leur existence.

— Leur programme d'adoption, là, comment fonctionne-t-il ?

— Le projet Homehavens ? » Fantômas leva les yeux au ciel. « Ils ne prennent que les meilleurs. Ils font passer un entretien à tous ceux qu'ils peuvent trouver, toujours la même routine. Des questions, encore des questions. Et puis des tests, encore des tests. À la fin, ils n'en sélectionnent que quelques-uns. Beaucoup trouvent ça frustrant.

— On dirait que tu n'approuves pas, toi non plus.

— C'est très bien de choisir une poignée de jeunes

gens et de leur offrir une nouvelle vie en Amérique, mais ça ne résout rien. Ils sont des milliers à avoir besoin d'aide. Ils veulent tous avoir une chance de prendre un nouveau départ. » Il secoua la tête. « Selon moi, c'est surtout une façon pour les Américains de se donner bonne conscience.

— Ils font ça à quelle fréquence ?

— Deux fois par an.

— Et tu en connais, de ces jeunes gens qui ont commencé une nouvelle vie en Amérique ?

— Sûr. » Fantômas se gratta le crâne d'un air vague, puis hocha la tête à sa manière lente, régulière. « Enfin… on entend parler de certains cas, quoi.

— Je voudrais te demander autre chose. Aljuka et ses gars, là-bas. »

Fantômas regarda par la vitre. « Je pensais bien qu'on en arriverait là.

— Y a-t-il une guerre en cours ? Je veux dire, entre les différentes factions, ou quel que soit le nom qu'on leur donne ?

— Une guerre de gangs ? » Son visage s'allongea. « Vous voulez parler d'une version urbaine des guerres tribales ? »

Penaud, Makana haussa les épaules. « Est-ce donc si tiré par les cheveux ?

— C'est une simple projection. Allons, Aljuka est un soldat. Il a commencé à tuer dès l'âge de neuf ans. Il a quitté à pied le Soudan du Sud. Les Garçons Perdus, on les appelait. Il était à la tête d'un groupe. Certains d'entre eux se sont noyés, d'autres ont été massacrés par des animaux sauvages – lions, pythons, crocodiles. Il a des histoires sidérantes à raconter. Pour finir, il a rejoint le Kenya et l'une de ces chouettes organisations humanitaires. Une chose en entraînant une autre, il a atterri ici.

— C'est un de tes amis ?

— Je l'aime bien, oui. Écoutez, je passe ma vie avec des types qui se donnent le genre artiste. Des gens qui voient dans ma peinture des choses que je n'avais pas forcément l'intention d'y mettre. Ils ont de l'argent pour acheter mes toiles. Qui sait pourquoi ils les veulent ? Peut-être à cause du tableau en lui-même, ou peut-être qu'ils cherchent un peu d'excitation dans leur vie. Je n'en sais rien, je me contente de peindre. Ce que je veux dire, c'est que la plupart des gens que je fréquente sont bidon. Aljuka, lui, est authentique. Il ne déborde pas d'affection pour les Nordistes. Il est capable de blesser ceux qui lui semblent représenter une menace.

— Serait-il capable de décapiter quelqu'un ? »

Fantômas le regarda d'un œil méfiant. « Là, vous déraillez.

— Supposons qu'il se sente menacé. Pourrait-il commettre un acte pareil, pour envoyer un message ?

— Vous parlez de la tête retrouvée dans le fleuve.

— Aljuka ou ses gars pourraient-ils avoir fait ça ?

— Dans quel but ? Ça ne tient pas debout. » Fantômas lâcha un gloussement. « Mais vous pensez peut-être que nous en sommes encore à nous courir après en brandissant des sagaies ? »

Makana décida qu'il avait sans doute épuisé les ressources de cette piste particulière.

La mère d'Estrella vivait dans une seule pièce, un simple recoin isolé par une cloison dans un sous-sol donnant sur une ruelle suffisamment étroite pour arracher les épaules de votre chemise. Aucun des cinq petits enfants qui couraient partout n'était à elle, leur assura-t-elle ; il s'agissait des rejetons de divers parents, voisins, amis, qui gagnaient de l'argent en ville. Âgée d'une bonne trentaine d'années, elle en paraissait vingt de plus. Des mèches grises entortillées s'échappaient de ses tresses et elle avait un air absent qui donnait à penser qu'elle avait du mal à s'en tenir au récit du présent.

« Nous sommes là parce que nous cherchons Estrella, expliqua Fantômas. Personne ne l'a vue.

— C'est une bonne fille », dit-elle en souriant. C'était la troisième ou quatrième fois qu'elle se répétait ; Makana avait renoncé à compter. « Elle travaille dur. Toujours prête à s'occuper des petits. »

Elle sombra dans le silence, fouillant du regard un coin de la pièce où rien ne bougeait. Fantômas s'éclaircit la gorge.

La femme remuait distraitement la mâchoire, comme si elle mastiquait un chewing-gum inexistant.

« Elle ne pose pas de problèmes, Estrella. C'est une bonne fille. Elle reste à l'écart des provocateurs, ça ne l'intéresse pas. Le travail, c'est tout ce qui compte pour elle. Elle prend tout ce qu'elle trouve. »

Autour du cou, elle portait une petite croix argentée semblable à celle que Makana avait vue sur Estrella. Lui demander où était sa fille paraissait un sommet d'absurdité, tant elle-même semblait égarée. Lui demander le jour de la semaine aurait représenté un défi.

« Quand j'étais petite, on m'a emmenée à Cuba. » Les souvenirs lointains lui venaient plus facilement que la réalité présente. « C'est là-bas que j'ai appris l'espagnol. *¿ Sabes ?* C'est de là que ça vient, Estrella. Ça veut dire étoile. Bonne étoile. J'ai toujours trouvé que c'était un beau prénom. À l'époque, on représentait quelque chose. On était orphelins d'une révolution africaine qui n'a jamais eu lieu. »

Elle ne fit aucune mention des hommes de la famille. Frères, maris, pères : tous perdus dans la matrice de transition. Par terre, un matelas était recouvert d'un drap rose. Le plus petit des enfants, un bébé d'environ trois mois, bavouillait dans un sommeil bienheureux, inconscient du monde dans lequel il allait se réveiller. D'un geste absent, la femme chassa les mouches qui tournaient autour de la bouche ouverte du bébé et porta une main à la croix qu'elle portait.

« Estrella a la même, n'est-ce pas ? dit Makana.

— Ça vient d'Éthiopie. C'est elle qui me l'a donnée. Une bonne fille, qui va toujours à l'église.

— Vous avez une idée de l'endroit où elle pourrait être ? »

Une lueur de lucidité brilla dans les yeux de la femme.

« En Amérique. »

Fantômas lança un regard en coin à Makana. « En Amérique ? Qu'est-ce qui vous fait dire ça, la mère ?

— Je le sais. Si elle n'est pas là, c'est parce que son heure est venue. Elle parle toujours de ses chances de partir là-bas. Nous sommes patients. » Sa tête ballottait de haut en bas. « Quand elle sera bien installée, elle nous enverra chercher. Tout ira bien. Je crois que c'est la volonté du Seigneur pour nous. »

Elle glissa une main sous le matelas pour en sortir un fascicule qu'elle passa à Fantômas. Il y jeta un rapide coup d'œil et le tendit à Makana. Une brochure sur le projet Homehavens.

« Sa meilleure amie est déjà là-bas.

— Quelle amie, la mère ?

— Beatrice. Et son frère Jonas. » Elle acquiesça avec conviction. « Ils ont déjà fait le voyage. Maintenant, c'est à Estrella de partir. Ensuite, ce sera le tour des plus jeunes. »

Ses yeux repérèrent Makana, juste à la lisière de son champ de vision. Il y surprit une lueur de méfiance qui l'incita à garder le silence. Depuis le début de la conversation, la mère d'Estrella avait à peine noté sa présence. Maintenant, pour une raison inconnue, elle semblait chercher à attirer son attention. Comment deviner ce qui traversait l'esprit de cette femme ? Il y avait quelque chose qu'elle voulait qu'il entende.

« J'ai prié pour eux, pour les jeunes comme ma fille, qui n'ont connu que les épreuves. J'ai prié pour Beatrice et Jonas, et mes prières ont été exaucées. Et puis j'ai prié pour Estrella, et voilà qu'elle aussi a été acceptée. Alléluia, loué soit le Seigneur !

— N'est-il pas étrange que vous n'ayez pas eu de ses nouvelles ? »

La femme le vrilla du regard. Makana l'Incroyant.

« J'ai prié pour eux et ils ont trouvé la sécurité. Et puis j'ai prié pour ma fille, et Il m'a répondu. Elle prendra contact quand elle le pourra.

— Loué soit le Seigneur. » Fantômas inclina la tête en signe de vénération et Makana se sentit étrangement en décalage, comme toujours quand la religion faisait son entrée en gros sabots.

« Vous n'auriez pas une photographie de votre fille, par hasard ?

— Si, bien sûr. » Elle lui sourit avec chaleur et fouilla sous son oreiller. « Je la garde au chaud ici. » Estrella était vêtue d'une élégante robe blanche. « Elle chante dans la chorale », expliqua sa mère, affichant l'expression lointaine de celle qui n'est plus très sûre de la solidité du sol sous ses pieds.

À présent, Makana et Fantômas rebroussaient chemin vers l'église, longeant d'étroits passages entre les murs crasseux, fissurés, dans l'air chargé d'une odeur de cendre et de bois brûlé. C'était un labyrinthe qui semblait n'obéir à aucune logique. Partout, la puanteur de la décrépitude, de la végétation pourrissante, de la pisse rance. Une mâchoire blanchie, qui aurait pu être celle d'un mouton ou d'un chien, traînait dans la poussière.

« Qui sont cette Beatrice et ce Jonas dont elle a parlé ? s'enquit Makana.

— Des amis d'Estrella. Un frère et une sœur. Je crois que je les connais.

— Comment se fait-il qu'elle ne trouve pas étrange d'être sans nouvelles de sa fille ?

— Les gens s'accrochent à tout espoir qui se présente. Elle veut croire que Dieu est intervenu pour conduire Estrella en Amérique. Il est possible que sa fille ait été embarquée dans une autre sorte d'activité dont elle ne veut rien savoir. Des jeunes qui disparaissent, il y en a tout le temps. Ils se retrouvent esclaves chez de riches familles, ici ou à l'étranger – dans le Golfe, disons. » Fantômas repoussa en arrière ses dreadlocks. « Parfois, il vaut mieux pour une mère rester dans l'ignorance.

— Nous devrions en parler au père Saturnius. »

L'église était le lien entre Estrella et le billet magique

pour se rendre en Amérique. Si Estrella était l'une des bénéficiaires du projet Homehavens, comme l'affirmait sa mère, Makana se demandait pourquoi le prêtre ne l'avait pas mentionné. Peut-être avait-il pensé que c'était sans rapport avec le reste, ou alors ça lui était simplement sorti de la tête.

Ils étaient presque arrivés lorsqu'ils tombèrent sur Aljuka et ses gars. Tous grands et minces, ils se déployèrent à longues enjambées élastiques, se déplaçant avec la gracieuse assurance de prédateurs expérimentés. Aljuka portait un haut de survêtement d'une telle blancheur qu'il semblait phosphorescent. Soit il en avait tout un stock, soit il disposait d'une petite armée pour lui laver son linge.

« Tiens, regardez qui voilà ? » Sur sa poitrine, le lourd crucifix en or oscillait comme un pendule. « Qu'est-ce que vous venez faire ici ? Ce n'est pas votre place.

— On ne cherche pas les ennuis… », commença Fantômas.

Aljuka l'ignora, les yeux rivés sur Makana.

« Celui-là ne m'inspire pas confiance. Il sent le gouvernement à plein nez.

— Il n'est pas du gouvernement. Il est comme nous autres. »

Un rictus féroce crispa le visage d'Aljuka. « Non, il n'est pas comme nous autres.

— Avez-vous une raison particulière de ne pas vouloir que j'enquête sur ces morts ? » demanda Makana.

Pour sa peine, il reçut une forte bourrade dans la poitrine qui le fit tituber jusqu'à ce que ses épaules heurtent le mur.

« Attendez ! » Fantômas voulut s'interposer mais

fut entraîné à l'écart par deux autres gars. Un grand couteau était apparu dans la main d'Aljuka. Il en appuya la pointe contre le mur, suffisamment près de Makana pour que celui-ci sente le froid de l'acier sur son cou.

« Pourquoi faut-il que vous vous intéressiez à nous ? gronda-t-il en approchant son visage.

— Je pensais que vous vous intéresseriez à quelqu'un qui tue des Sudistes – à moins, évidemment, que vous n'ayez quelque chose à y voir. »

La fureur électrisa les traits d'Aljuka. Pas sûr qu'il soit bien raisonnable de provoquer un homme armé d'un couteau, songea Makana.

« Nous sommes capables de veiller sur les nôtres.

— Qui considérez-vous comme les vôtres, exactement ? Les Dinka, les Nuer, les Mundari ? Les protégez-vous tous sans exception, ou seulement les rares élus ? »

Makana observa les visages qui l'entouraient. Ils semblaient tous incroyablement jeunes. Avec un grognement, Aljuka tourna brusquement le couteau. Makana sentit la lame lui entamer la peau.

« Vous êtes loin de chez vous, mon ami. Quand vous partirez d'ici, prenez la résolution de ne pas revenir. La prochaine fois, vous n'aurez peut-être pas autant de chance. »

Makana n'arrivait pas à déterminer s'il était possible, d'une manière ou d'une autre, de toucher Aljuka. Comment fait-on pour amadouer un homme à qui la vie a enseigné que la violence est la seule méthode efficace ? L'un de ses gars s'avança pour lui chuchoter quelque chose à l'oreille. Aljuka acquiesça et recula, laissant retomber sa main qui tenait le couteau. Il lança un dernier regard à Makana, puis sourit.

« Ceux de votre espèce voient en nous des bêtes sauvages qui devraient vivre dans la jungle. Alors regardez bien, parce que maintenant, la jungle, nous vous l'avons apportée. »

Sur ces mots, il tourna les talons et s'éloigna, suivi de ses hommes. Pas mal comme sortie, pensa Makana en se massant le cou.

21

Le père Saturnius dînait, seul, quand on les fit entrer dans son bureau. Il se leva maladroitement, embarrassé, comme s'il était inconvenant pour un prêtre d'être vu en train de manger. Comme si on attendait de lui qu'il consomme uniquement des nourritures spirituelles.

« Les restes de notre repas de Noël, dit-il. Voulez-vous vous joindre à moi ?

— Non merci, mon père », déclina Fantômas, inclinant la tête en un bref salut.

La proposition était un réflexe de politesse qu'aucune des deux parties n'était vraiment encline à prendre au pied de la lettre. Makana aperçut un saladier en émail rempli d'une épaisse sauce rouge d'où émergeait une île de sorgho cuit à la vapeur. Le prêtre jeta sa serviette – une simple feuille de papier journal – sur son repas pour le garder au chaud et conduisit ses visiteurs dans la cour, où il se lava la figure et les mains à un robinet extérieur.

« Que me vaut cet honneur ? » demanda-t-il lorsqu'il eut terminé, passant un doigt mouillé autour de son oreille pour ôter l'excédent d'eau.

Makana lui expliqua qu'ils venaient de rendre visite à la mère d'Estrella.

« Elle a mentionné deux amis de sa fille, Beatrice et Jonas. Je me demande s'il y a un rapport. Elle est persuadée que sa fille projetait de les suivre en Amérique.

— Étrange, murmura le prêtre en fronçant les sourcils. Je ne me rappelle pas avoir vu le nom d'Estrella sur la liste.

— Aurait-elle pu se tromper, mon père ? suggéra Fantômas.

— Cela me paraît probable. On organise toujours une petite fête quand quelqu'un est choisi. Personne n'en fait un secret.

— Et ses deux amis ? s'enquit Makana.

— Eux, oui, sans aucun doute. Beatrice et Jonas étaient des candidats remarquables. » Le visage du père Saturnius rayonnait. « Tous deux excellaient à l'école. Ils étaient bénévoles à l'église. Beatrice apprenait à lire aux plus jeunes. Jonas effectuait des petits travaux : peinture, menuiserie, et même installations électriques. Il n'y avait rien que ce garçon ne sache faire. Et ils ne se plaignaient jamais, ni l'un ni l'autre.

— Y a-t-il une photo d'eux sur le tableau ? »

Le prêtre prit le temps d'aller vérifier mais revint en secouant la tête. « Non. Peut-être dans les dossiers de candidature.

— Une fois qu'ils sont en Amérique, vous n'avez plus de contact avec eux ?

— En effet.

— C'est l'une des règles du projet, je crois, mon père ? » intervint Fantômas.

Le père Saturnius pencha la tête de côté. « Si ce

point vous paraît important, vous aimeriez peut-être en parler avec le révérend Corbis ou sa sœur ? »

Ils longèrent la façade du bâtiment et trouvèrent le Dr Corbis dans son dispensaire. Elle formait un assistant, un grand adolescent aux yeux brillants, à qui elle montrait le fonctionnement de l'appareil servant à stériliser les instruments chirurgicaux. Elle leva la tête à leur entrée et adressa un sourire à Makana.

« Vous revoilà. Cela signifie, je suppose, que vous n'avez pas trouvé ce que vous cherchiez.

— Je n'ai guère de chance, apparemment.

— On espérait tomber sur votre frère, ajouta Fantômas.

— C'est à quel sujet ?

— J'essaie de localiser une jeune fille, expliqua Makana. Je crois qu'elle faisait partie de votre projet Homehavens.

— C'est mon frère, en fait, qui s'occupe de ce programme. » Elle souleva le couvercle de l'appareil, lâchant dans l'air un nuage de vapeur.

« Pourriez-vous juste m'en dire un peu plus sur le processus de sélection ?

— Je peux toujours essayer, répondit-elle en souriant.

— Si j'ai bien compris, tous les candidats sont soumis à des examens médicaux ? »

Le ton de Liz Corbis se fit solennel : « Oh ! oui. Nos contrôles sont extrêmement rigoureux.

— J'en suis sûr. Cela signifie donc que vous avez des dossiers sur chacun d'eux.

— En effet, mais nous ne les gardons pas ici.

— Où, alors ?

— À la clinique ? »

Plus qu'une affirmation, sa réponse ressemblait à une question.

« La clinique ? répéta Makana en désignant la pièce d'un geste large. Je croyais que ce…

— Oh ! non, dit-elle en secouant la tête. Pas ici. Ce dispensaire est très bien, mais les examens dont nous parlons exigent un laboratoire digne de ce nom. L'institut Hesira nous autorise à utiliser ses installations.

— L'institut Hesira ? » Makana se souvint de l'affiche qu'il avait vue sur le mur du cabinet de Munir Abaza.

« C'est un établissement privé, très fermé, qui s'adresse à des patients bien particuliers.

— Je vois. Donc, vous utilisez leurs laboratoires.

— Il s'agit d'une collaboration. » Elle marqua une pause. « Le problème, c'est que ces données sont personnelles, réservées à l'usage exclusif de l'organisation. Nous devons être très stricts dans la manière de traiter ces informations.

— Quelles informations ? » fit une voix derrière eux.

Tournant la tête, ils virent la silhouette massive de Preston Corbis qui bloquait l'embrasure de la porte. Il arborait la même casquette de base-ball ornée du logo *Projet Homehavens* que celle quc portait le prêtre la première fois que Makana l'avait vu. Les bras du crucifix étaient remplacés par des ailes emplumées et le haut de la croix s'ornait d'un sourirc surmonté d'une paire d'yeux. La chemise et le pantalon noirs du pasteur montraient des signes de fatigue, tout comme son visage, qui était empourpré et creusé. Il entra d'une démarche pesante avant de s'adosser au comptoir, les doigts écartés.

« Je vous prie d'excuser ma sœur, qui peut se

montrer un peu trop zélée quand il s'agit de protéger nos angelots – ainsi que nous appelons nos jeunes élus. » Il passa un bras autour des épaules de sa sœur et l'étreignit. « En réalité, nous sommes venus ici pour nous faire des amis et nous sommes désireux d'aider partout où c'est possible. Alors, de quoi s'agit-il ?

— Preston, je te présente M. Makana. Nous l'avons rencontré l'autre jour, tu te souviens ?

— Mais certainement. » La main de Makana fut engloutie par la grande pogne du révérend. « En quoi puis-je vous être utile, monsieur ? »

Le Dr Corbis intervint : « Preston, M. Makana voudrait aider une jeune fille qui, pense-t-il, a pu être candidate à notre programme. Je lui expliquais que les profils que nous dressons sont confidentiels.

— Absolument. C'est obligatoire. Dans la mesure où nos protégés nous confient leurs informations personnelles, nous avons une certaine responsabilité vis-à-vis d'eux.

— Je n'en doute pas une seconde. Ce que je voudrais simplement savoir, c'est si Estrella faisait partie ou non de votre programme, et si elle a récemment fait le voyage à destination des États-Unis.

— Eh bien… même ça, en principe, c'est confidentiel. Les gens ont le droit de changer de vie, de prendre un nouveau départ. C'est la raison d'être de Homehavens. Une renaissance. » Le révérend Corbis regarda autour de lui, l'air radieux. Un homme plein d'assurance. Pour le moment en tout cas, il avait toutes les cartes en main. « Nous croyons qu'il leur revient de décider avec qui ils souhaitent partager cette information.

— Vraiment ? Et cela s'applique-t-il à sa mère ?

— Sa mère ?» Le révérend plissa le front. « Je ne suis pas sûr de…

— Je viens d'aller la voir, dit Makana. Elle est convaincue qu'Estrella est partie pour l'Amérique et elle se fait du souci, ce qu'on peut comprendre. »

Légère exagération. La femme ne lui avait pas semblé extrêmement préoccupée de savoir sur quelle planète se trouvait Estrella – sans même parler du reste.

« Malheureusement, cela ne change rien au principe de base. Nos candidats ont plus de seize ans, ce que nous considérons comme l'âge légal de consentement. C'est à eux de voir ce qu'ils ont envie de dire ou non à leurs proches. »

Un sourire d'excuse errait sur les lèvres du révérend. Il y avait chez lui un côté malicieux. C'était un homme qui aimait bien être au centre de l'attention, celui qui mettait de l'ambiance dans une soirée. Liz Corbis, à côté de son frère, semblait rapetisser.

« Cela étant, je ne crois pas que ce nom me dise quelque chose. » Il lança un coup d'œil à sa sœur, qui acquiesça. Il se retourna vers Makana. « Puisque vous êtes un ami de Joseph, je suppose que vous êtes du côté des bons. Vous pouvez donc certainement comprendre et approuver notre prudence. Nous vivons une époque bien sombre. Nul ne le sait mieux que les garçons et les filles qui viennent chercher refuge dans cette église. » Il s'exprimait avec une sincérité appuyée, une main sur l'épaule du père Saturnius. « Cet homme est un héros. En d'autres temps et d'autres lieux, le président de son pays lui décernerait des médailles.

— Allons, Preston…, protesta le père Saturnius en se tortillant – sans qu'on sache si c'était de plaisir ou d'embarras.

— C'est la vérité, reprit Corbis. Avec son aide, nous avons créé un réseau qui offre à ces jeunes gens un authentique espoir. Une chance de réussir leur vie dans un nouveau pays et… » Il pointa un doigt vers le ciel « … et en faisant cela, nous apportons aussi la joie à de bonnes familles chrétiennes, aux quatre coins des États-Unis, qui prient pour avoir un autre enfant à élever. Tout le monde est gagnant ! »

Il avait raté sa vocation d'animateur de jeux télévisés. Dans un autre cadre, il aurait pu devenir l'un de ces prédicateurs qui annoncent le châtiment divin et qui n'aiment rien tant que de brûler un exemplaire du Coran.

« Estrella avait deux amis, Beatrice et Jonas.

— Eux, ils faisaient sans aucun doute partie du programme », gazouilla le père Saturnius, peut-être encouragé par la confiance manifeste que lui témoignait le révérend. Celui-ci le foudroya du regard.

« Il faudrait que je vérifie dans nos dossiers.

— Peut-être sauraient-ils où se trouve Estrella.

— Vous me permettez de vous demander la raison de votre intérêt ? Vous ne semblez pas avoir pleinement conscience de la résistance à laquelle nous nous heurtons dans ce pays. Les gens ne débordent pas d'enthousiasme à l'idée que des chrétiens s'efforcent d'aider d'autres chrétiens à partir.

— Je le conçois.

— Au moindre faux pas, les autorités seront trop heureuses de nous montrer la porte. Nous ne venons pas ici pour évangéliser, pour convertir ceux qui ont la foi musulmane, mais certains prétendraient que c'est le véritable objectif de notre mission. »

Makana jeta un coup d'œil aux autres. Fantômas

s'était retiré dans un coin et suivait la conversation les yeux baissés. Liz Corbis, elle aussi, se tenait en retrait, silencieuse, attentive. D'un geste machinal, elle enroulait et déroulait un stéthoscope lové autour de sa main tel un aspic. Remarquant que Makana l'observait, elle toussota.

« Preston, je crois que M. Makana ne serait pas ici s'il n'estimait pas urgent de retrouver cette jeune fille. Je pense que nous devrions l'aider.

— Et moi qui te reprochais d'être trop rigide ! » Le révérend Corbis regarda sa sœur, puis afficha un sourire épanoui. « Lizzie se montre invariablement plus avisée que moi, considérez-nous donc à votre service. Venez à l'institut Hesira, nous sortirons tous les dossiers et vous pourrez les consulter tout votre content.

— Je vous en remercie, dit Makana.

— Il faut de la solidarité dans cette vie. Dieu sait que ces gosses n'en ont pas eu leur part.

— Amen, dit le père Saturnius.

— Amen », murmurèrent les autres.

Makana jugea le moment venu de prendre congé.

22

En descendant du taxi, Makana trouva Aziza qui l'attendait sous le grand eucalyptus. Combien de temps était-elle restée assise là ? Impossible à dire. Sans perdre de temps en salutations, elle se mit rapidement en marche à côté de lui. Le portable de Makana affichait un appel manqué d'Okasha. Il appuya sur la touche « rappeler » mais obtint le signal occupé.

« Quand est-ce que vous allez m'acheter un téléphone ?

— Pourquoi en aurais-tu besoin ?

— Pour pouvoir vous joindre quand j'aurai un message urgent. »

Tête baissée, elle cheminait d'un air absorbé. Makana s'arrêta et se tourna vers elle.

« Aurais-tu des ennuis ? »

Elle ouvrit de grands yeux, image même de l'innocence. « Pourquoi supposez-vous tout de suite que ce sont des ennuis et que je ne suis pas capable de les régler toute seule ?

— Alors de quoi s'agit-il ?

— Vous avez un visiteur.

— Cela n'a rien d'inhabituel, Aziza. Ça arrive tout le temps.

— Là, c'est différent.

— En quel sens ?

— Il pleure. » Sa bouche se tordit en une moue réprobatrice. « Je ne sais pas quoi faire avec les hommes qui pleurent. »

Pas très encourageant pour les garçons qui croiseraient son chemin dans le futur. Makana s'arrêta en haut du talus pour contempler, sur le fleuve, l'*awama* dans toute sa vétuste splendeur. Un vestige d'une gloire passée. Un vaisseau fantôme d'une époque oubliée.

« Ça fait combien de temps que tu m'attends ?

— Depuis qu'il est arrivé. »

Le visage d'Aziza commençait à ressembler à celui de sa mère, Oum Ali. Un fugitif instant, Makana imagina les traits marquants de la fille étouffés par le temps, laissant place à une femme lourde, usée par l'âge et désorientée par le monde qui l'entourait. C'était là une pensée déprimante, à ne pas entretenir plus longtemps. Aziza n'était pas sa mère. Elle deviendrait médecin et réaliserait de grandes choses.

« Je l'ai conduit à votre bureau et je lui ai proposé du thé ou du café. Il n'en voulait pas.

— Il ne voulait rien du tout ?

— Il reste juste assis à s'essuyer les yeux. Je suis allée le voir trois fois. À la fin, comme je n'en pouvais plus, je suis montée vous attendre sur la route. Alors, vous voyez que j'ai besoin d'un téléphone ?

— Tu as raison, j'y réfléchirai.

— Vous ne le regretterez pas. Du nouveau concernant la tête que nous avons trouvée ?

— La victime était un Mundari. C'est une tribu du Soudan du Sud. Pas une tribu, rectifia-t-il, un groupe de personnes. Quoi qu'il en soit, c'est tout ce que nous savons pour l'instant.

— C'est triste de finir comme ça, non ? Je veux dire, ça doit être affreux de ne pas avoir toutes les parties de son corps enterrées au même endroit. »

Remarque intéressante. Était-ce une chose dont les morts se préoccupaient ? Dans la mythologie égyptienne, Isis fouillait la terre en long et en large pour rassembler les morceaux épars d'Osiris.

« Il a un nom, ce mystérieux visiteur ?

— M. Hafiz. Vous êtes sérieux, pour le téléphone ?

— Je ne le dirais pas si je ne le pensais pas. » Makana chercha de l'argent dans sa poche et compta quelques billets qu'il lui mit dans la main. « Peux-tu courir voir au kiosque Komombo s'ils ont reçu un fax pour moi ?

— C'est trop pour un fax et pas assez pour un téléphone. »

Makana tira un autre billet de la liasse. « Ça, c'est pour le fax. Le reste est pour toi. Je connais quelqu'un de bon conseil pour le portable.

— D'accord, mais faites attention, parce que certains modèles sont défectueux. Aujourd'hui, les gens vendent n'importe quoi s'ils pensent pouvoir le faire sans risque. Regardez cet idiot qui vend du *taamiya* sous le pont, il a acheté un appareil et il le tient contre son oreille pour faire croire qu'on lui parle alors qu'il entend seulement sa voix à lui, juré ! »

Tandis qu'elle partait de son côté, Makana suivit le sentier qui, au fil des années, avait été aménagé. Il était aujourd'hui plus large, plus stable, et avait hérité de briques par endroits ; ainsi, lorsqu'il pleuvait, on ne risquait pas de glisser et de déraper sur les pentes boueuses pendant qu'on négociait la descente.

Hossam Hafiz bondit sur ses pieds à l'entrée de Makana.

« Vous l'avez retrouvé ?

— Monsieur Hafiz, je vous ai dit que je vous appellerais si j'avais du nouveau.

— Je sais, je sais. Seulement voyez-vous, mon épouse souffre. Elle a toujours été fragile nerveusement. » Ses yeux étaient injectés de sang, son visage bouffi.

« Raison de plus pour que vous restiez à ses côtés. »

Makana vérifia que le radiateur électrique était bien allumé – ce qui était le cas, naturellement. Aziza n'aurait jamais laissé un visiteur dans le froid.

« Je sais. Je voulais juste… » Hafiz s'approcha de la fenêtre pour regarder le fleuve entre les lamelles du store. Il demeura un long moment absorbé dans sa contemplation. « Je me sens tellement impuissant. J'aimerais pouvoir faire quelque chose pour elle, pouvoir lui dire quelque chose, histoire de la réconforter.

— Je comprends. »

Makana ressentit un pincement de culpabilité – mais pas davantage. Quatre jours avaient passé. Cela avait dû paraître long à la famille de Mourad, mais une enquête sur une disparition pouvait durer des semaines.

Hafiz semblait l'avoir à peine entendu. Il avait l'esprit ailleurs.

« C'est difficile à expliquer. Elle souffre tellement… Je ne sais pas ce que c'est, le lien entre une mère et son fils aîné. Elle l'a trop gâté, dorloté, il était toujours dans ses jupes. » Une note d'amertume s'était insinuée dans sa voix. « Elle refusait de le laisser jouer dans la rue avec les autres gamins, de peur qu'il ait un accident. Elle était trop faible avec lui. Au bout du compte, on ne leur rend pas service. »

Makana alluma une Cleopatra et inhala profondément. « Je vous ai demandé si Mourad avait une aventure avec une fille.

— Je m'en souviens. Mais, comme je vous l'ai dit, il n'a jamais parlé de rien.

— Une jeune fille originaire du Soudan du Sud. Il n'a jamais mentionné une certaine Estrella ?

— Pas à ma connaissance, répondit Hafiz d'un air soucieux. Pourquoi fréquenterait-il une fille sans nous en parler ?

— Peut-être craignait-il votre réaction.

— Ça n'a pas de sens. Une Soudanaise du Sud, dites-vous ? Impossible. Où l'aurait-il rencontrée ?

— Il travaillait dans un fast-food.

— Un quoi ? »

Le visage de Hafiz parut vieillir en l'espace d'une seconde, ses sourcils s'affaissant de chaque côté.

« Un endroit où on vend des hamburgers, du poulet frit, ce genre de choses. Les jeunes aiment bien. »

Hafiz était l'image même de la stupéfaction. « Mais je ne comprends pas. Il est censé étudier… S'il a le temps de travailler à côté, il peut nous aider au restaurant.

— C'était peut-être un job qu'il avait besoin de faire pour lui-même. Votre femme pourrait-elle avoir été au courant ?

— Ma femme ? Sans m'en parler, vous voulez dire ? »

Son attitude exprimait une totale incompréhension. Il voyait des complots de tous côtés.

« Il est possible que l'intérêt de Mourad pour cette fille ait été de nature politique.

— Comment ça ?

— Peut-être qu'il essayait de l'aider.

— De quelle manière ? bredouilla Hafiz, de plus en plus perdu.

— C'est ce que j'ignore encore. »

En bas, la cloche sonna. Aziza fut si rapide qu'elle était en haut de la passerelle avant même que les derniers échos du carillon se fussent dissipés.

« Excusez-moi, *ya basha.* » Elle brandit les documents faxés par Shaddad et fit une petite courbette. Hossam Hafiz se prépara à prendre congé. « Je ne vais pas vous retenir plus longtemps, je vois que vous êtes occupé. Avez-vous un élément quelconque à me fournir, de quoi donner un peu d'espoir à mon épouse ?

— Bientôt, j'espère. Croyez-moi, dès que j'aurai une information solide, vous serez le premier prévenu. »

Après le départ du visiteur, Aziza commenta : « Je ne suis pas sûre d'aimer ce monsieur.

— C'est un client, nous ne sommes pas obligés de l'aimer. En plus, ils ne sont pas si nombreux…

— D'accord. Qu'est-ce que c'est ? demanda-t-elle en tendant à Makana la liasse de feuillets.

— Une liste des chauffeurs qui travaillent pour Shaddad. Ils livrent du matériel médical. »

Il se laissa choir dans le grand fauteuil et parcourut

les noms. Mustapha Alwan était le troisième de la liste.

« Ça, c'est un business où on s'en met plein les poches », déclara Aziza. Makana répondit par un grognement. « C'était quand, reprit-elle, la dernière fois que vous avez acheté de l'aspirine ? C'est tellement cher. L'avantage, pour les pharmacies, c'est que les gens sont toujours malades.

— C'est incontestable.

— Ça a un rapport avec le fils de ce monsieur ?

— Non, c'est une autre affaire.

— La tête coupée ? » demanda-t-elle, tout excitée. Elle semblait tirer de sa découverte une fierté de propriétaire.

« Un cadavre a été retrouvé dans une camionnette. »

Aziza émit un sifflement. « Pas étonnant qu'il soit en larmes, le monsieur. »

Makana leva les yeux mais elle avait déjà disparu sur le pont inférieur. La liste des chauffeurs était plus fournie qu'il ne s'y attendait, ce qui semblait indiquer qu'ils ne travaillaient pas tous à plein temps. Cette hypothèse fut corroborée par les dix premiers coups de fil qu'il donna : trois confirmèrent que plusieurs des noms figurant sur la liste n'avaient plus rien à voir avec Shaddad Pharmacies depuis bien des années ; deux autres déclarèrent avoir trouvé un meilleur emploi. Le taux de renouvellement du personnel, chez Shaddad, paraissait élevé, mais peut-être était-ce normal. Plusieurs numéros de téléphone n'étaient plus en service. À l'ère de l'économie de marché, les gens changeaient d'opérateur téléphonique et de numéro aussi souvent que de chemise. Makana rappela Okasha et, cette fois, obtint la sonnerie. Lorsque l'inspecteur répondit, après une longue attente, ce fut d'un ton bref.

« Je tombe à un mauvais moment ? » Makana entendait en bruit de fond un brouhaha de conversations.

« Nous sommes à table, dit Okasha.

— Je peux rappeler plus tard.

— Non, vous ne comprenez pas. Ma belle-famille est là. Attendez, je passe dans la pièce à côté. »

Makana entendit encore des voix et le grésillement d'une main qu'on plaquait sur l'appareil. Puis une porte claqua, instaurant le silence.

« Dieu merci, vous avez appelé, dit Okasha dans un murmure. Ces gens-là me rendent fou. Ma belle-mère et mon beau-frère, flanqué de sa femme et de leurs quatre enfants. C'est insupportable. Ils ne font que parler de nourriture et de leurs malheureux parents agonisants. Je me surprends à prier pour qu'il y ait un assassinat.

— Je suis désolé de vous arracher à votre repas.

— Non, croyez-moi, chaque instant qui m'éloigne d'eux est une bénédiction.

— J'ai sous les yeux une liste des chauffeurs de Shaddad.

— Comment se fait-il que je ne l'aie pas ?

— Il a peut-être pensé que vous aviez des occupations plus importantes.

— Ne commencez pas, sinon je retourne à l'asile de fous d'à côté.

— Je pense que Mustapha Alwan se livrait à une activité pour son compte.

— Qu'est-ce qui vous fait dire ça ?

— D'après cette liste, les chauffeurs sont renouvelés assez fréquemment, mais lui est toujours resté. J'ai le sentiment que Shaddad n'est pas généreux quand il s'agit de rémunérer ses chauffeurs. Ceux qui restent ont donc une bonne raison de le faire. D'autre part, l'appartement d'Alwan m'a paru très bien meublé.

— Peut-être qu'il a un oncle fortuné, avança Okasha, sceptique.

— Possible. » Makana se rappela le regard opaque du garçonnet. « Il a également un fils.

— Ce n'est pas interdit par la loi, que je sache.

— Le garçon a un grave problème de santé. Il n'a pas l'air bien.

— Et en ajoutant tous ces éléments, ça donne quoi ?

— Je ne sais pas trop, mais Alwan se livre à un trafic quelconque, et je pense que le vieux gardien, Abou Gomaa, est dans la combine lui aussi.

— Voilà qui pourrait expliquer l'attitude de Shaddad, dit Okasha. J'ai reçu un coup de fil d'un personnage haut placé, peu importe son nom. Apparemment, notre ami Shaddad n'est pas content de notre enquête ; il croit que nous cherchons à l'impliquer dans je ne sais quoi. Perte de temps, harcèlement, incompétence… tous ces mots-là ont été prononcés.

— Je ne pense pas que Shaddad ait conscience de ce qui se passe. Ce n'est pas l'élève le plus brillant de la classe. Il a hérité de l'entreprise et il a eu de la chance, mais un tas de choses pourraient se dérouler sous son nez sans qu'il soupçonne quoi que ce soit.

— L'ennui, dit Okasha d'un ton amer, c'est qu'on ne va pas tarder à m'ordonner officiellement de laisser tomber l'affaire. Et s'il y a bien une chose que je ne supporte pas, c'est qu'on commence à me dire comment je dois faire mon job. J'ai donc décidé de diligenter un examen forensique complet du sous-sol de Shaddad. Histoire de voir sa tête.

— Ça pourrait bien faire bouger un peu les choses. » Makana se tut, le temps d'allumer une cigarette. « N'avez-vous pas l'impression de prendre cette histoire trop à cœur ?

— Je n'aime pas qu'on essaie de m'apprendre mon boulot. Ils peuvent m'enlever l'affaire pour rendre service à leur ami, mais qu'ils me laissent au moins mener l'enquête comme je l'entends. Sinon, à quoi bon ?

— Votre fierté est blessée.

— Appelez ça comme vous voudrez. Notre pathologiste est sur le pont et amènera une équipe de ses étudiants. Ça nous fera une petite sortie et M. Shaddad s'apercevra qu'on ne passe pas impunément au-dessus de ma tête.

— On dirait que vous allez beaucoup vous amuser.

— C'est bien possible, mais ne croyez pas que vous allez y échapper. Je pense que vous devriez être présent, vous aussi.

— Vous oubliez un détail : je ne travaille pas pour vous.

— Si vous travailliez pour moi, je ne prendrais même pas la peine de vous expliquer pourquoi il faut que vous soyez là. »

23

Le lendemain matin, Makana avait d'autres préoccupations que le sous-sol de Shaddad. Il pensait à Mourad et se demandait où il était. La visite de Hafiz, la veille au soir, lui avait rappelé le coût affectif de l'absence du jeune homme. La perquisition du garage venait parasiter son enquête, ce qui expliquait peut-être son humeur pensive tandis que Sindbad roulait sur la route à quatre voies de la Dowal al-Arabiya. Tout semblait se liguer pour détourner Makana de la recherche de Mourad. Au fond de lui-même, il avait l'intuition que celle-ci ne se terminerait pas bien pour la famille Hafiz. L'image d'Ihab, l'ami de Mourad, renversant allègrement tables et chaises après leur rencontre au café lui revint en mémoire. Makana était convaincu qu'Ihab en savait davantage qu'il ne l'avait dit. Il protégeait Mourad, et sans doute savait-il où était son ami. Que tramaient-ils donc, tous les trois ? C'était ça le plus intrigant. Quelle était cette révolution qui les séduisait tant ? Quelle forme revêtait leur rébellion ? Makana doutait fort qu'une expédition d'experts scientifiques dans le sous-sol de Shaddad puisse l'aider à trouver les réponses.

Ils avaient atteint le rond-point, près de la mosquée Mustapha Mahmoud, quand une échauffourée de l'autre côté de la rue arracha brutalement Makana à ses pensées.

« Refaites le tour », dit-il à Sindbad.

En quelques jours, le camp de réfugiés s'était agrandi et la présence policière s'était renforcée en proportion. À l'autre bout de la place s'étirait une rangée de véhicules de police, pare-chocs contre pare-chocs, parmi lesquels un certain nombre de fourgons cellulaires bleus aux flancs hauts. Des conscrits munis de longues matraques et de boucliers antiémeutes étaient plantés là, l'air de s'ennuyer, tels des acteurs attendant leur tour d'entrer en scène. Makana repéra un groupe d'officiers portant l'uniforme noir des forces de la Sécurité centrale. Il reconnut l'un d'entre eux. Puis Sindbad braqua le volant et la Datsun fit une embardée alarmante avant de prendre un virage à la corde pour s'engouffrer dans la rue de Syrie.

« J'aurai une mission à vous confier une fois que vous m'aurez déposé, dit Makana.

— À votre service. »

Le chauffeur s'exprimait parfois comme un élève officier cherchant à impressionner son supérieur, mais Makana n'avait pas à se plaindre : il savait que jamais il ne trouverait quelqu'un d'aussi dévoué – ni même moitié moins – que Sindbad. Il lui expliqua qui était Ihab, l'ami de Mourad, et ce qu'il aurait à faire.

« Il faudra vous montrer discret. Suivez-le sans qu'il vous voie et notez où il va.

— Une filature ? » Sindbad bomba le torse, tout pénétré de sa responsabilité. « Pas de problème, *ya basha.* »

L'ennui, avec Sindbad, c'est qu'on devait lui donner des directives très précises pour toute tâche qu'on lui confiait. Lui laisser la moindre marge d'improvisation revenait à chercher les embêtements.

« Je veux que vous découvriez où il va, avec qui, ce qu'il fait. Le maximum d'informations. Vous avez le carnet et le stylo que je vous ai fournis ? »

Sindbad tapota le tableau de bord. Les deux objets étaient rangés en sûreté sous la peau de zèbre acrylique qui le recouvrait.

« Bien. Donc, vous notez les moindres détails. Les adresses. Tout ce qui peut être important.

— *Hadir, ya basha.* »

Le Dr Siham avait aligné son équipe dans la rue, devant les locaux de Shaddad Pharmacies. Ils étaient une douzaine, tout excités par cette sortie, revêtus de combinaisons bleu clair en nylon avec des capuches et des gants. Des badauds amusés observaient le spectacle ; ils n'avaient rien vu de si drôle depuis des années. Le Dr Siham – Jehan – accorda à peine un regard à Makana avant de descendre la rampe du parking, suivie de son équipe.

« Elle n'est pas d'excellente humeur aujourd'hui, murmura Okasha en s'approchant.

— Pourquoi ? Que s'est-il passé ?

— Ma faute, je suppose. Quand nous sommes arrivés, j'ai dit à Shaddad qu'il s'agissait d'un simple exercice d'entraînement. » Okasha renifla. « Elle n'a pas apprécié.

— Et pourquoi avez-vous fait ça ?

— J'ai eu la trouille, dit Okasha d'un air peiné. Supposez que tout ce déploiement ne donne aucun résultat ?

— Le Dr Siham est la responsable du service forensique.

— Bien sûr, vous avez raison. Mais c'est facile à dire pour vous, vous n'avez de comptes à rendre à personne.

— Vous êtes l'enquêteur principal, vous n'avez peut-être pas besoin de justifier vos décisions.

— Je sais. » Okasha écarta le sujet en battant l'air de sa grande main. « Quoi qu'il en soit, je dois y retourner pour essayer de faire la paix avec Shaddad. Vous voulez venir ?

— C'est une bonne idée, vous croyez ?

— Il a l'air de vous apprécier. » Okasha poussa un gros soupir. « Il n'arrête pas de demander où est l'autre inspecteur. Il ne se rappelle même pas votre nom. »

Du coin de l'œil, Makana aperçut une Mazda jaune sale garée à l'extrémité de la rue transversale. Deux hommes étaient adossés à la carrosserie. Il retint Okasha.

« Savez-vous qui sont ces deux-là ? »

Okasha regarda par-dessus son épaule. « Oui, je les ai déjà vus. Ils appartiennent à la section de Gizeh. Je me demande ce qu'ils fabriquent ici. Comment vous les connaissez ?

— Je les ai rencontrés dans le coin. »

Makana se demanda s'il existait un lien entre l'intérêt qu'ils portaient à l'église d'Arba Wa Nus et leur présence devant le garage de Shaddad. Peut-être avaient-ils simplement entendu dire que quelque chose de distrayant se préparait ?

Makana suivit Okasha jusqu'à la pharmacie, dans le hall du bâtiment. Omar Shaddad, en blouse blanche, consultait un listing en compagnie d'une femme pareillement vêtue et coiffée d'un foulard. Il leva la tête et ôta ses lunettes.

« Le voilà, dit-il. Si vous pouvez me rappeler votre nom…

— Makana.

— C'est ça. Je savais que c'était un nom bizarre. Bon, écoutez, je ne sais pas lequel de vous deux est le supérieur de l'autre et je m'en moque, mais vous devriez accorder un peu mieux vos violons.

— Permettez-moi de préciser que M. Makana est ici en qualité d'enquêteur indépendant.

— Indépendant ? Vous voulez dire qu'il n'est pas officier de police ? »

Okasha renifla et secoua la tête d'un air d'excuse. « Il nous a aidés en plusieurs occasions, sur des affaires de grande importance.

— Depuis quand la police a-t-elle besoin d'engager des enquêteurs appartenant au secteur privé ?

— Oh, nous consultons souvent des spécialistes. Cela permet de corroborer nos conclusions. »

Okasha s'empêtrait dans ses explications. Il toussa, puis sombra dans le silence. Omar Shaddad se tourna vers Makana.

« Et vous m'avez laissé croire que vous étiez un officier de police.

— Simple malentendu, je vous assure.

— Peut-être pourrez-vous me dire en quoi cette affaire vous concerne ?

— Le déroulement d'une enquête est parfois difficile à saisir pour le profane », intervint maladroitement Okasha.

Shaddad lui lança un regard méfiant.

« Je ne comprends toujours pas ce qui vous amène à fouiller mon garage.

— Comme j'ai tenté de vous l'expliquer au téléphone, cet exercice nous fournit l'occasion de montrer à des stagiaires comment conduire une perquisition forensique dans les règles. Le Dr Siham est la responsable du service de médecine légale. Elle donne également des cours à l'université.

— Je vois. Et vous croyez que vous allez trouver des indices qui relient ce mort mystérieux à mon garage ?

— Il faut aborder ces questions-là l'esprit ouvert.

— Sait-on seulement si l'individu qui conduisait la camionnette travaillait pour moi ? » Le regard de Shaddad rebondit de l'un à l'autre avant de se fixer sur Makana. Il sentait apparemment qu'il obtiendrait davantage de réponses de ce côté-là, expert consultant ou pas. « Il n'existe certainement aucune preuve qu'ils transportaient mes commandes au moment de l'accident ?

— Le chauffeur porté disparu est un de vos employés : Mustapha Alwan. Vous le connaissez bien ?

— Vaguement, sans plus. Enfin, je les connais tous plus ou moins. » Shaddad lâcha un long soupir. « En fait, je ne sais rien sur lui.

— Est-il possible qu'Alwan ait utilisé vos véhicules à des fins personnelles ? »

Shaddad regarda Makana avec des yeux ronds. « Dans quel but ?

— Je l'ignore. À vous de me le dire.

— Vous pensez qu'il vendait des marchandises pour son compte ?

— Cela vous paraît-il plausible ?

— Non, bien sûr que non. Nous contrôlons tout. »

Shaddad surprit la moue sceptique d'Okasha. « D'accord, je l'admets, certaines de nos méthodes laissent peut-être à désirer, mais dans l'ensemble le système fonctionne.

— Il ne nous reste qu'à vous croire sur parole, dit Okasha.

— Si vous préférez, inspecteur, je peux appeler certains de mes amis au ministère de l'Intérieur ?

— Ce ne sera pas nécessaire. »

Okasha renifla et regarda Makana, renvoyant la balle dans son camp.

« La femme d'Alwan soutient que le mort retrouvé dans le véhicule n'est pas son mari. Il est très possible que quelqu'un d'autre ait été au volant. Le chauffeur demeure non identifié.

— Par conséquent, vous n'avez rien pour associer nos chauffeurs à ce véhicule et au cadavre que vous avez découvert ?

— C'est exact, reconnut Okasha.

— Voilà donc de quoi il s'agit ? De trouver un indice pour établir un lien entre moi et ce mort ?

— La camionnette constitue un lien », observa Makana.

Shaddad perdait patience. « Écoutez, inspecteur, vous me nettoierez ce désordre le plus vite possible. Le bon fonctionnement de mon entreprise ne peut pas être perturbé par des gens qui fouillent mon garage à la recherche d'on ne sait trop quoi.

— L'équipe est dirigée par le Dr Siham, l'une des plus éminentes enquêtrices scientifiques de notre pays.

— Je m'en moque ! fulmina Shaddad. J'exige qu'on en finisse. Que vont dire les gens ? Imaginez les conséquences sur ma réputation, mon commerce…

— Rassurez-vous, nous aurons libéré les lieux en moins de temps qu'il n'en faut pour le dire.

— Oui, oui, vous avez intérêt. » Sur ces mots, Shaddad s'éloigna au pas de charge.

Vu de la rampe, le sous-sol faisait penser à une production théâtrale extravagante. Des silhouettes allaient et venaient dans leurs combinaisons bleues jetables. Avec leurs grosses lunettes de protection et leurs capuches, elles auraient aussi bien pu jouer du saxophone ou jongler avec des ananas sans avoir l'air plus ridicule. La perquisition revêtait un air festif. Les conversations allaient bon train. Pour les étudiants, c'était une journée de vacances, presque un pique-nique. Ils demandaient des conseils et en recevaient. Ils échangeaient des remarques humoristiques, étouffées par les masques chirurgicaux qu'ils portaient.

« Ils se paient du bon temps, maugréa un policier aux cheveux gris posté sur la rampe.

— C'était le seul moyen d'y arriver, marmonna Okasha. La victime est un garçon anonyme. Qui s'en soucie ? Je n'aurais jamais obtenu l'autorisation de pratiquer une expertise forensique en règle, Shaddad a trop de relations. Où allez-vous, Makana ?

— Je ne suis pas d'une grande aide ici. Je vais essayer de rencontrer deux des autres chauffeurs. »

Comme il se détournait, il crut entendre quelqu'un crier son nom, en bas, et il vit une silhouette informe, vêtue de nylon, dans laquelle il reconnut le Dr Siham. Les deux hommes descendirent la rampe pour la rejoindre.

« Vous avez déjà trouvé quelque chose ? s'enquit Okasha.

— Mettez les mains dans vos poches. »

D'un geste, elle indiqua la petite pièce de rangement, au fond du sous-sol, où on gardait les clefs. Les étudiants étaient en rang d'un côté, style comité d'accueil. Les murs du local étaient nus.

« Fermez la porte derrière vous. »

Les mains fermement enfoncées dans ses poches, Makana repoussa le panneau avec son pied, de façon à ne rien toucher. Il ne voulait pas être celui qui contaminerait la scène de crime – surtout une scène de crime sous le contrôle de cette pathologiste particulière. Quasiment aucune lumière ne filtrait dans le réduit. Une lampe torche UV s'alluma avec un déclic. Jehan la tint en hauteur pour permettre aux deux hommes de bien voir ce qu'elle leur montrait : une empreinte de main sur le mur.

« C'est du sang ?

— On a essayé de l'effacer. » Elle déplaça le faisceau lumineux vers la gauche. « Il y en a une autre ici, moins nette. »

Tous trois fixèrent les traces en silence. Makana parcourut du regard le petit espace.

« Quelqu'un a été séquestré ici.

— Peut-être plus d'un prisonnier. » Jehan pointa la torche vers le haut du mur, où on distinguait une trappe. « L'un d'eux aurait-il aidé l'autre à grimper jusque-là ? Il faudrait découvrir où mène ce conduit. »

Okasha jura à mi-voix. Il lança des ordres et, quelques minutes plus tard, deux policiers en uniforme revinrent avec une échelle. Les consignes interdisant de toucher à quoi que ce soit furent aussitôt jetées aux orties. L'un des agents grimpa et disparut par la trappe tandis que les autres attendaient. Le Dr Siham exprima tout haut les pensées d'Okasha :

« Maintenant, vous allez devoir demander un mandat de perquisition. »

Okasha maugréa quelque chose d'inintelligible, puis reporta son courroux sur le policier perché au-dessus d'eux.

« Vous redescendez, ou vous avez décidé de prendre racine là-haut ? »

L'homme réapparut, son uniforme couvert de poussière grisâtre et de fientes de pigeons.

« C'est une sorte de conduit d'aération. Apparemment, il donne sur la rue.

— Satisfait ? » lança Okasha à Makana.

Et, pivotant sur ses talons, il sortit en trombe.

« Il s'en prend toujours à vous comme ça ? demanda Jehan en baissant son masque.

— Uniquement quand les choses ne vont pas dans son sens, répondit Makana. Existe-t-il un moyen de vérifier si cette empreinte appartient à notre cadavre ?

— Le corps ne présentait pas de blessure, aucune plaie ouverte. Ce sang-là provient de quelqu'un d'autre. » Elle regarda Makana avant de formuler à haute voix leur commune pensée. « Je peux comparer l'ADN avec celui de la tête coupée. Voir s'il y a correspondance.

— Cela établirait un lien entre les deux cas, dit Makana.

— Oh, mais nous en avons déjà un.

— Vraiment ?

— Désolée, je comptais vous le dire, mais avec tout ce remue-ménage… » De la tête, Jehan indiqua les étudiants curieux massés à l'extérieur de la porte. « Les résultats des tests du labo sont arrivés. On a relevé chez les deux victimes des traces de thiopental sodique.

— Qu'est-ce que c'est ?

— Un barbiturique à action rapide utilisé pour les interventions chirurgicales. D'habitude, on l'administre avant une anesthésie générale. Une injection rendra le patient inconscient en trente secondes. Il est sans doute mieux connu en tant que sérum de vérité.

— Et vous en avez trouvé des traces dans la tête tranchée ?

— La drogue se dépose dans les tissus adipeux. J'en ai trouvé une infime quantité dans l'arrière du cou.

— Pourquoi injecter un tranquillisant à quelqu'un qu'on va décapiter ?

— Peut-être par délicatesse. À petite dose, ça affaiblit la volonté, ça désinhibe ; mais, à plus forte dose, ça vous assomme pour le compte. »

Maintenant qu'il existait un lien entre les victimes, Makana se demandait ce que celles-ci avaient bien pu avoir d'autre en commun.

24

De tous les chauffeurs que Makana avait joints au téléphone, un seul avait paru un tant soit peu disposé à lui parler. Il s'appelait Abdou et on pouvait le trouver pratiquement tous les matins, entre dix et onze heures, Chez Zouzou, un troquet à l'ancienne situé rue Ahmed-Orabi, où il prenait son petit déjeuner. Pour confirmer la présence de l'individu, un véhicule de Shaddad Pharmacies était garé juste devant. L'intérieur était morne et peu engageant : murs couleur fumée sale, air rempli de vapeurs de butane provenant d'un radiateur bas qui sifflait au centre de la salle. Malgré cela, Chez Zouzou jouissait manifestement d'une réputation bien établie, car le bar était encombré d'employés de bureau, de fonctionnaires, de coursiers, de vendeurs, mêlés à des chauffeurs de taxi, des travailleurs occasionnels, des portiers et tutti quanti, qui attaquaient avec appétit des plats généreusement garnis. Un grand gaillard, appuyé au comptoir, faisait des additions sur une feuille de journal constellée de taches d'huile. Quand Makana demanda Abdou, l'homme haussa la voix sans même lever les yeux : « Abdou, quelqu'un pour toi ! »

Un individu mince, assis dans le coin, répondit sur le même ton : « Qui le demande ?

— Nous avons parlé au téléphone », dit Makana.

Pas la meilleure façon de se présenter. Les cinq clients installés autour de la table, jonchée d'assiettes sales et de morceaux de pain pita, observèrent Makana avec un mélange de curiosité et de mépris. Assis dos au mur, un homme obèse dont le cou semblait avoir disparu dans le col de sa chemise à carreaux fumait une chicha en se curant les dents.

« C'était vous ? Eh bien me voici, qu'est-ce que vous voulez ? » Abdou donna un coup de pied dans la chaise voisine de la sienne. Le type au long visage mélancolique qui l'occupait sursauta. « Où sont tes manières ? Laisse ta place au monsieur. »

À contrecœur, l'autre se leva et s'écarta. Makana resta debout.

« C'est au sujet de Mustapha Alwan.

— Mais encore ?

— Eh bien… je voulais lui parler de quelque chose.

— Parler business, vous voulez dire ? » Abdou avait les yeux injectés de sang et s'exprimait d'une voix particulièrement forte.

« Vous m'avez dit au téléphone que vous pourriez m'aider. C'est un ami à vous, si j'ai bien compris.

— Je le connais. » Abdou leva la tête de sa pipe à eau, les yeux étrécis à cause de la fumée. « On le connaît tous.

— Alors, l'avez-vous vu récemment ?

— Pas depuis plusieurs jours, non.

— Pas depuis l'accident », ajouta quelqu'un.

Abdou s'adressa à Makana par-dessus les têtes de ses compagnons. « Vous êtes au courant de l'accident ?

— Je me suis entretenu avec sa femme, dit Makana.

— Laquelle ? demanda un troisième client avant d'éclater de rire.

— Il en a donc plus d'une ? » Makana se rappela la réflexion que lui avait faite l'épouse d'Alwan. Avait-elle eu des soupçons de ce genre ?

Abdou, le héros du jour, souffla au plafond une longue spirale de fumée.

« Mustapha est un homme du monde, si vous voyez ce que je veux dire. Il a des femmes planquées un peu partout. »

Le type au long visage qui avait cédé sa chaise se tenait légèrement en retrait. Il avait un air de chien battu et des cheveux brillantinés, coiffés en arrière. Il ne se joignit pas aux rires et ne quitta pas des yeux un seul instant le visage de Makana.

« Donc, personne ne l'a vu depuis l'accident ?

— Ce n'est peut-être pas le business qui vous amène, dit Abdou d'un ton rêveur. Il s'agit de sa femme ? Je peux comprendre votre sollicitude. Elle est mignonne. » Il médita un moment. « Il va falloir que quelqu'un s'occupe d'elle, je suppose, si Mustapha ne revient pas.

— Elle a deux enfants, observa l'un des autres.

— D'accord, mais une femme a des besoins, comme nous tous. » Il accueillit d'un sourire épanoui le chœur de gloussements. « À mon avis, elle pourrait facilement en porter encore deux, voire trois. »

Tous se tenaient les côtes. Le seul à ne pas s'esclaffer était le type au visage austère, en face, qui fixait toujours Makana sans ciller.

« Vous avez dit que c'était quoi, votre business avec Mustapha ? demanda Abdou.

— Je ne l'ai pas dit», répliqua Makana.

Abdou se leva et ses compagnons, d'un même mouvement, l'imitèrent. Makana comprit qu'il ne tirerait plus rien d'eux. Il fut donc surpris, en sortant, de trouver le type à l'air de chien battu qui l'attendait au coin de la rue, les épaules voûtées. Il avait un aspect malingre, affamé. Lorsque Makana passa devant lui, il murmura sans lever la tête : «Ne vous arrêtez pas. Prenez à droite.»

De la rue principale partait une étroite ruelle, jonchée de couvercles de bidons d'huile et de cartons aplatis vantant les pommes Snowy Mountain et les oranges Varentia. La flamme d'une allumette éclaira le visage émacié de l'homme qui tira sur sa cigarette, les joues creusées.

«Ça vous intéresse de faire du business?

— Ça m'intéressait de faire du business avec Mustapha Alwan.

— Ma foi, il n'est pas dans le coin pour l'instant et ça risque de durer un moment.

— Qu'est-ce que vous me dites, là, au juste?» Makana se demandait ce qu'on lui proposait.

«Je dis que le business continue, même sans Mustapha.

— D'accord, qu'avez-vous à m'offrir?

— Tout ce que vous voulez. Le stock est exactement le même. Si Mustapha pouvait vous le procurer, moi aussi.

— Quels tarifs pratiquez-vous?

— L'arrangement que vous aviez avec Mustapha devrait convenir.» Il eut un grand sourire qui découvrit une rangée de dents pointues, jaunies. «Je ne suis pas gourmand.

— Du thiopental sodique, c'est possible ? »

L'autre se raidit. « Pourquoi vous voudriez ça ? La plupart des clients cherchent du Viagra, du Prozac, de la codéine… Les pilules pour maigrir ont le vent en poupe.

— Mustapha faisait de bonnes affaires avec ce petit commerce. Son appartement est joliment meublé.

— Il ne laissait pas facilement entrer les gens. Maintenant qu'il n'est plus là, ça ne devrait pas poser de problème. Écoutez, on peut négocier les prix si c'est ça qui vous tracasse.

— Je suis juste un peu nerveux. Tout ce qui se passe, là, après l'accident…

— Normal, dit l'homme en aspirant la fumée à pleins poumons.

— Qu'est-ce qu'ils faisaient, sur cette route ?

— Allez savoir ! Mustapha trempait dans toutes sortes de combines.

— Vous voulez dire qu'il était dans la camionnette ?

— Naturellement.

— Mais alors, où est-il maintenant ?

— Alors là… » L'homme haussa les épaules. S'il le savait, il ne le dirait pas. « S'il est malin, il attendra que les choses se tassent.

— Ça me rassurerait de pouvoir en discuter avec lui. »

Un rire dur lui répondit. « N'y comptez pas. Je vous le répète, vous n'avez pas besoin de lui. Je peux vous procurer tout ce dont vous avez besoin.

— Il faut que j'y réfléchisse.

— Comme vous voudrez. Vous savez ce qu'ils ont retrouvé dans la fourgonnette ? Un cadavre. Mustapha, on va pas le revoir avant un bout de temps. » Il regarda des deux côtés de la ruelle, subitement inquiet d'être là. « Écoutez, si vous voulez me joindre, appelez ce numéro. Sinon, ne revenez pas ici en personne. C'était stupide.

— D'accord. Je comprends. » Makana prit le bout de papier. « Dites, il y a une chose qui m'intrigue.

— Quoi donc ?

— Son fils, qu'est-ce qu'il a ?

— Son fils ? Qu'est-ce que vous voulez que j'en sache ? » L'homme s'éloignait déjà à reculons. Il n'aimait pas les questions.

« Je m'interrogeais simplement. Il paraît qu'il est malade.

— La famille d'un homme, ça ne regarde que lui.

— C'est curieux, j'ai l'impression que vous n'aimez pas beaucoup Mustapha.

— Il est arrogant, se croit plus intelligent que les autres. » Le dealer s'attarda quelques instants. « Le petit est malade, une malformation de naissance. Il aurait besoin d'une opération.

— De quel genre ?

— Un truc très important, peut-être le cœur. Je ne me rappelle pas. Tout ce dont je me souviens, c'est que Mustapha avait trouvé une clinique qui était prête à intervenir dès qu'il aurait l'argent. C'est ce qu'il a toujours dit. Son fils passait avant tout.

— Vous vous rappelez le nom de cette clinique ?

— Oui, un nom bizarre… Hazara, Hashara ?

— Hesira ?

— Ouais, acquiesça l'homme, content de lui. C'est bien ça. »

25

Le restaurant Aswani offrait un aspect désolé à cette heure creuse de l'après-midi. Les gens étaient encore au travail. Ils arriveraient plus tard, lorsque les boutiques commenceraient à fermer et que l'animation diminuerait progressivement à l'approche de la prière du soir. Pour l'instant, la salle était morne et sombre. Pour faire des économies, on n'avait pas encore allumé les lumières.

« Vous avez amené votre ami extrémiste, à ce que je vois », maugréa Aswani en s'approchant. Le corpulent cuisinier tiraillait d'une main les extrémités cirées de sa longue moustache, fixant sur Sami un œil féroce. « Je ne sais pas comment ça se fait, mais quand je vois votre nom dans le journal, je sais qu'il va y avoir des ennuis.

— Le problème avec vous, l'ancien, c'est que vous ne serez pas satisfait tant que les Ottomans ne seront pas revenus diriger ce pays.

— Qu'est-ce que vous reprochez à notre gouvernement ? Même Laura Bush, l'épouse du président américain, dit que nous avons la démocratie. Moi, ça me suffit. De quoi vous plaignez-vous ?

— Comment appelez-vous une victoire à quatre-vingt-huit pour cent des votes ? Un miracle ? Un cadeau des dieux ? » Sami secouait la tête. « Ce que vous appelez la démocratie est une farce.

— Tâchez de le raisonner un peu, voulez-vous ? » implora Aswani à l'adresse de Makana. Depuis des années que celui-ci fréquentait ce restaurant, il y avait toujours eu des tensions entre le cuisinier et le journaliste. Ces deux-là semblaient mutuellement se hérisser le poil, ce qui rendait le conflit insoluble. « Tout ce que je sais, c'est que si on libéralise le pays, on se retrouvera tous à porter la barbe et à couper les mains des gens. Vous êtes bien placé pour le savoir, vous. Expliquez-lui ce que c'est d'être gouverné par des fanatiques.

— Je préférerais déjeuner, si cela vous convient à tous les deux. »

Makana jeta un regard d'envie en direction du grill, derrière le comptoir, où l'un des aides-cuisiniers alimentait le feu. Mais Aswani ne comptait pas se laisser bousculer.

« Ce que je dis, c'est que quand on commence à vouloir tout chambarder, on ne sait jamais où ça s'arrêtera.

— C'est exactement le genre d'attitude qui nous empêche d'avancer, lança Sami au dos d'Aswani qui repartait.

— C'est ce que pense la majorité des citoyens.

— C'est ce que le gouvernement veut que vous pensiez. Nous ou le chaos. Le président et ses chacals ont ligoté la nation comme un mouton bien gras qui attend le couteau du boucher. Tout le monde vit dans la peur : les complots de l'étranger, les agents israéliens qui empoisonnent l'eau – et, par-dessus tout, nos frères barbus. »

Sami s'amusait trop. Makana jugea le moment venu de changer de sujet.

« Où en es-tu avec l'ordinateur de Mourad ?

— C'est intéressant. J'ignore à quelle activité se livrait ce garçon, mais ce n'était pas l'urbanisme.

— Tu as découvert quelque chose ?

— On peut le dire. » Sami souleva le couvercle et fit pivoter l'écran vers Makana pour lui permettre de voir. « Comme je te l'ai expliqué, il est dans un truc très spécialisé, les chatrooms du Web. Relativement peu de gens y ont accès, et je subodore que notre légendaire sécurité d'État serait incapable de s'y frayer un chemin, même avec un marteau de forgeron.

— Ce qui signifie que lui et ses amis pouvaient communiquer en toute tranquillité, sans que personne ne sache ce qu'ils mijotaient ?

— Exactement, approuva Sami. Quand on s'y connaît, il y a des failles dans Internet, des recoins sombres qui sont encore plus sûrs que de parler au téléphone. Les portables sont particulièrement vulnérables aux écoutes. On peut entendre ce que tu dis, repérer exactement où tu es, écouter les messages. »

Makana observa l'appareil posé sur la table avec plus de mépris que d'ordinaire.

« Mourad n'a pas répondu aux appels depuis sa disparition.

— Cela donne à penser qu'il se cache. S'il est malin, il se procurera un autre portable intraçable qui n'a aucun lien avec lui.

— Ces forums de discussion, ou je ne sais comment tu les appelles, ces chatrooms ? Y a-t-il un signe indiquant que Mourad y serait allé au cours de la semaine dernière ? »

Sami fit la grimace. « Eh bien, c'est ça le hic. Ces gars-là ne signent pas de leur véritable nom. Ils utilisent des pseudos. Par exemple, nous avons… » Il s'interrompit pour scruter l'écran. « Docteur Octavius. Clark Kent. Pecos Bill…

— J'ai vu ces noms sur les messages que tu m'as imprimés.

— Ils semblent avoir un faible pour les personnages de B.D.

— Tu as mentionné un autre nom la dernière fois… Lassie quelque-chose ?

— Antonio Lasciac. Pas un personnage de *comics*, mais un authentique architecte italien qui a vécu ici, au Caire, au dix-neuvième siècle. Il a construit le vieux palais qui se trouve près de la place Talaat Harb. »

Makana le connaissait. Un édifice majestueux mais délabré, dans le centre-ville, inhabité depuis des années.

« L'endroit où a vécu Champollion, dit-il.

— Ce n'est qu'une rumeur. »

Jean-François Champollion, universitaire doué pour les uns, pillard sans vergogne pour les autres, n'avait jamais véritablement résidé dans ce palais pendant qu'il déchiffrait la pierre de Rosette, même si la rue qui longeait ledit palais portait son nom.

Sami déplia une feuille de papier. « Voilà des références et des dates, des numéros. Je n'y comprends rien. »

Makana prit le papier. « Une idée du nombre d'individus que compte le groupe ?

— Ça varie, mais au total j'en ai compté six.

Certains pourraient être la même personne sous des pseudos différents. Il est probable qu'ils changent de nom de temps à autre, par mesure de précaution. »

Makana avait le sentiment que, chaque fois qu'il mettait la main sur un indice, celui-ci lui glissait aussitôt entre les doigts.

« Nous n'avons donc toujours aucune idée de leur identité. »

Sami secoua la tête. « Un petit groupe, jeune. Rebelle, d'après la teneur des commentaires. Au vu des références et des liens avec l'université, le scénario le plus probable est qu'ils soient tous étudiants à Ain Shams.

— Une idée de ce qu'ils manigancent ?

— Ça, c'est le grand mystère. J'ai d'abord cru à une activité politique. Puis j'ai écarté cette idée et je me suis demandé à quoi s'intéressent des jeunes à ce stade de leur vie. Je t'ai dit que j'avais envisagé l'hypothèse qu'ils se livrent à une espèce de contrebande de drogues ?

— Tu as dit qu'ils n'avaient pas le profil. »

Makana pensait à Ihab, l'ami de Mourad, et à son étrange comportement. Était-il toxicomane ?

« Oui, et c'est vrai. En plus, ces messages parlent de marchandises qui quittent la ville, non qui y entrent. » Sami secoua la tête. « Nous n'avons pas de drogues à exporter. À moins qu'elles n'arrivent par la frontière sud et ne sortent du pays par le nord ou l'est. Mais là, il s'agirait d'un crime grave qui pourrait leur valoir la peine de mort. Je n'imagine pas ces gars-là impliqués dans ce genre de combine.

— Je pense que Mourad agit par idéalisme, non par

appât du gain. Il veut rendre le monde meilleur. Ça ne colle pas avec le trafic de stupéfiants. »

Leur conversation fut interrompue par l'entrée de Barazil, qui passa la tête par la porte avant de se diriger droit vers eux, avec la claudication décentrée de celui qui a souffert de la polio dans son enfance. Barazil était une sorte de personnalité locale. Tout le monde le connaissait, alors que lui-même ne voyait les autres que sous la forme de clients potentiels. Il ne laissait jamais passer une occasion. Son atout majeur était sa faculté d'adaptation. Il était capable de vendre n'importe quel article à n'importe quel acheteur, même si ledit acheteur n'avait jamais éprouvé le besoin de posséder ledit article avant de rencontrer Barazil. Comme toujours, il était vêtu dans son style inimitable : costume brun à carreaux par-dessus un pull à col roulé jaune canari dont l'étiquette de prix pendait encore de la manche. Un mannequin ambulant exposant ses marchandises.

« Il me semblait bien vous avoir repéré.

— Vous avez un œil de lynx, Barazil », dit Makana.

Le camelot rayonna de plaisir. Le simple fait d'être reconnu lui suffisait en guise de salutation.

« Rien ne m'échappe. Croyez-moi, avant qu'une nouvelle soit imprimée dans *Al-Ahram*, elle est passée par mes oreilles.

— Je n'en doute pas une seconde.

— Encore un de vos amis peu recommandables », grommela Aswani qui disposait des assiettes sur la table.

Barazil avait la prodigieuse capacité de toujours arriver en même temps que la nourriture. Ses petits yeux s'arrondirent tandis qu'ils faisaient le tour de la table et se repaissaient des plats d'Aswani : pickles, baba ganousch, houmous, tranches luisantes d'aubergines frites avec graines de sésame, assortiment d'olives et de fromages fermentés, montagne de pains chauds bien dorés dans la corbeille.

« J'espérais que vous passeriez par là, dit Makana, ignorant le regard avide de Barazil. J'aurais éventuellement besoin d'un téléphone.

— Un nouveau ? Que ne le disiez-vous ! C'est votre jour de chance, j'ai ici un modèle très spécial. »

Il entreprit d'explorer ses poches : la veste, trop grande pour lui, servait à la fois de vitrine et de placard de rangement. Avec la dextérité d'un magicien exécutant un tour de cartes, il aligna six appareils sur la table.

« Ce n'est pas pour moi, dit Makana. Je veux juste quelque chose de simple.

— J'ai exactement ce qu'il vous faut. » Barazil en prit un qu'il fit tourner adroitement dans sa paume. « Bonne qualité. Pratique et fiable. Excellent rapport qualité-prix.

— Combien en demandez-vous ?

— Oh ! vous me connaissez, roucoula Barazil avec un large sourire. Je déteste fixer les prix. Tenez, vous n'avez qu'à le prendre et me donner ce qui vous paraît convenir. »

Makana était habitué à ce numéro. S'il prenait le portable, il serait en dette et le prix grimperait de façon exponentielle, sans commune mesure avec sa valeur réelle. Barazil avait raté sa vocation. Dans une autre vie, il aurait conseillé des hommes d'État et négocié des accords commerciaux à l'échelle mondiale. Compte tenu des circonstances, il était un colporteur itinérant qui vendait ses articles à la criée dans le souk en essayant d'éviter les ennuis avec les marchands et les agents de police.

« J'y réfléchirai », répondit Makana d'un ton détaché en prenant un bout de pain.

Avec un homme comme Barazil, on devait imposer sa propre tactique. Ripailler devant lui s'apparentait à de la torture. Le camelot savait que, plus vite le marché serait conclu, plus vite Makana l'inviterait – peut-être – à manger quelque chose. Une flamme jaillit du grill, à l'autre bout de la salle, et une bonne odeur de viande rôtie emplit le restaurant. Barazil donna son prix. Bien que celui-ci fût déjà bas, Makana le divisa par deux et ils se mirent d'accord sur un montant intermédiaire. La transaction effectuée, Makana lui offrit un morceau de pain en attendant qu'arrive le plat de résistance. Sami avait hâte d'en revenir à Mourad.

« Donc, s'il ne s'agit pas de drogues ni d'agitation politique, que mijote notre ami ?

— Je voudrais bien le savoir. Mourad cherchait à aider la jeune fille, Estrella. J'ai l'intuition qu'elle joue un rôle dans tout ça, mais j'ignore lequel. » Makana pensait au bon révérend Corbis et à son projet Homehavens. Des Américains bien intentionnés répandant la bonté à travers le monde, ou tout autre chose ? « Estrella voulait suivre en Amérique ses amis Beatrice et Jonas. Et maintenant, elle a disparu.

— Et eux, tu ne peux pas les interroger ?

— Apparemment, ils sont déjà partis. Je vais tâcher de les contacter, si c'est possible. »

Estrella, Beatrice, Jonas : l'un des membres de ce trio devait bien savoir quelque chose. Makana avait l'impression de n'y voir que d'un œil. Il manquait de recul. Son téléphone vibra dans sa poche. Quand il répondit, un Sindbad contrit lui expliqua que sa proie l'avait semé.

« Désolé, *ya basha*, je l'ai suivi jusqu'en ville et ensuite je l'ai perdu.

— Vous pensez qu'il vous a repéré ? »

Sindbad se fit encore plus penaud. « C'est possible. Il était dans un snack-bar de Talaat Harb. Le propriétaire me connaît et il m'a accueilli en fanfare, m'invitant à boire et faisant beaucoup de bruit. À ce moment-là, j'ai remarqué que le garçon me lorgnait par-dessus son épaule. Et juste après, il a disparu. »

Moralité : envoyez Sindbad dans un snack-bar, ce sera à vos risques et périls. Makana soupira et étira ses membres. Il n'avait plus faim. Il lui faudrait avoir une conversation sérieuse avec Ihab, laisser tomber l'approche décontractée et charger Sindbad de lui mettre la pression. Avec certaines personnes, la coercition était le seul moyen d'obtenir un résultat. Adossé à son siège, il regarda Barazil se goinfrer avec l'enthousiasme de celui pour qui la nourriture n'a jamais perdu l'attrait de la nouveauté. Il alluma une cigarette cependant qu'Aswani, de sa démarche dandinante, apportait un plat chargé d'une haute pile dc côtelettes d'agneau. Des brochettes de son fameux kofta et kebab. Le sourire de Barazil illumina la salle.

« Tu as bien dit que cette fille, Estrella, cherchait à aller en Amérique ? demanda Sami.

— Tout le monde veut aller en Amérique », commenta Barazil, la bouche pleine, en dévorant des yeux la viande rôtie. Makana, d'un signe de tête, l'autorisa à se servir. Lui retirer la nourriture de sous le nez eût été aussi cruel que de donner un coup de pied à un chien errant.

« Tâche de dégoter le maximum de renseignements sur une clinique appelée l'institut Hesira, dit Makana en se levant.

— Tu me laisses seul ici avec lui ? protesta Sami, alarmé, en regardant Barazil s'empiffrer.

— Rassure-toi, il ne te mangera pas. Il y a largement de quoi sur la table. »

26

Le bar Kadesh, derrière la station de métro Nasser, se trouvait dans une étroite ruelle qui semblait n'avoir jamais connu de trottoirs. La chaussée ondulait en vagues irrégulières dans l'obscurité. De l'entrée, le sol descendait en pente douce, un peu comme la berge d'une rivière. En hiver, on accrochait des portes pour boucher l'ouverture. Le bois, cruellement négligé, réclamait de l'attention depuis des décennies, voire des siècles. La peinture fanée était une sorte de filigrane évoquant une époque depuis longtemps oubliée, d'autres régimes, d'autres dirigeants. Le temps avait coutume de lisser les plis. La situation ne semblait pas aussi mauvaise qu'elle l'était réellement aujourd'hui, ni aussi bonne qu'elle l'avait été autrefois.

À travers un carreau fêlé et crasseux, orné d'une étoile blanche déchirée vantant la bière Stella, Makana aperçut une salle à moitié déserte. Il était encore tôt. Les tables inoccupées et l'atmosphère de désolation donnaient l'impression que le bar ne s'en relèverait jamais. Marwan était assis avec un petit groupe d'hommes qui jouaient aux dominos.

« Tiens, tiens ! dit-il en voyant Makana prendre une

chaise. Je me doutais que vous alliez vous pointer. C'est bien vous qui êtes passé par là en taxi, l'autre jour ?

— Je venais voir mes compatriotes.

— Façon de parler. La vie de ces gens-là et la vôtre, c'est le jour et la nuit. »

Marwan était une présence imposante, débraillée, la tunique de son uniforme des forces de la Sécurité centrale déboutonnée au col, sa ceinture débouclée pour faire de la place à la bedaine qu'il cultivait à coups de bière. Se levant, il indiqua une table isolée un peu plus loin, dans un coin tranquille. Il agita deux doigts à l'adresse du petit bonhomme dépenaillé presque caché derrière le bar.

« Alors, que me vaut cet honneur ?

— Rien de particulier. Je vous ai vu et je me suis demandé ce que vous deveniez.

— Une visite de courtoisie ? Bien essayé. »

Marwan hocha la tête tandis que le barman posait sur la table deux bouteilles de bière bien fraîches. Les verres portaient le témoignage douteux d'années de service, tout comme le tableau défraîchi accroché au-dessus du bar, qui représentait un Ramsès victorieux livrant bataille perché sur un char. Tout, en ce lieu, évoquait un sacrifice à un dieu oublié depuis longtemps. Même Marwan. Un héros d'une époque révolue où les héros avaient encore un certain sens.

« Vous oubliez que je vous connais. Si vous venez ici, c'est qu'il y a une raison. On ne va pas se raconter que nous sommes amis. »

Il avala une longue rasade de bière. C'était toujours difficile de savoir où on en était avec Marwan. Il semblait avoir une dent contre le monde entier. Cela n'avait rien de personnel, il était simplement comme ça. Si on restait en bons termes avec lui, il pouvait se révéler utile, voire généreux, mais il était imprévisible et étonnamment chatouilleux pour un homme au cuir aussi épais.

« Que va-t-il se passer avec le sit-in ?

— Il ne va plus durer longtemps. Un de ces jours, on va nous donner l'ordre d'évacuer la place, et ça ne sera pas joli.

— Pourquoi ne pas les laisser où ils sont ? »

Marwan parut atterré. « Mais enfin, vous n'y pensez pas ! C'est une invitation au chaos. Tous les Égyptiens descendraient dans la rue en s'imaginant qu'ils finiraient tôt ou tard par obtenir satisfaction. » Il appuya ses massives épaules contre le mur. « Le problème, c'est que ces Soudanais ne savent pas vraiment ce qu'ils veulent. La plupart d'entre eux n'ont aucune envie, au départ, d'être dans ce pays, mais maintenant ils y sont. Ce ne sont pas des réfugiés, parce que nous sommes voisins et que nous avons un accord d'ouverture des frontières[1] – même si celui-ci est provisoirement suspendu. Nous sommes tous de la vallée du Nil. Ils ne peuvent pas demander le statut de réfugié à un autre pays puisque c'est le premier pays où vous atterrissez qui compte. Conclusion, ils sont coincés.

— Et vous ne pensez pas que l'ONU va changer d'avis ?

— Pourquoi ? S'ils attendent suffisamment longtemps, ces gens-là finiront par regagner en rampant le trou d'où ils sont sortis. »

1. Accord dit de la « vallée du Nil » entre l'Égypte et le Soudan, en vertu duquel les Soudanais pouvaient entrer dans le pays sans visa et y jouissaient des mêmes droits que les Égyptiens. (*N.d.T.*)

Dans tout échange avec Marwan, l'essentiel était de garder son calme. Il aimait à se considérer comme un provocateur, alibi fort pratique pour une brute. Son grand plaisir consistait à bousculer un peu ses interlocuteurs pour voir leur réaction. Makana, qui y était habitué, ne mordit pas à l'hameçon.

« Quel choix ont-ils ?

— Des tas, d'après ce que j'entends.

— Et qu'est-ce que vous entendez ? » s'enquit Makana en versant encore un peu de bière dans son verre.

Donner l'impression de boire requérait une certaine habileté technique, surtout quand on se trouvait face à un buveur invétéré tel que Marwan, qui scrutait déjà le fond de son verre en envisageant de commander une autre tournée.

« Israël. Il paraît qu'ils courent tous se mettre à l'abri là-bas.

— Je suis surpris d'entendre ce genre de rumeur dans votre bouche.

— Pas de fumée sans feu. Les Juifs accueilleront n'importe qui s'ils pensent que ça peut améliorer leur image. Ils veulent faire croire au monde qu'ils sont la ligne de front entre les terroristes musulmans et le monde civilisé.

— Je croyais que c'était votre job.

— Attention. » Marwan agita encore deux doigts à l'intention du barman. Makana ne protesta pas. La quantité de bière qu'il laisserait sur la table serait engloutie par son compagnon après son départ. « Pour l'essentiel, nous sommes du même côté sur ce coup-là. La seule différence, c'est que nous liquidons nos fondamentalistes discrètement, comme nous l'avons toujours fait. Nous n'allons pas crier sur les toits à quel point nous sommes formidables.

— Vous devriez dire ça au président.

— Vous rigolez, mais ne perdez pas de vue que, le jour où ça explosera, vous serez bien content de nous avoir sous la main.

— Assurément. » Makana alluma une cigarette. « En fait, je voulais avoir des renseignements sur un duo d'officiers de police. Ils sont basés à Gizeh et conduisent une Mazda jaune. »

Marwan émit un grognement avant même que Makana ait terminé sa description.

« Hakim et Karim. Une paire de méchants.

— Que pouvez-vous me dire sur eux ?

— Nos chemins se sont croisés plusieurs fois, dit Marwan en se mordillant la lèvre. Peux pas dire que j'aie vraiment une opinion sur eux, dans un sens ou dans l'autre. Mais on raconte des histoires.

— De quel genre ?

— Ce sont d'anciens militaires. À un certain moment, ils étaient en poste dans le Sinaï, chargés de débusquer les terroristes potentiels. À en croire les rumeurs, ils avaient la réputation d'aller dans les villages et d'exécuter des enfants. Ils leur pointaient un pistolet sur la tempe jusqu'à ce que les femmes leur disent ce qu'ils voulaient savoir.

— Comment se sont-ils retrouvés dans la police ?

— Ils ont dérapé une fois de trop. À mon avis, ils n'étaient pas heureux d'avoir été affectés là-bas. Ces mecs se font un tas de fric, ici, avec les contrebandiers qui leur versent des pots-de-vin. Quel est votre problème avec ces inséparables ?

— Ils semblent s'intéresser à une affaire sur laquelle je travaille.

— Suivez mon conseil : évitez-les.

— Je ne suis pas sûr d'avoir le choix.

— Ce n'est pas le genre d'individus qu'on a envie de se mettre à dos. » Marwan se pencha en avant. « Ils sont protégés en haut lieu. Ils sont du sérail. Soit vous êtes de leur côté, soit vous êtes un gêneur. »

Marwan avait beau être mal dégrossi, il était suffisamment vieux jeu pour croire encore à l'idée d'une police synonyme de force du bien – abstraction faite des bakchichs qui trouvaient leur chemin jusque dans sa poche.

« Voyez-vous quelle raison ils pourraient avoir de s'intéresser à une jeune Soudanaise du Sud ? »

Marwan posa ses mains à plat, doigts écartés. « Il y a des hommes que ça excite… vous savez, la fille exotique au sang chaud ?

— Vous pensez qu'ils pourraient diriger un réseau de prostituées ? »

Ce n'était pas l'image qu'il se faisait d'Estrella, mais comment savoir ? Cela expliquerait le conflit avec Aljuka et ses gars, leur réticence à voir Makana fouiner partout. Peut-être était-ce aussi l'explication de la présence de Hakim et Karim lors de la fouille du garage de Shaddad ?

« On a parfois du mal à croire à ce qui se passe dans cette ville, dit Marwan. J'ai l'impression d'avoir fait mon temps. »

Makana glissa une liasse de billets sous sa bouteille presque pleine, qu'il poussa vers son vis-à-vis.

« Vous n'êtes pas obligé, dit Marwan d'un ton presque offensé.

— Vous n'aurez qu'à payer une tournée à vos collègues qui travaillent dur.

— Il se pourrait bien que je le fasse, un de ces jours. » Marwan éclata de rire et empocha l'argent.

27

Il lui fallut presque une heure, mais marcher l'aida à s'éclaircir les idées. Sur le pont, des couples d'amoureux enlacés faisaient de leur mieux pour ignorer les voitures qui passaient derrière eux pendant qu'ils contemplaient le fleuve. À quoi sert un pont, sinon à rêver ?

Makana dégaina son portable et s'appuya à la rambarde pour allumer une cigarette tout en appelant le Dr Siham… Jehan… Comment était-il censé s'adresser à elle ? Il ne savait plus très bien pourquoi il lui téléphonait. Il observa pensivement l'appareil et s'apprêtait à raccrocher lorsqu'elle répondit.

« Je ne vous dérange pas ?

— Non, pas du tout. Je lisais. Enfin, je lisais et j'ai fini par m'assoupir.

— Ce devait être un livre passionnant.

— Ne vous emballez pas. Une biographie d'Alexandre Lacassagne, le père de la médecine forensique moderne.

— Incompréhensible que vous vous soyez endormie.

— En effet. » Elle bâilla bruyamment, s'excusa. « En réalité, c'est un homme intéressant. Il a mis au point des systèmes, des structures pour rendre les autopsies plus précises, la balistique et tout le reste. C'était un pionnier. Nous lui devons tous beaucoup. »

Makana était toujours surpris de voir combien il était facile d'aborder avec elle d'autres sujets.

« N'empêche, je suis désolé de vous avoir réveillée.

— Non, je songeais à vous appeler et puis… je me suis endormie.

— Avez-vous avancé ce matin ? »

Ce matin ? Il lui semblait qu'une semaine s'était écoulée depuis la perquisition dans le sous-sol de Shaddad.

« Les étudiants sont passionnés, mais ils ont encore beaucoup à apprendre sur la façon de préserver une scène de crime. Et ce *bawab* ne nous a pas facilité la tâche. C'est un vieux fou envahissant.

— Abou Gomaa ? Ou alors, il cache quelque chose.

— En tout cas, il n'a pas arrêté d'interférer et de nous mettre des bâtons dans les roues. Et puis Shaddad est descendu, il a jeté un coup d'œil sur la trace de sang et nous a ordonné de partir, disant qu'il nous faudrait une commission rogatoire pour poursuivre nos recherches. » Elle exhala un long soupir. « C'était une erreur de débarquer comme ça. Du Okasha typique : il veut faire les choses sans froisser personne et, pour finir, c'est la pagaille intégrale.

— L'empreinte de la main coïncide-t-elle avec notre cadavre ?

— Aucune chance de ce côté-là. Il me suffit d'une simple prise de mesure pour voir qu'elle n'a pas été faite par la même personne. Je vais effectuer une comparaison plus précise à partir de la forme de la main et des traces de doigts. Nous testons également d'autres éléments, mais pour l'instant la concordance paraît improbable. »

Autrement dit, ils n'avaient aucun indice rattachant le cadavre de la fourgonnette à Shaddad. C'était une déconvenue, mais il existait forcément un lien avec ce sous-sol.

« L'empreinte est assez brouillée, poursuivit Jehan. J'ai repensé à l'hypothèse que vous aviez avancée, et elle se tient. D'après l'angle des doigts, il est possible qu'on se soit servi du mur comme appui. Sans échelle, on ne pouvait pas atteindre la trappe, mais s'ils étaient deux, l'un aurait pu s'échapper.

— Celui qui est resté saignait.

— Mais pourquoi étaient-ils enfermés dans ce local ? Quelqu'un a essayé de nettoyer les empreintes, cela n'implique-t-il pas Shaddad ?

— Pas nécessairement. En revanche, le vieux gardien en sait beaucoup plus qu'il ne le dit. Merci, vous avez été d'une grande aide.

— C'est mon job, je vous le rappelle.

— Vous avez certainement une quantité d'affaires plus urgentes.

— Écoutez, si quelqu'un tue ces jeunes garçons, il faut faire quelque chose, or la police va simplement glisser ça sous le tapis. Personne ne se soucie d'eux, et ça me met en rogne.

— Parlez-moi encore de cette drogue que vous avez décelée, le thiopental sodique.

— Elle agit sur le système nerveux central. Utilisée à la dosc voulue, elle plonge dans l'inconscience en moins d'une minute.

— Et les effets se dissipent en combien de temps ?

— Cela dépend de la taille du patient, de son

poids, etc. La perte de connaissance dure entre douze et vingt-quatre heures, selon la masse graisseuse. Les sujets minces mettent plus de temps à l'éliminer.

— Donc, dans le cas du jeune garçon de la camionnette ?

— Sans doute plus longtemps. Il n'était pas bien gras.

— La drogue aurait donc pu être dans son organisme depuis un jour entier ?

— C'est possible.

— Corrigez-moi si je me trompe, mais n'avez-vous pas dit que le thiopental sodique était utilisé comme sérum de vérité ?

— C'est exact. Il fait tomber les inhibitions. Aux États-Unis, on l'utilise avec une série d'autres produits pour exécuter les condamnés à mort.

— Il peut donc tuer ?

— Combiné avec d'autres drogues, oui. Généralement, on l'utilise comme anesthésique lors des opérations chirurgicales, associé à un gaz qui est plus rapide à se dissiper.

— Mais vous n'avez trouvé aucune trace d'une autre drogue ?

— Non. Cela ne signifie pas pour autant qu'ils ne projetaient pas de l'assassiner. Le garçon est peut-être simplement mort avant, terrassé par une crise cardiaque. »

Makana l'entendit étouffer un bâillement.

« Je vais vous laisser dormir. Une dernière question : connaissez-vous l'institut Hesira ?

— Il se trouve que oui. Un ancien collègue à moi en est le directeur. Ishan Qaddus. Pourquoi ?

— Je dois leur rendre visite. Vous aimeriez peut-être m'accompagner ?

— Moi ? » Elle eut un petit rire et, curieusement, Makana sentit son cœur se dilater. Qu'est-ce que cela signifiait ? « Cherchez-vous à me recruter comme assistante personnelle ?

— Je ne suis pas sûr que vous soyez taillée pour être l'assistante de qui que ce soit. » Cette remarque provoqua un gloussement. « Non, je pensais juste que vous pourriez me donner votre point de vue sur cet endroit. Je ne sais pas exactement ce qu'on y fait.

— D'accord, je viendrai, mais à une condition : que vous me laissiez vous inviter à dîner.

— Je ne pense pas que cela relève des attributions d'une assistante.

— Vous vous compliquez trop la vie. »

La question du dîner fut reportée à une date indéterminée. Makana éteignit son portable et resta un moment à contempler le chatoiement des lumières à la surface de l'eau. Difficile de savoir ce qui se passait exactement avec le Dr Siham. C'était déroutant, il n'arrivait pas à déterminer s'il s'agissait d'une bonne ou d'une mauvaise chose.

Il allait se remettre en marche lorsque son téléphone gazouilla.

« *Effendi*, murmura Sindbad d'une voix pressante. J'ai un mauvais pressentiment, là. Je crois que quelque chose ne tourne pas rond.

— Parlez moins vitc et racontez-moi ce qui se passe. Où êtes-vous ? »

Sindbad expliqua qu'il avait suivi Fadihah, l'amie de Mourad.

« Elle est bizarre, mais remarquez, tous ces jeunes ont l'air de venir d'un autre monde.

— Où êtes-vous ? » répéta Makana.

Sindbad avait un goût prononcé pour le mélodrame. Il pleurait devant les films pour enfants – avait-il confessé plus d'une fois –, surtout celui qui racontait l'histoire d'un éléphanteau.

« Ils sont dans l'ancien palais de la rue Champollion. Je crois qu'il se passe quelque chose là-dedans.

— Attendez-moi. J'arrive dans dix minutes. »

Il eut de la chance. À l'instant où il atteignait le trottoir, un taxi en bon état mécanique s'arrêta à sa hauteur. Des grigris étaient suspendus un peu partout dans l'habitacle, de sorte qu'on se serait cru dans une grotte de sorcier plutôt que dans un taxi. Quels que fussent les problèmes spirituels du chauffeur, ceux-ci n'affectaient en rien sa façon de conduire et ils traversèrent Zamalek à vive allure. Sindbad se tenait près de la Datsun, garée sous les arbres de la rue Champollion. Le vieux palais, qui occupait un bloc entier, se dressait dans l'obscurité derrière les hauts murs. Sindbad s'expliqua rapidement : il avait suivi la jeune fille, qui était entrée dans le bâtiment, puis il l'avait entendue hurler et l'avait vue ressortir en courant à toutes jambes avant de disparaître.

« J'ai jugé préférable de vous attendre ici, conclut-il.

— Vous avez bien fait. Par où est-elle passée ?

— Il y a une porte sur le côté, dit Sindbad en indiquant un renfoncement dans les ombres. Quelqu'un a brisé le cadenas. » Il tendit à Makana une torche électrique – un truc en plastique de mauvaise qualité acheté à un marchand ambulant, mais c'était mieux que rien. « Vous voulez que je vous accompagne ?

— Non, restez ici et faites le guet. Appelez-moi si quelqu'un se présente. »

Le palais, en retrait de la rue, était cerné de hauts murs au-dessus desquels l'étage supérieur était visible. Un vestige d'élégance oublié, délaissé par l'Histoire. Les fenêtres étaient hérissées de débris de vitres. Les volets en bois pendaient de guingois quand ils n'étaient pas carrément tombés. L'édifice avait été commandé par Saïd Halim Pacha, petit-fils de Méhémet Ali, fondateur de la règle ottomane en Égypte. Il avait grandi à Istanbul et aurait pu diriger un jour le pays si l'Histoire n'avait eu à son endroit des projets plus grandioses. Il fut nommé grand vizir et, en tant que tel, assista au déclin et à la chute de l'Empire ottoman. La balle d'un assassin mit un terme à sa vie, apparemment en raison de son rôle dans le génocide arménien.

Dans la journée, des mécaniciens barbouillés de cambouis s'affairaient dans les nombreux ateliers de réparation de voitures qui occupaient les environs immédiats du palais. Il y avait aussi des papeteries, des marchands de pneus, des cafés. À présent, tous les rideaux métalliques étaient baissés. Aucune lumière ne filtrait de l'intérieur du bâtiment. Un point sombre dans l'univers, un trou noir qui aspirait toute vie. Makana voyait bien l'attrait qu'un tel endroit pouvait exercer sur un groupe d'étudiants entretenant des notions romantiques sur la façon de changer le monde.

L'air nocturne fit bruire les feuilles et Makana sentit un frisson lui parcourir l'échine. Il arriva devant une étroite embrasure, barrée par une plaque de tôle maintenue en place par une chaîne et un cadenas.

La chaîne pendait librement, le cadenas coincé entre deux maillons.

Makana explora du regard les deux côtés de la rue. Il était minuit passé, rien ne bougeait. Il souleva le cadenas, écarta la chaîne, et le panneau pivota vers l'intérieur avec un léger grincement. Le jardin était envahi de hauts buissons de rhododendrons qui remuaient doucement sur son passage. Une allée circulaire menait à la façade du palais, qu'il put voir clairement depuis les ombres où il se tenait. De près, elle était impressionnante. D'imposantes sculptures de pierre surplombaient les fenêtres cintrées. Des anges gracieusement penchés le fixèrent tandis qu'il gravissait les marches du perron. Trois hautes portes en bois lui faisaient face, encadrées de quatre piliers en pierre ornés chacun d'une tête de lion.

La porte de droite était entrebâillée. Il la poussa et entra dans un hall spacieux où il s'immobilisa pour écouter, le temps que ses yeux s'accoutument à l'obscurité. Il voulut allumer la torche, mais rien ne se produisit. Il dut la secouer à plusieurs reprises pour qu'elle consente à produire un faisceau hésitant, intermittent, qu'il braqua vers le haut, révélant des escaliers incurvés et des galeries. Au centre, un majestueux escalier se divisait en deux à mi-hauteur, formant une double spirale, et s'élevait en gradins à gauche et à droite pour relier les galeries qui faisaient le tour de chaque étage. La langue de lumière jaune éclaira, sur le sol, un épais tapis de poussière sillonné d'empreintes entrecroisées. Trop nombreuses pour qu'on puisse les compter. Des visiteurs réguliers, des gamins curieux de voir ce qu'il y avait à l'intérieur.

Des vagabonds. Des sans-abri. Certaines traces de pas semblaient plus récentes.

Makana passa sous le palier central, en suspension au milieu du hall, et commença à monter les marches. D'autres empreintes. Elles s'éparpillaient dans différentes directions, mais il parvint à discerner une sorte de piste principale, qu'il suivit. Au premier étage, elle faisait le tour de la galerie avant de s'enfoncer à l'intérieur du bâtiment. Il entendait à présent des couinements provenant de quelque part. Un trottinement de pattes lui donna la chair de poule. Il avançait avec précaution, conscient du triste état de délabrement de l'édifice. Les chambranles de portes étaient à moitié détachés du mur. On voyait des fissures béantes, des trous aux endroits où des dalles avaient été retirées et des boiseries, arrachées. Un tableau noir rappelait que le bâtiment avait jadis servi d'école. Il était encore possible d'imaginer ce que le palais avait été du temps de sa splendeur, à l'époque où des pachas déambulaient dans ces vastes pièces en s'enorgueillissant de leurs empires et où des hommes d'État richement vêtus assistaient à de somptueux galas et festoyaient devant de fabuleux dîners. Pourquoi fallait-il que la gloire passée ne serve qu'à ternir le présent ?

Makana se figea, le cours de ses pensées brusquement interrompu par une forme, devant lui, qui semblait bouger au niveau du sol. Une créature vivante. La lumière vacilla et s'éteignit. Il secoua de nouveau la torche et, quand elle se ralluma, il vit une grouillante masse de fourrure. Des rats. Son estomac chavira. On aurait dit qu'ils dévoraient quelque chose. Il cherchait du regard un projectile à leur jeter dessus quand il aperçut, un peu plus loin, un mouvement onduleux.

Un autre tas, et encore un autre. Le faisceau lumineux clignota, bondissant d'un îlot de fourrure au suivant. Le sol palpitait littéralement.

Makana recula jusqu'au seuil et regarda autour de lui, en quête d'une arme. Empoignant le montant déchiqueté de la porte, il tira un coup sec. Avec un craquement strident, un long morceau de bois se détacha. En deux pas, il frappa de toutes ses forces le tas le plus proche. Une débandade s'ensuivit. Plusieurs rats parmi les plus petits s'éloignèrent d'un bond et détalèrent dans différentes directions. D'autres continuèrent à ronger. Un énorme rat, vexé, se jeta sur Makana, qui parvint à brandir rapidement la batte en un geste de défense. Nullement découragée, la bestiole planta ses dents dans le bois et s'y cramponna farouchement ; Makana, voyant qu'elle grimpait vers lui et progressait obstinément, balança le bout de bois sur sa droite, l'envoyant tournoyer dans l'obscurité, ce qui provoqua un concert de petits cris aigus.

Makana, à l'affût d'une autre arme, jeta son dévolu sur un morceau de bois plus long et plus acéré. Il enfonça la pointe en plein milieu des rats qui restaient et fut récompensé par des couinements encore plus frénétiques. Les bêtes finirent par se lasser. La plupart lâchèrent prise et se dispersèrent, laissant Makana brandir au bout de sa lance les restes embrochés de quelque chose d'horrible. Il distingua la chair noircie, putréfiée, qui adhérait encore à un os blanc et qui ressemblait beaucoup à une cuisse humaine. La puanteur frappa alors ses narines. Cette portion de chair, quelle que fût sa nature, était dans un état de décomposition avancée.

Non loin de là, une forme plus large se révéla être

un torse, d'où émergeait une côte cassée semblable à un doigt recourbé. Utilisant son arme improvisée pour tenir les rats à distance, non sans mal, Makana fit le tour de la salle de bal en identifiant au fur et à mesure diverses parties d'un corps.

Il s'apprêtait à battre en retraite, laissant les rats à leur festin, quand il entendit un autre bruit – si léger qu'il crut d'abord l'avoir imaginé. Un son indubitablement humain, qui couvrait les couinements. Éteignant la torche, Makana ressortit sur la galerie et se tint immobile, l'oreille aux aguets. De nouveau, le bruit. Un grognement suivi de chuchotis. Quelqu'un parlait à voix basse, et ça venait de l'aile opposée. Il fit le tour, rallumant la torche. Des ombres remuaient autour de ses pieds, telles des volutes de brouillard, et s'écartaient de lui par vagues ondulantes. La galerie était bordée de hautes arches, de colonnes en pierre, et les rampes étaient décorées de spires en fer forgé qui s'enroulaient autour d'elles comme du lierre. Arrivé de l'autre côté, Makana marqua une pause pour se pencher par-dessus la balustrade et scruter le hall d'entrée, en contrebas.

Rien ne bougeait. Le murmure provenait de sa droite. Le faisceau de la torche tremblota, narquois, révélant une porte à demi dégondée, puis s'éteignit de nouveau. Le linteau était orné de motifs floraux dentelés. Au-delà du seuil, on ne voyait que les ténèbres. Une autre embrasure ouvrait sur une pièce donnant sur le jardin. Un mince rectangle de lumière filtrait par une fenêtre aux volets mi-clos. L'air était froid et humide. Et il sentait la présence humaine – l'odeur pénétrante d'individus pris au piège dans un espace confiné.

La plainte avait cessé. Makana attendit qu'elle reprenne pour secouer la torche. Cette fois, le faisceau éclaira une silhouette appuyée contre le mur, en position presque allongée. Malgré son visage ensanglanté et meurtri, Ihab était reconnaissable. Il avait les deux mains crispées sur son ventre. Un filet de sang avait coulé entre ses doigts et tachait son jean, formant sur le sol une flaque poisseuse. Un rat de petite taille guettait à proximité, le museau frémissant de plaisir anticipé. Makana lui décocha un coup de pied et la bête battit en retraite, au moins provisoirement, dans un coin obscur. Posant la torche par terre, il s'agenouilla et écarta les doigts du blessé pour évaluer les dégâts. Ihab, à peine conscient, n'opposa aucune résistance. Sa peau était moite au toucher, son visage livide.

« Vous m'entendez ? demanda Makana en lui tapotant la joue. Vous devez rester éveillé. Vous avez perdu beaucoup de sang. »

Ihab parut glousser. Il bredouilla quelque chose que Makana ne put saisir.

« Qui vous a fait ça ? »

Nouveau murmure. La tête d'Ihab s'était redressée mais commençait déjà à retomber. Il n'allait pas tarder à perdre connaissance.

« Vous dites ?

— Tom et Jerry. Vous vous rappelez ? Toujours ensemble, comme Batman et Robin. »

Il se remit à glousser, et Makana se demanda s'il n'était pas drogué. Le jeune homme délirait plus qu'il ne parlait tout seul. Sa tête s'affaissa et Makana le gifla plusieurs fois pour le ranimer. Il sortit son portable mais s'aperçut qu'il n'avait pas de réseau.

« Tâchez de rester éveillé », dit-il en se levant.

Il retourna dans le hall principal et fit le tour jusqu'à l'entrée de la galerie. Il parvint à joindre Okasha, à qui il dit d'alerter une ambulance et aussi d'amener des hommes et des projecteurs.

« Des projecteurs ? Pour quoi faire ?

— Pour éloigner les rats. »

Quand il retourna dans la pièce, le rat était perché triomphalement sur la jambe étendue de Ihab. La bestiole émit un couinement de protestation lorsque Makana la chassa à coups de pied. Il s'agenouilla de nouveau auprès du garçon et lui prit le pouls. Déjà il savait que l'ambulance arriverait trop tard.

28

Une heure après, l'ancien palais du pacha avait repris vie. Il était illuminé, comme au temps jadis, mais d'une manière différente. Des câbles rampaient sur les marches du perron et traversaient les seuils pour alimenter les projecteurs installés dans le hall d'entrée. Des générateurs portables bourdonnaient bruyamment. D'autres câbles pendaient, accrochés aux balustrades, et plongeaient dans la cage d'escalier, semblables à de gigantesques toiles d'araignée. De quelque côté qu'on regarde, il y avait des policiers en armes, aux aguets, qui échangeaient des consignes en criant nerveusement. Le corps d'Ihab passa, porté par des ambulanciers qui juraient chaque fois que la civière cognait un mur.

Makana trouva Jehan en train d'examiner le torse démembré. Il la regarda transférer soigneusement les restes de la carcasse dans une housse mortuaire en caoutchouc. Elle leva la tête à son approche.

« Une nouvelle victime, ou l'une des nôtres ?

— Difficile à dire, répondit-elle en se redressant. Aucune tête n'ayant été retrouvée pour l'instant, il pourrait s'agir de notre ami repêché dans le fleuve.

Il manque également les pieds. » Elle considéra le contenu de la housse. « Les rats ne nous ont pas laissé grand-chose à examiner… Il nous faudra attendre les tests du labo.

— Donc, c'est possible ? dit Makana.

— C'est possible », acquiesça Jehan.

Il regarda autour de lui, se demandant si le corps avait été dépecé ici même, dans le palais.

« Comment avez-vous fait cette découverte ? s'enquit la pathologiste.

— L'une des amies de Mourad nous a conduits ici. Elle était proche du jeune homme qu'on vient d'emporter sur une civière.

— Voilà qui établit un lien entre votre disparu et les deux Sudistes que nous avons découverts, non ? »

Un lien, certes, mais quelle était exactement la relation entre le mort du Nil et Mourad et ses amis ? Qu'est-ce qu'ils préparaient ?

« Celui qui a fait ça n'appréciait visiblement pas leurs activités.

— Un individu très dangereux, à coup sûr, opina Jehan. Vous avez dit que ces jeunes gens voulaient changer le monde, mais en quoi ce résultat change-t-il quoi que ce soit ? »

Makana la regarda. On avait parfois besoin d'un tiers pour constater l'évidence.

« Ils cachaient des gens ici.

— Comment ça ?

— Ils aidaient des réfugiés. Des personnes qui n'avaient aucun endroit où aller, aucune attache dans la vie. Ils les amenaient dans ce palais.

— Mais pourquoi ? »

Et tout à coup, Makana comprit de quoi il retournait.

« Pour leur faire quitter le pays clandestinement. Ils les rassemblaient ici en attendant que ces réfugiés puissent partir en toute sécurité.

— Dans ce cas, qui a tué, démembré ?

— Des gens qui voulaient les empêcher d'agir, qui estimaient que leur projet était néfaste – ou plutôt, qu'il allait à l'encontre de leurs intérêts. » Makana indiqua la housse mortuaire. « Ils cherchaient à les effrayer.

— C'est pour ça que Mourad a disparu, dit Jehan.

— S'il n'est pas déjà mort. »

Makana s'excusa et retourna dans la pièce où il avait trouvé Ihab. Il se dirigea vers le mur du fond, où était entassé ce qu'il avait pris sur le moment pour des détritus. En y regardant de plus près, il vit des vêtements, des couvertures, des piles de journaux portant des traces de nourriture, des sacs en plastique, des bouteilles d'eau vides. Un pan de mur noirci indiquait l'endroit où un réchaud avait naguère été placé.

Un agent de police apparut, exécuta un salut impeccable et lui annonça qu'on le demandait.

Il trouva Okasha dans la galerie, occupé à distribuer des ordres tout en parlant au téléphone. Il fit signe à Makana de le suivre.

« Quand vous décidez de bousiller ma nuit, vous n'y allez pas de main morte.

— Vous auriez préféré que j'appelle un de vos collègues ?

— Le père du gosse est un juge extrêmement respecté. Il a des relations et il exige des réponses. Il m'attend chez lui, là, et il veut rencontrer l'homme qui a découvert son fils. » Okasha se passa une main dans les cheveux. « Alors, qu'est-ce qu'ils complotaient, à votre avis ?

— Ils abritaient des réfugiés.

— Pour quoi faire ? dit Okasha, fronçant le nez à cette idée.

— Pour les mettre en sécurité en attendant de leur faire quitter le pays.

— Moyennant finances ? »

Makana secoua la tête. « Non. Ces jeunes gens sont – étaient – des idéalistes. Ils croyaient accomplir quelque chose de révolutionnaire.

— Bonté divine. Gardez vos explications pour le père. » Okasha tapota sa montre. « Allons-y.

— Vous croyez vraiment que c'est nécessaire ?

— Il veut savoir qui a assassiné son fils et pourquoi. Grâce à vous, je ferai bonne figure.

— Vous ne croyez pas qu'il pourrait se demander pourquoi vous avez besoin de mon aide ?

— Il ne se souviendra pas de votre nom. Ou peut-être que je ne le lui dirai pas. Tout ce qu'il se rappellera, c'est que nous connaissions notre affaire. » Okasha pointa un doigt sur Makana. « Après tous les services que je vous ai rendus au fil des années, est-ce trop demander ? »

Ils attendirent dans un salon qui paraissait n'avoir jamais servi. Le père d'Ihab, vêtu d'une robe de chambre en soie bordeaux et chaussé de mules en cuir, entra en traînant les pieds. On entendait des femmes se lamenter au fond de la maison.

« C'est vous qui l'avez découvert ? » s'enquit-il d'une

voix altérée. Daud Sabbour était un petit homme voûté au visage émacié, creusé de rides soucieuses.

Okasha se présenta, puis s'éclaircit la gorge.

« M. Makana nous seconde dans notre enquête, expliqua-t-il. C'est lui qui a trouvé votre fils. »

Pendant quelques instants, Sabbour fut incapable de parler. Finalement, il articula : « Comment une telle tragédie a-t-elle pu se produire ? Que faisait Ihab dans cet endroit ?

— C'est ce que nous nous employons à déterminer, monsieur. »

Ignorant Okasha, le juge tourna toute son attention vers Makana : « Que faisiez-vous là-bas ?

— Apparemment, Ihab et certains de ses amis utilisaient l'ancien palais.

— À quelles fins ? » Les plis se creusèrent comme un filet de pêche qu'on remonte.

« Nous examinons plusieurs hypothèses, intervint Okasha en lançant à Makana un regard d'avertissement.

— Ce n'était qu'un gamin, un jeune écervelé.

— Parlait-il de ses activités – en dehors de l'université, j'entends ? » demanda Makana.

Le juge se tassa dans son fauteuil.

« Il était malhonnête. Je répugne à l'admettre, mais c'est la vérité. Mon propre fils était un serpent sournois. Je ne lui aurais fait confiance sous aucun prétexte. Mais il était mon fils. Je l'aimais. »

Makana jeta un regard en coin à Okasha, qui leva les yeux au plafond, puis il reprit : « Ihab faisait partie d'un groupe d'étudiants qui, semble-t-il, était engagé dans une sorte d'activité politique.

— De quelle nature ?

— Enfin, je ne suis pas sûr que "politique" soit le mot juste. Ils se considéraient comme des progressistes.

— Voilà, il s'impliquait toujours dans des inepties de ce genre. Des progressistes ? Qu'est-ce que ça veut dire, bon sang ? » Ses yeux se plissèrent. « Un groupe ? De garçons, vous voulez dire ? Tous étaient des garçons ?

— Il y avait une fille, Fadihah. Vous la connaissez ? »

Daud Sabbour agita la main. « Je ne pourrais pas faire face au scandale. Il avait cette perversion, vous comprenez ? »

Peut-être le juge était-il dans un état de choc qui lui permettait de se montrer parfaitement franc avec deux inconnus. Ou alors, peut-être était-ce sa façon de régler ses comptes avec son fils.

« Sa mère n'a jamais pu accepter la vérité, mais moi je savais. » Il se tapota la tempe avec l'index. « On ne peut pas cacher une chose pareille à un père. »

Okasha toussota. Après tout, un juge avait bien droit à une certaine discrétion.

« Cet aspect de la vie de votre fils ne nous intéresse en aucune manière.

— Cela peut conduire un homme à d'étranges extrémités, vous ne croyez pas ? »

D'un geste grandiloquent, Daud Sabbour les invita à s'asseoir. Docile à l'excès, Okasha s'installa à l'extrémité du long divan tapissé d'un motif floral. S'apercevant alors que Makana était resté debout, il se releva aussitôt.

« Notre principal souci est de découvrir qui a assassiné votre garçon, dit Makana.

— Rien de ce qu'on peut dire ou faire ne les changera. » D'un air absent, le juge tripota un fil qui dépassait du revers de sa robe de chambre. « Les enfants sont un vrai bonheur quand ils sont jeunes. On oublie qu'ils causeront notre mort quand ils seront grands.

— Je crois que cette affaire est plutôt liée à ses amis étudiants et à leurs activités politiques. »

Sabbour s'enfonça encore plus profondément dans le large fauteuil qui semblait l'engloutir. « Je trouve tout cela difficile à concevoir.

— Votre fils a-t-il fait allusion à quelqu'un en particulier, une personne qui lui causait des inquiétudes ? »

Le juge secoua la tête sans quitter le parquet des yeux. Il exhala un long soupir.

« Il est important que cette affaire soit traitée avec le maximum de discrétion. Pour la famille. Vous connaissez les journalistes…

— Ne vous inquiétez pas pour ça, monsieur, le rassura Okasha.

— Ma femme a suffisamment souffert. » Daud Sabbour prit un air peiné. « Elle aimait ce garçon, peut-être trop pour son bien. Un fils, après tout, c'est spécial. » Sa voix faiblit. « Elle ne pourra pas supporter davantage de chagrin. Aucun de nous ne le pourra. » Il s'abîma dans un long silence. Puis, peu à peu, il émergea de sa rêverie. « Ihab avait son propre appartement en ville, qui avait appartenu à sa grand-mère. Il s'y est installé quand elle est décédée. Je pense que certains de ses amis y séjournaient de temps à autre. Je n'ai jamais posé la question. Le mieux, me semblait-il, était de le laisser vivre sa vie. » Il se leva avec lenteur et s'éloigna d'un pas lourd. « Je vais vous faire apporter une clef. » Sur le seuil, il s'arrêta. « On se demande pourquoi Allah, dans sa sagesse, inflige une telle épreuve à des parents. Qu'avons-nous donc fait pour mériter cela ? »

Bonne question, en effet. Makana était assis à l'arrière de la voiture de patrouille tandis qu'Okasha, devant, hurlait ses ordres au chauffeur, qui criait en continu : *« Hadir Effendi ! »* en conduisant à toute allure, gyrophare allumé et sirène hurlante. Cocktail désastreux s'il en est – et pas vraiment nécessaire à cette heure-là. Makana tenta de se distraire en réfléchissant à l'affaire. Quel avait été l'objectif d'Ihab ? Échapper à sa respectable famille, à son père le juge, aux éventuelles tendances sexuelles qui le taraudaient ? Makana avait perçu chez Daud Sabbour de la réprobation, certes, mais aussi une forme de résignation. Il savait qu'il ne changerait pas son fils. Quel parent ne ferait-il pas tout ce qui est en son pouvoir pour répondre aux besoins de son enfant ? En ce sens, Ihab avait remporté une victoire, bien qu'il fût probablement mort sans avoir eu la satisfaction de le savoir. Le garçon était séduit par la rébellion. Cela expliquait son excentricité, mais aussi son désir de venir en aide aux éléments les plus marginaux de la société.

Y avait-il eu davantage qu'une simple amitié entre Ihab et Mourad ? Plus important, où se trouvait Mourad ? En voyant les morceaux de cadavre dans le palais, Makana avait d'abord pensé qu'il avait enfin mis la main sur sa proie ; ce n'était pas le cas, mais, à mesure que les heures passaient, il était de plus en plus convaincu qu'il ne retrouverait pas le jeune homme vivant.

Des voitures solitaires zigzaguaient, hésitantes,

de part et d'autre des lignes blanches. Une camionnette bancale leur fit une queue de poisson, comme si le chauffeur s'était endormi au volant – ou venait juste de se réveiller. Ils traversèrent à toute allure des carrefours déserts, grillant les feux rouges, et finirent par arriver devant un immeuble bien entretenu, à proximité de Bab al-Luq. Dans le hall non éclairé, ils réveillèrent le *bawab*, un jeune homme apathique et débraillé, aux yeux chassieux, qui dormait sur un bout de carton étalé par terre. Il mit en marche l'ascenseur au moyen d'une clef qu'il portait dans sa djellaba et fit monter les visiteurs au cinquième étage, sans cesser de se frotter les yeux.

C'était un grand appartement dans le style des années 1950. Les installations donnaient l'impression de n'avoir pas été changées depuis que la grand-mère d'Ihab l'avait occupé. D'un côté, une petite cuisine. Au-delà, un salon meublé de deux divans séparés par une table basse. Un lampadaire d'inspiration Art déco : une femme qui brandissait une torche. Un Batman en plastique, grandeur nature, brillait dans un coin. D'autres personnages de B.D. Une pièce plus petite avait été équipée d'un lit étroit pour la transformer en chambre d'amis. Elle était jonchée de vêtements. La pagaille régnait partout. Cela aussi faisait peut-être partie de la rébellion d'Ihab : piétiner toute notion d'ordre.

Les deux hommes arpentèrent les lieux en silence, n'échangeant que des remarques sporadiques. La chambre principale comportait une penderie encastrée, bourrée de vêtements du sol au plafond. Ihab semblait avoir eu un penchant pour le shopping. Il y avait là des boîtes à chaussures, des piles de jeans, des polos aux couleurs vives, des sweat-shirts, ainsi que deux costumes pour les grandes occasions. Rebelle ou pas, il aimait manifestement les habits de qualité. Au bout de la pièce, devant la fenêtre, une longue table était encombrée de dossiers et de classeurs, de manuels divers. Une extrémité en était occupée par des maquettes en carton sur lesquelles Ihab bricolait au moment de sa mort. Tube de colle, cutters et fragments de plantes destinés à représenter des arbres. Un ordinateur identique à celui de Mourad trônait sur la table, ce qui constituait peut-être une explication. Ihab avait-il acheté le PowerBook Apple pour son ami moins fortuné ? Makana le soupesa dans sa main.

« Vous permettez que je l'emporte ? Il pourrait nous apprendre certaines choses.

— Prenez-le, mais n'oubliez pas de le rendre. »

Les étagères du salon étaient consacrées aux cassettes et aux CD. Une vaste collection de musique populaire flanquait la chaîne stéréo. Il y avait de larges enceintes, une dans chaque coin de la pièce. La cuisine était nue. Les placards abritaient quelques conserves et un paquet de café. Comme la plupart des étudiants, Ihab semblait avoir passé son temps à l'extérieur, dans des cafétérias, des snack-bars et des fast-foods, à en juger par la quantité de cartons de pizza et autres emballages abandonnés sur le plan de travail. Un chargeur de portable traînait sur le poste de télévision, mais pas d'appareil en vue. Avant l'arrivée de la police, Makana avait fouillé Ihab et exploré à fond l'étage supérieur du palais, mais sans trouver de téléphone.

« Nous perdons notre temps, bâilla Okasha, dont l'intérêt faiblissait.

— Je croyais que vous vouliez découvrir qui a tué le fils du juge.

— Écoutez, ça peut être n'importe qui. Ça pourrait même être votre fameux disparu. Si ça se trouve, ils ont eu une querelle d'amoureux qui s'est mal terminée.

— Cette histoire paraît un peu plus grave qu'une simple dispute d'amoureux, vous ne pensez pas ?

— Qu'est-ce que j'en sais ? Je suis un vieil homme qui ne comprend plus ce qui se passe dans ce monde.

— Ihab n'agissait pas seul. Ils étaient au moins trois : lui, Fadihah et Mourad. Et peut-être d'autres encore. Nous devrions tenter de les débusquer.

— Je laisse ça entre vos mains expertes. » Voyant l'expression de Makana, l'inspecteur leva les bras en un geste de défense. « Qu'est-ce que je peux faire ? Je dispose de ressources limitées. Vous avez entendu son père, il veut simplement oublier tout ça. »

Makana se tourna vers le portier qui s'attardait sur le seuil.

« À part le fils du propriétaire, qui d'autre vivait ici ?

— Ce n'est pas mon boulot de surveiller les allées et venues. »

Son attitude était suffisamment insolente pour faire jaillir une étincelle chez Okasha, qui s'avança vers l'homme. Celui-ci recula jusqu'à se cogner dans le mur.

« Il est tard et je suis fatigué, d'accord ? Alors ne faites pas le malin et contentez-vous de répondre à la question. »

Le portier lança un regard en coin à Makana, essayant de comprendre de quoi il retournait. Il décida de changer de ton : « La vérité, c'est que les gens n'arrêtent pas d'entrer et de sortir.

— Des hommes, des femmes, des étudiants ? Qui ? gronda Okasha. Donnez-nous des noms. Ihab, on connaît. Et Mourad, ça vous dit quelque chose ? »

Le *bawab* secoua la tête. « Je connais seulement Ihab. Les autres ne restaient pas assez longtemps, ou alors ils ne m'adressaient pas la parole.

— Des jeunes gens ? »

Bref hochement de tête. L'homme avait un petit visage étroit et des yeux qui semblaient incapables de rester en place. Les yeux fuyants de celui qui se ménage toutes sortes de petits à-côtés juteux. Le genre de type qui pouvait vous procurer tout ce que vous désiriez : haschich, alcool, filles, si c'était ce que vous cherchiez.

« Il était généreux, non, Ihab ?

— Son père est un gros ponte. » Les yeux mélancoliques du portier se levèrent brièvement avant de replonger vers le sol. « C'est une tragédie pour le juge Sabbour. Un brave homme.

— Il ne venait pas ici très souvent.

— Le garçon était assez grand pour s'occuper de lui-même.

— Vous nous faites perdre notre temps. » Le sourire d'Okasha s'évanouit. Il planta son index dans la poitrine de l'homme, le repoussant contre le mur. « Je devrais vous emmener au poste pour interrogatoire. Nous enquêtons sur un meurtre. Si nous faisons venir l'équipe scientifique, ils trouveront des empreintes, des cheveux, toutes sortes d'indices. Nous saurons précisément ce qui s'est passé ici et quel rôle vous avez joué dans l'histoire.

— Personne n'a rien fait de mal, je le jure ! protesta le *bawab* en levant les mains en l'air. Vous savez comment sont les jeunes d'aujourd'hui. Et puis celui-là ne s'intéressait pas à ces choses-là, si vous voyez ce que je veux dire.

— Déguerpissez, ordonna Okasha. Et restez dans les parages, nous aurons sans doute encore des questions à vous poser. » Après le départ du portier, il ôta sa casquette et se frotta les yeux. « J'ai besoin de dormir un peu. »

Makana avait une légère migraine et se trouvait à court de cigarettes. Un paquet de Marlboro froissé traînait sur le plan de travail de la cuisine. Il le prit et parvint à récupérer une cigarette oubliée. Une pochette d'allumettes était posée à côté.

« Il vous a dit quelque chose avant de mourir ? s'enquit Okasha.

— Rien de cohérent. Il avait déjà perdu beaucoup de sang. Il a cité des personnages de bandes dessinées. Tom et Jerry, Batman et Robin…

— Des bandes dessinées ? Je suis largué, là.

— L'important, c'est qu'il a reconnu ses assassins.

— Il y en avait donc plus d'un ?

— Il n'a mentionné que des duos. Je pense qu'ils étaient deux.

— Vous appelez ça une enquête ? Je serais mieux loti avec un adjoint qui lit dans le marc de café. »

La quatrième allumette consentit enfin à produire une flamme réticente et Makana inhala la fumée avec reconnaissance. Okasha attendait.

« Pourquoi ai-je toujours le sentiment que vous ne me dites pas tout ?

— Il se pourrait bien que ce soient des policiers. La paire dont je vous ai parlé, de Gizeh.

— Je ne veux pas en entendre davantage. Si vous voulez m'aider à découvrir qui a tué ce garçon, parfait, mais ne me servez pas vos bobards paranoïaques comme quoi des officiers de police seraient dans le coup.

— Je pensais bien que ça ne vous plairait pas.

— Ça ne me plaît pas, en effet, et voici pourquoi : je m'en tiens aux faits. Aux preuves tangibles. Vous vous rappelez ce que c'est ? Vous perdez les pédales, là. Vous ne pouvez pas lancer des accusations à la tête des gens sur la base des divagations d'un mourant. » Okasha postillonnait. « Des personnages de bandes dessinées, et puis quoi encore ? »

Il se dirigeait déjà vers la porte. « Je demanderai à mes hommes de fouiller cet appartement dans les règles, par égard pour le bon juge, mais je pressens que ce sera une perte de temps. Il n'y a rien à trouver ici. Qu'est-ce que vous comptez faire ?

— Débusquer la fille, répondit Makana. Elle n'a pas pu aller loin et elle est la seule à pouvoir nous raconter ce qui s'est passé.

— Prévenez-moi quand vous aurez du solide. Je ne tiens pas à donner de faux espoirs au juge. »

Makana resta un moment où il était, à faire tourner dans sa main la pochette d'allumettes, ornée du mot *Sothis* et d'une étoile mal imprimée. Il la glissa dans sa poche.

29

Le soleil brillait d'un éclat grisâtre dans le ciel maussade et nuageux. Hors de vue, un véhicule équipé d'un haut-parleur passait sur la route qui dominait la berge, son message strident proclamant on ne savait quoi dans un baragouin électronique incompréhensible. L'objet de leur publicité, quel qu'il fût – candidat politique ou nouvelle marque de lessive –, demeura un mystère qui finit par se dissoudre dans le tumulte de la ville. Une vedette passa en vrombissant sur le fleuve, ses occupants levant vers Makana des yeux écarquillés à travers leurs lunettes teintées, tels les visiteurs pleins de curiosité d'un zoo exotique.

L'annonce d'un nouvel attentat suicide à Bagdad remplissait les journaux. Ces attaques étaient devenues un repère fiable, revenant tous les trois ou quatre jours avec la régularité d'un métronome. Les détails variaient mais l'issue était toujours la même. Les photos se brouillaient pour ne plus en faire qu'une. Nombre de morts et de blessés. Date et lieu. Images lugubres de véhicules carbonisés et de flaques de sang. Visages hébétés des victimes. Fureur des autres. L'année semblait avoir été particulièrement bonne pour les kamikazes. Moussab al-Zarqaoui était le terroriste préféré de tout un chacun. Il posait avec des armes tel un Al Capone moderne, faisant le singe devant les objectifs. S'il n'avait pas existé, il aurait fallu l'inventer.

Chaque explosion entraînait de nouvelles spéculations des éditorialistes et des observateurs de tout poil. N'aurait-on pas pu trouver un moyen d'éliminer le tyran fou sans déclencher cette tempête de feu ? Face à la violence, ces questions revenaient sans cesse, comme si on labourait indéfiniment le même sillon. Personne ne croyait au prétexte d'aider le peuple irakien utilisé pour faire main basse sur les richesses du pays. L'histoire se répétait. Les puissances occidentales s'employaient à redessiner la carte de la région, exactement comme elles l'avaient fait cent ans plus tôt. Les Américains avaient publié un énième rapport annonçant qu'ils avaient une nouvelle stratégie pour remporter la victoire. Allez dire ça aux victimes de demain.

Makana jeta les journaux par terre. La vie était suffisamment déprimante sans ces histoires d'horreur. La seule chose dont il fût certain, c'était qu'il ne trouverait pas de réponses là-dedans. Il prit sa deuxième tasse de café sur le pont à ciel ouvert et alluma sa première cigarette de la journée, ce qui le rasséréna de façon infinitésimale. L'air semblait un rien plus tiède. Sur la table était posé l'ordinateur portable qu'il avait trouvé dans l'appartement d'Ihab. À côté, la pochette d'allumettes. Il examina le symbole de Sothis et, sur une impulsion, sortit son téléphone. Sami ne répondit pas, ce qui pouvait signifier qu'il cuvait son alcool quelque part ou qu'il était passé sous un bus. Makana termina son café et donna trois autres coups de fil. D'abord à Sindbad, pour s'assurer qu'il consacrerait sa journée, comme convenu, à remonter la piste de Fadihah.

« Allez partout où vous êtes allé hier. Il faut que nous la retrouvions avant les autres. »

Il appela ensuite Sahar Hafiz, dans l'espoir qu'elle ait réussi à contacter Fadihah, mais elle n'avait rien de neuf. Finalement, il téléphona au labo pour savoir si on avait progressé dans l'examen comparatif des morceaux de cadavres retrouvés dans l'ancien palais, mais il lui fut répondu que le Dr Siham n'était pas encore arrivée. Il décida d'attendre, car il était encore un peu tôt pour la joindre sur son numéro personnel. Au total, ce début de journée se révélait infructueux. Les choses ne pourraient que s'améliorer, songea-t-il en remontant le sentier jusqu'à la route. Ou peut-être pas.

L'institut Hesira était un bâtiment moderne qui offrait une vue spectaculaire. Relativement modeste comparé à l'hôtel Méridien, plus glamour, qui se dressait juste à côté, il était néanmoins tout aussi remarquable, au point qu'on en venait à s'interroger sur l'origine de son financement. L'incontournable fontaine, point central de l'allée circulaire, s'ornait de l'imposante statue d'un personnage pharaonique tenant un bâton et un petit sac. Avec l'art moderne, on se demandait toujours quel était l'intérêt de se donner tant de mal. Ce spécimen présentait au moins l'avantage de personnifier, en granit rouge, celui qui avait donné son nom à l'institut. Derrière Hesira, dieu antique des questions médicales, se trouvait l'entrée de l'édifice. Des portes en verre s'ouvrirent en coulissant à l'approche de Makana. À l'intérieur, le hall, large et frais, était décoré de piliers en marbre blanc si brillants qu'il en eut mal aux yeux. Le sol, lui aussi, était blanc. Une autre fontaine, plus petite, semblait perdue dans toute cette étendue marmoréenne. De chaque côté, des aires d'attente étaient meublées de discrets sofas, longs et bas, agencés à la manière de labyrinthes compacts. L'air était infusé d'une musique douce provenant de nulle part, tandis qu'un large écran de télévision mural diffusait en continu, de façon répétitive, les désastres du monde, tel un hit-parade sans fin. Des foules furieuses portant sur leurs épaules les morts enveloppés de linceuls psalmodiaient la grandeur d'Allah, comme pour l'implorer de donner un sens à leur tragédie. Un encouragement, peut-être, à ne jamais quitter ce sanctuaire de bien-être.

Le bureau d'accueil était circulaire. À présent, Makana commençait à détecter un thème architectural : des cercles à l'intérieur de carrés. Peut-être fallait-il y voir un obscur lien géométrique avec les pyramides clairement visibles par les fenêtres, dominant l'horizon telles deux dents d'un brun sale émergeant du sable. « Vous avez rendez-vous, monsieur ?

— Pas exactement. »

Ce n'était pas le genre de réponse que la réceptionniste attendait. Elle afficha le froncement de sourcils d'une sceptique pour qui les mauvaises réponses ne sont pas une option. À ses yeux, Makana incarnait l'anarchie, le chaos, des chevaux emballés galopant dans la rue. Derrière elle, un genre de responsable, en chemise beige et cravate nouée de travers, dressa l'oreille et reluqua le visiteur avec une expression soucieuse. Makana avait supposé que, s'il demandait à voir le révérend Corbis ou sa sœur, cela lui permettrait au moins de franchir la porte. À ce rythme-là, il n'irait même pas aussi loin. Peut-être aurait-il dû attendre, comme promis, que Jehan l'accompagne. Elle, au moins, connaissait Ishan Qaddus.

« Avez-vous rendez-vous, monsieur, oui ou non ?

— Je sais qu'elle est très occupée. Peut-être qu'elle a oublié. »

Le sourire de Makana érafla à peine l'armure de la réceptionniste. Elle lança un coup d'œil au genre de responsable, ce qui parut déclencher chez lui une impulsion bien masculine à prendre le contrôle des opérations. Il se lança : « Vous avez rendez-vous avec le Dr Corbis, dites-vous ? » Au ton de sa voix, c'était aussi plausible qu'un rendez-vous à dîner avec Kheops en personne.

« La voilà », dit la réceptionniste en agitant la main, son bureau soudain transformé en canot de sauvetage perdu en mer.

De l'autre côté du hall, une petite silhouette en blouse blanche attendait un ascenseur. Makana décida de ne pas poireauter davantage. Le temps qu'ils alertent la sécurité, il aurait au moins établi le contact.

« Docteur Corbis, Liz ? »

Dans la lumière éclatante de cette pierre d'un blanc brillant, elle avait l'air pâle et vulnérable. Les fois précédentes, il l'avait vue l'après-midi ou le soir, à l'église. Ici, elle semblait moins à sa place. Elle plissait les paupières à cause du soleil et, malgré l'air conditionné, des perles de sueur piquetaient sa lèvre supérieure.

« J'ai été tenté de répondre à votre invitation.

— Oh, bien sûr. » L'espace d'une seconde, elle parut avoir oublié qui il était et de quoi il parlait. « Désolée, j'avais l'esprit ailleurs.

— C'est à moi de vous faire mes excuses. Je me trouvais dans le quartier et je me suis dit…

— Cela ne pose pas de problème, vous savez. Inutile de vous excuser. » Elle lui sourit et parut presque contente de le voir.

« Le cadre est impressionnant, dit Makana en regardant autour de lui. Je ne m'attendais pas à ça.

— Oui, n'est-ce pas ? » Côte à côte, ils contemplèrent un moment le hall et la fontaine, puis elle reprit : « Écoutez, j'ai un peu de temps devant moi. Si je vous faisais visiter maintenant ?

— Cela ne vous dérange pas trop ?

— Pas du tout. »

Un coup d'œil vers le bureau de la réception lui apprit que les deux autres avaient décidé de retourner à leurs occupations comme si de rien n'était, ce qui lui convenait parfaitement.

La porte de l'ascenseur s'ouvrit avec un tintement. Ils entrèrent dans la cabine et restèrent debout face à face. Liz Corbis, les mains dans les poches de sa blouse, observait les numéros lumineux qui s'affichaient en hauteur. Elle était plus petite que dans le souvenir de Makana et portait des chaussures à semelles compensées pour se grandir. Elle n'avait ni maquillage ni bijoux, hormis une croix attachée à une fine chaîne en or autour de son cou.

Chaque étage portait le nom d'une divinité. À côté des ascenseurs du rez-de-chaussée, des images de Hesira, avec son bâton et son sac d'herbes médicinales, défilaient sur le mur. Le premier était dédié à Osiris et abritait les bureaux de l'administration ainsi que des cabinets de consultation. Les deuxième et troisième étages, Maât et Thot, étaient réservés aux chambres des patients. Les couloirs vibraient d'animation et de couleurs. Des fresques murales reproduisaient des peintures issues de cryptes funéraires. Scarabées ailés, ibis en plein vol et crocodiles à la gueule béante se disputaient l'espace auprès des dieux et des déesses. Un soleil rougeoyant flottait sur une sorte de radeau incurvé. Il y avait des hiboux, des chacals et des hiéroglyphes, le tout au milieu d'un saisissant assortiment d'étoiles et de végétation.

Un symbole, en particulier, semblait revenir plus fréquemment que les autres.

« Le scarabée symbolise le dieu Khépri, qui pousse le disque solaire à travers le ciel.

— La renaissance.

— Oui, précisément. Le soleil meurt chaque soir et renaît à l'aube.

— Est-ce pour cette raison que les patients viennent ici ? Pour renaître, je veux dire ?

— En un certain sens, je suppose que oui. Souvent, ils viennent ici en dernier ressort. Ils se savent condamnés. La médecine occidentale n'a rien d'autre à leur offrir que des antidouleurs, des soins palliatifs. » Elle prit une profonde inspiration. « Ici, nous leur offrons l'espoir. »

Ils se tenaient devant une baie vitrée donnant sur la cour intérieure qui s'étendait derrière le bâtiment principal. Une large terrasse et quelques marches descendaient vers un jardin entouré de hauts tamariniers. Étaient cachés là – expliqua le Dr Corbis – un gymnase, des courts de tennis, des salles d'hydrothérapie, des saunas, ainsi qu'un restaurant, une cafétéria et une piscine avec bar. De toute évidence, l'institut Hesira s'occupait principalement d'une clientèle vieillissante, voire âgée. Makana repéra l'une des rares exceptions sous la forme d'une fillette de onze ans, guère plus, accompagnée d'une mère attentive et d'une aide-soignante.

« Cancer du foie, annonça Liz Corbis en suivant le regard de son compagnon. Tragique, à un si jeune âge.

— A-t-elle une chance de guérir ?

— Pour être honnête, une greffe est son seul espoir.

— Et c'est envisageable ? »

Elle sourit. « Avez-vous des enfants ?

— Une fille. »

Makana jugea que ce n'était pas le moment d'entrer dans les détails. Dans son esprit, Nasra était toujours vivante, quelque part, et un jour il la retrouverait. Il n'en avait aucune preuve, n'avait aucune véritable raison d'y croire. Absurde, peut-être, mais qu'y avait-il de plus absurde, et de plus vrai, dans la condition humaine, que de croire à l'impossible ?

« Dans ce cas, vous devez comprendre qu'un parent fera n'importe quoi, acceptera n'importe quel sacrifice pour sauver son enfant. »

On aurait dit qu'elle essayait de lui faire passer un message. Il attendit la suite, mais elle se remit en marche et il fut bien obligé de lui emboîter le pas. Cela lui rappela Mustapha Alwan et son fils malade. À quel sacrifice le chauffeur avait-il été prêt à consentir pour son garçon ?

« Les parents veulent naturellement que leurs enfants aient une belle vie. »

Liz Corbis manifesta son accord d'un signe de tête. « J'aime à penser que c'est ce que nous faisons ici. Nous créons des possibilités, nous permettons à nos clients d'offrir à leur progéniture une meilleure vie que la leur. L'espoir, les opportunités… tout est là, non ?

— Et tout cela existe, en quelque sorte, grâce au Dr Qaddus. »

Elle sourit. « C'est un peu un faiseur de miracles. » Vanter les mérites du directeur de l'institut empourpra légèrement son visage. « Il rend espoir aux patients, leur offre la vie là où ils n'avaient que la perspective d'une mort lente et douloureuse.

— Il m'a l'air d'un fameux personnage.

— Oh, il l'est ! Vous aimeriez peut-être le rencontrer ?

— Il est certainement très occupé. » Makana était curieux de savoir où la médecine de l'Égypte ancienne et la charité chrétienne se recoupaient. « Quel est le lien entre cette clinique et le travail que vous effectuez, votre frère et vous ?

— Eh bien, ça marche dans les deux sens. C'est ce qui fait la beauté de la chose. Nous donnons aux gens d'ici une chance d'avoir une nouvelle vie en Amérique.

— Et les Occidentaux qui viennent ici, qu'est-ce que vous leur offrez ?

— Pour l'essentiel, nous apportons le réconfort aux mourants. » Elle indiqua la fenêtre. « Ils viennent à l'institut pour passer leurs derniers jours près des pyramides. On fait actuellement beaucoup de recherches sur l'impact de la pensée positive dans le traitement des cancers incurables.

— Et la prière y contribue ?

— Vous avez l'air sceptique. Le réconfort spirituel peut être d'une grande aide pour une personne confrontée à la mort. »

Makana ne doutait pas qu'elle eût raison. Qu'est-ce qui lui apporterait du réconfort, à lui, sa dernière heure venue ? se demanda-t-il.

« Mais comment cela fonctionne-t-il, concrètement ? Je ne suis pas sûr de comprendre.

— Au lieu de médicaments, les patients sont ici en relation avec le monde antique, avec la notion d'immortalité qui est au cœur de l'ancienne civilisation. Si nous envisageons cette vie comme l'étape d'un cycle, rien de plus, cela peut se révéler apaisant.

— Même si ce n'est pas la stricte vérité ? »

Elle lui décocha un regard teinté d'ironie. « Vous jouez les cyniques, et pourtant vous tentez de retrouver des jeunes gens à qui personne d'autre que vous ne s'intéresse. Admettez-le, vous croyez autant aux miracles que n'importe qui. »

Là, elle n'avait peut-être pas tort, concéda Makana. « Que deviennent-ils quand ils meurent ? Vous leur construisez de petites pyramides ? »

Liz Corbis éclata de rire, ce qui n'était guère dans sa nature. Dans un geste impulsif de gamine, elle se couvrit la bouche avec la main.

« Pour la plupart, ils ont le temps de rentrer chez eux avant la fin.

— Ça doit être coûteux de rapatrier des corps en avion.

— Des cendres. » Elle indiqua une mince cheminée à l'autre bout du bâtiment. « La clinique a – ou avait – son propre crématorium. Il est en réparation pour l'instant.

— Je ne savais pas que la crémation était autorisée en Égypte.

— Elle ne l'est pas, strictement parlant. Seuls les étrangers y ont droit. »

Elle parut soudain se rendre compte qu'elle parlait trop, ou peut-être était-ce la proximité de Makana qui la mettait mal à l'aise. Elle recula et rebroussa chemin vers les ascenseurs, à grandes enjambées décidées. « Nous ferions mieux d'avancer. Il faut que je vous montre la vue d'en haut. Elle est absolument unique. »

Au dernier étage, en sortant de la cabine, ils furent accueillis par l'image d'un scarabée ailé qui faisait face aux portes. C'était là que leurs patients miraculés récupéraient.

« Ils ont besoin de silence et de repos », expliqua Liz Corbis en précédant son visiteur vers l'aile sud du bâtiment. Une baie vitrée s'étirait d'un bout à l'autre du couloir. « Voici le panorama. Il ne manque jamais de frapper les visiteurs. »

Elle souriait de nouveau, mais avec moins de chaleur. La vue était aussi superbe qu'on pouvait l'espérer, du moment qu'on gardait les yeux fixés sur l'horizon en faisant abstraction du flot de véhicules qui se déversait sur la route à quatre voies, juste devant le bâtiment. En toile de fond, le paysage blanchi et poussiéreux était rompu par les silhouettes iconiques. Les pyramides étaient trop parfaites, géométriquement parlant, pour avoir été pensées par la nature. C'était une juxtaposition bizarre, où l'ancien conférait au moderne un caractère transitoire.

« Alors, dites-moi… » Elle fourra les mains dans les poches de sa blouse, soudain affairée et pressée de reprendre ses activités. « En quoi pouvons-nous vous être utiles ?

— Eh bien, j'espérais jeter un coup d'œil sur les dossiers de votre projet Homehavens.

— Malheureusement, comme je vous l'ai indiqué, ils sont strictement confidentiels. Nous ne pouvons pas dévoiler les informations personnelles de nos protégés.

— Je le comprends bien, et je ne vous demande pas de faire quoi que ce soit qui puisse leur porter préjudice, mais je suis convaincu que cette jeune fille court un danger. Avec votre aide, je pourrais la retrouver avant qu'il lui arrive malheur. »

Liz Corbis exhala un long, lent soupir. Elle scruta Makana comme pour déterminer si elle pouvait lui faire confiance, mais il y avait autre chose. C'était une femme qui avait peu d'amis. Elle se retrouvait ici, dans un pays étranger, avec la tâche ingrate de sauver des vies. Célibataire. Aucune allusion à un mari, pas d'alliance à son annulaire. Par-dessus tout, elle désirait aider. C'était pour cette raison, au départ, qu'elle était venue ici.

« Je ne vous promets rien, mais peut-être que nous pourrions simplement vous dire si, oui ou non, cette jeune fille faisait partie de notre programme ?

— Ce serait déjà ça.

— Descendons voir Preston. »

Tandis qu'ils entraient dans l'ascenseur, Makana indiqua l'image à côté du bouton du deuxième sous-sol : un grand chacal noir aux longues oreilles et au regard féroce.

« Nous ne l'avons pas vu, celui-là.

— La salle Anubis, dit Liz Corbis en secouant

vivement la tête. Le dieu des Enfers. Il n'y a pas grand-chose à voir, j'en ai peur. Il s'agit de la morgue. Moins utilisée qu'on ne pourrait le croire. »

Ils trouvèrent le révérend Preston Corbis à l'extérieur, près de la piscine. Allongé dans un transat, sous une paillote, il savourait un cocktail de couleur rose d'où émergeaient un parasol en papier et une paille. Dans la piscine proprement dite, une frêle octogénaire coiffée d'un chapeau de soleil faisait la planche, soutenue par un infirmier musclé. À quoi servait ce genre de thérapie, ce n'était pas clair, mais la patiente semblait bien s'amuser et lâchait de petits gloussements à intervalles réguliers. L'Égyptien qui la maintenait lança à Makana le regard entendu d'un camarade conspirateur.

« Ah, te voilà ! » dit le révérend à sa sœur en guise d'accueil. Il avait le visage congestionné par la chaleur et aussi, peut-être, par ce que contenait son verre en sus du jus de fruits.

« Tu te souviens de M. Makana ? Il était à l'église l'autre jour.

— Bien sûr, que pouvons-nous faire pour votre service ? »

Son sourire épanoui était un baume professionnel, garanti effacer toutes les rides. Makana exposa sa requête.

« Vous en avez déjà parlé l'autre soir, si je ne me trompe ?

— À l'église Notre-Dame, oui.

— J'ai promis de vous aider et je vais tenir parole. »

Il leva son verre et renversa la tête en arrière. Ses grandes dents de devant avaient quelque chose de chevalin.

« Ce serait très utile. La famille du jeune Mourad est inquiète pour lui.

— Rappelez-moi quel est le lien avec cette affaire. »

Le révérend Corbis se lécha les babines et s'essuya la bouche du revers de la main.

« Ce jeune homme était ami avec une fille, prénommée Estrella, qui aidait à l'église. Celle-ci pourrait sans doute me renseigner, mais elle semble avoir disparu à son tour.

— Et vous pensez qu'elle a pu partir aux États-Unis dans le cadre de notre programme ? Ma foi, c'est assez facile à vérifier. Son prénom ne me dit rien, mais beaucoup de ces jeunes gens changent d'identité. C'est une population itinérante ; ils peuvent utiliser un nom à tel endroit et un autre ailleurs. Cela se révèle parfois déroutant. »

Le révérend ne donnait pas l'impression de se laisser dérouter facilement, mais Makana jugea le moment mal choisi pour le contredire.

« Je suis stupéfait de voir à quel point notre projet Homehavens est aujourd'hui victime de son propre succès. Grâce au bouche-à-oreille, l'idée s'est propagée comme un incendie de forêt. Tant de gens en ont entendu parler que nous sommes submergés de candidatures. » Il vida le fond de son verre et l'agita devant un serveur de passage pour réclamer une nouvelle tournée. « Vous ne voulez vraiment rien, c'est sûr ? » Makana déclina la proposition.

« Naturellement, la politique de ce gouvernement en est responsable, au moins en partie. Franchement, la situation est devenue tout à fait alarmante. » L'expression de Corbis se fit solennelle. « Le traitement qui est infligé aux chrétiens n'encourage pas les gens à rester.

— J'imagine que cela ne nuit pas vraiment à votre entreprise. »

Le révérend Corbis fronça les sourcils. « Je crains de ne pas vous suivre.

— Je veux simplement dire qu'il n'y a rien de tel qu'un peu de persécution religieuse pour encourager la bienfaisance. »

Cette remarque valut à Makana une réponse cassante : « Il n'est certainement pas dans nos intentions de tirer parti des malheurs de nos frères croyants.

— Non, bien sûr que non. Pardonnez-moi, je pensais tout haut.

— Ce que vous êtes libre de faire, bien évidemment. » Le ton du révérend, tout comme son sourire, avait pris une tournure assez glaciale. « Comme ma chère sœur vous l'a encore expliqué, j'en suis certain, nos dossiers sont confidentiels. Nous ne pouvons partager ces informations avec personne. Cela étant, je me considère comme un bon juge de caractère, et il ne fait aucun doute pour moi que vous êtes guidé par de bonnes intentions. Néanmoins, je ne puis prendre le risque de compromettre la réputation de notre projet, pas plus que notre position dans ce pays.

— Il cherche à aider quelqu'un, Preston. »

Le révérend Corbis décocha à sa sœur un regard incendiaire avant de tourner les yeux vers la piscine, où la vieille dame sortait de l'eau avec l'aide de l'infirmier. Elle avait la peau ridée d'un lézard doré essayant de paraître gracieux.

« Ma sœur est une sainte, monsieur Makana. Je vois bien qu'elle est résolue à vous appuyer quoi que je dise, alors permettez-moi de vous faire comprendre ce que nous avons bâti ici. J'aime à croire que nous sommes méticuleux dans le choix de nos candidats. Notre succès, aux États-Unis, dépend de notre capacité à créer la confiance. Les donateurs veulent investir dans l'avenir, ce qui nécessite un lien solide entre l'enfant et sa nouvelle famille. Nous procédons à des interrogatoires poussés, Lizzie effectue ses examens médicaux. Nous passons au crible des centaines de jeunes et nous ne laissons rien au hasard. Au bout du compte, seule une fraction des candidats est admise. »

Liz Corbis prit le relais : « Vous imaginez aisément que ce n'est pas facile pour eux. Quitter les personnes et les lieux qu'ils connaissent… C'est un saut dans l'inconnu.

— Un acte de foi, comme je me plais à le dire. »

Le révérend sourit jusqu'aux oreilles, content de lui, et s'adossa à son transat tandis que le serveur lui tendait un nouveau cocktail.

« Certes, dit Makana, je comprends l'engagement que cela représente. Et, bien entendu, tout ce que vous me direz restera confidentiel.

— Vous essayez d'aider autrui, exactement comme nous. » Preston Corbis hocha la tête. « Nous travaillons dans le même domaine : nous sauvons des âmes, comme je me plais à le dire. » Il s'installa confortablement et ferma les yeux. « Je ne suis pas rancunier. »

Liz Corbis se leva. « Laissez-moi vous conduire au bureau, nous consulterons les dossiers. »

À cet instant, quelqu'un appela la jeune femme. Makana, tournant la tête, vit venir vers eux un homme athlétique, d'une quarantaine d'années. Il était en slip de bain, une serviette jetée sur l'épaule.

« Vous voilà ! »

Le visage de Liz Corbis prit une teinte cramoisie et Makana crut entendre le révérend marmonner un commentaire. Le nouvel arrivant s'approcha d'un pas élastique, avec l'énergie d'un homme moitié moins âgé. Son sourire conquérant dévoilait deux rangées parfaites de dents d'une blancheur éclatante.

« Alors, Liz ? Vous aviez promis de me donner une chance de regagner ma fierté. »

Liz Corbis commença à bredouiller une excuse, puis s'interrompit et tourna la tête vers Makana pour faire les présentations.

« Voici le Dr Ishan Qaddus, le cerveau qui est derrière cette merveilleuse aventure. »

Chose inhabituelle chez un Égyptien, Ishan Qaddus avait des yeux d'un bleu intense, qu'il riva sur Makana. Il avait la tranquille assurance de celui qui réussit quasiment tout ce qu'il entreprend. On comprenait aisément l'admiration fascinée qu'il inspirait à Liz Corbis.

« M. Makana est enquêteur. Il cherche à localiser une personne disparue.

— Que c'est intrigant ! Je ne crois pas avoir rencontré d'enquêteur avant aujourd'hui. »

Makana ignora la subtile nuance de moquerie dans sa voix. Les deux hommes échangèrent une poignée de main. Celle de Qaddus était vigoureuse. De toute évidence, le médecin était en excellente forme physique. Son épaisse chevelure grisonnante ajoutait encore à son allure distinguée. Il adressa à Makana un sourire épanoui, comme s'ils étaient de vieux amis. Ce qui avait amené cet inconnu en ces lieux lui importait peu à côté de ses propres préoccupations.

« Elle m'a battu hier au tennis et avait promis de m'accorder ma revanche. »

Il parlait couramment l'anglais, pratiquement sans accent, avec la cadence de celui qui a vécu à l'étranger durant de longues périodes.

« Je crains d'être responsable de son forfait, dit Makana. Le Dr Corbis me faisait visiter l'institut.

— Ah ! Et comment le trouvez-vous ?

— Très intéressant. Je suis surpris de ne pas en avoir entendu parler plus tôt.

— Peu de gens se sentent concernés. Dans ce pays, comme dans la plupart des nations en voie de développement, les citoyens sont sous le charme de la médecine moderne. Toujours plus de médicaments. » Il secoua la tête en riant. « Nous avons oublié la plupart des choses que connaissaient les anciens. Nous devons avoir davantage confiance en nous-mêmes. »

Le discours paraissait bien rodé.

« Vous avez sûrement raison. Puisque nous parlons de la profession médicale, je crois que nous avons une relation en commun.

— Vraiment ? » D'après son expression, Ishan Qaddus n'était pas à l'aise avec les surprises.

« Le Dr Siham.

— Jehan ? » La tension disparut aussitôt de son visage. Il se mit à rire, la tête rejetée en arrière. « Je la connais bien. Ça fait des années que je ne l'ai revue. Quelle curieuse coïncidence que vous me parliez d'elle.

— Un de vos anciens béguins, Ishan ? s'enquit Preston Corbis, gloussant de bon cœur dans son verre.

— À vrai dire, oui. Nous avons même été fiancés. »

Ce fut au tour de Makana d'être surpris.

« C'est vrai ? dit Liz Corbis. Il faut que vous nous racontiez ça. »

Ishan Qaddus eut un haussement d'épaules juvénile.

« Vous savez le genre de décisions qu'on peut prendre sur un coup de tête, quand on a vingt ans. »

Liz Corbis donnait l'impression de n'avoir jamais pris une décision audacieuse de toute sa vie.

« Nous avons rompu quand nous nous sommes ressaisis. Un coup de chance, je dois dire. » Qaddus rit de sa propre remarque. « Transmettez-lui mon meilleur souvenir quand vous la verrez. Et puis non, se reprit-il, je l'appellerai moi-même. Est-elle toujours au service de pathologie ? »

Ils se serrèrent de nouveau la main et Liz Corbis conduisit Makana vers le bâtiment principal et la salle des archives, située au sous-sol. En sortant de l'ascenseur, Makana découvrit face à lui une énorme peinture du dieu à tête de chacal.

« Je croyais que c'était la morgue ?

— C'est peut-être pour ça qu'ils nous ont donné un bureau ici. »

Liz Corbis sourit de sa plaisanterie et guida son compagnon le long d'un couloir, sur la droite, jusqu'à une petite pièce qu'elle ouvrit au moyen d'une clef accrochée à son cou. Les néons s'allumèrent en grésillant. C'était une pièce toute simple, meublée d'un bureau et d'une rangée d'étagères en métal gris sur lesquelles des dossiers étaient rangés par ordre alphabétique.

« Tous ceux-ci sont classés d'après le nom légal de nos angelots. » Elle alluma une console d'ordinateur. « Il va falloir parcourir les fichiers.

— Que pouvez-vous me dire sur les contrôles médicaux ?

— Nous devons être extrêmement rigoureux. Nous vérifions tout, depuis le sida jusqu'à l'hépatite C en passant par la tuberculose, sans oublier une foule de maladies qui peuvent être latentes dans l'organisme. La bilharziose, par exemple, ou fièvre du Nil occidental. Des pathologies qui peuvent être décelées, dans les régions tropicales, par des spécialistes qui les connaissent bien. Prenez un médecin du Nebraska ou de l'Idaho, il aura seulement lu des articles sur le sujet dans des revues médicales, sans les avoir jamais rencontrées dans la réalité. C'est pourquoi nous devons être très prudents. »

Liz Corbis sortit de sa poche d'austères lunettes de lecture et appuya sur les touches jusqu'à ce qu'elle trouve ce qu'elle cherchait.

« Estrella, avez-vous dit ? » Elle jeta un coup d'œil à Makana et changea de position. « Un prénom inhabituel. Espagnol ?

— Sa mère a été entraînée par des Cubains pendant quelque temps, durant la guerre civile.

— Eh bien, s'il s'agit de la même personne, elle a postulé à notre programme.

— C'est bien elle. »

La photo sur l'écran montrait une Estrella tirée à quatre épingles. Makana se rappela la première fois qu'il l'avait vue chez Westies. Une jeune fille avec, dans les yeux, une maturité qui n'était pas de son âge. Que pourrait-elle lui raconter sur Ihab et Mourad ?

« Dix-sept ans. Un peu âgée pour Homehavens, mais bon. Apparemment, elle a rempli les formulaires et passé les examens médicaux. » Liz Corbis fit défiler les pages. « Ah ! elle a chuté sur le dernier obstacle. Elle était enceinte.

— Ces données remontent à quand ?

— Pas si longtemps. Moins d'un mois. » Liz Corbis ôta ses lunettes. « Je me souviens d'elle, à présent. Une fille sympathique, présentable. Vigoureuse. Elle ne savait même pas qu'elle était enceinte. Ça lui a causé un choc quand je le lui ai annoncé, mais elle a bien pris la nouvelle. C'est toujours une tragédie quand ça arrive. Parce que là, c'est un non catégorique. Naturellement, on ne peut pas régenter la vie des gens. Nous ne portons aucun jugement moral, mais une fille enceinte ne trouvera jamais une famille pour l'accueillir. C'est aussi simple que cela. » Elle reporta son regard sur l'écran. « Je regrette que ça n'ait pas marché, je m'étais prise d'affection pour elle. À n'en pas douter, elle aurait réussi en Amérique.

— Et vous n'avez aucune idée de l'endroit où elle pourrait être ? Aucun moyen de la joindre ?

— Il y a un numéro de téléphone. À part ça, rien, malheureusement. »

Enceinte et privée de la chance de commencer une nouvelle vie ailleurs : cela s'ajoutait à une situation déjà assez désespérée. Qui était le père du bébé ? La veille encore, il aurait pu voir Mourad dans le rôle ; aujourd'hui, il n'en était plus si sûr. Il composa le numéro mais obtint un message lui disant qu'il n'y avait plus d'abonné.

« Estrella avait une amie, prénommée Beatrice, qui faisait partie elle aussi de votre programme, je crois, avec son frère Jonas. Il y avait une photo d'eux à l'église. Je ne connais pas leur nom de famille.

— Ça n'a pas d'importance, nous pouvons recouper

par prénoms. Mais en l'occurrence, je me souviens parfaitement de ces jeunes gens. Il est rare de placer en même temps un frère et une sœur. »

Elle fit défiler les dossiers sur l'écran et s'arrêta sur une photographie des intéressés. Beatrice était une grande fille au sourire épanoui. Les yeux de Makana se rivèrent sur le jeune garçon qui se tenait à côté d'elle. Jonas. Les stries horizontales qui barraient son front l'identifiaient comme appartenant à l'ethnie Mundari.

« Je suppose qu'ils ont eu plus de succès », dit-il.

Tout en lisant, Liz Corbis hocha la tête. « Une famille de Seattle était disposée à les accueillir tous les deux.

— Bons bilans de santé ?

— D'excellents candidats. Intelligents, charmants. » Elle continuait d'acquiescer, comme si elle accompagnait un air dans sa tête. « Je ne peux pas vous autoriser à entrer en contact avec eux, vous le comprendrez.

— Cela signifie qu'ils sont déjà en Amérique ? Vous en avez eu confirmation ?

— Je n'en vois pas ici, mais elle ne nous est peut-être pas parvenue. Nous sommes au milieu de ce que nous appelons la période d'immersion. Nous laissons nos protégés tranquilles avec leur famille d'accueil pendant un certain laps de temps. Même moi, je ne communique pas avec eux. Cela leur évite d'avoir le mal du pays et leur permet de s'habituer à leur nouvelle vie ensemble. Tout contact avec la famille biologique et les anciens amis peut se révéler déstabilisant, surtout pendant la difficile phase d'adaptation. »

Makana, absorbé dans ses réflexions, mit un

moment à se rendre compte que Liz Corbis attendait qu'il parte. Il se leva et la remercia.

«Il n'y a pas de quoi, dit-elle. J'espère seulement que cela vous aidera à retrouver la personne que vous cherchez.»

30

La grossesse d'Estrella le turlupinait. Que ferait une jeune fille dans une situation pareille ? Pourquoi avait-elle dit à sa mère qu'elle partait pour l'étranger alors qu'elle avait été refusée par le projet Homehavens ? Quelles solutions de rechange cela lui laissait-il ?

Un autre problème tracassait Makana. Les deux flics, Hakim et Karim. La première fois qu'il les avait vus, ils traînaient à proximité de l'église. Cherchaient-ils alors Estrella, dans l'espoir qu'elle les conduise à Mourad ? Il tenta de joindre Fantômas mais tomba sur sa boîte vocale. Son aversion pour les téléphones augmentait chaque fois qu'il avait droit au même extrait de chanson dans une langue qu'il ne reconnaissait pas – mais qui, supposait-il, était celle du Darfour. Makana commençait à se demander si l'artiste n'était pas beaucoup plus proche d'Estrella qu'il ne voulait bien le dire. La rencontre avec la mère d'Estrella avait presque semblé organisée à l'avance. Et pourquoi Fantômas disparaissait-il opportunément chaque fois que Makana cherchait à le joindre ?

La circulation était bloquée et Jehan, quand il

l'appela, était elle aussi en voiture. Il entendait en bruit de fond des cris et des coups de klaxon.

« Apparemment, nous sommes pris dans le même embouteillage. Où êtes-vous ?

— Je suis coincée à Mansoura. Une dispute entre chauffeurs de minibus. Pourquoi les hommes éprouvent-ils toujours le besoin de tout contrôler ? »

Makana n'avait pas de réponse à cette question. Déjà la conversation lui semblait d'une familiarité déconcertante.

« Que faites-vous à Mansoura ?

— Je suis censée donner un cours, mais à ce train-là je vais être en retard. » Il l'entendit soupirer. « Dites-moi quelque chose d'agréable.

— Je le voudrais bien. »

Il entreprit de raconter à Jehan tout ce qu'il avait appris. Cela contribua à clarifier ses idées.

« Donc, Estrella n'a pas été retenue pour leur programme ?

— Il semble que non.

— Autrement dit, elle est toujours portée disparue.

— Elle et Mourad, oui. Après ce qui est arrivé à Ihab, je dois dire que ça ne se présente pas bien.

— Mais pourquoi leur voudrait-on du mal ?

— Peut-être qu'il n'y a aucune raison, dit Makana. Dès lors que vous commencez à démembrer des cadavres, la raison n'entre plus en ligne de compte.

— Difficile de contester cet argument. »

Suivirent une pause, puis une exclamation indiquant qu'elle avait des difficultés à bavarder tout en conduisant.

« Je voulais vous appeler ce matin pour savoir si vous aviez avancé, dit Makana.

— J'attends toujours les rapports du labo. J'en saurai davantage dans la soirée.

— Nous pourrons peut-être reprendre cette conversation plus tard », s'entendit-il dire.

À quoi pensait-il ? La reprendre comment ? Où ? Il y eut un silence prolongé, au point qu'il se demanda si elle n'avait pas raccroché. Mais il entendait encore, en fond sonore, le raffut rauque des avertisseurs et des imprécations.

« Nous pourrions dîner ensemble ?

— Dîner ? » fit-il en écho.

Il se rappela alors la précédente invitation de Jehan et la manière dont il avait réussi à ne pas s'engager.

Elle eut un rire léger, agréable. « À vous entendre, on croirait que vous ne mangez jamais.

— Non, si, bien sûr. Dîner… où ça ?

— Je connais un restaurant sympathique. Je vais réserver une table et je vous enverrai les détails par texto.

— Qu'est-ce que vous vouliez me dire, au juste ?

— Peu importe, cria-t-elle pour couvrir les bruits de la circulation. Ça attendra ce soir. »

Et Makana resta à fixer l'appareil dans sa main, se demandant comment celui-ci avait pris le contrôle de sa vie. Il s'aperçut qu'il avait oublié de poser à Jehan la question pour laquelle il l'avait appelée au départ, mais il ne se voyait pas la rappeler maintenant. La réponse attendrait.

Sami n'était pas à son bureau de Bab al-Luq. Makana trouva Ubay en train d'arpenter le hall miteux, murmurant pour lui-même. En réalité, le jeune homme parlait au téléphone, grâce à un petit objet fiché dans son oreille.

« Il devient de plus en plus difficile de distinguer les fous des sains d'esprit, observa Makana.

— J'en fais l'expérience tout le temps, dit Ubay en ôtant son oreillette.

— Comment ça se passe, ici ?

— Eh bien… demandez à n'importe qui, on vous répondra que c'est compliqué, mais n'empêche qu'on travaille. » Il s'ébroua. « En vérité, tant que durera ce problème avec Sami, Rania ne nous laissera pas un instant de répit.

— C'est regrettable.

— Vous êtes venu pour le voir, pas vrai ?

— Notre homme plein de mystères.

— Ouais, comme vous dites. »

Ubay gratta sa coiffure afro, suffisamment volumineuse pour abriter une nichée de moineaux. Il semblait avoir perdu le fil de la conversation. Le mur, à côté de lui, était balafré par des années de mauvais traitements. Le cadre de la fenêtre qui donnait sur l'escalier était fendu.

« Une idée de l'endroit où je pourrais le trouver ? demanda Makana.

— Comme d'habitude. Apparemment, il a élu domicile au Café Riche, mais ne le dites pas à Rania. »

Ubay brandit l'index en l'air tel un philosophe sous le coup d'une révélation métaphysique cruciale. Makana profita de l'occasion pour lui tendre le sac en plastique qu'il avait apporté. Ubay jeta un coup d'œil à l'intérieur.

« Encore un PowerBook Apple ?

— Celui-ci appartient à Ihab, un ami de Mourad. Vous y trouverez peut-être des informations utiles pour nous permettre de localiser Mourad.

— Je vais regarder. Je me suis renseigné sur les trucs dont vous m'aviez parlé.

— Les trucs ? »

Makana pêcha une cigarette dans sa poche. Il fallait laisser le temps à Ubay, ça ne servait à rien de le bousculer.

« Ces boîtes qui vous intéressaient. Algorabi Industries et... l'entreprise pharmaceutique ?

— Shaddad Pharmacies ?

— Voilà. » Makana attendit qu'Ubay ait rassemblé ses idées. « Elles appartiennent aux mêmes personnes. »

Makana tint la flamme en suspens mais laissa choir l'allumette quand celle-ci lui brûla les doigts.

« Qu'entendez-vous par là ?

— Eh bien, les deux sociétés appartiennent à une espèce de consortium. C'est bien le mot ?

— À vous de me le dire. »

Makana avait l'impression de se laisser guider dans une forêt ténébreuse par un enfant qui lui tenait la main, sans savoir le moins du monde où il allait.

« Le groupe Al Tawq, qui est un rassemblement d'hommes d'affaires et de politiciens, pour autant que je puisse en juger. » Il attendit un signe d'assentiment de Makana avant de poursuivre. « Vous n'avez peut-être pas entendu parler d'eux, mais ce sont de gros crocodiles. Des proches du président et de ses fils. Le premier cercle. Le Club Elite V.I.P.

— Je vois très bien. »

Pour entrer dans le monde des affaires au niveau supérieur, il fallait avoir un réseau. Obtenir les concessions pour des usines ou des aménagements fonciers, des lotissements, des franchises commerciales avec des sociétés étrangères – rien de tout cela n'était possible sans la bénédiction de l'élite dirigeante.

« Des cercles à l'intérieur d'autres cercles, dit Ubay.

— Et Omar Shaddad en fait partie ?

— C'est un petit poisson comparé à d'autres, mais il est bel et bien dedans.

— Quel est le domaine d'activité de ce consortium, exactement ?

— Tout. Absolument tout. De la production du béton aux produits surgelés, en passant par les concessionnaires de voitures de luxe, les complexes hôteliers dans le Sinaï, le fret aérien, le tourisme. Prenez n'importe quel secteur, ils en possèdent un morceau.

— Pouvez-vous me dresser une liste de ces entreprises et des personnes concernées ?

— C'est déjà fait. Je l'ai sur mon bureau. »

Pendant qu'il patientait, Makana resta à fumer près de la fenêtre au cadre fendu, plongeant son regard dans la cage d'escalier obscure. Une conversation fantomatique entre une voix au rez-de-chaussée et une autre à l'étage supérieur, au sujet de sandwichs, provoqua une vague crampe au creux de son estomac. Il prit conscience qu'il n'avait rien mangé de la journée, mais cela devrait attendre.

Ubay revint avec une feuille de papier.

« Je ne sais pas si ça va beaucoup vous aider, mais la voilà.

— Tout est utile. »

En parcourant rapidement la liste, l'œil de Makana fut attiré par un nom familier, le vice-ministre Qasim Abdel Qasim. Leurs chemins s'étaient déjà croisés[1].

1. Voir *Le Caire, toile de fond.*

Un autre nom, aussi, qu'il connaissait seulement depuis peu : celui d'Ishan Qaddus. Makana ne savait trop quelles conclusions en tirer. Ce pouvait être significatif, ou alors ça pouvait simplement vouloir dire que Shaddad avait au-dessus de lui quelqu'un qui le protégeait en échange de certaines faveurs. Voilà qui expliquait les coups de téléphone pour faire lâcher prise à Okasha. Shaddad avait des amis haut placés, mais cela n'entraînait pas pour autant qu'il sût ce que trafiquait Mustapha Alwan pendant ses loisirs. Le groupe Al Tawq constituait un lien entre Shaddad, l'institut Hesira et des gros pontes comme Qasim. Makana replia le papier en vue d'un examen ultérieur. Ubay le scrutait de toute sa hauteur, les paupières plissées.

« Vous pensez donc que c'est important ?

— Possible.

— Comment ça ?

— Peut-être que mon jeune disparu a marché sur les plates-bandes de quelqu'un. Une autre organisation, des personnes pour qui le transfert de réfugiés était un business lucratif et non un simple acte de solidarité – comme c'était le cas pour Mourad et ses amis. Eux, ils cherchaient juste à aider.

— Et ça leur a valu de se faire tuer. Au moins l'un d'entre eux.

— Mourad est toujours porté disparu et la fille est introuvable.

— Vous croyez qu'il est mort ?

— Je pense que c'est très possible. »

Les deux hommes fumèrent un moment en silence. Ils ne ressentaient pas le besoin de parler.

« Comment faisaient-ils, concrètement ?

— Quoi donc ? demanda Makana.

— Pour transporter ces réfugiés. Est-ce qu'ils avaient une voiture, un car ? »

Makana le regarda fixement, se demandant pourquoi une question aussi évidente ne lui était pas venue à l'esprit. Un véhicule. Où donc Mourad et Ihab se procuraient-ils un véhicule ? Il donna une claque sur l'épaule d'Ubay et le remercia.

« De quoi ? » s'enquit le jeune homme, interdit.

Mais Makana était déjà parti.

Le Café Riche grouillait d'animation à cette heure, avec la clientèle d'intellectuels vieillissants qui arrivaient en titubant, à la sortie des bureaux du quartier, en quête d'un moment de répit avant d'endurer le calvaire quotidien des transports en commun qui les ramèneraient chez eux. Il n'y avait cependant aucune trace de Sami. Le serveur, affairé, se faufilait entre les tables avec une aisance dont il n'avait pas fait montre la fois précédente. Il accorda à Makana l'accueil empreint de gravité qu'on réserve à un rongeur indésirable.

« Je cherche mon ami. »

Le visage sombre et ridé demeura impassible.

« Qu'est-ce qui vous fait croire qu'il est ici ?

— Vous ne serez jamais débarrassé de lui, vous savez, si vous continuez à poser ce genre de questions. Vous l'aurez sur les bras pendant des années. »

Le vieux serveur pesa le pour et le contre et décida d'opter pour la tranquillité d'esprit. D'un bref signe de tête, il indiqua la ruelle qui longeait le café.

« Prenez l'escalier, juste à côté. Il y a une réserve sur le toit. »

Makana le remercia et glissa quelques billets dans un verre vide en passant devant le bar, sans prêter attention au *tss-tss* désapprobateur. À l'arrière du café, un corridor menait à une entrée latérale donnant sur la ruelle. Un escalier étroit, aux murs éraflés mais en bon état, s'élevait dans la pénombre. Ces vieux immeubles du centre-ville dépérissaient à leur propre rythme. Un déclin majestueux, à l'ancienne, par opposition aux bâtiments plus récents qui s'effondraient sans avertissement, réduits à un tas de décombres en l'espace d'une nuit.

Lorsque Makana sortit sur le toit, le soleil de la fin d'après-midi emplissait l'air d'une mystérieuse promesse. Tandis qu'il se frayait un chemin à travers des rangées de cordes à linge sur lesquelles des vêtements séchaient, il fit sursauter une femme minuscule, format poupée, aux yeux embrasés par la lumière du couchant. Elle détala sans un mot, les bras chargés de draps pliés.

Sur un côté s'étirait une enfilade de petites pièces construites au fil des années, cahutes de stockage ou pigeonniers progressivement transformés en abris pour âmes perdues. En l'occurrence, la réserve était identifiable grâce au nom du café inscrit en lettres à demi effacées sur la porte entrouverte. L'intérieur était encombré de vieux cageots et de bouteilles vertes poussiéreuses, de liasses de prospectus et de magazines, de journaux déchiquetés. Sur les murs, un Johnnie Walker en redingote rouge et culotte de cheval voisinait avec une blonde souriante brandissant une bouteille de cognac Martell – et, plus incongru encore, avec une affiche pour les jeux Olympiques d'hiver 1968 à Grenoble. La lueur azur d'un écran d'ordinateur portable constituait l'unique source de lumière. Sami, une couverture drapée autour des épaules et sur la tête, à la manière d'un moine, était perché sur le lit, plongé dans une profonde méditation.

« Penses-tu vraiment que l'isolement social soit ce qu'il te faut en ce moment ?

— Je me demandais quand tu remettrais ça. »

Makana chercha un endroit où s'asseoir. « Tôt ou tard, tu vas devoir renoncer à cette vie de marginal et retourner auprès de Rania. »

Sami lui jeta un regard courroucé. « Je n'ai pas bu un seul verre aujourd'hui, figure-toi.

— *Mabrouk.* Pour la majorité des gens, c'est une chose normale.

— Je veux simplement dire par-là que la situation n'est pas… statique.

— Quoi que cela puisse vouloir dire.

— J'espérais te voir un peu mieux disposé. J'ai travaillé pour toi, après tout, dit Sami en tapotant le clavier d'ordinateur.

— C'est celui de Mourad ?

— Vingt sur vingt pour l'observation. »

Makana voulut bouger mais se cogna la tête contre un objet qui pendait du plafond et qui se révéla être un abat-jour sur une douille vide. Le choc libéra un nuage de poussière qui lui chatouilla le nez.

« Au fait, cette clinique dont tu m'as parlé, tu sais ?

— L'institut Hesira.

— Apparemment, c'est l'un des plus gros clients de… devine qui ? » Sami marqua une pause. « Shaddad Pharmacies. Pas mal, non ? Ils leur fournissent tous leurs médicaments, et ça représente une liste drôlement longue.

— C'est intéressant », concéda Makana.

Il rapporta à Sami la conversation qu'il avait eue un peu plus tôt avec Ubay. Sami hocha la tête avant de poursuivre.

« D'autre part, j'ai un collègue qui m'a annoncé qu'il travaillait sur un article consacré à l'institut. Top-secret, mais un scandale d'envergure. Il m'a dit que tout serait exposé au grand jour.

— A-t-il précisé de quoi il s'agit ?

— La clinique s'est taillé une certaine réputation, au moins à l'étranger, dans le domaine de la guérison des patients à la dernière extrémité. Des cures miracles. C'est ça qui les fait tous accourir d'Amérique et d'Europe, surtout les malades chroniques, ceux en phase terminale, les personnes âgées.

— Il n'a rien dit de plus spécifique ?

— Uniquement qu'il avait une source à l'intérieur de l'institut. » Sami haussa les épaules. « Mais tu sais comment sont les journalistes. Nous nous plaisons toujours à croire que nous sommes sur le point de révéler le Watergate.

— Quand doit sortir cet article ?

— C'est ça le problème, sa source a disparu. Ce sont des choses qui arrivent. Tiens, jette un coup d'œil. »

Sami se poussa pour faire de la place sur le lit. Makana resta debout. Il se sentait mal dans les endroits confinés, cela lui rappelait l'époque où il avait été incarcéré. Il frissonna, couvert d'une sueur froide. C'était une peur qu'il ne pourrait jamais vaincre, il le savait. Les années passaient et les souvenirs s'estompaient, mais ça ne le quittait jamais tout à fait. Ça restait un bruit de fond, un bourdonnement à la lisière de sa conscience. Il évitait les ascenseurs, les espaces exigus en général. En l'occurrence, il était content que la porte soit ouverte, malgré la fraîcheur mordante de l'air vespéral.

« Donc, je me suis dit qu'il y avait peut-être un moyen de localiser les mouvements de Mourad si on pouvait déterminer d'où il communiquait.

— Je vois. »

Si Makana semblait réagir mollement, c'était parce que la seule chose à faire, quand Sami se lançait dans les détails techniques, consistait à attendre qu'il soit arrivé à la conclusion. Makana était toujours étonné de voir le nombre de gens obsédés par cette technologie de l'information. Par moments, on aurait dit une sorte de secte des temps modernes. Jadis on avait Isis et Anubis, aujourd'hui on avait les octets et les mégahertz. En désespoir de cause, il attrapa ses cigarettes et en alluma une.

« Bon, dit Sami, laisse-moi t'expliquer.

— Je t'en prie.

— Chaque fois que tu te connectes à Internet, ton ordinateur se voit attribuer un numéro unique, rien que pour toi, qui est lié au service que tu utilises et à l'endroit où tu te trouves.

— D'accord. »

Makana inhala la fumée au goût âcre de la Cleopatra en s'interrogeant sur l'affiche des jeux Olympiques. Comment avait-elle atterri sur ce mur ? Le local avait-il été occupé autrefois par un skieur frustré rêvant de pentes enneigées et d'air alpin, noyant son chagrin dans l'alcool ?

« Donc, avec l'aide d'un ami qui travaille dans une compagnie téléphonique, j'ai pu déterminer où l'ordinateur de Mourad était connecté à un moment donné. Tu me suis ?

— Les numéros t'indiquent la zone d'où a été posté le message.

— Bravo. » Sami se redressa, trouvant son rythme de croisière. « Ça, c'est la version simple. En réalité, c'est un peu plus compliqué. Il y a d'autres facteurs qui entrent en ligne de compte et tu peux avoir des variantes qui t'induisent en erreur. L'important, c'est que, avec une série de fournisseurs, tu peux commencer à voir se dessiner un canevas. Dans ce cas précis, les lieux d'envoi et de réception de la plupart des messages étaient les mêmes, c'est-à-dire ceux où Mourad vivait et travaillait : les environs du campus universitaire, le restaurant familial de Zamalek. Cependant, deux d'entre eux nous ont conduits en dehors de la ville, et ce sont les plus intéressants. » Sami tourna l'écran vers Makana pour lui permettre de mieux voir la carte et indiqua une liste de numéros dans une colonne à droite. « Le problème, c'est qu'on obtient souvent une simple zone générale, pas un lieu précis. Surtout si l'utilisateur s'est servi d'un support amovible comme celui-ci. » Sami indiqua la clef USB qui dépassait sur le côté de l'ordinateur. « Donc, à moins que le numéro n'ait été connecté à un endroit spécifique, il est difficile de mettre le doigt dessus.

— Et en l'occurrence, on peut ?

— Précisément. » Sami tapota plusieurs fois le pavé tactile jusqu'à faire apparaître une carte. « Ici.

— Où est-ce, au juste ?

— Hasna, un patelin perdu au milieu de nulle

part. » En l'occurrence, le nulle part en question se trouvait dans le nord du Sinaï. « C'est à peu près à une heure de voiture de la frontière israélienne. »

Makana reprit du poil de la bête. « Qu'y a-t-il par là-bas ? » Il ne voyait qu'une route étroite qui traversait une étendue désolée.

« Rien. Tout est là.

— Et tu dis que Mourad a envoyé ses messages de cet endroit ?

— Exact.

— Et comment s'y est-il pris ? Je veux dire, il a juste allumé son ordinateur ou avait-il besoin d'une ligne téléphonique ou je ne sais quoi ?

— Eh bien, c'est là le hic. Il n'utilisait pas cet ordinateur.

— Mais alors, quoi ?

— Un cybercafé, un lieu qui fournit des ordinateurs et une connexion.

— En plein bled ?

— De nos jours, c'est assez répandu. »

Sami alluma une de ses cigarettes. La pièce minuscule se remplissait de fumée.

« Quand ces messages ont-ils été envoyés ? Quel jour ?

— Le vingt et un. »

Soit huit jours après que Mourad s'était présenté chez Westies pour la dernière fois. N'y tenant plus, Makana s'approcha de la porte pour avoir un aperçu du ciel. Au-dessus des toits, il vit les obélisques jumeaux des Nile City Towers. Éclairés tels des dieux électriques, ils se dressaient dans le ciel nocturne comme un portail donnant accès à un autre royaume. Plus loin, de l'autre côté du fleuve, des lumières clignotaient dans l'obscurité. Pour les Égyptiens de l'Antiquité, quand le soleil déclinait à l'ouest, le dieu Râ descendait dans le domaine des morts – les Enfers. Une route au milieu du Sinaï pouvait être un bon endroit pour disparaître. Ce pouvait être également un itinéraire pour passer de ce monde dans l'autre.

« J'ai une théorie, déclara Sami derrière lui.

— Je suis curieux de l'entendre.

— Elle risque de ne pas te plaire. Mais j'essayais d'imaginer ce que ces gosses pouvaient bien préparer, d'accord ? Autrement dit, quel rapport pouvait-il y avoir entre un trio d'étudiants rebelles et des réfugiés du Soudan du Sud ? Que voulaient-ils faire, sinon leur venir en aide ? Je regardais les nouvelles à la télé et des journalistes interviewaient des gens qui campaient devant la mosquée. On a demandé à l'une des femmes ce qu'elle désirait, et elle a répondu : un foyer. Un endroit où je pourrai vivre en paix et me faire une vie. C'est tout : un foyer.

— La mère d'Estrella était convaincue que sa fille était partie pour l'Amérique. Estrella lui avait dit qu'elle allait commencer une nouvelle vie, mais sa candidature a été refusée. Elle était enceinte.

— Alors où est-elle allée ? » demanda Sami. Il avait mis l'ordinateur de côté et fumait, allongé contre le mur. Au moins, il était sobre et il réfléchissait, c'était déjà ça. « L'Europe est le choix évident, mais c'est une destination difficile. Traverser la Méditerranée coûte cher et le voyage est dangereux.

— Surtout pour une femme enceinte.

— Donc, qu'y a-t-il de plus proche que l'Europe et de presque aussi sûr ? »

Sami tira de sous son séant un journal froissé et le

lança en direction de Makana, qui n'eut même pas besoin de l'attraper pour deviner la réponse.

« Israël », dit-il.

Sami parut médusé. « Tu le savais ? »

Makana ramassa le journal. En première page, une photo de gardes patrouillant devant une clôture de barbelés, dans le désert, et un gros titre sur les réfugiés. Il le déplia pour lire l'article, écoutant d'une oreille distraite Sami, qui continuait de parler.

« Si ces garçons ont tenté de faire traverser clandestinement la frontière israélienne à leurs protégés, c'était risqué. D'après l'article, les soldats ouvrent le feu sur tous ceux qui essaient de passer.

— Qui leur tire dessus ? Les Israéliens ?

— Non. Nous, les Égyptiens. C'est un scandale, mais ça expliquerait un peu cette histoire. Hasna n'est pas très loin de la frontière. »

Sami s'était déjà levé et enfilait ses chaussures.

« Qu'est-ce que tu fais ? demanda Makana.

— Tu ne crois quand même pas que tu vas aller là-bas tout seul ? s'exclama Sami, indigné. Ne me regarde pas comme ça. Tu me traites comme si j'étais un infirme, depuis quelque temps. »

Il y avait une part de vrai dans cette affirmation. Désormais, Makana était plus réticent à impliquer Sami dans ses enquêtes. Chaque fois qu'il le voyait, il ne pouvait s'empêcher de remarquer les cicatrices sur ses mains, datant d'une précédente affaire où il avait requis son aide et où Sami avait presque fini crucifié[1].

« Es-tu sûr d'être partant ? Je veux dire…

— C'est exactement ce qu'il me faut. Crois-moi,

1. Voir *Meurtres rituels à Imbaba*, Éditions du Seuil, 2016.

ça me fera du bien. J'ai besoin de sortir d'ici avant de devenir fou.

— Pourquoi ne pas aller retrouver ta femme ? »

Debout, la couverture jetée sur ses épaules comme une cape, Sami avait l'air plus qu'un peu détraqué.

« Si tu ne m'emmènes pas, je descends direct au bar et je me remets à boire. »

Voilà qui ne laissait guère le choix à Makana. De toute manière, il était trop tard pour se mettre en route sur-le-champ. Il appela Sindbad pour mettre au point un départ de bonne heure le lendemain matin.

« Le problème, observa Sami, c'est qu'ils avaient besoin d'un véhicule pour se rendre là-bas. Je ne crois pas t'avoir entendu dire que Mourad ou Ihab avaient une voiture.

— J'ai mon idée sur ce point », déclara Makana.

31

De nuit, les abords de l'ancien palais du pacha, rue Champollion, étaient obscurs et déserts. Dans la journée, ils revenaient à la vie lorsque les volets métalliques se relevaient le long des arcades, dévoilant les boutiques de pièces détachées et les mécanos à l'œuvre. Des colonnes de pneus entassés, des véhicules de toutes sortes à divers stades de vétusté, un camion démonté dont la cabine était surélevée et les phares pointés vers le sol trempé d'huile. Partout, des logos défraîchis aux couleurs passées, vieilles réclames pour filtres, pour bougies d'allumage et tout un assortiment dc pièces de rechange, témoignaient d'une époque à l'agonie.

À présent, au coucher du soleil, les ateliers fermaient. De l'autre côté de la rue étroite, des rayons de lumière ambrée frôlaient délicatement les hauts murs du vieux palais. Makana nota encore une présence policière : quelques gardes somnolaient à l'arrière d'un pick-up bleu foncé garé devant l'entrée principale. Il ne lui fallut pas longtemps pour trouver ce qu'il cherchait. La première fois qu'il l'avait remarqué, le nom lui avait paru être une simple coïncidence. Il savait maintenant que ce n'était pas le cas.

La peinture, autour de la porte, était décolorée et écaillée, mais attestait le soin et l'habileté avec lesquels, à l'origine, on l'avait appliquée sur le mur. Aujourd'hui, tout était du même gris uniforme, le fond et les lettres de l'enseigne se mêlant dans quelque processus organique de désagrégation. L'homme qui se tenait dans l'atelier montrait de semblables stigmates de l'œuvre du temps. Corpulent, négligé, il portait une salopette déchirée et tachée de toutes sortes de substances. Au-dessus de ses longues jambes, son ventre proéminent faisait penser à un tonneau cerclé. Doté d'une barbe grise broussailleuse assortie à sa tignasse mal coupée, semblable à du chaume, il fumait en regardant le monde défiler devant lui. Ses yeux rougis et alourdis de poches regardèrent Makana se faufiler par l'entrée. Sa main crasseuse agrippait un verre de thé.

« On est fermés. Revenez demain.

— Vous êtes Sabbour ?

— Qui ça intéresse ? » Il raidit les épaules, comme surpris qu'on l'appelle par son nom, alors même que celui-ci était peint en lettres de soixante centimètres de haut sur le mur extérieur.

« Je suis désolé pour votre neveu.

— Quoi ? »

L'homme posa son verre sur l'établi et scruta Makana à travers la fumée de sa cigarette.

D'un signe de tête, Makana indiqua l'ancien palais qui se dressait de l'autre côté de la rue.

« Le garçon qu'on a retrouvé là-bas… Ihab était bien votre neveu ? »

Le froncement de sourcils s'accentua. « Qu'est-ce que ça peut vous faire ? »

Quoique l'entrée ne fût pas plus large que celle d'un simple garage, l'intérieur ressemblait à une haute et vaste caverne. On entendait en bruit de fond une radio au son métallique, des violons qui se lançaient dans un rythme endiablé. Musique incongrue dans ce décor. Makana s'avança et se glissa le long de la voiture stationnée près de l'entrée. Le capot était levé, le moteur en partie démonté. Il sentit les yeux de l'homme rivés sur lui.

« Où vous allez comme ça ? »

Une rangée de véhicules bloquait un étroit passage qui menait dans les profondeurs de l'atelier. Au-delà, il distingua d'autres voitures garées dans la pénombre. Il se faufila en biais dans la galerie. Il n'avait toujours pas vu ce qu'il cherchait. Faire passer quoi que ce soit par ici serait revenu à démonter entièrement un puzzle avant de le reconstituer de l'autre côté.

« C'est étonnant, le parti que vous arrivez à tirer de cet espace. »

Le garagiste s'était écarté du comptoir, les mains pendantes. Lentement, il suivit Makana.

« Vous voulez quelque chose ? »

Une fois franchi le goulet, on débouchait sur un vaste parking au toit de tôle, rempli de véhicules pour la plupart poussiéreux et obsolètes. Un air de désolation y régnait. C'était un catalogue de l'ère de la mécanique, un musée oublié de l'histoire de l'automobile. Une Coccinelle sans pneus, couleur rouille, trônait à côté d'une Ford Cortina sans sièges et d'une Fiat Topolino, cru 1950, où une famille de chats avait élu domicile. Makana ne voyait toujours pas ce qu'il avait espéré trouver. Il repéra alors un vide entre les véhicules soigneusement alignés. Un espace récemment libéré. Pas de poussière par terre. Une flaque d'huile assombrissait le sol fissuré.

Makana s'arrêta. Du coin de l'œil, il aperçut un objet qui décrivait un arc vers lui. Un reflet fragmenté dans le chrome piqueté de rouille d'un rétroviseur extérieur. La clef anglaise lui frôla l'oreille en sifflant et heurta violemment le toit de la Volkswagen. Pivotant pour faire face à son agresseur, Makana reçut de plein fouet le poids de Sabbour. Projeté en arrière, il rebondit sur le coffre pentu d'une Citroën et glissa par terre. Pour un grand gaillard ventru, Sabbour bougeait vite. Il surgit au-dessus de Makana.

« C'est vous qui l'avez tué ?

— Serais-je ici si je l'avais tué ? »

Makana leva une main pour demander un répit, mais c'était inutile. Le garagiste n'avait plus envie d'en découdre ; il haletait, les narines frémissantes, mais sa colère n'était plus dirigée contre Makana. La clef anglaise s'abattit furieusement sur l'aile de la Citroën, y laissant sa marque en creux. C'était dommage de traiter ainsi une vieille voiture, mais si cela pouvait empêcher Sabbour de se défouler sur lui, Makana n'allait pas s'en plaindre.

« C'est moi qui ai trouvé Ihab, dit-il. Appelez votre frère si vous ne me croyez pas.

— Mon frère ? » Sabbour avait l'air sceptique. La bonne nouvelle, c'est qu'il abaissa de quelques millimètres la clef anglaise. « Vous êtes de la police ? »

Makana secoua la tête. « Je cherche un de ses amis, Mourad Hafiz. »

Avec un long soupir, Sabbour se redressa, jeta

l'outil par terre et resta planté là, les bras ballants. Il passa une main sur les dégâts qu'il venait d'infliger à la voiture et fit la grimace.

« Ils l'ont éventré, à ce qu'il paraît. »

Makana se remit debout et s'épousseta, attentif à éviter tout geste brusque. « Je voudrais découvrir qui a fait ça. »

Le garagiste ne réagit pas. D'un geste précis, exercé, il tira une cigarette d'une des poches de sa salopette. Un briquet apparut de l'autre côté. Il ramassa la clef anglaise et la soupesa dans sa main comme s'il réfléchissait à ce qu'il allait maintenant cogner.

« Vous saviez ce qu'il manigançait, n'est-ce pas ?

— Je m'occupe de mes affaires », répondit Sabbour avec un haussement d'épaules indifférent.

Makana aurait parié qu'il avait fait de la prison. Il avait l'allure d'un homme qui s'était égaré à un moment de sa vie et qui faisait désormais de son mieux pour se raccrocher à la dignité qui lui restait. Difficile de croire qu'il fût le frère d'un juge pompeux, en élégante robe de chambre, dans un salon surchargé de meubles Louis XIV. La brebis galeuse de la famille. L'oncle aventurier. Celui qu'on pouvait aller voir quand on avait besoin d'une oreille compatissante, d'un soutien pour une entreprise un peu hasardeuse.

« Ihab était un brave gosse.

— C'est vrai.

— Un peu excité, un peu turbulent. » Le sourire de Sabbour révéla une dent en or. « Comme moi à son âge.

— Il vous aimait bien. C'est pour ça qu'il est venu vous demander de l'aide.

— Des frasques de gamins. Je croyais que tout ça était inoffensif.

— Comment ça se passait ? »

De la tête, Sabbour indiqua l'espace vide. « Je gardais la fourgonnette ici. Quand ils en avaient besoin, ils la prenaient. Je croyais que cette lubie leur passerait. Question d'âge… Ils voulaient me donner de l'argent, mais je prenais seulement ce qu'il me fallait pour les réparations et l'entretien.

— Donc, vous ne posiez pas trop de questions ? »

Le garagiste haussa les épaules. « Ils sont tous pareils, ces mômes. Ils ne savent pas vraiment ce qu'ils veulent faire de leur vie.

— Vous savez où ils allaient avec le véhicule ?

— Bien sûr. Enfin, ils ne me disaient pas tout. » Il fixa sur Makana un regard maussade. « Vous comptez vraiment retrouver ceux qui ont tué Ihab ?

— Si je le peux.

— Ces gosses ne faisaient de mal à personne. » Sabbour, creusant les joues, inhala la fumée de sa cigarette. Il respirait avec difficulté. « Si j'attrape les fils de pute qui ont fait ça…

— Leur plan était risqué. Vous deviez bien le savoir quand vous avez accepté de les aider… »

Sabbour détourna les yeux. « Vous savez ce que c'est, marmonna-t-il. Je ne voulais pas trop y réfléchir. J'étais content qu'il ait besoin de mon aide, je ne croyais pas que c'était si sérieux. Je n'en avais aucune idée.

— Ils ont dû marcher sur les pieds de quelqu'un.

— Je vais vous dire ce que je pense. » La clef anglaise s'agita sous le nez de Makana. « Selon moi, ils ont oublié de graisser la patte à quelqu'un. Oublié ou refusé. Ça ne fait guère de différence quand il s'agit de payer des ordures comme ceux de votre engeance.

— Mon engeance ?

— Bref, dit l'autre avec un geste agacé.

— Savez-vous où ils les emmenaient ? »

Le garagiste écrasa son mégot et s'absorba dans la contemplation du sol. Puis, reniflant bruyamment, il tourna les talons et rebroussa chemin vers le devant de l'atelier.

« Vous avez purgé une peine pour quel motif ? » s'enquit Makana.

Les yeux las se tournèrent vers lui. Sabbour soutint son regard. Un homme qui assumait ses torts.

« Recel de marchandises volées, essentiellement. Rien de trop grave. »

La petite cage en verre sale située près de l'entrée était couverte par endroits de papier journal en guise de décoration. On avait scotché des feuilles jaunies ornées d'images fanées de starlettes, de chanteuses et d'actrices qui devaient être aujourd'hui, où qu'elles soient, des matrones entre deux âges. Makana exhuma de sa poche un paquet de Cleopatra et un briquet.

« Mon frère m'a aidé à trouver cet atelier quand je suis sorti de taule.

— Combien de voyages ont-ils faits ?

— Deux ou trois, peut-être davantage. Je n'ai pas noté.

— Ceux qui ont tué Ihab ne s'arrêteront pas là. Ils vont maintenant s'en prendre à Mourad et à la fille, Fadihah. Votre neveu voudrait qu'on aide ses amis, vous ne pensez pas ?

— Vous n'êtes pas de mèche avec les deux autres,

dites-moi ? demanda Sabbour en examinant l'extrémité de sa cigarette.

— Quels deux autres ? » Makana leva les yeux. Il connaissait déjà la réponse.

« Ils ont dit qu'ils étaient de la police. Ils avaient sur la figure un air de supériorité malhonnête. Et ils savaient tout sur mon compte.

— Décrivez-les-moi.

— Le premier était grand et laid, le second petit et encore plus laid.

— Et leur voiture ?

— Une Mazda couleur crottin de cheval.

— Tom et Jerry.

— Ils ne se sont pas présentés, mais je suis certain que ce n'étaient pas ces noms-là.

— Hakim et Karim, ils s'appellent. Si vous pensez à autre chose que vous voudriez me dire, passez-moi un coup de fil. » Il tendit à Sabbour une carte portant son numéro. « Une dernière question… Le véhicule qu'ils utilisaient, de quelle marque était-il ?

— Un vieux Toyota Hiace. Rouge. Vingt ans d'âge. Ils voulaient un véhicule discret, rien de sophistiqué. Ils le trouvaient idéal. »

Sindbad l'attendait dehors. Il avait passé la journée à chercher Fadihah, sans succès. À présent, il était fatigué et pressé de rentrer chez lui. Tout en conduisant, il se mit à pester contre le trop grand nombre de voitures dans les rues.

« Je le jure, si j'étais président, j'imposerais une interdiction. Par exemple, mettons, on pourrait autoriser les voitures rouges un jour et les bleues un autre jour. » Sindbad ponctuait ses pensées de coups de klaxon rageurs. « Mais quelle idée, ça ne marcherait jamais. Les gens n'en font qu'à leur tête. »

Makana ne lui prêtait guère attention. Il se rappelait le poème accroché au mur de la chambre de Mourad. *La liberté n'est pas la liberté quand un homme n'est pas libre. Montez à bord de notre Train de la Liberté !* C'était ce qu'ils avaient fait : convoyer des réfugiés jusqu'à la frontière israélienne, leur donner une chance de mener une nouvelle vie dans un nouveau pays. Un train de la liberté des temps modernes, le genre d'idée susceptible de séduire une bande d'étudiants naïvement idéalistes en quête d'aventure. Seulement voilà, les choses avaient pris un tour plus grave. Que s'était-il passé ? Qu'est-ce qui avait précipité ce changement ? Était-ce à ce moment-là que Tom et Jerry entraient en scène ?

Makana tenta d'appeler Fantômas mais n'obtint une fois encore que les rythmes lointains avec tambours et chanteurs. La Datsun retraversa le fleuve et pénétra dans Mohandessin. Devant la mosquée, une échauffourée menaçait d'échapper à tout contrôle. Des gyrophares bleu et rouge indiquaient la présence de dizaines de véhicules d'urgence – voitures de police, camionnettes et ambulances. Des rangées de fourgons cellulaires formaient un mur du côté sud de la place. Des agents en tenue antiémeute, munis de boucliers et de matraques, bousculaient la foule. Leur objectif n'était pas clair. Sindbad parcourut la scène d'un œil circonspect.

« Il vaut mieux revenir à un autre moment, *ya basha*. Ça se présente mal.

— Je m'en sortirai. Allez m'attendre deux rues plus loin, je vous rejoindrai quand j'aurai fini.

— Soyez prudent, dit Sindbad en secouant la tête. J'ai un mauvais pressentiment. »

La situation s'était dégradée depuis la précédente visite de Makana. La tension était visible sur les visages des hommes et des femmes rassemblés sur la place qu'on apercevait à travers le cordon de casques et d'épaules rembourrées, et aussi sur les traits crispés des policiers. Ceux-ci avaient peur, et ce n'était pas bon signe. En règle générale, quand les forces de l'ordre ont peur, les violences ne tardent pas à suivre.

Que s'était-il passé ? se demanda Makana en contournant le périmètre à la recherche d'une personne de connaissance. Le plus sage eût été de partir, de revenir quand le calme serait rétabli, mais il sentait qu'il ne pouvait pas s'offrir le luxe d'attendre. Il était trop tard pour Ihab, et bientôt il en serait de même pour les autres.

« Ils sont tous fous », déclara un jeune conscrit en tenue antiémeute. Son casque, trop grand pour lui, avait glissé sur ses yeux. Il le repoussa en arrière. « Ils se sont mis eux-mêmes dans ce pétrin.

— Ils devraient évacuer la place maintenant, ajouta l'un de ses collègues. Avant que ça devienne incontrôlable.

— C'est déjà incontrôlable. »

Makana s'avança en jouant des coudes et se rapprocha peu à peu du côté sud de la place herbeuse. Des pavés et des rambardes métalliques avaient été arrachés pour servir d'armes. La route était jonchée de débris de béton, de bouteilles et de vêtements – y compris une chaussure abandonnée. Au centre du conflit, il y avait une altercation entre un groupe d'hommes en uniforme noir, appartenant aux forces de la Sécurité centrale, et des jeunes gens furieux. Tandis qu'ils échangeaient des bourrades, Makana repéra le survêtement d'un blanc éclatant et les chaînes en or d'Aljuka.

« Vous ne devriez pas être ici », dit une voix à côté lui.

Tournant la tête, Makana découvrit Fantômas.

« Je te cherchais. »

Le jeune homme jeta un coup d'œil par-dessus son épaule et guida Makana à travers la foule, à l'écart des échauffourées. Ils s'arrêtèrent pour laisser passer une phalange de policiers en train de charger. Entre eux, ils traînaient à reculons un garçon d'environ dix-sept ans dont les pieds labouraient le sol, une traînée de sang luisant dans son sillage.

« Holà ! » cria Makana, mais Fantômas l'entraînait déjà sur le côté, franchissant les rangées de flics et de badauds.

« Vous feriez mieux de ne pas vous en mêler. »

Makana sentait frémir en lui une émotion qu'il n'avait pas ressentie depuis longtemps : la colère. Ils atteignirent un coin dégagé dans une rue bordée d'arbres, vague réminiscence de l'aspect qu'offrait en temps normal ce quartier résidentiel. Sur le balcon d'un immeuble, une famille, les bras étroitement serrés pour se protéger de la fraîcheur, observait le déroulement des opérations.

« Regardez bien, dit Fantômas en pointant l'index par-dessus l'épaule de Makana. Tous ces gens sont ici depuis trois mois, à essayer de reconstruire leur vie. Mettez-vous à leur place. Votre destin est entre les mains d'un quelconque fonctionnaire de l'ONU qui n'a aucune idée de ce qu'il fait dans ce pays – et encore moins de ce qui se passe devant sa porte. Mais la responsabilité lui retombe sur les épaules. Il doit décider si vous êtes un authentique demandeur d'asile ou un menteur. S'il vous refuse le statut de réfugié, vous avez une chance – une seule – de faire appel. Après ça vous êtes fini, coincé ici à jamais.

— J'ai du mal à comprendre exactement quelle est ta place dans tout ça.

— Moi ?» Fantômas eut un sourire qui était une grimace dure, cynique. « Je suis arrivé ici sans rien. Des haillons sur le dos, pas de papiers pour prouver que j'étais bien celui que j'affirmais être, que j'avais été dans la résistance au Darfour, que mes parents, ma femme, mon bébé avaient été massacrés par les milices janjawids. Rien. Juste mon histoire. Parfois, ça ne suffit pas. Une fois que vous avez compris que vous n'êtes personne, vous pouvez devenir n'importe quoi. »

Makana avait besoin d'une cigarette. Ses mains tremblaient quand il en alluma une. Pourquoi maintenant ? Pour quelle raison cette situation le bouleversait-elle à ce point ? Il connaissait la réponse. Seulement il n'avait jamais vraiment formulé la question. Il comprenait la frustration. Peut-être était-ce la culpabilité qui l'avait conduit à rester à l'écart. Non pas sa culpabilité personnelle mais celle de ses compatriotes, les Soudanais du Nord, ceux qui n'avaient jamais réagi, qui avaient gardé le silence face à la guerre, la persécution et l'injustice. Le silence face à l'injustice de masse était une lacune de conscience. Culpabilité par association. Cela faisait de lui un complice.

« Il faut que je trouve Estrella. »

Fantômas eut un claquement de langue agacé. « Pourquoi vous ne renoncez pas ?

— Pourquoi une fille comme elle tomberait-elle enceinte ?

— Pourquoi une femme, quelle qu'elle soit, tombe-t-elle enceinte ?

— Elle savait qu'on allait lui refuser le voyage en Amérique, qu'on découvrirait forcément sa grossesse. » Dans la faible lumière, l'expression de son compagnon était difficile à déchiffrer. « Tu le savais, toi, n'est-ce pas, qu'elle devait trouver une autre issue ?

— Les situations désespérées appellent des mesures désespérées.

— Elle était au courant des activités de Mourad et de ses amis. Elle est allée le trouver pour lui demander de l'aide. Elle voulait qu'il la fasse sortir du pays. Pourquoi avait-elle besoin de lui ? Parce qu'elle était enceinte ? Parce que les Américains avaient rejeté sa candidature ?

— Laissez, Makana. Lâchez toute l'affaire, elle est trop grave. » Fantômas s'éloignait à reculons, les mains levées devant lui. « Ce combat n'est pas le vôtre, c'est le nôtre. Retournez là où est votre place. »

Sur ces mots, il tourna les talons et s'éloigna à grandes enjambées. Makana le suivit des yeux. Non loin de là, une sirène commença à mugir puis s'interrompit. En se dirigeant vers la rue où Sindbad l'attendait, il passa devant une poignée de policiers qui se reposaient, adossés à un mur. Ils éclatèrent d'un rire nerveux sur son passage.

32

Une heure plus tard, Makana se tenait devant le restaurant flottant Le Pacha, à Zamalek. Il se sentait vaguement ridicule. Qu'est-ce qu'il fabriquait, au juste ? Il avait réussi à repasser chez lui, où il avait fait de son mieux pour se rendre présentable. Malgré une chemise fraîchement lavée et sa veste la plus neuve, il se faisait l'effet d'un mouton tout préparé pour le couteau du boucher. Encore maintenant, il hésitait à entrer et envisageait une dernière fois d'inventer une excuse. À vrai dire, il avait tenté d'en fabriquer une qui résiste à l'examen mais s'était trouvé à court d'inspiration. Pour aggraver encore sa détresse, le hall d'entrée était tapissé de panneaux miroir – comme s'il n'était pas déjà suffisamment embarrassé. Et les lumières éclatantes ne faisaient qu'ajouter à sa torture, l'éclairant sans pitié tandis qu'il franchissait le seuil. Jetant au passage un coup d'œil à son reflet, il vit son père. Vieilli. Les traits tirés. Avec des rides aux coins des yeux et des touches de gris dans ses cheveux bruns. Son courage menaça de l'abandonner complètement. Il se retourna, songeant qu'il était encore temps de s'échapper… quand il découvrit le

Dr Siham plantée devant lui. Il en resta coi de stupeur. Elle avait une allure qui ne ressemblait à rien de ce qu'il avait pu imaginer. Ses cheveux, d'ordinaire emprisonnés dans le terne foulard qu'elle portait pour son travail ou ramassés en chignon sous le bonnet de bloc opératoire, lui tombaient librement sur les épaules. Ils semblaient briller et ondoyer, animés d'une énergie propre. Mais il n'eut pas vraiment le temps d'examiner les cheveux, tout occupé qu'il était à embrasser du regard le reste de sa personne. Elle portait une robe bleu foncé qui soulignait élégamment sa silhouette sans l'exhiber pour autant. Autour de ses épaules nues était drapé un châle aux couleurs vives, protection contre la fraîcheur vespérale.

« Excusez-moi d'être en retard. »

Un instant déstabilisé, Makana étudia sa montre. Ils étaient, l'un et l'autre, pile à l'heure. Ce moment de gêne menaça de se figer en embarras, aucun des deux ne sachant quel genre de salutation était de mise dans cette situation.

« Si nous entrions ? » suggéra-t-elle, mettant fin au supplice de Makana.

Le restaurant était censément français, crut-il comprendre, et comportait des box à hauts dossiers et de pittoresques lanternes, des panneaux peints en vert et des pilastres en bois sombre. Jehan choisit une table proche de la baie vitrée. Le jeune serveur toisa Makana d'un œil revêche, l'air de se demander comment une dame de cette classe pouvait s'afficher avec un homme tel que lui. Makana avait déjà mis les pieds dans des restaurants chics, mais ce n'était pas son habitat naturel.

« Cela fait des années que je ne suis pas venue ici »,

dit-elle, percevant peut-être l'inconfort de son compagnon.

Il jugea préférable de ne pas lui dire qu'il n'y avait jamais, pour sa part, mis les pieds et que rien ne lui paraissait plus absurde qu'un restaurant servant de la nourriture française dans une ville qui excellait dans le domaine culinaire. Il s'était fait la même réflexion à propos des Jardins de Verdi, et cela orienta ses pensées sur une trajectoire qui ramenait à Mourad et à tout le reste.

« Nous ne sommes pas arrivés depuis cinq minutes que vous pensez déjà au travail, déclara-t-elle sans lever les yeux de son gigantesque menu. Peut-être devrions-nous décider de ne pas parler boutique avant d'avoir commandé, voire même avant d'avoir fini de dîner ? Ce serait mieux, non ? »

Le serveur attendait patiemment. Makana avait failli lui demander de s'éloigner, pour la simple raison qu'il lui fallait davantage de temps pour choisir, mais il se trouvait maintenant dans l'obligation de prendre une décision.

« Comment préparez-vous ce plat ? » s'enquit-il en pointant l'index.

Le serveur eut un froncement de sourcils soucieux. « Le poulet à la Kiev, *ya basha.* On découpe en tranches une poitrine de poulet et on la farcit avant de la faire frire. »

Il jeta un coup d'œil à Jehan, en face de lui, qui interpréta son hésitation comme une préoccupation logique.

« La farce ne contient pas de viande de porc, n'est-ce pas ? demanda-t-elle au serveur.

— Oh ! non, madame, se récria-t-il, atterré qu'une

telle pensée ait pu seulement effleurer l'esprit de sa cliente. On utilise du *bastourma*, naturellement.

— Vous voyez, c'est sans risque. »

Makana remercia d'un signe de tête et commanda le plat. Mieux valait encore passer pour un dévot que pour un ignare. Lorsque le serveur leur eut apporté deux verres de jus d'hibiscus, ils se retrouvèrent seuls et un silence contraint s'installa.

« Vous ne faites pas ça très souvent, n'est-ce pas ? dit-elle.

— Oh, j'essaie de manger une fois par jour, au moins.

— Je voulais dire… de cette manière.

— Commander du poulet russe dans un restaurant français ? Non, en effet.

— Vous me taquinez.

— Pardonnez-moi. Le fait est que… non, je ne fais pas ça très souvent. À vrai dire, je ne me rappelle même pas la dernière fois où j'ai dîné en tête-à-tête avec une femme.

— C'est vrai ? » Elle parut d'abord surprise, puis, lentement, acquiesça pour elle-même. « Vous menez une vie tranquille. Je respecte ça. Vous avez des goûts simples. Vous n'aimez pas les endroits qui cherchent à en mettre plein la vue. Vous seriez heureux au Felfela avec un sandwich au *taamiya*.

— Je pense qu'il y a moyen de faire mieux. »

Ils rirent de concert.

« C'est naturel, je suppose, dit-elle.

— J'ai été marié, reprit Makana avec lenteur, sans trop savoir pourquoi il s'embarquait sur ce sujet. Quand Muna est morte… je me suis dit que ce côté-là de ma vie était terminé.

— S'il y a une chose que mon métier m'apprend, c'est que la vie est limitée et généralement beaucoup plus courte qu'on ne veut y songer. Nous devons profiter au maximum du temps qui nous est imparti.

— En cet instant, j'ai surtout du mal à penser à vous autrement que comme le Dr Siham.

— Vraiment ?

— Pour commencer, vous ne vous habillez pas de cette manière tous les jours.

— Cela me vaudrait sans nul doute d'être mise aux fers. On lancerait des pétitions pour me faire renvoyer de mon poste. Les barbus s'en donneraient à cœur joie. » Elle se pencha par-dessus la table, une lueur malicieuse dans les prunelles. « Puis-je vous poser une question ?

— Bien sûr.

— Vous n'êtes pas vraiment religieux, n'est-ce pas ?

— Vous parlez de cette histoire de poulet ? Non, je voulais juste savoir en quoi ça consistait exactement.

— Cela ne m'a même pas effleurée. » Jehan sourit pour elle-même. « Je ne suis pas aussi piètre juge de caractères, d'habitude.

— Ne vous inquiétez pas pour ça.

— Donc, ça ne vous dérange pas si nous prenons du vin ? En temps normal, je dois sauvegarder les apparences. Je jeûne pendant le ramadan, mais uniquement parce que ma famille me regarderait de travers si je ne le faisais pas, et aussi parce que c'est un bon moyen de maigrir.

— La plupart des gens prennent du poids pendant le ramadan.

— Précisément. Il faut donc une certaine discipline, mais on a ainsi un mois de l'année où on peut se convaincre de ne pas manger toute la journée. Vous ne semblez pas avoir ce problème.

— J'aime bien manger, seulement mes horaires sont irréguliers.

— Mon père était pareil. Il n'avait jamais le temps. Toujours à travailler. Au point que ça l'a mené prématurément à la tombe. Nous, les enfants, on prenait nos repas avec ma mère ou ma tante, souvent ma grand-mère.

— Vos parents travaillaient tous les deux ?

— Ma mère était pédiatre, mon père chirurgien. » Elle leva les mains au ciel en une parodie de désespoir. « Une famille de médecins ! Deux frères, l'un psychiatre, l'autre oncologue. Je suis la seule à m'intéresser aux morts. Les autres essaient de maintenir leurs patients en vie.

— Il faut bien que quelqu'un s'en charge. »

On leur apporta une bouteille d'Omar Khayyam rosé. Le vin avait plutôt bon goût. Ils allumèrent des cigarettes. Makana commençait à se sentir un peu plus détendu.

« Vous formez un drôle de couple, vous et l'inspecteur Okasha, déclara Jehan en l'observant avec attention.

— Je ne nous voyais pas vraiment comme un couple.

— Il est tellement à cheval sur le règlement, tandis que vous… Enfin, je n'imagine pas deux hommes plus opposés. Vous, en plus, vous avez des principes, dit-elle en pointant sa cigarette sur lui.

— Ah bon ?

— Certainement. Vous croyez au bien et au mal.

— Comme tout le monde, non, chacun à sa manière ?

— C'est ce que nous prétendons tous – du moins, la majorité d'entre nous –, mais la vérité est souvent fort différente. »

Les plats arrivèrent et Makana découvrit que le poulet à la Kiev n'était pas si mauvais. Peut-être soufflerait-il cette recette à Aswani, histoire de voir ce qu'il en ferait. Le niveau de la bouteille de vin diminua avec régularité pendant qu'ils bavardaient. Quand ils commandèrent le café, Makana eut la surprise de voir sa compagne endosser à nouveau son rôle professionnel de pathologiste. Le ton de sa voix, son attitude, même sa façon de s'asseoir et de donner des ordres au serveur. Le côté autoritaire de sa personnalité refit surface en l'espace d'un instant.

« Il est encore trop tôt pour les tests, mais j'ai peut-être réussi à faire coïncider les griffures sur le cou avec celles que présente le torse retrouvé dans l'ancien palais.

— De mon côté, je suis allé à l'institut Hesira et j'ai vu une photo de Beatrice et Jonas, les amis d'Estrella. Jonas porte sur le front les marques d'un Mundari.

— Intéressant. Vous pensez que la tête coupée pourrait être la sienne ? » Elle le regarda, sourcils froncés. « Attendez, je croyais que vous vouliez que je vous accompagne ? »

Makana examina le contenu de son assiette. « J'ai pensé que vous seriez occupée. Je n'ai pas voulu vous déranger.

— Dites plutôt que vous n'avez pas trouvé le courage de me téléphoner. »

Levant les yeux, il vit qu'elle souriait.

« J'ai fait la connaissance de votre vieil ami, Ishan Qaddus. »

Une ombre passa sur le visage de Jehan et il se rappela ce fameux soir, au labo, où il l'avait surprise assise seule.

« C'est en ces termes qu'il a parlé de moi ? Comme d'une vieille amie ? »

Makana se rendit compte qu'il s'était aventuré sur un terrain glissant. La relation qui avait existé autrefois entre elle et Ishan Qaddus touchait encore un nerf.

« J'ai eu l'impression que vous aviez été proches, dans le temps.

— On peut le dire comme ça.

— Que s'est-il passé ?

— Les gens changent, répondit-elle avec un haussement d'épaules. Aujourd'hui, il a des tas de relations. Hommes d'affaires, politiciens, célébrités de la télévision, personnalités dont parlent les journaux. Officiels haut placés, gens d'influence, investisseurs potentiels…

— Pourquoi avez-vous rompu ?

— Je crois que, tout au fond de moi-même, je savais que je ne pourrais jamais rivaliser avec ses ambitions. Je ne voulais pas que ma carrière se limite à rester plantée à côté de lui lors des soirées mondaines.

— Je vous imagine difficilement dans ce rôle.

— Remarquez, je suis heureuse pour lui. Il a bien réussi. On peut dire qu'il est aujourd'hui en illustre compagnie. Il s'est bâti un véritable empire.

— Et tout ça sur la rive boueuse du Nil. »

Elle rit de la boutade, puis scruta le fond de son verre.

« Quand nous étions jeunes, il avait des ambitions d'une autre nature. Il voulait débarrasser le monde de la malaria, guérir la polio, ce genre de choses.

— Parfois, le monde matériel procure des bénéfices plus tangibles.

— Sans doute, mais je ne peux pas croire qu'il ait abandonné tout idéalisme. Il aurait fait un excellent chirurgien.

— Quand a-t-il commencé à s'intéresser à cette sorte de médecine alternative ?

— Je ne saurais dire, vous devriez lui poser la question la prochaine fois que vous le verrez. »

Peut-être était-elle contrariée que Makana soit allé à l'institut sans elle, après lui avoir promis de l'emmener. Ou alors, elle n'appréciait pas que les deux hommes aient pu parler d'elle en son absence. Il ne voyait pas pourquoi elle devrait s'en formaliser, mais il s'était résigné au fait qu'il y avait des tas de choses, chez la pathologiste, qu'il ne comprenait pas très bien.

Ce fut elle, cette fois, qui changea de sujet.

« Je n'ai pas été en mesure de comparer les échantillons de sang prélevés sur le mur du parking avec les tissus cutanés provenant de la tête. Les analyses d'ADN sont coûteuses et il me faudrait passer par une commission. » Elle soupira. « Ils aiment qu'on les supplie, ça risque donc fort d'en rester là. Quel est le fond de l'affaire, à votre avis ?

— Si seulement je le savais… Pour le moment, il n'y a que des fragments qui ne semblent pas avoir de rapport entre eux. » Makana se redressa et alluma une autre cigarette. « Supposons que les taches de sang sur le mur coïncident avec la tête coupée. Dans ce cas, la personne qui a été détenue dans le garage de Shaddad a été décapitée.

— En quoi cela nous avance-t-il ?

— S'il s'agit bien de Jonas, comment s'est-il retrouvé dans cette pièce ? Et qu'est devenue sa sœur Beatrice ?

— Vous pensez qu'ils ont été tués tous les deux, mais pourquoi ?

— Tout ce que je sais, c'est qu'ils sont censés être en Amérique.

— Vous en êtes sûr ?

— D'après Liz Corbis, ils sont actuellement en phase de transition, le temps de prendre leurs marques avec leur famille adoptive.

— Cette Liz, c'est elle que vous êtes allé voir à Hesira ?

— Oui, je devrais plutôt dire "le Dr Corbis". »

Makana s'interrogea sur le sens de la question.

« Vous paraissez vous faire beaucoup de nouveaux amis dans la profession médicale. » Jehan examina son verre avant de balayer son commentaire d'un geste bref. « J'aimerais connaître votre opinion sur ce fameux programme d'adoption. Vous ne trouvez pas curieux que des Américains veuillent adopter des enfants si grands ? Je veux dire, à seize ans on est presque un adulte. Je pensais que les gens désiraient des enfants plus jeunes. »

C'était une bonne remarque, un point que Makana n'avait guère approfondi. Il était parti du principe que, si de généreux Américains adoptaient des réfugiés soudanais, c'était parce qu'ils souhaitaient venir en aide à de jeunes chrétiens qui avaient fui la guerre.

Il ne s'agissait pas tant d'adopter des enfants que de faire une bonne action.

« Parlez-moi de la drogue que vous avez trouvée, dit-il. Du thiopental sodique ?

— Quelle est votre idée ?

— Je me demande juste s'il pourrait s'agir d'un trafic de stupéfiants.

— Parce que Shaddad est mêlé à l'affaire ?

— Pas directement, mais il est le patron d'une importante entreprise pharmaceutique. Ses chauffeurs, qui sont engagés dans un trafic pour leur compte, bradent ses produits clandestinement. L'un de ses véhicules a été impliqué dans une collision – peut-être accidentelle, peut-être provoquée.

— Provoquée comment ?

— Il y avait des traces de peinture sur l'aile. Il est possible qu'on ait délibérément poussé le véhicule sur la trajectoire du camion-citerne qui arrivait.

— Pourquoi aurait-on fait cela ?

— Pour faire taire quelqu'un ? Pour éliminer les chauffeurs ? Quoi qu'il en soit, le conducteur n'a pas été identifié. Un autre chauffeur, Mustapha Alwan, a disparu. Possible qu'il ait été dans la camionnette au moment de l'accident. Il a été blessé, mais au lieu de rester sur les lieux, il s'est volatilisé. Soit il s'est sauvé, soit on l'a enlevé.

— Shaddad dirige une entreprise respectable. Je ne le vois pas se compromettre dans un trafic illégal.

— L'autre problème, c'est le garçon dans le coffre. Où l'emmenaient-ils ?

— La fonderie que vous avez vue par là-bas. Si ça se trouve, ils y conduisaient le corps pour s'en débarrasser. »

Makana acquiesça. « À des températures aussi élevées, on peut faire disparaître quasiment n'importe quoi.

— C'est comme un incinérateur. Il ne reste plus que des cendres.

— Des cendres, répéta Makana. Peut-être qu'ils effectuent des expériences, des sortes de tests, avec des drogues qui sont instables ou qui ont des effets secondaires ?

— C'est possible. La fabrication de médicaments génériques dans ce pays rapporte des centaines de millions de dollars par an.

— Et il s'agit de drogues de quel genre ?

— Tout et le reste, depuis des remèdes contre l'hypertension jusqu'aux antidouleurs en passant par le Viagra. Le marché des alternatives aux coûteux produits occidentaux est vaste. » Jehan sortit son paquet de cigarettes et il lui en alluma une. « Ils procèdent par une sorte de technique inversée : ils décomposent une drogue existante pour voir comment elle est conçue, puis ils mettent au point un moyen de la fabriquer. Parfois, ils se trompent. Des impuretés s'en mêlent. Des gens peuvent mourir d'une réaction allergique à un élément mineur de la formule ou à une impureté.

— La crise cardiaque aurait-elle pu être provoquée par un test de médicament ?

— C'est possible, mais nous n'avons décelé aucune trace de produit en dehors du thiopental sodique. »

Encore une impasse. Malgré tout, celle-ci éclairait Shaddad d'un jour nouveau. Quelqu'un utilisait-il son réseau pour distribuer des génériques à son insu ? La seule personne susceptible de répondre à cette question était Mustapha Alwan, or il avait disparu.

« Le fils d'Alwan souffre d'une maladie qui nécessiterait une opération.
— Décrivez-le-moi.
— Yeux gonflés, visage bouffi. Et sa peau a une teinte jaunâtre.
— Je ne peux pas me prononcer formellement, mais ça ressemble à un problème de foie.
— Est-ce grave ?
— Ça peut l'être. Une hépatite, par exemple. Si c'est le cas, ça peut se soigner.
— Et quelque chose de plus grave ?
— L'hépatite peut être très sérieuse. Il pourrait s'agir d'une insuffisance hépatique, quoique ce serait inhabituel chez un sujet si jeune.
— Comment la soigne-t-on ?
— Oh, il n'existe pas de remède. Si l'enfant ne réagit pas au traitement, il faudrait recourir à une greffe.
— Et c'est réalisable ?
— Dans ce pays ? » Elle secoua la tête. « Il devrait probablement aller à l'étranger, et ce n'est pas donné.
— Je suis désolé, dit Makana. Je saccage la soirée.
— Pas du tout. » Elle lui dédia un regard ironique. « De toute manière, je n'avais guère d'espoir d'éviter que nous parlions boutique. »

Il y eut une brève dispute lorsque Makana insista galamment pour payer l'addition. Jehan refusa tout net et, finalement, ils se partagèrent la note, après quoi ils se promenèrent au bord du fleuve.

« Vous ne m'avez toujours pas dit pourquoi vous m'aviez appelé, observa Makana.
— Vous avez raison. » Jehan porta une main à son front en riant. « Excusez-moi, je ne sais pas où j'avais la tête. En fait, il s'agit d'un de mes étudiants.

Pendant la perquisition, il a mis en sachet tous les os qui traînaient.

— Quels os ? »

Un vent frais soufflait de la surface du Nil. Makana offrit sa veste à Jehan, qui la drapa sur ses épaules.

« C'est idiot, je sais, gloussa-t-elle. Les os que les chiens rongeaient, vous savez ? »

Makana se souvint des chiens agressifs dans le parking en sous-sol. Le hobby d'Abou Gomaa.

« Oui, eh bien ?

— Oh, rien d'important. L'un des étudiants a fait observer que certains de ces os ressemblaient à des phalanges humaines. Des doigts ou peut-être des orteils. Il est parfois très difficile de faire la différence entre des os d'humains et d'animaux, surtout quand ils sont en morceaux.

— Attendez une minute… » Makana s'arrêta et se tourna vers sa compagne. « Qu'est-ce que vous me dites, là ?

— Je dis que je ne suis sûre de rien. Sans une analyse plus poussée, nous ne pouvons rien affirmer.

— Mais il est possible qu'on ait donné à ces chiens des os humains à ronger ?

— Ça ne peut pas être vrai, n'est-ce pas ? » Elle le regarda et comprit son erreur. « Si ? »

Mais Makana rebroussait déjà chemin au petit trot vers la route, à la recherche d'un taxi.

33

Il faisait froid et humide lorsque Makana descendit la rampe menant au parking. Il appela plusieurs fois, sans obtenir de réponse. Le sous-sol était étrangement silencieux. Rien ne bougeait.

« Abou Gomaa ! »

Sa voix résonna dans l'espace caverneux. Aucune réaction, pas même les aboiements des chiens. Il s'avança dans l'obscurité, regrettant de ne pas avoir de torche électrique. Même celle de Sindbad, pourtant capricieuse, aurait été bienvenue. De pâles rais de lumière provenant de la rue s'infiltraient par les fissures, ouvrant des sillons devant lui. Ses yeux s'accoutumèrent peu à peu et il se fraya un chemin de mémoire, se rappelant la disposition générale des lieux d'après sa visite précédente. Il distingua les contours flous des véhicules garés le long d'un des murs. Devant lui, la cage d'escalier. Sur la droite, le local de service où on avait relevé l'empreinte ensanglantée.

Il atteignit le coin qui servait de logement à Abou Gomaa. Rien. Des cartons. Le lit de fortune. Le téléviseur, à peine tiède. Le vieux gardien n'était nulle part en vue. Makana trébucha sur un objet qui se révéla être une longue chaîne. Il la tira vers lui. Les chiens n'étaient pas attachés au bout. Où étaient-ils ? Gomaa avait-il un autre refuge pour la nuit ? Les avait-il emmenés avec lui ? Un de ses fameux combats de chiens ?

Il reprit sa progression et sentit des os craquer sous ses chaussures. Il tenta de les contourner, se demandant d'où ils pouvaient bien venir. Le vent gémissait à travers des trous dans les murs. Au loin, le bourdonnement de la circulation. Et autre chose encore. Un bruit différent. Un léger grattement. Quelque chose bougeait au fond du parking. Il s'enfonça plus avant, se dirigeant lentement vers l'endroit où, il le savait, se trouvait l'escalier.

Makana franchit la porte et se retrouva dans une obscurité plus dense. Une volée de marches montait vers le rez-de-chaussée et les bureaux de Shaddad. Il s'apprêtait à grimper quand il s'aperçut que le bruit provenait d'en bas. Une main sur la rampe, il revint en arrière et entreprit de descendre, tâtonnant du bout des pieds. Le parking comportait un niveau inférieur.

L'escalier était en béton nu. Aucune lumière n'y pénétrait et il devait progresser prudemment, une marche après l'autre. L'air devint plus chaud, mélange épais et entêtant qui avait quelque chose d'asphyxiant. Il continua d'avancer, les bras tendus devant lui, jusqu'au moment où il atteignit le mur. La porte, disposée de la même manière que celle de l'étage au-dessus, n'était pas verrouillée. Une fois le seuil franchi, il sentit la fraîcheur d'un espace dégagé qui s'élargissait autour de lui.

Ici, il faisait encore plus sombre que dans le garage.

Sans la rampe d'accès, aucune lumière ne filtrait. Il poursuivit néanmoins sa progression jusqu'au moment où ses mains rencontrèrent un obstacle, un haut grillage qui semblait s'étirer sur toute la longueur. Il s'immobilisa, le temps de distinguer, devant lui, un mouvement de l'autre côté de la clôture. Quelque chose se faufilait dans le noir, juste hors de portée. Un éclair fugace, un clignement. Une odeur animale de paille humide. Makana avança le long du grillage, se guidant d'une main.

Surgissant des ténèbres, des ombres bondirent vers lui. Un choc violent contre la clôture, à sa hauteur, le fit sursauter. Il s'écarta. Il savait maintenant ce qui bougeait dans cet enclos. Des chiens. Combien, il n'aurait su le dire. Ils sautaient le long de la clôture, tout près de lui, grimpaient les uns sur les autres en montrant les crocs. Leur odeur était irrespirable – une puanteur bestiale, pénétrante. Et ils ne faisaient aucun bruit. Contrairement aux chiens que Makana avait vus dans le parking, ceux-ci avaient un instinct de meute aiguisé. Ils se déplaçaient ensemble, comme une seule entité, se frottaient contre le grillage, juste de quoi faire tinter les mailles métalliques, puis se fondaient dans l'obscurité. Il aperçut leurs yeux, brefs éclairs jaunes qui clignotaient presque à l'unisson. Il sentit leur agitation et leur faim.

Attentif à ne pas trop s'approcher, il suivit la clôture jusqu'au coin le plus éloigné, où elle rejoignait un pilier en béton. Sur la droite, un rayon lumineux attira son attention. Quelqu'un bougeait, presque au ras du sol, éclairé par le faisceau d'une torche. Sans bruit, Makana s'approcha, la tache de lumière guidant ses pas.

« Bonsoir, Mustapha. »

L'homme poussa un cri et recula à la manière d'un crabe, renversant une pile de cartons.

« Rassurez-vous, dit Makana, je ne vous veux aucun mal. »

Mustapha Alwan n'était pas beau à voir. Des bandages sales enveloppaient son bras droit, qu'il tenait serré contre sa poitrine à un angle bizarre. Il avait un foulard noué autour de la tête, couvrant son œil droit. Son visage montrait des traces de lacération.

« Qui êtes-vous ? Qu'est-ce que vous voulez ?

— Je voudrais vous parler, c'est tout. » Makana leva les mains pour l'apaiser. « Ça va aller. »

Au bout de quelques secondes, l'agressivité d'Alwan s'atténua, mais c'était moins une manifestation de bonne volonté qu'un effet de l'épuisement. Makana s'accroupit devant lui. Alwan le fixa de son œil valide.

« Vous devriez voir un médecin. »

Alwan secoua la tête. « Pas de médecin.

— Vous vous cachez ici depuis l'accident ?

— Pas un accident. »

Il était blotti dans un coin de l'étroite alcôve, dissimulé derrière des piles de cartons et de vieux meubles couverts de poussière – un bureau auquel il manquait un pied, un enchevêtrement de chaises cassées. On avait suspendu une couverture crasseuse à une corde à linge tendue entre deux piliers. La torche électrique gisait par terre, là où il l'avait lâchée, le pinceau de lumière s'étirant entre eux.

« Ces chiens sont à Abou Gomaa ? demanda Makana en indiquant le grillage d'un signe de tête.

— Il les élève, ce vieux cinglé. Des chiens et des chacals. Il fait des paris sur des combats.

— Il vous aide. »

Alwan le dévisagea, les yeux plissés. « C'est vous, le type qui n'a pas arrêté de poser des questions.

— Il vous en a parlé ?

— Il a dit qu'il s'était débarrassé de vous.

— Je suis revenu. » Un détail intriguait Makana. « Une équipe scientifique a effectué une perquisition dans le parking, l'autre jour. Ils ne sont pas descendus ici ?

— Gomaa avait condamné la porte. Il leur a raconté que c'était une aire de stockage, que personne n'y descendait jamais. »

Pour le travail de police rigoureux, on repasserait. Makana s'assit par terre avec précaution et tendit son paquet de cigarettes au chauffeur. Il régnait une mauvaise odeur dans ce sous-sol. Était-ce dû aux chiens ou à Alwan ? En tout cas, ça empestait.

« Vous avez dit qu'il ne s'agissait pas d'un accident.

— Ils nous ont éjectés de la route. Ils voulaient me tuer.

— Qui ça ?

— Ils nous ont emboutis par le côté, nous ont poussés sur l'autre voie. Un camion-citerne arrivait. Ils voulaient nous tuer, ça oui ! Ce n'était pas un accident.

— Vous avez vu qui c'était ?

— J'ai vu. »

Alwan mit une main en coupe autour de sa cigarette, le regard rivé au sol. Son esprit semblait partir à la dérive. Peut-être le coup qu'il avait reçu sur la tête avait-il causé de sérieux dégâts. Au bout d'un moment, il leva les yeux.

« Vous êtes venu seul ? »

Makana acquiesça. « J'ai parlé avec votre femme.

— Ma femme ? » Le visage d'Alwan se crispa. « Ma famille… Ils vont tous bien ?

— Elle croit que vous êtes pris par votre travail. Elle ne sait pas que vous êtes ici ?

— Elle ne sait rien du tout. C'est mieux comme ça.

— Parlez-moi de votre fils.

— Qu'est-ce que vous voulez que je vous dise ?

— Il est malade, si j'ai bien compris.

— Il se meurt, répondit posément Mustapha Alwan. Il faudrait l'opérer. Qaddus m'avait promis, mais il y a eu des retards, toujours des retards. Il réclamait de l'argent. Et puis il a voulu que je fasse le chauffeur pour lui, pour nettoyer ses saloperies. » Son regard plongea dans celui de Makana. « Et chaque jour, je regardais mon garçon s'affaiblir davantage. C'en était trop. » Il battit des paupières, détourna les yeux. « Je leur ai dit que s'ils ne sauvaient pas mon fils, ils liraient dans les journaux la vérité sur leur précieux institut.

— Et c'est là qu'ils ont décidé de vous éliminer. »

Alwan acquiesça d'un air sombre.

« Je ne l'aurais pas fait, de toute façon. Enfin… je n'en sais rien. C'est mon garçon. Un homme ferait n'importe quoi pour sauver la vie de son enfant. » Soudain, il se raidit, leva une main et murmura : « Vous avez entendu ? »

Makana tendit l'oreille. « Les chiens, peut-être. Quelle était cette histoire que vous étiez prêt à révéler ? »

Alwan secoua la tête, lui fit signe de garder le silence. « Partez, maintenant. » Il saisit la torche et l'éteignit. Ils se retrouvèrent plongés dans l'obscurité. « Allez ! » siffla-t-il avant de s'éloigner à quatre pattes. Makana se mit debout et sortit de l'alcôve à reculons. Il s'arrêta pour écouter. Il n'entendait toujours que le son étouffé des chiens qui trottinaient, gémissaient doucement, se frottaient les uns contre les autres, frôlaient le grillage. Leur présence était semblable à un mur de fureur contenue, une tempête sur le point d'éclater. Il rebroussa chemin le long de la clôture, en direction de la cage d'escalier. Il y était presque quand une puissante torche s'alluma, le faisceau braqué sur son visage.

« Tu n'apprends pas vite, hein ? »

Il fallut quelques instants à Makana pour situer la voix. Trop tard. Il ouvrit la bouche pour parler, mais un violent coup de poing dans le plexus chassa l'air de ses poumons. Plié en deux, il sentit ses genoux céder sous lui. Son visage fut pressé contre le sol, où l'odeur de chiens et de paille était irrespirable, et son estomac se souleva. Une bottine appuya férocement sur sa nuque. Hakim, Karim, il n'aurait su dire lequel des deux était le propriétaire de la bottine. Quelque part derrière lui, il entendit Alwan hurler tandis qu'on le traînait hors de sa cachette.

« Non, non, non ! »

Makana fut hissé sur ses pieds. Son ventre lui faisait mal et il luttait contre l'envie de vomir. On le poussa brutalement contre la clôture métallique, une main autour de sa gorge pour le maintenir debout. De nouveau, le faisceau lumineux l'aveugla. Il frappa la main de son agresseur, ce qui lui valut de recevoir un autre coup sur la tête avec l'extrémité de la lourde torche. Il vacilla et faillit tomber. Cette fois, il vit trente-six chandelles.

« Un peu de patience. » Hakim, le costaud, se

pencha, l'haleine chargée d'ail et d'alcool. « Ton tour va venir. Mais d'abord, tu regardes. »

Il fit pivoter la lumière le long de la clôture et Makana put voir Mustapha Alwan à genoux. Karim lui balançait des coups de pied dans les côtes, méthodiquement, y ajoutant par intervalles des crochets à la tête. Il donnait l'impression de prendre son temps, de tenter d'amollir le chauffeur. Celui-ci, les doigts crispés sur les mailles du grillage, essayait de s'y cramponner. Il ne tarda pas à le regretter : les chiens accoururent dans un frémissement de fourrure, tamponnant la clôture dans leur hâte. Petits mais puissants, ils s'attaquèrent à Alwan qui poussa un cri de douleur. À la lueur de la torche, Makana le vit retirer sa main et serrer contre lui les moignons sanguinolents de ses deux doigts manquants. Près de lui, il entendit Hakim lâcher un petit rire tandis que Karim, interrompant son tabassage, empoignait Alwan par le col et le traînait par terre. Hakim poussa Makana dans la même direction.

« Allez, bouge-toi. Tu ne voudrais pas rater ça. »

Ils atteignirent le pilier du bout, Makana faisant de son mieux pour rester à distance du grillage, derrière lequel les chiens grondaient maintenant avec frénésie. De son côté, Alwan s'efforçait de résister à Karim qui le tirait ; il eut droit pour sa peine à un direct en pleine figure qui doucha ses velléités. Karim le traîna sur le dos jusqu'à un point situé à mi-distance, où il le laissa choir en tas. Hakim braqua la torche sur un portillon de fortune, dans la clôture, qui était maintenu fermé par un cintre métallique entortillé.

« Le vieux cinglé, hein ? railla-t-il. Il n'a jamais su à quel point ses chiens se révéleraient utiles.

— Vous leur avez donné en pâture le corps de Jonas.
— Jonas ?
— Le frère et la sœur. Ceux que vous avez retenus prisonniers dans le local, là-haut.
— Ceux qui se sont échappés ? Ils nous ont bien cassé les pieds, à se sauver comme ça. Ouais, on a donné quelques morceaux aux chiens, en guise de gâterie. Le reste, on s'en est servi pour flanquer la trouille aux autres gosses. Ils devenaient gênants. Mais on leur a montré, hein ? conclut Hakim en donnant une grande claque sur l'occiput de Makana.
— Pourquoi le démembrer ?
— Ça, c'est pas moi. » De la tête, il indiqua son compagnon. « Il perd les pédales, parfois. Il n'a pas apprécié de devoir pourchasser dans toute la ville cet *abeed* [1] et sa sœur. Complètement azimutés, ces deux-là.
— Où est-elle, à présent ?
— Qui ça ?
— Beatrice.
— C'est ce que tu vas me dire, pas vrai ? répliqua Hakim avec un sourire. Non, attends d'abord d'avoir vu la principale attraction. Ensuite, tu parleras. »

Alwan avait roulé sur le ventre et tentait de s'éloigner en rampant, très lentement, laissant dans son sillage une luisante traînée de sang. Devant lui, Makana distingua un amas de haillons ensanglantés dans lequel il reconnut le gardien Abou Gomaa.

« Il n'aurait pas dû essayer de nous cacher Alwan, soupira Hakim d'un air consterné. Franchement, ce

1. Expression arabe, péjorative, désignant un esclave. Il s'agit souvent des Soudanais du Sud. (*N.d.T.*)

n'est pas honnête, on est censés être du même côté, après tout.

— Alwan et Abou Gomaa trafiquaient ensemble.

— Des amateurs. Ils arnaquaient cet imbécile de Shaddad, qui est incapable de voir plus loin que le bout de son nez. »

Karim donna un coup de pied dans le portillon, forçant les chiens à reculer. Puis, avec un grondement irrité, il se retourna vers Alwan, qui hurla en se cramponnant au corps sans vie d'Abou Gomaa. Karim tenta d'abord simplement de le tirer, mais, fatigué d'en remorquer deux à la fois, il se pencha pour faire lâcher prise au chauffeur. C'était une erreur. Il poussa un cri et recula en titubant. Makana entendit Hakim lâcher un juron. Le faisceau de la torche éclaira le sang qui coulait sur la chemise blanche de Karim.

« Fils de pute ! »

Hakim se dirigea droit sur Alwan, qui tremblait par terre, cloué sur place par son geste, attendant l'inévitable. Hakim lui tomba dessus et le roua de coups. Makana comprit que c'était l'instant ou jamais. Karim était affalé contre la clôture, les mains crispées sur le manche du couteau enfoncé jusqu'à la garde dans son flanc. Alwan, sachant apparemment que Gomaa portait un couteau sur lui, avait décidé d'en faire usage.

Le chauffeur était inconscient, le visage réduit en bouillie, mais il semblait respirer. Makana alla refermer le portillon grillagé. Les chiens étaient encore occupés, mais il ne voulait pas risquer d'en voir un ou plusieurs sortir de l'enclos. Le magma sanglant de vêtements en lambeaux et de chair lacérée lui apprit qu'il ne pouvait plus rien pour Karim.

Dans le parking, il trouva du réseau pour son portable et appela Okasha, qui ne fut pas content d'être réveillé mais se montra rapidement attentif quand Makana lui raconta ce qui se passait. Une dernière surprise l'attendait : quand il retourna au niveau inférieur, Hakim avait disparu.

34

Il fallut le restant de la nuit pour gérer les conséquences de la situation. Lorsque Makana remonta la rampe vers le monde extérieur, les oiseaux gazouillaient dans les arbres et le jour se levait. La sonnerie de son téléphone lui rappela abruptement son rendez-vous avec Sindbad.

« *Ya basha,* je suis là comme convenu, mais où êtes-vous ? »

Il n'aurait qu'à dormir dans la voiture, se dit-il. En principe, l'idée était bonne – mais c'était compter sans Sami, qui bavarda sans discontinuer à l'arrière, rendant tout sommeil impossible. Pourtant, à l'entendre, lui non plus n'avait pas eu une nuit particulièrement confortable.

« En fait de lit, c'est juste quelques caisses de bière avec un matelas plat comme une galette jeté par-dessus. On a l'impression d'être allongé sur des pierres. Tu as beau te tourner dans tous les sens, il y a toujours quelque chose qui te rentre dans les os. »

Makana garda ses commentaires pour lui. Il repensait aux derniers événements. Okasha n'avait pas été ravi de découvrir ce qui l'attendait dans le sous-sol de

Shaddad. Un véritable gâchis. Deux morts, dont un officier de police. Mustapha Alwan avait été évacué dans le coma. Les urgentistes craignaient qu'il n'ait subi des lésions cérébrales irréversibles à la suite de l'accident et du tabassage qu'il avait subi. Ils avaient dû faire appel à une équipe de spécialistes pour maîtriser les chiens, au paroxysme de la fureur.

« Je n'ai jamais vu ça, déclara le véto qui prit en charge l'opération. Ce sont moins des chiens que des chacals. »

Ils endormirent les animaux avec de la viande droguée, puis les emmenèrent au zoo pour observation. Cela permit aux urgentistes d'approcher le corps de Karim, ou ce qu'il en restait. Il était méconnaissable, complètement déchiqueté. On récupéra un lambeau de carte d'identité confirmant qu'il était un officier de police du district de Gizeh. Okasha, qui répugnait à mettre en cause des collègues, tenta de retourner la réalité comme un gant afin de justifier leur présence dans le sous-sol.

« Peut-être qu'ils étaient ici simplement pour faire leur métier. Ils enquêtaient.

— C'est vraiment ce que vous pensez ? demanda Makana. Ou ce que vous aimeriez croire ?

— Allez savoir. L'un d'eux s'est fait tuer et l'autre a disparu.

— Autrement dit, vous ne me croyez pas ?

— Mettez-vous à ma place. Comment suis-je censé rédiger mon rapport ? Deux policiers liquident un vieux *bawab* et assassinent quasiment un chauffeur. Quelle explication donner à un tel comportement ? » Il leva une main pour couper court aux protestations de Makana. « Rentrez chez vous, réfléchissez à tout ça et venez demain au poste faire une déposition officielle. » Il tourna les talons sans laisser à Makana le loisir d'ajouter un mot. La nuit avait été longue, il était fatigué. « Et je n'ai pas besoin de vous dire de ne pas quitter la ville. »

Or, c'était précisément ce que faisait Makana en cet instant. L'air chaud du désert pénétrait par les fenêtres ouvertes, lui donnant l'impression que la nuit précédente avait été un cauchemar dont il s'éveillait tout juste. Quand Mustapha Alwan avait compris que Qaddus le menait en bateau, il avait contacté un journaliste et menacé de rendre public ce qu'il savait sur l'institut Hesira. Bien sûr, il ne serait sans doute pas allé jusqu'au bout. Menacer d'informer la presse n'était pour lui qu'un moyen de les mettre au pied du mur. Tout ce qu'il désirait, c'était sauver son fils – ce qui se comprenait fort bien –, mais Hakim et Karim n'étaient pas du genre à prendre une menace à la légère : ils s'étaient donc occupés de lui à leur manière habituelle. C'était la même partie qui se jouait à deux niveaux différents, et tout semblait ramener à l'institut Hesira.

Restait l'énigme de Beatrice et Jonas. De toute évidence, ils n'avaient jamais atteint l'Amérique. Ils s'étaient retrouvés enfermés dans un local d'entretien du parking de Shaddad. L'un d'eux, Jonas, avait perdu du sang. Il avait aidé sa sœur à s'enfuir par la bouche d'aération. Où était-elle allée ensuite ?

Le destin de Jonas, lui, était tristement limpide. On l'avait assassiné et dépecé, en donnant ses pieds en pâture aux chiens et en jetant sa tête dans le fleuve. Les autres morceaux de son corps avaient été disposés dans l'ancien palais, mise en scène macabre destinée à effrayer Mourad et ses amis. Ceux-ci avaient piétiné les plates-bandes de quelqu'un. De quelle manière ? Très probablement, en offrant l'asile à Beatrice. Ils l'avaient embarquée à bord de leur train de la liberté, peut-être à la demande d'Estrella. Il y avait encore beaucoup de questions, mais Makana espérait trouver certaines réponses dans le Sinaï, à Hasna.

Les voitures étaient rares à cette heure matinale et, une fois qu'ils furent sortis de la ville, les routes devinrent presque désertes. La journée était douce, ce qui changeait agréablement, et la vive lumière qui se reflétait sur le sable donnait à Makana l'impression que l'hiver touchait à sa fin. Optimiste, peut-être, mais depuis plusieurs semaines l'*awama* était froide, humide, et grinçait de dépit. Il ne pensait pas pouvoir supporter ça encore bien longtemps.

La chaleur lui remit en mémoire un autre souvenir : son dîner avec Jehan. Il se surprit à tambouriner des doigts sur le toit de la voiture. La soirée n'avait pas été aussi malaisée qu'il le redoutait, ce qui ne laissait pas de le surprendre. En plus, Jehan semblait y avoir pris du plaisir. Tout cela le déstabilisait : au fond de lui-même, il avait le sentiment d'aller contre sa nature, comme si sortir avec une autre femme revenait, de quelque façon étrange, inconcevable, à être infidèle à Muna.

Il cessa de pianoter et, avec un soupir, se redressa sur son siège. Il regarda la carte routière pliée sur le siège voisin et consulta sa montre. Ils roulaient à une bonne allure. Rien ne garantissait qu'ils trouveraient Mourad à Hasna, mais c'était une hypothèse plausible. À supposer qu'il fût encore vivant, l'endroit était suffisamment éloigné pour qu'il s'y sente en sécurité.

Dans le paysage désolé, un poteau indicateur apparut au loin. Cinq minutes plus tard, ils tournaient en direction du nord-est. À l'horizon, les dunes de sable ressemblaient à des traits de crayon griffonnés sur l'étendue plate et grise. Peu à peu émergèrent les contours de maisons basses, simples cubes qui se détachaient sur l'austérité environnante. Le village était calme. Un cheval tirant une carriole en bois trottait devant eux, transportant une machine à laver sur laquelle était perché un garçonnet qui les suivit des yeux lorsque la voiture les dépassa. Il y avait une rangée de boutiques où on vendait des pièces détachées de machines, de la quincaillerie, des fenêtres et des portes en aluminium. Une petite supérette, un bureau de poste, des grappes de balais jaunes, des draps de lit orange, des râteaux métalliques, un spécialiste de pompes à eau.

« Pas grand-chose à voir », commenta Sindbad, sceptique comme à son habitude sur l'utilité de l'expédition.

Makana ignora la remarque. Il aurait bien aimé savoir ce qu'ils cherchaient.

« L'adresse que tu as, demanda-t-il à Sami, où se trouve-t-elle précisément ?

— C'est une adresse IP, répondit le journaliste en riant. Ce n'est pas un emplacement réel. »

Makana lui lança un coup d'œil par-dessus son épaule. « Comment ça, pas réel ?

— Non, c'est un endroit virtuel, un numéro, une adresse dans le cyberespace.

— Je me doutais que ça n'allait pas être simple », marmonna Makana en se retournant vers la rue.

Ils avaient déjà presque quitté le village. Makana

fit signe à Sindbad de rebrousser chemin. La Datsun se rangea sur le bas-côté, exécuta un demi-tour et revint sur la chaussée.

« Roulons plus lentement. »

Cette fois, deux personnes s'arrêtèrent pour les observer, se demandant ce qu'ils fabriquaient. Un panneau indiquait la route d'Al Qusouma, à l'est.

« Prenez-la », dit Sami.

Ils tournèrent à gauche mais s'aperçurent au bout de quelques centaines de mètres qu'ils laissaient le village derrière eux. Tandis que les habitations s'espaçaient, Makana remarqua sur leur droite ce qui ressemblait à une station-service. Deux pompes à essence décolorées et une pancarte rouillée se détachaient dans le soleil. Derrière se dressait un bâtiment bas, à un étage, avec une galerie surélevée sur le devant et une enseigne au-dessus. Les lettres noires étaient tellement effacées qu'il n'en restait que quelques traces brouillées, mais il y avait un dessin à chaque extrémité. Un logo étrangement familier.

« C'est là », dit Makana.

Ils quittèrent la route et roulèrent jusqu'au bâtiment. Pas d'autres voitures en vue. Lorsqu'ils descendirent, Makana pointa l'index sur le logo : cinq lignes qui rayonnaient à partir d'un point. Une étoile.

« Sothis. » Makana montra la pochette d'allumettes qu'il avait trouvée dans la cuisine d'Ihab.

La station-service semblait à l'abandon. Sami monta sur la galerie et s'installa à l'une des tables. Makana le rejoignit après avoir fait le tour du bâtiment. Ils restèrent assis à écouter le grincement d'une enseigne métallique décolorée qui se balançait au gré du vent. Sindbad nettoyait le pare-brise avec un vieux chiffon. Sami, abîmé dans ses pensées, fumait en contemplant le paysage aride.

« On pourrait peut-être prendre un petit déjeuner, suggéra-t-il. Je meurs de faim. »

Une porte s'ouvrit en couinant et une petite femme tout de noir vêtue apparut, ajustant le foulard qui lui couvrait la tête. Sa lèvre inférieure était tatouée en bleu à la manière des Bédouins. Un garçon d'environ dix ans se tenait à côté d'elle.

« A-t-on une chance de se faire servir un petit déjeuner par ici ? demanda Sami.

— Petit déjeuner ? répéta la femme, comme s'il s'agissait d'une langue étrangère.

— Oui, vous savez : des œufs, des pois chiches, du pain, un peu de *taamiya.* » Sami s'avançait vers elle en mimant avec les mains, mais il s'immobilisa en la voyant reculer. « Et sinon, du thé ? »

Elle fixa les visiteurs encore un moment, puis se tourna vers le garçon et lui parla à un débit rapide avant de disparaître par où elle était venue.

« Je ne suis pas sûr de m'être fait comprendre. Enfin quoi, ils parlent bien arabe dans le coin, non ? »

Un peu plus tard, ils virent le petit garçon traverser au galop la cour de devant en direction de la ville. Tout n'était peut-être pas perdu, finalement.

L'air était tiède, sec, et une certaine sérénité émanait des lieux. Sindbad, adossé à la Datsun, téléphonait à sa femme. Devant eux, sur la route, il y avait peu de circulation. De temps à autre, une voiture ou un camion passait en coup de vent. Un pick-up transportant un chameau, impérial, agenouillé sur la plate-forme arrière.

Au bout d'un moment, la porte se rouvrit et la

femme en noir posa sur la table un plateau avec trois verres de thé à la menthe et un bol en plastique rose rempli de sucre. Comme elle tournait les talons, Makana la retint et lui montra la photographie de Mourad. Sans un mot, elle secoua la tête avant de disparaître à l'intérieur. Sindbad les rejoignit et tous trois burent leur thé en silence.

« Agréable, cet endroit, observa Sindbad en s'étirant voluptueusement. C'est paisible. »

Makana fut tenté de lui rappeler qu'ils étaient là dans un but précis, mais il s'en abstint. Il repéra, au loin, le garçonnet qui revenait du village, les bras chargés de sacs en plastique.

« Voilà le petit déjeuner, annonça-t-il.

— Pas trop tôt, dit Sami. Je ne sais pas vous, mais moi rouler me donne faim. »

Le visage de Sindbad s'éclaira. « Même chose pour moi. C'est ce qu'il y a de pénible quand on conduit toute la journée, on a toujours faim. »

Makana n'avait jamais entendu Sindbad s'exprimer avec autant de passion que lorsqu'il parlait de nourriture.

Sami s'éclipsa pour chercher les toilettes. À son retour, il fit signe à Makana de le rejoindre à la porte.

« Regarde. »

L'intérieur était sombre et désert. Au fond de la pièce, deux ordinateurs assez anciens étaient installés contre le mur sale. Au-dessus, une pancarte incongrue et passablement détériorée annonçait : *Cybercafé Sothis – Bienvenue !* La formule chaleureuse contrastait avec le cadre. Ils retournèrent s'asseoir et le garçonnet ne tarda pas à revenir avec un plateau qu'il pouvait à peine porter. Il posa devant eux des assiettes de fromage blanc, des galettes de pain, des dattes séchées et un plat de *foul medames* – purée de fèves copieusement arrosée d'huile d'olive. Sami brûlait d'impatience d'attaquer son repas.

« Bon, je pense que nous devrions survivre », dit-il en souriant au gamin, qui se détourna et repartit sans un mot. « Alors, tu crois vraiment que nous sommes au bon endroit ? demanda-t-il à Makana en rompant un bout de pain.

— C'est possible. »

Makana pensait à la façon dont la femme lui avait répondu, trop rapidement, en jetant à peine un coup d'œil sur la photo.

« En tout cas, c'est un coin désolé, poursuivit Sami. Si Mourad et ses amis sont passés par ici en pleine nuit avec une camionnette bourrée de réfugiés, personne ne s'en sera aperçu. »

Ils n'avaient même pas besoin d'attendre la nuit, songea Makana. Traverser le village en plein jour avec une horde d'éléphants ne provoquerait pas un battement de cils. Le *foul* était aqueux et l'huile avait un goût vaguement rance. Rien à voir avec son dîner de la veille au soir. Mais c'était là, se rappela-t-il, la saveur normale de ses repas quotidiens. Cela rendait d'autant plus surréaliste le fait d'avoir dégusté du poulet à la Kiev dans un restaurant français sélect en compagnie d'une femme séduisante.

« Nous vivons dans l'illusion – créée par nous-mêmes – que tout a bien meilleur goût dès lors qu'on quitte la ville, décréta Sami.

— Personnellement, dit Sindbad, je trouve que rien n'est aussi bon que ce que je mange à la maison.

— Votre femme est donc un cordon-bleu ? » hasarda Sami.

Makana haussa les sourcils. Ce n'était jamais une bonne idée de lancer Sindbad sur ce sujet.

« Tout homme devrait être fier de la cuisine de son épouse », déclara le chauffeur avec un sourire radieux avant de se lancer dans une description détaillée de tous les plats que la sienne lui avait préparés depuis leur mariage.

Sami écouta sans faire aucun commentaire. Il paraissait plongé dans ses pensées. Makana, qui avait des fourmis dans les jambes, se leva et alla au bout de la galerie pour jeter un coup d'œil à l'angle du bâtiment. Le paysage, côté sud, s'étirait en une vaste étendue plate. Une porte latérale s'ouvrit et le garçonnet qui les avait servis vint s'asseoir sur les marches. Il mastiquait un sandwich, sans doute sa récompense pour être allé chercher le petit déjeuner des clients.

« Bonjour, dit Makana en s'approchant d'un air détaché. Est-ce que c'est aussi bon que ça en a l'air ? »

L'enfant mâchonna encore un peu avant de hocher la tête.

« Comment tu t'appelles ?

— Wahid.

— Ça te plaît de vivre ici, Wahid ? »

Haussement d'épaules en guise de réponse. Makana laissa passer quelques instants, puis sortit de sa poche de chemise la photo qu'il tendit au petit garçon.

« Est-ce que tu as déjà vu cet homme ? »

Wahid sourit jusqu'aux oreilles. « Ben oui, c'est mon ami.

— La dernière fois que tu l'as vu, c'était quand ? »

Wahid fit le dos rond. Le temps était une notion

qui ne lui parlait guère. Par ici, on voyait les gens quand on les voyait.

« Y a pas très longtemps.

— Tu te rappelles quand c'était ? Une semaine ? Quelques jours ? Combien ?

— Trois », répondit Wahid en montrant autant de doigts.

Trois jours ? Se pouvait-il qu'ils soient si près ? Makana rempocha la photo. « Dis-moi, la dernière fois que tu l'as vu, il était seul ?

— Non, affirma l'enfant en secouant la tête. Ses amis étaient avec lui. Ils partaient en voyage.

— Est-ce que tu sais où ils allaient ?

— Là où il va toujours. » Le garçonnet mordit dans son sandwich et pointa l'index au loin.

« Par là-bas ? Mais il n'y a pas de route.

— C'est une piste. Pas beaucoup de gens la connaissent.

— Tu peux me la montrer ? »

Wahid prit un air hésitant. Il examina son sandwich et en avala une autre bouchée. Finalement, il jeta un coup d'œil vers la cuisine.

« Ma mère n'aime pas que je m'éloigne tout seul.

— Ce ne sera pas long. Montre-moi juste où commence cette piste. » Makana s'interrogea sur l'opportunité de proposer de l'argent à un enfant : n'était-ce pas ainsi qu'on semait les graines de la corruption ? « Tu sais quoi ? Si tu m'indiques l'endroit, je t'achèterai une glace.

— N'importe laquelle ?

— Ce que tu voudras. »

Le garçonnet était déjà debout. Makana le suivit et ils se mirent en marche vers un gros rocher gris.

Celui-ci était plus éloigné qu'il n'y paraissait et la chaleur s'intensifiait. Lorsqu'ils l'atteignirent enfin, Makana transpirait. Si l'évaluation de trois jours avancée par Wahid était juste, cela signifiait que Mourad avait quitté Le Caire la veille du meurtre d'Ihab. L'enfant trottinait joyeusement, ramassant des bâtons et lançant des pierres pour s'amuser. De l'autre côté du rocher, de la taille d'une petite maison, une piste serpentait dans le sable en direction du sud-est. Makana tendit à son guide deux billets.

« Tu crois que ça suffira ? Je voudrais aussi que tu dises à mes amis de venir me chercher avec la voiture. Tu peux faire ça ?

— J'aurai droit à une autre glace ? »

Makana ajouta un billet supplémentaire et regarda Wahid s'éloigner en sautillant. Tant pis pour la belle innocence de la jeunesse.

Dix minutes plus tard, Sami et Sindbad arrivaient dans la Datsun. Makana monta à l'arrière.

« Ça commence à avoir un parfum d'aventure ! » s'exclama Sami en riant au vent.

Au bout d'une demi-heure de piste, Makana commença à se demander si le garçonnet ne l'avait pas mené en bateau. Ce fut Sindbad qui eut la vue la plus perçante.

« Là-bas ! » dit-il en pointant l'index.

De fait, il y avait quelque chose au loin. Encore dix minutes et ils distinguèrent ce que c'était : un Toyota Hiace rouge, renversé sur le côté.

« Ralentissez », dit Makana.

À leur approche, une silhouette brune se détacha du véhicule culbuté et détala en trottinant.

« Qu'est-ce que c'est ? demanda Sami. Une espèce de chien ?

— Un chacal, répondit Makana. Arrêtez-vous ici. »

Il descendit de voiture et parcourut les derniers mètres à pied. La puanteur assaillit ses narines avant même qu'il ait fait cinq pas. Abordant la fourgonnette par l'arrière, il distingua des ombres mouvantes à travers la vitre. Il ramassa une lourde pierre et la balança avec force. Le projectile heurta bruyamment la carrosserie, sur quoi deux vautours disgracieux s'extirpèrent tant bien que mal du véhicule. Ils battirent des ailes et allèrent se poser à une courte distance, d'où ils observèrent Makana.

La chaleur avait fait son œuvre. Les cadavres étaient gonflés, la peau noircie et tendue à craquer par endroits, éclatée à d'autres, révélant un écoulement de pus. Trois corps pêle-mêle à l'arrière. Deux d'entre eux, devina-t-il, étaient Beatrice et Estrella ; le troisième, un homme qu'il ne put identifier. Makana contourna la fourgonnette et se pencha à la vitre pour regarder le conducteur. Les parents de Mourad ne reconnaîtraient pas leur fils. Makana fourragea dans les poches du mort jusqu'à ce qu'il trouve ce qu'il cherchait : un portefeuille contenant une carte d'identité. Triste fin pour le jeune garçon qui rêvait de changer le monde. L'odeur pestilentielle contraignit Makana à reculer de deux pas. Il alluma une cigarette pour combattre la nausée qui montait dans son gosier.

« La voiture est orientée dans le mauvais sens, non ? observa Sami. S'ils se dirigeaient vers la frontière, ils devraient faire face à l'autre direction. »

Le regard de Makana fit l'aller-retour entre le

véhicule fracassé et la piste sablonneuse. De larges traces de pneus coupaient la route. Une grosse jeep avait tourné à cet endroit.

« Selon moi, ils sont tombés sur une patrouille de l'armée, ils ont voulu lui échapper et les soldats se sont lancés à leur poursuite. Ils roulaient trop vite, ils ont perdu le contrôle. »

La suite était évidente. Le véhicule léger avait heurté de plein fouet un rocher avant de faire plusieurs tonneaux. Le conducteur et ses passagers avaient dû être tués sur le coup. Makana retourna près du Toyota et repéra un impact de balle dans l'aile, ce qui avait pu provoquer l'accident. En tout cas, c'était la preuve que les soldats avaient tiré sur eux. À travers l'une des vitres brisées, il vit qu'Estrella portait encore la croix éthiopienne en argent, semblable à celle de sa mère, qu'il lui avait vue lors de leur première rencontre. Il tendit le bras pour l'ôter de son cou.

« C'est Mourad ? s'enquit Sami en indiquant le conducteur.

— J'en ai bien peur.

— Je ne pige pas. Pourquoi les a-t-on laissés ici ?

— À titre d'avertissement, peut-être, pour ceux qui songeraient à prendre le même itinéraire. »

Makana se redressa et regarda l'horizon. C'était une explication mais, dans un secteur comme celui-ci, toutes les hypothèses se valaient. Ouvrir le feu sur des civils non armés n'était certainement pas une recommandation officielle. Selon toute vraisemblance, il s'agissait d'un groupe de têtes brûlées à la gâchette facile, de jeunes soldats qui s'étaient laissé griser par la poursuite. C'était tellement simple, et tellement gratuit.

35

La circulation dense transforma le trajet de retour en épreuve, mais tout risque de monotonie était écarté par la scène dont ils avaient été témoins. Il n'y eut presque aucune conversation, chacun étant enfermé dans ses pensées. La recherche de Mourad était arrivée à son terme. Il ne restait plus qu'à annoncer la nouvelle à sa famille. Il ne servait à rien de prolonger leur attente angoissée.

Tandis que la voiture progressait par à-coups, Makana appela Okasha pour le mettre au courant des derniers développements. Sami, grâce à son téléphone, avait fixé les coordonnées du lieu où ils avaient trouvé le Toyota.

« Je vous envoie les références par SMS.

— Ce sera bienvenu. De mon côté, je vais me renseigner pour savoir ce qui s'est passé exactement. »

Makana ne croyait pas qu'une telle démarche serait très efficace, mais ça ne coûtait rien de laisser Okasha essayer. Au moins, l'armée saurait ainsi qu'elle ne pouvait pas agir impunément à sa guise. Il était prêt à parier que Sami allait écrire un article sur le sujet, et cela risquait de changer la donne.

« Il y a encore une chose que vous pouvez faire pour moi.

— Comme si je n'en avais pas déjà fait suffisamment. Si vous voulez, je peux démissionner de mon poste et consacrer mon temps à vous assister.

— Mustapha Alwan a un fils qui a un gros problème de santé.

— En quoi est-ce important ?

— Le gamin a besoin d'une opération. Alwan, malgré ce qu'il gagnait en sus de son job, ne pouvait pas se permettre de payer les frais. L'institut Hesira lui avait promis de pratiquer l'intervention mais la repoussait sans arrêt. Alwan en a eu assez. Persuadé qu'on le menait en bateau, il a menacé d'aller trouver la presse.

— La presse ? Ça ne tient pas debout. Qu'est-ce qu'il voulait leur raconter ?

— Il n'a pas eu le temps de le préciser.

— Et il est toujours dans le coma.

— Sa femme est-elle à son chevet ? Vous pourriez charger un de vos hommes de se renseigner auprès d'elle. Je voudrais avoir confirmation du genre de traitement que requiert l'état du garçon. »

Okasha promit de faire tout son possible. Makana raccrocha et demanda à Sindbad de le conduire aux Jardins de Verdi. Ils déposèrent Sami en cours de route.

« Tu ne veux pas que je t'accompagne, tu en es sûr ? demanda-t-il avant de descendre.

— Pour faire quoi ?

— Tu as raison. C'était juste une idée. »

Makana le regarda se frayer un chemin au milieu des véhicules cabossés et bringuebalants, du ronflement asthmatique des moteurs et des rafales de fumée noire nauséabonde. Cette ville pouvait avaler un homme tout cru, mais il espérait encore que Sami ferait ce qu'il fallait et se réconcilierait avec Rania.

La famille Hafiz parut pressentir un malheur. Peut-être était-ce écrit trop clairement sur le visage de Makana. Quoi qu'il en soit, Mme Hafiz éclata en sanglots et dut sortir, soutenue par sa fille. M. Hafiz indiqua la grande table ronde au centre de la pièce et invita son visiteur à s'asseoir.

« Je n'ai pas de bonnes nouvelles, j'en ai peur.

— On a beau essayer de s'y préparer, ce n'est jamais suffisant. » Hossam Hafiz prit une serviette sur la table voisine et s'essuya les yeux. « Dites-moi ce qui est arrivé. »

Alors Makana lui raconta toute l'histoire, telle qu'il était parvenu à la reconstituer. Mourad et ses amis avaient organisé un train de la liberté afin d'aider les gens moins favorisés qu'eux à fuir l'Égypte dans l'espoir de commencer une nouvelle vie ailleurs.

« C'était un garçon courageux, acquiesça le père.

— Oui, je le crois.

— Il ne tournait jamais le dos. Il avançait tout droit, la tête haute. »

L'entreprise dans laquelle s'était lancé le jeune homme était assurément risquée, et le fait qu'il soit allé jusqu'au bout était un hommage à sa détermination. La seule personne susceptible de leur indiquer combien de réfugiés ils avaient aidé à franchir la frontière était Fadihah et, sachant que Hakim courait toujours, il était important de la retrouver au plus vite.

« J'ai transmis les coordonnées à un contact dans la police qui veillera à ce que la dépouille soit ramenée ici.

— C'est gentil à vous. » Hafiz regarda ses mains. « Je vous dois de l'argent, excusez-moi, j'ai l'esprit…

— Ne vous inquiétez pas, nous réglerons ça un autre jour. »

Makana répugnait à accepter l'argent d'un homme à qui il venait d'annoncer la mort de son fils. Cela attendrait.

« Merci de votre compréhension, et de tout ce que vous avez fait.

— Je regrette seulement que ça ne se soit pas mieux terminé. »

Hafiz acquiesça, plus pour lui-même que pour Makana, et sortit de la salle d'un pas lourd. Makana resta assis un moment dans le restaurant désert, puis décida qu'il était peut-être temps de décoller. Okasha le rappela à l'instant où il montait dans la Datsun.

« J'ai eu votre renseignement par le policier posté à l'hôpital. Il semble que le fils de Mustapha Alwan souffre d'une maladie chronique. Insuffisance hépatique. Il mourra si on ne lui fait pas une greffe, ce qui revient pratiquement à dire qu'il est fichu. À moins qu'il reçoive un foie sain, évidemment.

— C'est ce qu'on avait promis à Alwan. »

Cela confirmait ce qui lui avait été dit. Et cela concordait également avec l'analyse que Jehan avait faite de l'état de santé du garçon d'après la description de Makana. Était-ce là ce que Liz Corbis avait laissé entendre quand elle parlait de sacrifice ? Elle ne voulait pas dire que les parents se sacrifiaient au sens littéral, mais qu'ils bénéficiaient du sacrifice d'un autre. Pour réaliser une transplantation, il fallait un donneur – or, à la connaissance de Makana, un donneur de foie ne se relève pas de l'opération. L'institut

Hesira sauvait les vies de riches Occidentaux en sacrifiant les moins privilégiés.

« Voilà ce qu'ils font, là-bas. C'est ça que Beatrice fuyait. »

Makana raccrocha et essaya de réfléchir à l'étape suivante. Ils s'étaient arrêtés à une échoppe en bord de route où on vendait de la nourriture à emporter. Quand il leva la tête, Sindbad lui tendait un sandwich.

« Qu'est-ce qu'il y a dedans ?

— Du foie. Ils le préparent comme en Alexandrie, avec quantité de chili.

— Pas ce soir, déclina Makana.

— Je croyais que vous aimiez ça. Vous voulez des rognons à la place ?

— Mangez donc votre sandwich, après quoi vous me conduirez à la mosquée. »

Il était près de minuit. Le *maïdan*, devant la mosquée Mustapha Mahmoud, était inondé de lumière grâce aux lampadaires qui illuminaient les murs blancs. Sous cet éclairage cru, le campement de fortune paraissait plus misérable que jamais. La présence policière avait considérablement augmenté en l'espace d'une nuit. À présent, des milliers d'agents et d'officiers de la sécurité grouillaient partout. On avait dressé un mur de fourgons et de bus. Apparemment, ils se préparaient à évacuer le camp. L'atmosphère était beaucoup plus tendue que lors de sa précédente visite. Makana aperçut, d'un côté, des policiers à cheval qui bousculaient des manifestants, les repoussaient, comme s'ils cherchaient à provoquer une réaction.

Dans la confusion, ce fut plus facile pour Makana de s'ouvrir un chemin. À l'intérieur du cordon, on sentait monter la panique. Des enfants pleuraient. Hommes et femmes tenaient contre eux les plus jeunes, serraient les bébés dans leurs bras. L'incertitude se lisait sur leurs visages angoissés. Certains couraient dans tous les sens, en quête d'un havre sûr, mais il ne restait aucun endroit où aller. Tout le monde semblait en mouvement. En fait, le camp tout entier donnait l'impression de vouloir se soulever et se transformer. Partout, des tentes s'effondraient, des abris étaient piétinés, on trébuchait dessus. Ils se disloquaient en une couche de débris qui s'accumulait sous les pieds. Par-dessus les têtes, Makana aperçut le museau aplati d'un véhicule blindé équipé d'un canon à eau sur le toit. Il joua des coudes pour avancer. Il fallait se montrer agressif si on ne voulait pas être balayé. Rien que rester debout était un défi, sans même parler de repérer quelqu'un dans la foule. Par miracle, il aperçut Aljuka, image du calme au milieu du chaos, qui lançait des ordres à ses gars. Le jeune homme vit Makana mais l'ignora jusqu'à ce que celui-ci se plante devant lui.

« Vous avez mal choisi votre moment pour revenir, frère, dit-il avec un rictus mauvais.

— Ils vont vous évacuer. Vous devriez obtempérer.

— Et aller où ? s'emporta Aljuka. Qu'est-ce qu'ils vont faire, à votre avis ? Nous emprisonner, nous reconduire à la frontière, nous balancer dans le désert ? On les connaît, tous leurs stratagèmes.

— Des gens vont souffrir.

— Ils souffrent déjà ! hurla Aljuka. Nous n'avons pas demandé cette bataille, mais ils refusent de nous traiter en êtres humains. Nous n'avons pas le choix. » Il secoua la tête, en proie à l'incompréhension. « Rien ne vous oblige à être ici. Vous êtes venu nous regarder mourir ?

— J'ai retrouvé Beatrice et Estrella. »

Le visage du jeune homme s'assombrit. « Vous les avez retrouvées où ?

— Dans le désert. Elles ne reviendront pas. »

Aljuka ne dit mot. Il fixa le sol un long moment avant de reporter son regard sur Makana.

« Elle est morte ?

— Estrella ? Oui, elle est morte. » Quelqu'un bouscula Makana, le rapprochant d'Aljuka. Autour d'eux, le vacarme s'intensifiait. « C'est vous, le père de son enfant ? C'était vous qui tentiez de la protéger ?

— Elle n'était pas enceinte, ricana-t-il. C'était juste un bobard qu'elle a raconté à ce cinglé de prêcheur et à sa sœur. Elle avait falsifié l'échantillon.

— Vous voulez parler de Preston et Liz Corbis. »

Aljuka acquiesça. « Beatrice et son frère s'étaient échappés. Jonas n'est pas arrivé jusqu'ici, mais Beatrice y est parvenue. Elle voulait voir Estrella. Mais l'endroit n'était pas sûr. Les deux flics la cherchaient. J'ai promis de les aider, mais Estrella n'a rien voulu entendre. Elle était têtue. »

Il sourit et, pour la première fois, Makana perçut chez lui de la douceur. « Elle avait trouvé par elle-même un autre moyen. Mourad leur avait proposé de les conduire en Israël. »

Aljuka acquiesça. « Elle voulait faire les choses à sa manière.

— Vous saviez ce qui se passait dans cette clinique, et pourtant vous avez laissé Corbis et sa sœur continuer de s'occuper de vos compatriotes ?

— Ils fournissent une aide médicale bien utile. Mais

ne vous en faites pas. Le moment venu, ils paieront, dit-il en se passant une main en travers de la gorge.

— Vous teniez à elle.

— Estrella ? J'aurais fait n'importe quoi pour elle. Je la connais depuis qu'elle est gamine. On a grandi dans les mêmes rues.

— Et Beatrice, que lui est-il arrivé ?

— Elle a débarqué un soir, complètement affolée. Personne ne savait d'où elle sortait. Elle était censée être en route pour l'Amérique.

— Avec son frère Jonas.

— Oui, sauf qu'il n'y avait pas d'Amérique. Pas de famille accueillante qui les attendait. Tout ça n'était qu'un mensonge.

— Qu'a-t-elle dit ?

— C'était dingue. Incroyable. On se serait cru dans un film. Elle a raconté qu'on les avait drogués. Quand ils se sont réveillés, ils étaient dans un endroit souterrain. Il y avait des corps tout autour, comme dans un hôpital. Inconscients ou morts, elle ne savait pas. Jonas était là aussi. Il l'a aidée à se lever, elle pouvait à peine marcher. Ils ont réussi à s'enfuir, j'ignore comment. Et ensuite ils ont couru sur la route, couru sans s'arrêter.

— A-t-elle précisé où ils se trouvaient ?

— Non. »

Aljuka s'impatientait. La bataille qui s'organisait autour d'eux requérait toute son attention. Ses hommes le suppliaient d'agir, il y avait des préparatifs à faire.

« Attendez, insista Makana. Qu'a-t-elle dit d'autre ?

— Elle a dit que ces gens voulaient l'ouvrir pour lui prendre son cœur. Elle était hystérique. Son histoire était incohérente. Dingue, je vous le répète. Son frère et elle ont été rattrapés et emmenés dans une petite pièce. Ils étaient enfermés, mais Jonas a aidé sa sœur à sortir par un conduit d'aération. Elle ne l'a jamais revu. »

La clameur de l'offensive s'amplifiait. Aljuka avait hâte de retourner au combat. Comme il faisait demi-tour, Makana le retint par le bras. Il se sentit lui-même ceinturé par-derrière et soulevé du sol, immobilisé. Aljuka se rapprocha.

« Cette bataille n'est pas la vôtre. Allez retrouver vos amis égyptiens. »

Makana entendit alors une sorte de rugissement, sur sa droite, et vit des matraques se dresser en l'air, telles des branches en pleine tempête. Le canon à eau entra en action et un jet compact jaillit au-dessus de la foule, provoquant des cris et des pleurs. Suivant les ordres d'Aljuka, ses gars se déployèrent à gauche et à droite. Makana était oublié. Il tourna les talons et joua des coudes pour se sortir de la mêlée. Personne ne lui prêta attention. Les gens avaient d'autres préoccupations. Les matraques de la police antiémeute faisaient face à des armes improvisées. Les lamentations et les hurlements se multipliaient, gagnaient en intensité. Les puissants jets d'eau sifflaient, projetant les manifestants en arrière, les envoyant s'étaler par terre. Déjà les FSC fendaient la foule, traînant sur le sol ici une femme, là un jeune enfant, ciblant les plus faibles à la manière d'un prédateur qui attaque un troupeau.

Makana poursuivit sa progression en trébuchant. Autour de lui, la foule plus dense semblait se durcir à mesure qu'elle rencontrait de la résistance. La police, de l'extérieur, la contenait dans les limites du campement. Des hommes avançaient en rangs, matraques et boucliers levés. Makana vit, dans l'une des rues transversales, des gens qu'on embarquait dans des bus. Des sirènes mugissaient de tous côtés. Un homme tenant contre sa tête un chiffon ensanglanté le percuta avant d'être dévié de sa trajectoire et emporté dans la tourmente. Luttant contre la panique qu'il sentait monter en lui, Makana se fraya sans ménagement un chemin à contre-courant, jusqu'au moment où une brèche s'ouvrit, lui permettant de se faufiler à travers le cordon de police. Il atteignit l'enfilade de fourgons cellulaires et de bus réquisitionnés vers lesquels étaient escortés les réfugiés, blottis les uns contre les autres comme un troupeau apeuré.

« Où les emmène-t-on ?

— On les renvoie là où est leur place », répondit un policier appuyé sur sa longue matraque.

La violence redoublait. Même s'il avait voulu retourner au centre de la mêlée, Makana n'aurait pas pu. Fantômas était-il là, quelque part ? Il n'en avait aucune idée. Tournant la tête, il vit le jet d'eau asperger la foule. Le jet se réduisit à un petit filet, ménageant un instant de répit avant de lancer une autre puissante giclée qui projeta au sol, sur le dos, un grand nombre de personnes. Quatre membres des FSC passèrent devant lui, remorquant un homme étendu par terre, qu'ils prirent le temps de rosser à coups de godillots et de boucliers. Makana s'avança vers eux mais un agent lui bloqua le passage.

« Ne vous en mêlez pas, dit-il avec un sourire. Passez votre chemin et continuez de marcher. »

Un symbole clignotant, sur son portable, lui apprit

que quelqu'un avait laissé un message vocal. Makana s'escrima sur l'appareil, tâchant de déterminer ce qu'il devait faire pour l'écouter. Après plusieurs tentatives, il parvint enfin à trouver la bonne combinaison de touches et fut récompensé par la voix de Jehan.

« Où êtes-vous ? demanda-t-elle d'emblée. Je déteste laisser des messages, mais je n'ai pas le choix. Je voulais vous demander quelque chose. Je crois savoir ce qu'ils trafiquent à l'institut Hesira. Je vais me rendre là-bas pour parler à Ishan. Après ça, vous serez obligé de me promouvoir officiellement au rang d'assistante. » Son rire résonna longtemps à l'oreille de Makana une fois qu'il eut raccroché. Il essaya de la rappeler mais tomba sur une voix de femme désagréablement métallique lui annonçant que son correspondant n'était pas disponible.

36

À cette heure tardive, l'institut Hesira était plongé dans l'obscurité. La statue qui se dressait dans le jardin était éclairée par des projecteurs. Le dieu, présence éthérée, semblait planer dans l'air nocturne. Liz Corbis dormait quand il l'avait appelée pour lui expliquer qu'il avait besoin de son aide.

« Maintenant ? Mais il est presque deux heures du matin !

— Malheureusement, les choses s'accélèrent et je crains que quelqu'un ne soit en danger.

— Et vous pensez que je peux vous être utile ?

— Je l'espère. J'ai besoin d'entrer dans la clinique.

— Cette nuit ? » dit-elle d'un ton incrédule, bien qu'il crût déceler dans sa voix un frémissement d'excitation.

Ils se retrouvèrent devant une porte latérale, ménagée dans le haut mur de clôture, qui donnait accès à l'institut en évitant d'emprunter le hall.

« Nous passons habituellement par là, pour ne pas avoir à utiliser l'entrée principale. C'est plus discret. »

Le Dr Corbis parlait rapidement, à voix basse, et semblait nerveuse, bataillant avec la serrure pour refermer à clef derrière eux. Elle portait une espèce de survêtement qu'elle avait enfilé par-dessus son pyjama, dont le col pointait sur sa nuque.

« Je ne sais pas si j'ai raison de faire ça…

— Je vous en suis reconnaissant. »

Ils se tenaient dans le jardin, entre deux hauts massifs de rhododendrons qui oscillaient doucement dans la brise. Sur la droite, le bâtiment principal était plongé dans les ombres ; on distinguait seulement, dans le hall obscur et près de l'escalier, les balises de l'éclairage de sécurité minimal.

Liz Corbis le regarda. « Selon vous, qu'est-ce qui se passe ici, exactement ?

— Avant de vous en dire davantage, j'ai besoin de consulter à nouveau les dossiers.

— *Nos* dossiers ? » Makana put voir qu'elle commençait à se dérober.

« Je vous demande un peu de patience. Il faut que vous écoutiez ce que j'ai à dire, même si ça risque de ne pas vous plaire.

— J'écoute, dit-elle d'une voix éteinte, les yeux dénués de toute émotion.

— Dites-moi, avez-vous beaucoup de contacts avec vos angelots, comme vous les appelez, une fois qu'ils sont placés en famille d'accueil ?

— Moi personnellement, presque aucun. C'est Preston qui s'occupe du suivi. Je n'en ai vraiment pas le temps. Pourquoi cette question ?

— Mais si vous n'avez aucun contact avec eux, comment pouvez-vous savoir si l'intégration s'est bien passée ?

— Oh ! dans le cas contraire, nous aurions tôt fait de l'apprendre. Et puis je le répète, Preston est en contact avec les familles – si celles-ci le souhaitent, bien sûr. C'est à elles de décider, mais leurs avis nous sont précieux, notamment pour lever des fonds. Nous voulons montrer que le projet est un succès.

— Mais c'est votre frère qui gère cet aspect-là. »

Lèvres pincées, Liz Corbis acquiesça d'un bref signe de tête.

« Nombre de parents ne veulent pas donner de nouvelles. Je les comprends. Ils prennent le temps de bâtir une relation solide.

— Vous n'avez donc aucune preuve tangible que vos protégés sont en sécurité chez leurs familles adoptives ?

— Dans certains cas, si, mais le plus souvent cela se résume à une simple lettre de remerciements. Parfois ils envoient des photos, comme celles qui sont exposées à l'église.

— Certes, mais c'est parfaitement irrégulier, observa Makana. N'est-il pas étrange qu'il n'y ait aucun contrôle administratif ? Finalement, ils pourraient aussi bien disparaître de la surface de la terre. »

Liz Corbis se figea. « Je ne suis pas sûre de comprendre où vous voulez en venir.

— La jeune fille que je recherchais, Beatrice… Son frère et elle faisaient partie de votre programme, vous vous rappelez ?

— Exact. Nous en avons déjà parlé.

— Eh bien, d'après vos dossiers, ils devraient être en Amérique à l'heure qu'il est. Seulement ils n'y sont pas. Les deux sont encore en Égypte, et les deux sont morts.

— C'est impossible ! Il s'agit certainement d'une erreur.

— Selon vous, combien de candidats, en pourcentage, ont envoyé une preuve formelle de leur nouvelle vie ?

— Il faudrait que je vérifie, mais je dirais grosso modo quinze ou vingt pour cent.

— Donc, pour les quatre-vingts pour cent restants, vous n'avez rien.

— Encore une fois, il faudrait que je vérifie.

— Et si nous le faisions ?

— Tout de suite ? » Liz Corbis jeta un coup d'œil circulaire comme si elle ne savait plus trop où elle était. Elle avala sa salive. « D'accord, allons-y. De toute façon, je n'arriverai pas à dormir après ça.

— Je vous remercie. »

Sans ajouter un mot, elle précéda Makana vers le bâtiment principal. À travers la porte vitrée, le hall était sombre et désert. Makana s'efforçait d'imaginer où Jehan pouvait être. Il avait l'intime conviction qu'elle se trouvait quelque part dans la clinique.

« Il y a un veilleur de nuit, d'habitude, mais il s'octroie quelques heures de sommeil quand il est sûr de ne pas être dérangé. »

Elle sortit une clef, ouvrit la porte et ils entrèrent sans bruit. Dans l'obscurité, l'espace caverneux qui s'élevait au-dessus d'eux avait le poids et la profondeur d'un temple. Une autre clef déverrouilla la porte donnant sur l'escalier, où l'éclairage d'urgence les guida. Tandis qu'ils descendaient, elle tourna la tête vers Makana.

« Vous devriez peut-être me dire tout ce que vous savez. »

Makana lui raconta. L'accident sur la route. Le cadavre dans le coffre. Le corps démembré dans l'ancien palais. Quelqu'un se donnait beaucoup de mal pour faire disparaître les preuves.

« Mais les preuves de quoi ?

— De la véritable activité à laquelle se livre le Dr Qaddus dans cette clinique. »

Ils atteignirent le niveau inférieur et la porte s'ouvrit sur la fresque qui couvrait le mur opposé : Anubis, le dieu à tête de chacal, penché sur le corps du roi. Cette scène, montrant Anubis occupé à prélever les organes vitaux du pharaon, semblait maintenant d'autant plus appropriée au lieu. En réalité, il ne s'agissait pas du tout d'une morgue mais de bien autre chose.

« Je me suis demandé : à quoi bon avoir un crématorium, incinérer les corps ? Pourquoi ne pas les enterrer, tout simplement ?

— Pourquoi, à votre avis ?

— Les preuves, toujours. Pour dissimuler le fait que les cadavres ont été altérés, qu'on a récolté leurs organes vitaux. »

Liz Corbis s'arrêta net. « Vous ne parlez pas sérieusement ?

— Vérifions d'abord vos dossiers, ensuite il faudra que j'aille voir Ishan Qaddus.

— Vous feriez mieux d'être sûr de votre fait, car il n'est pas le genre d'homme à rester sans réaction devant une telle accusation. Vous vous retrouverez avec des procès jusqu'au cou. Vous allez avoir besoin d'un bon avocat.

— En l'occurrence, dit Makana, un avocat est le dernier de mes soucis.

— Cette femme, la pathologiste, quelle est la nature de votre relation avec elle ? »

Makana la regarda. Il ne s'attendait pas à cette question. Ils étaient arrivés devant la porte du bureau et Liz Corbis s'efforçait de trouver la bonne clef. Elle semblait prendre son temps, attendre une réponse. Il réfléchit au problème : quelle était sa relation avec Jehan ? Déjà, le mot « relation » ne paraissait guère adéquat, et pourtant Makana avait bien conscience d'une stimulation qui le poussait à sortir du néant dans lequel il vivait depuis presque quinze ans.

« Nous sommes collègues », dit-il vivement.

Le hochement de tête auquel il eut droit en retour était aussi convaincant que sa réponse. Heureusement, la porte s'ouvrit à cet instant et ils furent bientôt assis au bureau, devant l'ordinateur qui s'allumait en clignotant.

« Bon, voyons un peu. » Elle appuya sur des touches en pianotant des doigts avec impatience. « Vous comprenez bien les implications de ce que vous affirmez ? Si ce que vous dites est vrai, cela détruirait notre projet Homehavens. Mon frère et moi serions incriminés.

— Vous pourrez prouver que vous ignoriez tout. Qaddus vous a abusés.

— Il a de puissants amis dans ce pays.

— Ils ne lui seront d'aucune aide. Cette affaire va provoquer un scandale international. Ses amis s'en laveront les mains. » Makana jeta un regard en coin à Liz Corbis. « Par contre, ça pourrait avoir des conséquences fâcheuses pour vous et votre frère. »

Elle lui adressa un vaillant sourire. « Si je fermais les yeux sur ce qui se passe – à supposer que vos soupçons soient fondés –, croyez-vous que je pourrais vivre en paix avec moi-même ? »

Makana ne pouvait guère contester cet argument.

L'ordinateur était toujours en phase de démarrage. Impatiente, elle se leva et se mit à arpenter la pièce derrière lui.

« Je n'arrive pas à concevoir ce que vous me dites. Enfin… j'ai besoin de voir des preuves irréfutables.

— Et vous pensez pouvoir en trouver là ? » demanda-t-il en indiquant l'écran.

L'ordinateur exécutait maintenant une analyse antivirus. Makana consulta sa montre. Jehan était peut-être en danger, mais il ne pouvait pas prendre le risque d'affronter Ishan Qaddus sans avoir la moindre preuve.

« Il me vient une idée affreuse, murmura Liz Corbis. Pensez-vous que mon frère puisse être complice de ces agissements ?

— Je n'en sais rien, soupira Makana, mais il serait difficile d'expliquer que cela se passe à son insu, vous ne croyez pas ?

— Je redoutais cette réponse. »

Il y avait quelque chose de bizarre dans le ton de sa voix.

Il aperçut un éclair, un mouvement indistinct dans l'écran de l'ordinateur lorsque celui-ci s'assombrit un bref instant avant de se rallumer. Rien de plus qu'une ombre, mais c'était suffisant. Alors même qu'il se retournait, il comprit qu'il était trop tard. L'aiguille s'enfonça dans sa chair à l'instant où il se jetait brusquement en arrière. La chaise glissa sans bruit et alla heurter le mur. Liz Corbis s'était prudemment écartée. Makana essaya de se mettre debout, de tordre le bras pour attraper la seringue, mais il ne put y parvenir. Liz Corbis était blottie dans un coin, le plus loin possible de lui. Il sentit un flot noir courir dans ses veines, sentit d'abord ses jambes s'engourdir, puis sa colonne vertébrale. La pièce se mit à tournoyer et le sol vint à sa rencontre. Et voilà qu'il gisait par terre, les yeux rivés sur les néons d'un blanc froid.

37

Bien qu'il fût incapable de remuer, il avait conscience de ce qui se passait autour de lui. Il avait la sensation de bouger, de glisser sans heurt sur le carrelage. Comme s'il flottait. Au-dessus de lui, les néons tremblotants défilaient à un rythme rapide. Puis, de nouveau, l'obscurité. Un long couloir, au bout duquel une porte ouvrait sur un vaste espace rempli d'une vive lumière et d'un bourdonnement continu – air conditionné, machines. Une salle extrêmement moderne, ou une enfilade d'antichambres. Des voix. Des odeurs. Antiseptique. Produits de nettoyage. Plastique. Inox. Par intervalles, on le laissait seul dans une alcôve faiblement éclairée. D'autres voix, tout près. Des visages se penchèrent sur lui, le scrutèrent. Certains portaient des masques. Une aiguille était plantée dans son bras. Il ne pouvait pas bouger un muscle, même pas tourner la tête. Il ne cillait pas. Il n'arrivait pas à fermer les yeux. Les voix devinrent étouffées. Des mouvements, tout près. Le bruit des roues d'une autre civière. Une femme apparut dans son champ de vision et entreprit de découper à coups de ciseaux sa veste et sa chemise. Il trouva ça terriblement dommage. Il l'aimait bien, cette veste. Les ciseaux cliquetaient. Il entendait, juste derrière lui, un sifflement d'air comprimé dans un tube et, quelque part, le bip électronique d'un appareil. Son ouïe semblait plus affûtée. Il se trouvait à l'intérieur d'une grande machine en acier qui bourdonnait de partout. Des yeux rouges et verts étincelaient sur sa gauche. Encore du mouvement. D'autres voix. Combien de temps s'était-il écoulé ? Voilà qu'on le roulait de nouveau pour le transférer dans une autre salle. L'œil unique d'une puissante lumière blanche, au-dessus, l'aveugla. Râ, le dieu Soleil, parcourant majestueusement les cieux. Makana était en route pour le Domaine des Morts. Dans cette pièce, il sentait le froid. La puanteur âcre des produits antiseptiques remplit ses narines, odeur nauséeuse qu'il associait à la morgue et aux cadavres. Curieusement, il ne ressentait aucune panique. Où était Jehan ? Elle courait un danger, mais il ne voyait pas comment lui porter secours. Incapable, une fois de plus, de protéger les personnes auxquelles il tenait.

Malgré ses yeux ouverts, il se sentait étrangement impuissant, comme si une main énorme le clouait sur le chariot. Quand il essaya de remuer, il s'aperçut qu'il avait même du mal à sentir ses membres – seulement des picotements dans tout le corps. Il n'était pas entravé par des courroies ni rien. Non sans effort, il parvint à tourner légèrement la tête, et alors il distingua une forme allongée sous un drap vert, sur une table disposée le long de sa civière. Au bout du drap dépassait une tête de femme. Des mèches de cheveux teints en blond, gris à la racine, émergeaient de sous le bonnet enfoncé sur son crâne. Une femme qu'il avait déjà vue. La vieille dame qu'un infirmier aidait dans la piscine.

Des voix étouffées lui parvinrent de tout près. À travers les panneaux vitrés d'une double porte, il vit des gens circuler dans une sorte d'espace adjacent. Ils avaient l'air de préparer quelque chose. Finalement, il comprit où il se trouvait. Dans un bloc opératoire. Avec des médecins et des infirmières. Combien de temps était-il resté inconscient ? Une heure ? Plus ? Moins ? Et surtout, combien de temps lui restait-il ?

Dans le flou environnant, un visage apparut au-dessus de lui. À l'envers. Un homme portant un calot en tissu vert et une blouse verte. Il abaissa son masque pour révéler ses traits.

« Pouvez-vous m'entendre, monsieur Makana ? » demanda Ishan Qaddus. C'était une question de pure forme. Il acquiesça aimablement avant de poursuivre. « Bien sûr, il est fort regrettable de se revoir dans ces circonstances, mais vous l'avez bien cherché. À vrai dire, c'est plus regrettable pour vous que pour moi. Quant à Mme Hollister, ici présente, elle est ravie que vous ayez pu vous rendre disponible, et aussi que vous ayez pu lui garder une paire de reins pour suppléer les siens, qui défaillent. Son corps cesse de fonctionner, un organe après l'autre, mais son mari lui a laissé suffisamment d'argent pour les remplacer au fur et à mesure. Une cliente très importante, donc. Et c'est bien de cela qu'il s'agit : donner toute satisfaction aux clients. »

Une voix étouffée murmura quelque chose à Qaddus, qui s'interrompit pour donner des ordres à un assistant, équipé lui aussi d'un masque chirurgical.

« Vous êtes persévérant, je vous l'accorde. Mais si

vous ne lui aviez pas forcé la main, Liz ne se serait peut-être pas sentie contrainte d'agir. Elle n'aime pas la violence en général et préfère se tenir à l'écart des sacrifices qui doivent être consentis.

« Pour ma part, j'ai du mal à comprendre ce qui motive un homme tel que vous. Si c'est l'argent, vous n'avez clairement pas très bien réussi. Une question de principe, alors ? Possible, mais qui se soucie encore de ces choses-là à notre époque ? Les gens ont déjà suffisamment de difficultés à vivre au quotidien. Et nos patients ont droit à une meilleure qualité de vie, n'est-ce pas ? Considérez cela comme une extension de la sélection naturelle. Je suis un homme de science, vous l'imaginez bien. Darwin, à coup sûr, comprendrait que la richesse est aujourd'hui un facteur de notre survie. »

Makana remarqua alors l'autre personne qui s'affairait derrière Qaddus. Une femme portant une blouse verte et un masque assorti, occupée à préparer les instruments. Qaddus pérorait toujours.

« Dans un monde où les ressources diminuent, nous continuons à vivre parce que nous en avons les moyens. Encore plus révélatrice est la question de savoir comment les riches sont devenus riches et comment les pauvres sont restés pauvres, vous ne trouvez pas ? Croyez-vous vraiment que des réfugiés anonymes, oubliés, des individus sans maison ni famille, tout en bas de la chaîne alimentaire, pour ainsi dire, croyez-vous vraiment qu'ils méritent un meilleur sort ? Leur sacrifice contribue à l'intérêt supérieur de l'espèce humaine. Ne pouvez-vous adhérer à l'argument selon lequel je suis tout simplement un instrument du darwinisme ? »

Ishan Qaddus sourit pour lui-même. Beau visage et dents parfaites. Makana pensa à Jehan. Où était-elle ? Il avait fait une erreur et, une fois de plus, quelqu'un d'autre allait payer à sa place. La colère pétilla en lui comme un tonic, livrant bataille contre le désespoir. Il aurait aimé frapper Ishan Qaddus suffisamment fort pour démolir l'alignement impeccable de ses dents, mais son instinct lui disait que ça n'allait pas se produire de sitôt.

« Docteur, dit Qaddus en s'adressant à son assistante, peut-être cela vous intéressera-t-il d'observer. » Il se pencha vers Makana. « J'ai une dernière surprise pour vous – une de vos connaissances. Vous serez amusé, je pense. Et rassurez-vous, l'opération ne sera pas douloureuse. Si cela peut vous réconforter, dites-vous qu'il s'agit de votre sacrifice personnel pour l'intérêt supérieur. »

Makana sentit son cœur bondir quand l'assistante, baissant son masque, révéla les traits de Jehan.

« J'ai pensé que ça vous plairait, poursuivit Qaddus. Nous sommes décidément peu doués pour juger les gens, même ceux que nous croyons bien connaître ! »

Un mélange de colère et d'incrédulité courut dans les veines de Makana. À cet instant, le hurlement d'une sirène interrompit le cours des événements.

« Que quelqu'un s'en occupe, merci ! brailla Ishan Qaddus.

— C'est l'alarme incendie, expliqua l'une des infirmières.

— Eh bien, arrêtez-la avant qu'elle n'alerte les pompiers. Comme si nous avions besoin de ça ! » Avec un *tss-tss* agacé, Qaddus ôta ses gants et se dirigea vers la porte. « Pourquoi suis-je toujours obligé de tout faire moi-même ? »

Suivit un long silence. L'alarme sonnait toujours. Le bruit, fort et insistant, contribua à sortir Makana de sa torpeur. Il envisagea de passer à l'action. S'il arrivait à se faire tomber de la civière, le choc pourrait le réveiller complètement – ou le tuer sur le coup, mais c'était un risque à courir. Le visage masqué de l'assistante, aux contours flous, entra dans son champ de vision. Makana essaya de se tortiller dans tous les sens, sans grand succès. Il ne s'était jamais senti aussi impuissant. Jehan se pencha sur lui.

Il la regarda brandir une seringue et faire jaillir un peu de liquide avant d'introduire l'aiguille dans son bras. Il sentait à présent son parfum. Elle se redressa.

« Ça va prendre quelques instants. Vous devriez essayer de vous asseoir. Plus vous bougerez, plus le produit agira vite. »

Elle noua les bras autour de lui. Makana se fit la réflexion que c'était là une singulière étreinte pour s'embarquer dans une relation. Jehan parvint, d'une manière ou d'une autre, à le mettre en position verticale.

« Restez sage, lui dit-elle avec un sourire. Vous avez déjà eu meilleure mine, mais nous verrons cela plus tard. Pouvez-vous tenir debout ? »

Le pouvait-il ? Ses os semblaient s'être dissous. Il glissa et s'affala lourdement contre la civière voisine, renversant Mme Hollister sur le côté. Elle soupira, comme en proie à un rêve agréable, mais ne remua pas un cil. Jehan soutint Makana et ils se mirent en marche ensemble, avançant à tout petits pas. Il y avait un escalier de secours à gauche du bloc opératoire.

Ils parvinrent à en franchir la porte. À cet instant, l'alarme se tut et le silence retomba. Ils n'allaient pas tarder à se faire prendre. Makana s'efforça d'actionner ses jambes. Il traînait les pieds comme un vieillard et avait du mal à contrôler ses mouvements. Il se cogna un genou contre la rampe et sentit comme une décharge, ce qui était certainement bon signe. Les sensations revenaient.

« J'ai cru…

— Ne parlez pas. Économisez votre énergie.

— Comment ? parvint-il à articuler. L'alarme ?

— J'ai allumé une de vos chères Cleopatra et je l'ai attachée à un détecteur de fumée. Maintenant, gardez vos forces pour marcher. »

Elle le regarda, puis se décida à éclairer sa lanterne tandis qu'ils s'engageaient dans l'escalier.

« J'ai réfléchi à tout ce que vous m'aviez raconté et j'en ai conclu qu'il se passait des choses très graves ici même, à l'institut. Je suis donc allé voir Ishan. Je lui ai dit que j'avais fini par comprendre ce qu'il fabriquait et que ça m'intéressait de travailler pour lui. Il a été flatté. Il est tellement vaniteux qu'il a dû croire que je lui courais encore après, alors que nous n'avons plus vingt-cinq ans, Dieu sait ! »

Elle s'interrompit en voyant Makana lâcher prise et commencer à partir en arrière. Il se faisait l'effet d'un vieil homme s'évertuant à gravir une montagne. Ridicule. Aidé par une femme, en plus, et sans même une chemise sur le dos. Sa fierté ne risquait pas d'être blessée, il ne lui en restait plus. Ils reprirent leur ascension. On entendait à présent des cris provenant d'en bas. Combien de temps avant que quelqu'un ait l'idée de regarder dans l'escalier de secours ? Par miracle, ils atteignirent l'étage au-dessus et poussèrent la porte. Jehan jeta prudemment un coup d'œil dans le hall. Makana vacillait, une main à plat contre le mur. Il était capable de bouger, mais il avait surestimé sa vitesse de récupération. Quand Jehan lui fit signe que la voie était libre, il fit deux pas et s'étala de tout son long à ses pieds. Elle se débattait avec ce poids mort, s'efforçant de le retourner sur le dos, quand un éclat de rire retentit derrière eux. Jehan cessa de se démener. Ishan Qaddus apparut en haut de l'escalier, pas le moins du monde essoufflé. Et il portait une arme. Un bel automatique argenté qui avait l'air moderne et extrêmement efficace.

« Je n'aurais jamais imaginé ça de ta part, Jehan.

— Tu me vois navrée de te décevoir.

— Pas du tout, ça prouve que j'avais vu juste, il y a des années. » Son sourire était celui d'un homme qui ne nourrit pas le moindre doute sur sa supériorité. « Tu n'étais pas destinée à accomplir de grandes choses. Tu manques de courage et de vision… Beaucoup trop conventionnelle. Ton esprit est bloqué dans le passé. C'est pour cette raison que ton mari s'est suicidé, non ? Il ne supportait plus de vivre avec toi. » Qaddus secoua la tête. « Comment le lui reprocher ? J'aurais sans doute eu la même crise de confiance si j'étais resté avec toi.

— C'est généreux de ta part de le dire », marmonna Jehan.

Makana parvint à se redresser. Qaddus agita l'automatique d'un air narquois.

« Néanmoins, j'avais pensé que nous pourrions nous amuser un peu ensemble, avant que ton code moral des plus élevés ne commence à s'affirmer.

— Tu as toujours été trop amoureux de toi-même pour t'attacher à qui que ce soit.

— Ma foi, je regrette que tu réagisses de cette manière.

— Et maintenant, il se passe quoi ? demanda Makana d'une voix pâteuse, comme s'il était ivre.

— Ah tiens, il parle ! Qu'est-ce que je vais faire, dites-vous ? Je vais terminer ce que j'ai commencé. Mme Hollister va recevoir ses reins, après quoi nous aviserons. Vous serez heureux d'apprendre que notre incinérateur a été réparé, de sorte que le processus de crémation peut reprendre comme avant. Je crois pouvoir dire sans me tromper que vous ne manquerez à personne. »

Derrière eux, une voix s'enquit en anglais : « Que comptez-vous faire d'eux ? »

Tous trois se retournèrent. Liz Corbis se tenait au milieu du hall non éclairé, apparemment en tenue de voyage. Un peu en retrait, la large silhouette du pasteur, bizarrement courbée, une lourde valise dans chaque main. Ishan Qaddus sourit.

« Ne vous inquiétez pas pour ça, ma chère, et dépêchez-vous vite d'attraper votre avion. Le temps que vous savouriez votre coupe de champagne, l'affaire sera réglée.

— Faites ce qu'il dit, Liz, hoqueta Makana. Sinon, il n'hésitera pas à vous tuer.

— Je n'en crois rien. Vous ne me feriez pas de mal, n'est-ce pas, Ishan ? » Elle fit face à Qaddus, secouant la tête comme pour se convaincre de ce qu'elle disait. « Il y a toujours eu de la complicité entre nous. Vous comprenez pourquoi je ne peux pas vous laisser les abattre. Aider les gens à avoir une vie meilleure, d'accord. Je comprends la logique de la chose. Tandis que ça… les tuer sans aucune raison. C'est mal.

— Écoutez ça, dit Qaddus en ébauchant un rictus. Quelle belle naïveté ! Dans quoi pensiez-vous être impliquée, pendant toutes ces années ? Dans une mission humanitaire ?

— Je ne m'en irai pas avant que vous les ayez laissés partir.

— Allons, Elisabeth, pour l'amour du ciel ! intervint Preston Corbis d'un ton pressant.

— Écoutez votre frère, Liz. L'enjeu est trop important pour nous tous.

— Je ne me suis pas inscrite pour ça. » Elle se tenait bien droite, inflexible, mais un tremblement dans sa voix la trahissait.

« Peut-être pas, mais vous êtes partie prenante. Vous ne pouvez pas changer d'avis maintenant, vous êtes trop compromise. Pensez à tout cet argent que vous avez mis de côté. Une vie de luxe vous attend, dans n'importe quel pays du monde qu'il vous plaira de choisir.

— Je ne m'enfuirai pas. Je ne vous laisserai pas lui faire du mal.

— Ah ! En fait, il s'agit donc de lui ? » Ishan Qaddus secoua la tête, stupéfait. « Vous devez avoir quelque chose de particulier, Makana, pour que toutes ces femmes se disputent vos faveurs.

— Je parle sérieusement, Ishan. Il y a des limites à ne pas franchir, et c'est tout. »

Qaddus pencha la tête de côté. « Et que ferez-vous si je refuse ?

— Viens, Lizzy, nous devons partir. Tout de suite. »

Liz Corbis ne regarda même pas son frère. Elle fit un pas vers Qaddus.

« Je ne suis pas fière de ce que j'ai fait, mais nous avions une raison de le faire. Nous sauvions des vies, vous vous rappelez ? C'était une question de qualité de vie.

— Et cela vous a donné un noble objectif dans l'existence. Je comprends. L'idée de profit vous dégoûte. Parfait. Alors filez, partez, allez-vous-en. » Ishan Qaddus abaissa légèrement le pistolet et l'agita devant le pasteur. « Emmenez votre sœur, Preston, avant qu'il ne soit trop tard. Mettez-la dans la voiture et qu'elle quitte le pays. Je ne veux jamais la revoir ici. »

Preston Corbis parvint enfin à se secouer. Il posa les valises et s'approcha de sa sœur.

« Viens, Lizzy, il n'y a plus rien pour nous ici. C'est terminé.

— Oui, sauvez-vous, Lizzy, ricana Qaddus. Et tâchez de vous faire une vie. »

Le pasteur agrippa sa sœur par le bras, mais elle se dégagea d'un geste brusque et continua d'avancer sur Ishan Qaddus. Makana ramena ses pieds sous lui. Il n'arrivait pas à faire en sorte que ses jambes lui obéissent. Qaddus ne lui accordait aucune attention. Ses yeux étaient rivés sur Liz Corbis. Il recula d'un pas et sa voix se durcit.

« Je vous avertis, Liz. Ne m'obligez pas à vous faire du mal.

— Jamais vous ne feriez ça. »

Elle se jeta en avant et tenta d'attraper l'automatique, ce qui était sans doute une erreur. Pendant qu'ils se battaient, Makana se mit laborieusement debout et se dirigea vers eux, pas précisément au galop. Il était encore à mi-chemin quand le coup de feu partit. Il entendit Preston Corbis pousser un cri d'incrédulité en voyant sa sœur glisser par terre.

« Lizzy ! »

Le pasteur s'agenouilla auprès d'elle. Les yeux de Liz Corbis, tournés vers le plafond, papillotèrent un instant, puis elle demeura immobile. Une flaque de sang, sous son corps, s'élargissait sur le marbre lisse.

« Quelle idiote ! cria Ishan Qaddus. Elle n'aurait pas pu m'écouter ? »

Il braillait encore quand Makana lui rentra dedans de tout son poids. Le choc ne fut pas bien violent, mais il déséquilibra le médecin, qui lâcha le pistolet. Preston Corbis se releva et commença à reculer. L'expression de son visage était celle d'un homme qui a perdu la foi. Il s'élança vers la porte. Makana, apercevant au dehors l'imposante silhouette qui descendait de la Datsun cabossée, fit signe à Sindbad d'intercepter le pasteur en fuite. Le révérend Corbis tenta bien de balancer un crochet, mais Sindbad le bloqua aisément d'une seule main et plaqua l'Américain sur le capot de la voiture en lui tordant le bras. Au loin, on entendait déjà les sirènes.

Ishan Qaddus crapahutait vers la porte. Jehan ramassa l'automatique et le suivit.

« Il ne te reste aucune échappatoire, dit-elle. Ne me tente pas. »

Qaddus pivota sur le dallage, les mains levées en un geste de désespoir.

38

Sami l'attendait au El Horreya. Il était assis au fond, près du mur. Il buvait du thé et non de la bière, ce que Makana jugea encourageant dans la mesure où ce bar était l'un de ses anciens lieux de prédilection. À la table voisine, deux hommes âgés se disputaient devant un échiquier. L'un, cheveux blancs et bandeau sur l'œil, essayait apparemment d'apprendre à jouer à son adversaire. Chaque fois que celui-ci bougeait une pièce, l'autre lui disait que c'était une erreur. Le débutant regardait l'échiquier en fronçant les sourcils, en pleine confusion. Makana connaissait bien ce sentiment.

« Où as-tu dormi cette nuit ?

— Un ami m'a prêté son appartement. Il est parti en vacances à Amman. Qui a le temps de prendre des vacances, je te le demande, et pourquoi choisir Amman ? »

Le jeune garçon qui faisait le service s'arrêta près d'eux, plateau sur l'épaule, et frappa sur la table avec ses jointures. Makana commanda un café, fort et sans sucre.

« Tu as lu les nouvelles, pour la nuit dernière ?

s'enquit Sami en repliant son journal. Ils font tout pour minimiser le nombre de victimes, mais ça ne marchera pas. »

La bataille devant la mosquée Mustapha Mahmoud avait dominé les informations du jour. Le nombre de victimes signalées variait de vingt à presque trente. Personne ne savait exactement. Ce qui était sûr, c'est qu'il y avait beaucoup d'enfants parmi les tués.

« C'est un tournant, je le sens. »

À la table voisine, l'aspirant joueur annonça : « Échec et mat. » Son adversaire aux cheveux blancs gloussa tout bas.

« Ils ont franchi la ligne jaune. » Sami baissa la voix et jeta un coup d'œil aux joueurs, ce qui lui valut un regard noir de l'homme au bandeau. « Ça montre à quel point ils sont aux abois. »

« Ils » étant le gouvernement. Des images du campement dévasté avaient fait le tour du monde. Cela présentait le régime sous l'aspect d'une affreuse brute qui s'en prenait aux plus faibles, à ceux qui étaient incapables de se défendre. Pour autant, personne ne serait mis en accusation. Les Américains et les Européens gardaient le silence. Aucun d'eux ne voulait prendre le risque d'indisposer leur allié le plus important dans la région.

« Vingt-sept morts. Onze enfants. C'est la première fois qu'une chose pareille se produit. Les organisations de défense des droits de l'homme sont vent debout.

— C'est un peu tard, non ? » dit Makana. Son café arriva et il en but une gorgée trop rapidement, se brûlant la langue.

« Cette affaire me met hors de moi, il faut que j'écrive un article dessus.

— Voilà qui ressemble au Sami d'avant. »

Le journaliste s'adossa à son siège. « Oui, c'est bien possible. »

Makana réfléchit au cas d'Aljuka et de ses hommes. Le gros des manifestants avait été largué dans un camp, à l'est du Caire, quelque part dans le sable. D'après Fantômas, Aljuka regagnait déjà la ville à la tête d'un groupe de réfugiés, ce qui évoquait l'image de Moïse.

Ils quittèrent le café et marchèrent quelque temps en silence. La ville déferlait autour d'eux, grouillante, changeant de forme au gré de la lumière. Derrière le Ghouriya, les marchés étaient encombrés de marchands et de clients qui avaient tout juste la place de se croiser. Des femmes robustes tenaient en équilibre sur leur tête des caisses de pain, de jeunes hommes aux bras semblables à des câbles tendus transportaient on ne savait trop où des sacs d'on ne savait trop quoi. Des chariots, des bicyclettes, une odeur d'épices, de sueur et de fruits gâtés. Comme si la vie était un festin dont personne n'avait le temps de profiter.

À vrai dire, Aswani n'avait pas été franchement conquis par le concept du poulet à la Kiev. Il avait fait la moue, sa moustache s'incurvant vers le bas en signe de réprobation. Non pas qu'il fût réfractaire aux idées nouvelles ; au contraire, il se considérait comme une sorte d'expert pour improviser des plats à sa manière inimitable. Peut-être était-ce dû au nom de la recette, ou à son origine étrangère. Ou encore, tout simplement, à la façon dont Makana lui avait présenté la chose. En tout cas, bien qu'il affirmât ne pas goûter la cuisine prétentieuse et lui préférer « les bons petits plats honnêtes » – pour reprendre son expression –, il avait consacré énormément d'efforts à mettre au point une spécialité qu'il avait modestement baptisée « poulet à la Aswani ».

« Qu'est-ce qu'il y a dedans ? » s'enquit Makana lorsqu'un lourd plateau fut déposé devant lui.

Aswani se montra aussi susceptible qu'une ballerine.

« Vous demandez ça ? siffla-t-il. Vous croyez que les clients mitraillent le chef de questions dans ces restaurants français chics que vous fréquentez en ce moment ? Bien sûr que non. Ils dégustent, ils savourent. » Le cuisinier rondelet croisa les bras et attendit que Makana rende son verdict.

Le poulet à la Aswani était servi en brochettes. Des roulades de poulet enrobées d'amandes pilées et d'un mélange d'épices très parfumées – cardamome, clous de girofle et une douzaine d'autres que Makana ne put identifier d'emblée – et ensuite enveloppées dans de fines tranches de *bastourma* salé. Vision spectaculaire, et Aswani, qui n'était pas du genre à fuir les feux de la rampe, s'inclina.

« C'est se donner bien du mal pour accommoder un simple morceau de poulet, mais il ne sera pas dit que je ne fais pas mon possible pour satisfaire les goûts de mes clients les plus raffinés. »

Il se retira derrière le comptoir, laissant les convives regarder, bouche bée, la table où étaient disposées entrées et salades. Aswani s'était clairement surpassé. Tout le monde était là. Enfin, presque tout le monde. Fantômas s'était joint à eux. Rania et Sami étaient bel et bien assis l'un à côté de l'autre, ce qui semblait de bon augure. Makana avait même réussi, cette fois, à amener Aziza, sous prétexte qu'elle l'accompagnait en ville afin de l'aider à choisir un nouveau tissu pour son divan passablement usé. Sindbad épiloguait sur les horribles forfaits de Hakim et Karim, expliquant comment la justice les avait finalement rattrapés, comme c'est toujours le cas avec des canailles de cet acabit. Hakim, arrêté alors qu'il tentait d'embarquer à bord d'un avion à destination de Djeddah, avait été inculpé des meurtres d'Abou Gomaa et de Jonas, et ce n'était là qu'un début. Tom et Jerry s'étaient fait beaucoup d'ennemis au fil des années, et de nouveaux témoins se présentaient chaque jour. D'autres charges – corruption, fraude et extorsion – étaient pendantes. Okasha menait les investigations avec un zèle remarquable, peut-être parce que les pommes pourries se trouvaient dans le tonneau d'un autre service de police que le sien.

En revanche, aucune charge ne serait retenue, semblait-il, contre Omar Shaddad, qui avait plaidé l'ignorance concernant ce qui s'était passé dans son sous-sol. Il comptait parmi ses puissants amis Munir Abaza, dont le cabinet d'avocats assurait sa défense. Amir Medani montait un dossier contre les gardes-frontières pour exécution illégale de civils, et l'affaire avait un grand retentissement dans la presse internationale. Une enquête était en cours. Quant à Mustapha Alwan, il était toujours dans le coma. Ses chances ne semblaient pas fameuses, mais Jehan étudiait la possibilité d'aider son fils à se faire soigner à l'étranger, ce qui était déjà ça. Fadihah s'était présentée à la police quand elle avait appris la mort de Mourad par la sœur de ce dernier, Sahar. Après la scène dont elle avait été témoin dans l'ancien palais, elle avait vécu à la dure dans les rues, trop effrayée pour rentrer chez elle ou pour fréquenter les endroits où on la connaissait. Makana trouvait injuste que les trois jeunes gens aient payé un prix aussi élevé pour leur courage et leurs convictions. Peut-être s'étaient-ils fourvoyés, mais ils avaient voulu rendre le monde meilleur, et cela comptait quand même pour quelque chose.

Liz Corbis se remettait de sa blessure à l'ambassade américaine, où son frère et elle étaient détenus. Une équipe du FBI avait fait le déplacement pour les interroger. Dès que Liz serait en état de voyager, tous deux seraient rapatriés aux États-Unis, où ils seraient sous le coup d'une inculpation. Makana, en dépit de tout, ne pouvait s'empêcher de la plaindre. Elle avait été victime de ses principes erronés. Et aussi de son incapacité à tenir tête à son frère et à Ishan Qaddus.

À intervalles réguliers, les serveurs apportaient d'énormes plateaux de riz, de viandes rôties et de légumes grillés ; du poulet à la Aswani, à volonté, des poivrons farcis et l'une des fameuses pâtisseries du chef, à la pâte suffisamment fine pour vêtir une jeune mariée lors de sa nuit de noces (comme il se plaisait à le dire), fourrée d'un succulent mélange de viande de caille et d'abricots secs.

Pendant que tous les convives se régalaient en commentant l'affaire et la façon dont les choses avaient tourné, Aswani vint murmurer à l'oreille de Makana : « Je crois qu'il y a une dame, dehors, qui voudrait vous parler. » Il tortilla ses moustaches et haussa un sourcil avec l'art consommé d'un acteur chevronné. Les autres ne semblèrent rien remarquer.

Makana s'éclipsa le plus discrètement possible. Jehan l'attendait. Quoiqu'elle portât des vêtements plutôt pratiques, elle avait un air glamour qui lui était inhabituel, ses cheveux négligemment recouverts d'un chatoyant foulard en soie d'aspect coûteux.

« Vous devriez entrer manger quelque chose, dit-il. Aswani s'est surpassé. »

Elle sourit. « Non, je ne crois pas. C'est l'endroit où vous êtes le plus chez vous. »

Makana hésita. « C'est une sorte de tradition. Je viens ici depuis des années.

— Et vous devez continuer. » Longue pause. « Nous n'avons pas besoin d'aimer les mêmes choses, ni même de tout faire ensemble. Enfin… je déteste ces couples qui ne se séparent jamais. Qui n'ont aucune vie personnelle.

— Oui, dit Makana.

— Rien ne nous oblige à les imiter.

— Non.

— Vous pourrez profiter de la compagnie de vos amis, et à d'autres moments nous pourrons avoir des activités communes.

— Ça paraît raisonnable.

— Je suis heureuse que nous soyons sur la même longueur d'onde », dit-elle en souriant.

Il la regarda s'éloigner, se demandant à quoi exactement il venait de donner son accord. Puis il se détourna et rentra dans le restaurant, où il fut accueilli par une chaleureuse ovation de sa tablée.

DU MÊME AUTEUR

Aux Éditions Gallimard

Dans la Série Noire

LA CITÉ DES CHACALS, 2020, Folio Policier nº 926.

Aux Éditions du Seuil

LE CAIRE, TOILE DE FOND, 2018.
LES OMBRES DU DÉSERT, 2017.
MEURTRES RITUELS À IMBABA, 2016.
LES ÉCAILLES D'OR, 2015.